奥维德译注集

刘津瑜 主编

Ars Amatoria

奥维德《爱的艺术》译注

〔古罗马〕奥维德 著

肖馨瑶 译注

商务印书馆
The Commercial Press
创于1897

本书为国家社科基金重大项目

"古罗马诗人奥维德全集译注"阶段性成果

（编号 15ZDB087）

中央高校基本科研业务项目

"西方文化中图文关系的文献集成与知识谱系研究"成果

（编号 2021CDJSKZX04）

　　肖馨瑶，任职于重庆大学中文系，清华大学外
文系学士、硕士，美国得克萨斯大学奥斯汀分校比较
文学博士，主要研究领域为欧洲文艺复兴文学、古
罗马文学，论文见《外国文学评论》《中国翻译》、
《文艺理论研究》、*Philological Quarterly*、*Classical
Receptions Journal*等中外学术期刊。主持国家社科基
金青年项目"古罗马修辞学对英国文艺复兴文学之影
响研究"，并参与国家社科基金重大项目"古罗马诗人
奥维德全集译注"。

总　序

刘津瑜

意大利的苏尔莫纳（Sulmona）（罗马时代的苏尔莫［Sulmo］）和黑海之滨罗马尼亚的康斯坦察（Constanța）（罗马时代的托米斯［Tomis］），相距数千里，却各有一座古罗马诗人普布利乌斯·奥维狄乌斯·纳索（Publius Ovidius Naso，即奥维德，公元前43—公元17或18年）的雕像。前者是奥维德的出生地，距罗马不远；后者则是奥维德的流放地和飘零逝去之所。两座雕像皆出自意大利雕塑家埃托雷·费拉里（Ettore Ferrari，1848?—1929年）之手，奥维德身着托袈，低头沉吟，神情凝重，略带哀伤。雕像的基座上刻着奥维德为自己所撰写的简短墓志铭（《哀怨集》3.3.73-76）：

> hic ego qvi iaceo tenerorvm lvsor amorvm
>
>   ingenio perii naso poeta meo
>
> at tibi qvi transis ne sit grave qvisqvis amasti
>
>   dicere nasonis molliter ossa cvbent

我，诗人纳索，温柔爱情的调侃者，

长眠于此，殇于自己的诗才。

曾经有过爱的人，若路过，请不吝

说声："愿纳索尸骨安眠。"

这几行诗自不足于概括奥维德一生的成就，却道出他伤心与不甘之源：成于诗，亦败于诗。墓志铭写于流放之中，但接下来还有两行（《哀怨集》3.3.77–78）：

hoc satis in titulo est: etenim maiora libelli

et diuturna magis sunt monimenta mihi

墓志铭如此这般足矣，因为我的小书

是我更宏大、更长久的纪念碑。

这里所说的"小书"，指的是奥维德的诗集，它们的确成了历经两千年而依然坚固的碑石，正如奥维德在长诗《变形记》中最后一词——Vivam，"我将永生"，掷地有声，回音不绝。

永生的奥维德

奥维德家境殷实，属于骑士等级，年少时便赴罗马求学，他本可走上"公务"之途，却放不下他的"缪斯"，决意以诗作立身。在罗马期间他创作了《恋歌》《爱的艺术》《拟情书》《情伤疗方》《女容良方》《岁时记》《变形记》等诗作，而罗马也成了他的"故乡"（patria），主宰着他的身份认同与记忆。公元8年，他被奥古斯都皇帝放逐到黑海沿岸的托米斯，具体原因奥维德并未细述，言辞多有含糊，欲言又止，引起后世多种猜测。流放期间，奥维德创作了《哀怨集》《咒怨诗》《黑海书简》，并且修改了之前的部分作品。他本人博览群书，对他之前的古希腊罗马文学史有着系统而全面的把握，诗作深受荷马史诗、希腊悲剧以及卡利马科斯、维吉尔、普罗佩提乌斯等诗人作品的影响，是研究古典文化的重要文献。奥维德在西方文化史上有着重要的地位，影响过西方历史上众多文学和艺术大师。在体裁和题材上他也多有创新之处，比如对神话的改造与加工，把爱情哀歌（或哀歌体情诗）发展到极致，用哀歌体来撰写史诗题材（如《岁时记》），用女性的口吻撰写离情别绪等等。奥维德还是以书简体形式抒情的鼻祖之一，在蒲柏的《爱洛伊斯致亚伯拉德》、卢梭的书信体小说《朱莉，或新爱洛伊斯》以及歌德的《少年维特的烦恼》中都可以清晰地看到奥维德的影子。在东欧，奥维德的影响亦不遑多让。在白俄罗斯、波兰等地都有着关于奥维德逝于彼处的传说。普希金的叙事长诗《茨冈人》中，吉卜赛老人讲述奥维德在比萨拉比亚的传说。而多位俄罗斯诗人在遭受祖国放逐和疏远之时，从奥维德诗作中寻求灵感乃至力量。[1]

　　值得注意的是，即使在中世纪的西欧，一方面奥维德的情色诗被一再效仿，情色内容甚至出现在拉丁语课本中[2]；另一方面又对奥

---

[1] 扎拉·托洛内：《流放之喜悦：奥维德与俄罗斯诗人》，马百亮译，《文汇报·文汇学人》2017年5月26日。

[2] 肖馨瑶：《奥维德〈爱的艺术〉：欧洲中世纪学童课本》，《世界历史评论》第8辑（2017年），第318—328页。

维德诗作中的"异教"内容进行系统性、复杂的寓意阐释及转码，比如1340年的《教化版奥维德》(*Ovidius Moralizatus*)①、14世纪初法语译注本《寓意版奥维德》(*Ovide moralisé*)，后者起到奥维德作品在"异教"古典世界、基督教、人文主义、文艺复兴之间的中转作用，影响了但丁、薄伽丘、乔叟(Chaucer)、马肖(Machaut)、高尔(Gower)等一众文人对奥维德神话故事的接受和吸收。对奥维德的转码、"误读"或隐喻读法从某种意义上来说起到了保存奥维德作品的作用，并使其活力不断。

　　此外，奥维德作品中广泛的话题，包括两性关系、爱情、躯体的变形、帝国主题、放逐与渴望归乡、"野蛮"与"文明"等都具有相当强的"现代性"、永恒性和普世性，让他一直具有相关性以及动态的对话之中。

作为过程与对话的翻译

　　奥维德译注及研究在欧美历时已久，硕果累累，洋洋大观。在中文学界，对奥维德作品全面、深入的介绍、翻译及研究在2015年之前十分有限，处于译介和零星讨论阶段，系统的研究尚未启动。这不但和奥维德在历史上的地位非常不相称，也阻碍了学界和普通读者对罗马社会、文学、历史、政治以及文学史的全面、深入理解。② 得益于国家社科基金重大项目"古罗马诗人奥维德全集译

---

① Bersuire Pierre, *The Moralized Ovid*, edited and translated by Frank Coulson and Justin Haynes, Harvard University Press, 2023.

② 对奥维德译注史、学术史的梳理，见刘津瑜、康凯、李尚君、熊莹合作（转下页）

注"（项目编号：15ZDB087）的支持，项目组渐次发表译注、中英文研究合集①并组织大量学术活动。2019年开始，李永毅《奥维德诗全集》各卷陆续出版。这些都在推进中文世界对奥维德的接触与研究。而商务印书馆这一版《奥维德译注集》的初衷，是希望通过国际化、多语背景译者和学者的合作，在奥维德的译注和研究上立足拉丁语原文，以罗马史为依托，以拉丁语言文学研究为核心，以两千年来奥维德研究的学术史和接受史为纵轴，进一步推动中文世界对奥维德和拉丁语言文学的研究；并以此为契机一方面增强从事汉译和拉丁文学研究的学者之间的交流合作，建立翻译梯队和译者"社区"；另一方面推动西方古典学的全球化。而中文学术界在此过程中不是将自己定位为仅仅是个学习者，更要负起贡献者的责任。

　　翻译是《奥维德译注集》的主体。在译者语言水平相近的前提下，译文或许有高低（即便是这一点也存在着较强的主观性），但并不存在完美版本、标准版或终极版，不同的译者、不同的时代对同一部作品有不同的诠释，采取不同的翻译策略，并且针对不同的目标读者群而调整翻译手法、遣词造句，这不但是非常正常的现象，而且十分必要。名著之所以为名著，很大程度上是因为文中

（接上页）撰写，后以长文形式发表的《奥维德在西方和中国的译注史和学术史概述》，《世界历史评论》第5辑（2016年），第26—94页；Xinyao Xiao and Yumiao Bao, "Ovid's debut in Chinese: translating the *Ars amatoria* into the Republican discourse of love," *Classical Receptions Journal*, 2020, https://doi.org/10.1093/crj/clz028。

① 刘津瑜主编：《全球视野下的古罗马诗人奥维德研究前沿》（上、下卷），北京大学出版社，2021年；Thomas J. Sienkewicz and Jinyu Liu eds., *Ovid in China: Reception, Translation, and Comparison*, Brill, 2022。

观念、情感、表达等各方面的丰富性，而这些丰富性又给不同时代、不同背景的译者提供了广阔的创作和诠释空间。名著的翻译史因之非常丰富，比如，维吉尔的西文译本不可尽数[1]，并且新译本仍然层出不穷，近年来的仅英译本就包括罗伯特·法格尔斯（Robert Fagles）2006年译本、萨拉·鲁登（Sarah Ruden，第一位女性英译者）2009年译本、大卫·费里（David Ferry）2017年译本、沙迪·巴奇（Shadi Bartsch）2022年译本，等等。奥维德作品的西文译本同样众多，就《变形记》的英译本而言，洛布版、企鹅版、人人丛书版、诺顿版皆有，仅2002—2003年就有四部英译本出版，斯蒂芬妮·麦卡特（Stephanie McCarter）2022年的《变形记》"女性主义"新译本引发广泛关注，并获得了翻译奖（Harold Morton Landon Translation Award）。中文目前只有杨周翰先生2008年的散文全译本、吕建忠2008年的散文译本（繁体）和李永毅老师2023年的诗体译本，可以说中译本目前并非太多，而是太少。奥维德的文字具有相当的弹性和复杂性，这样的文本需要多个译本来丰富读者体验，来接近奥维德的原意。即使已有中译文，反映最新研究与校勘成果、反映不同诠释、兼具学术性和可读性的译注仍有其必要性。更重要的是，这套译注希望推动对拉丁文—中文翻译本身的讨论。

　　翻译本身既可以视为一个"接触区域"[2]，也可理解为"一种

---

[1]　刘津瑜：《维吉尔在西方和中国：一个接受史的案例》，《世界历史评论》第2辑（2014年），第225—264页，引自第236页。亦见Sheldon Brammall, *The English Aeneid: Translations of Virgil 1555–1646*, Edinburgh University Press, 2015。

[2]　关于这个概念（Contact Zone），可见Mary Louise Pratt, "Arts of the Contact Zone," *Profession*, 1991, pp. 33–40; Emily Apter, *The Translation Zone: A New Comparative Literature*, Princeton University Press, 2006, p. 5; Sherry Simon, "Translation（转下页）

试图协商差异的方式"①。在这个"接触区域"中冲突、比较、交涉（或协商）发生于文化与文化之间，译者与译者之间，以及译者与研究者之间。我们通常见到的翻译，是作为结果呈现出来的译文，但冲突、比较、协商的过程同样宝贵，而最终发表的译文未必是唯一的选择，更不是不可更改的。② 翻译绝非机械性、纯粹技术性的活动，译者个体的能动性和创造力需要得以彰显，同时译者也可以得益于"译者的共同体"，构成一个可以时常交流经验、解答难点、讨论遣词造句的"社区"。

　　翻译的过程包含着大量的决策，比如，puella是译为"女孩""姑娘""女郎"，还是"情人"？之所以会有这些纠结，是因为诗歌中的puella，尤其是哀歌中的puella，和非诗歌语境中的puella常有不同，后者经常是未成年、未婚的女孩，但哀歌中的puella常常是被追求的对象，爱情游戏中的女子，已婚女子乃至妓女都包括其中。"女孩"可能会让读者误以为这指的是未婚女子。又比如，拉丁语中的第二人称没有明确的敬语与普通形式的区别，那么单数tu用来指称皇帝时，是使用"你""您"还是"陛下"这样的称谓？这类埃米莉·威尔逊称为微观（microscopic）层面选词③的问题比

（接上页）Zone," in Yves Gambier and Luc van Doorslaer eds., *Handbook of Translation Studies*, John Benjamins, 2013, p. 182。

① Ashok Bery, *Cultural Translation and Postcolonial Poetry*, Palgrave Macmillan, 2016, p. 10.

② 古典学会Society for Classical Studies网页（https://classicalstudies.org/scs-blog/adrienne-kh-rose/blog-art-translation-interview-jinyu-liu）。

③ 埃米莉·威尔逊（Emily Wilson）多次谈及她在翻译《奥德赛》时的微观选词问题，见Wyatt Mason, "The First Woman to Translate the 'Odyssey' Into English," *The New York Times Magazine*, November 2, 2017。

比皆是，构成了译者的日常挣扎。正如洛雷尔·富尔克森（Laurel Fulkerson）在《为什么是奥维德？ 21世纪的翻译和全球化》中所言，"译者的几乎每一个决定都可以被视为是有缺陷的误读，或者是富有成果的重新解读"[①]，而这些选择的累积效应，影响着译文的节奏，所表达的价值倾向、情绪、人物构建、历史诠释。一词之得，可经数日，仔细辨明语境固然重要，译者所遵循的翻译原则常常对选词有着更为直接和本质上的影响。

译注原则

奥维德诗作风格多样，翻译风格也随之各异。各译者会在译序中讨论所面临的挑战和对策，但在一些基本的原则和策略上总的共识如下：

（1）底本问题

由于古代文本流传的复杂性，不同的文本之间存在或多或少的异文。本套译注强调底本的选择和多个校勘本对照参阅的重要性。奥维德的校勘本主要有托依布纳本、牛津本、海德堡本、瓦拉本等等，校勘本之间在字句、标点符号上有时有较大的分歧。这些有些直接影响文意，有的则影响不大，对于出入较大的异文，则需要注出。

---

① 洛雷尔·富尔克森：《为什么是奥维德？ 21世纪的翻译和全球化》，刘津瑜主编，《全球视野下的古罗马诗人奥维德研究前沿》（上、下卷）。

（2）译名问题

人名、地名的翻译一向是个挑战。本译注的原则是尊重既有或既定译名，不刻意创造新译名。人名中的表示阳性的-us结尾不去除，除非如奥维德、维吉尔、屋大维这样的既定译名。卷末附有译名对照表。在翻译地名时，一个问题是在古代地名和现代地名相差很大时，应当翻译文中的古代地名还是使用现代地名？比如，黑海这个名称并非古希腊罗马时代对这片海域的称呼，古希腊语中常用 ὁ Εὔξεινος πόντος（"好客海"），ὁ Πόντος（ =Pontus "海"），奥维德亦称之为 Pontus。但为了方便读者理解，我们将之译为"黑海"，虽然这个名称在罗马帝国时代并不存在。音译"本都"也是一个选择。

（3）形式与内容

奥维德所用的格律只有六音步格和哀歌双行体两种。在哀歌体裁上，奥维德自认是伽卢斯、提布卢斯和普罗佩提乌斯的继承者（《哀怨集》2.445-468），伽卢斯仅有残篇传世，提布卢斯尚未译为中文。所幸普罗佩提乌斯的《哀歌集》有王焕生先生的全译本，为翻译奥维德哀歌爱情诗提供了宝贵的范例。因为拉丁文诗歌不押韵，我们的译文也规避了押韵。因为哀歌双行体以对句（couplet）为单位，以六音步格为单数行，以五音步格为双数行，如此反复。翻译时，尽量单数行比双数行多2—3个汉字，并争取六音步格和五音步格分别以六顿和五顿来呼应。

汉语和拉丁语是在语音、语法、语义方面相距甚远的两种语言，在翻译过程中不可避免地会有大量信息和细节流失；而诗歌中的音乐性、各种修辞手法（黄金句、交叉语序、交错语序等等）在译文中也难再现。在努力争取"信"与"达"的同时，我们也坦然面对和接受难以避免的损失。同时，从转换角度来看，也不必只是看到损失。翻译也是一个"增值"过程，它是一种细读和慢读。罗马时代的小普林尼所言不虚：simul quae legentem fefellissent, transferentem fugere non possunt（此外，读者注意不到的，逃不过译者，《书信集》9.2–3）。翻译是一个发现问题的过程。那么在"信"与"达"方面，是优先照顾中文的美感和通顺，还是尽量照顾拉丁语的语法和表达法？这经常需要视语境而定，但就基本原则而言，本译注尽量避免"归化"翻译。

（4）"归化"或"异化"

南星《女杰书简》（Heroides，本译注采用茅盾的译名《拟情书》）据英译本译出，李赋宁在其"序"中评论其译文"准确、优美、自然，富于感染力"。南星译文确实凄美动人，古韵浓郁，大量使用中国古典诗词中的常用表达方式，营造类似中国古诗的意境。这也就给我们提出了一些问题，即维持奥维德的"异域性"有多重要？以及如何在不伤害奥维德"异域性"的前提下保持其作品的可读性？①

本译注采取"异化"翻译的原则，也就是说尽可能地保留原文的文化概念、思维方式、比喻手法等等，避免大量套用"译入语文化"中的习语。（极端的）"归化"译法的特征可总结如下："滥用四字格成语""滥用古雅词语""滥用抽象法""滥用'替代法'""无

---

① 刘津瑜、康凯、李尚君、熊莹：《奥维德在西方和中国的译注史和学术史概述》，《世界历史评论》第5辑（2016年），第89—90页。

根据地予以形象化或典故化"。① 我们在翻译中会尽量避免这些做法，以免读者产生一种"原来罗马人和我们一样也是这样表达的"的误解。这也符合我国文学翻译的一个总体趋势②，并体现着文化自信。这并不是说向"译入语文化"靠近的翻译完全不可采用，但在现阶段中文世界对罗马文学还处于相对陌生的情况下，"异化"翻译更能让读者，特别是没有拉丁文基础的读者，体验罗马文学的特质。今后随着罗马文学普及度的提高，创造型、融合型的翻译也是非常令人期待的。

（5）注释

正如洛雷尔·富尔克森在《为什么是奥维德？ 21世纪的翻译和全球化》一文中所言，"在很多方面，翻译者的困境也是学者的困境。如果没有漫长的注释，我们怎么能够把一个文本从其文化中抽离出来呢（这样做总是会产生一种残篇）？"（马百亮译）然而注释详细到什么程度，侧重何种类型，要视面向的读者是谁，要达到什么目的和效果等而定。本译注所面向的读者群相对广泛，特别是从事古典学、拉丁语言文学、罗马史、西方文学、比较文学、世界文学、跨文化翻译、诗歌研究的学生和学者，注释因此争取相对全面，包括注重语言文字的注释、解释性的注释、文学注释、校勘性注释以及历史角度的注释。

---

① 刘英凯：《归化——翻译的歧路》，《现代外语》第3辑（1987年），第57—65页。

② 孙致礼：《中国的文学翻译：从归化趋向异化》，《中国翻译》第1辑（2002年），第39—43页。

致　谢

　　这一版奥维德全集译注凝聚了许多同仁的热忱和辛劳。[①] 特别感谢各位译者，感谢国家社科基金、洛布古典基金、上海师范大学、迪金森学院、德堡大学、埃默里大学在各方面的支持。感谢商务印书馆，特别是上海分馆鲍静静总编辑、张鹏编辑细致专业的工作。

[①] 详见《全球视野下的古罗马诗人奥维德研究前沿》（上卷）"致谢"，第XVII—XVIII页。这篇"总序"中的许多内容也来自该书，感谢北京大学出版社授权使用。

译者序

奥维德（Publius Ovidius Naso）是古罗马三大诗人之一，与维吉尔、贺拉斯齐名，是西方文学艺术史上影响极为深远的人物。他传世的十部作品包括早期的爱情诗《恋歌》（*Amores*）、《拟情书》（*Heroides*）、《女容良方》（*Medicamina Faciei Femineae*）、《爱的艺术》（*Ars Amatoria*）和《情伤疗方》（*Remedia Amoris*），中期的史诗著作《变形记》（*Metamorphoses*）和讲述罗马历法的《岁时记》（*Fasti*），以及晚期遭流放后写成的《哀怨集》（*Tristia*）、《咒怨诗》（*Ibis*）和《黑海书简》（*Epistulae ex Ponto*）。虽然自奥维德被流放之后，他的许多作品被勒令移出罗马的公共图书馆，但从公元9世纪开始，奥维德诗作的抄本又逐渐重现，并成为教会学校的拉丁文教材。从那时开始，他的影响力与日俱增，成为中世纪最受欢迎的古代作家之一。从文艺复兴时期起，他的诗作不断被译成各国语言，深刻地影响了西方文学、绘画、雕塑等多种艺术。他的作品游戏性与严肃性并存，成为后世了解希腊罗马神话的重要窗口，对西方传统影响深远。

诗人生平与早期创作

我们对于奥维德生平的了解主要来源是诗人自己在诗歌中提供

的信息。①他于公元前43年出生在距离罗马城以东约140公里、位于亚平宁半岛中部盆地的小城苏尔莫，从小家境殷实，家族的骑士身份可以追溯到先祖。②父亲对他和哥哥精心栽培，送他们去罗马和雅典接受修辞学教育，意欲让兄弟俩都通过修习雄辩之术，顺利踏上仕途。奥维德的哥哥卢奇乌斯很早就展示出雄辩的才华，擅长法庭上的唇枪舌剑；但是奥维德自己则对修辞演说兴致寥寥，对危险重重的官场也并无野心，却对诗歌创作情有独钟。按他自己的话说，父亲曾这样劝诫他放弃诗歌："你为何要尝试无用之业？/即使荷马也不曾留下财富。"③他一度听从父命，试图放弃写诗，转而书写没有格律的散文，但却发现，"合乎韵律的诗歌却不请自来，/无论我试着写什么都是诗"④。

奥维德的家乡苏尔莫是罗马周边不可小觑的地方势力，在罗马共和国晚期的政治角力中曾发挥作用：他们曾在罗马和意大利的同盟之间发生的同盟者战争（公元前91—前87年）中反对罗马人，也

---

① 维吉尔、贺拉斯、提布卢斯（Tibullus）等诗人作品的传世抄本中往往带有对诗人生平的介绍，然而这类材料在奥维德作品中却是缺失的。见Peter White, "Ovid and the Augustan Milieu." *Brill's Companion to Ovid*, edited by Barbara Weiden Boyd. Leiden, Boston, Köln: Brill, 2002, pp. 1-26，特别是p. 1。

② 但苏尔莫人直到公元前1世纪才获得罗马公民权，因而奥维德此处这一说法不可能在严格意义上为真。相关讨论见Fergus Millar, "Ovid and the *Domus Augusta*: Rome Seen from Tomoi." *The Journal of Roman Studies*, Vol. 83, 1993, pp. 1-17，特别是p. 6。

③ 《哀怨集》4.10.21-22："studium quid inutile temptas? / Maeonides nullas ipse reliquit opes."

④ 《哀怨集》4.10.25-26："sponte sua carmen numeros veniebat ad aptos, / et quod temptabam scribere versus erat."

曾在内战中宣布支持尤利乌斯·恺撒（见恺撒《内战》[*De Bello Civili*] 1.18.1-2 ）。因此在屋大维统揽大权后，他对于来自罗马之外的地区精英是有拉拢的需要的，这也为来自地区精英家庭的奥维德兄弟跻身政坛创造了有利条件。奥维德在十六岁时披上了象征成年的托袈，紫色镶边（ latus clavus ）的设计仅由贵族或骑士子弟穿戴（《哀怨集》10.4.28-29），象征着他们正式步入公共政治生活。[1] 在哥哥卢奇乌斯二十岁英年早逝之后，奥维德继续在与法律相关的领域任职，为仕途做准备。他曾担任过"三人团"的职务（《哀怨集》10.4.34，很可能是指负责案件审理的刑狱官员 [tresuiri capitales]），但在尝试了这类初阶官职之后，奥维德并未按仕途规划进入元老院，步入贵族行列，而是转而选择专注于诗歌创作。当然，后来投身写诗的他又担任过负责司法的"十人团"成员等不太重要的官职（《岁时记》4.383-384），甚至是"百人陪审团"（《哀怨集》2.93-96，《黑海书简》3.5.23-24），也曾定期参与案件的审理，而这类与法庭相关的经历可以为理解他诗作中经常出现的法律用语提供参照。[2]

奥维德出生的年代正好是罗马共和国风雨飘摇的晚期。他出生的前一年，尤利乌斯·恺撒刚刚遇刺身亡。他出生那年，罗马的两

---

[1] 对于罗马帝国时期（甚至可能就在奥维德成年的时代），家族里没有人担任过元老院成员的青年想要穿上这样的紫边托袈，需要元首亲自授权方能穿着；见 Peter White, "Ovid and the Augustan Milieu." *Brill's Companion to Ovid*, edited by Barbara Weiden Boyd. p. 3 ；对于紫色镶边的托袈的讨论，见 Barbara Levick, "A Note on the *Latus Clavus*." *Athenaeum*, Vol. 79, 1991, pp. 239-244。

[2] 以奥维德的政治活动为背景探讨他诗作中的法律用语的研究，如 E. J. Kenney, "Ovid and the Law." *Yale Classical Studies*, Vol. 21, 1969, pp. 241-263。

位执政官死于与马克·安东尼的交战（《哀怨集》4.10.5–6）。屋大维在亚克兴战役（Battle of Actium，公元前31年）赢得内战的决定性胜利时，奥维德年仅十二岁。可以说，相较于前辈维吉尔、贺拉斯、普罗佩提乌斯（Propertius）等人，奥维德生命的大部分时间都在奥古斯都治下的帝国初期度过，享受着相对安逸与和平的生活。他的诗歌创作与人生轨迹都与奥古斯都时代纠葛万千，而《爱的艺术》又作为奥维德遭流放的原因之一尤其如此。①

据诗人自述，他第一次向听众朗诵自己的诗作，即首部作品《恋歌》时，"胡须才刮过一两次"②。如果按照十八岁左右推断，那么诗人的文学首秀大概发生在公元前1世纪20年代中期。③值得一提的是，奥维德年轻的时候经常参加即兴演说表演，也如他自己所说，他的诗作最早是"向公众朗读"的，意味着他应该经常参与面向公众的诗歌诵读活动。这类诵读虽说仍是由贵族组织的，但无疑还是提供了比传统的面向封闭的、私人的小团体的诵读更为多元的观众，

---

① 关于奥维德与奥古斯都时代政治的关系已有许多研究，对此的学术史梳理，见王忠孝：《奥维德与奥古斯都》，《全球视野下的古罗马诗人奥维德研究前沿》，刘津瑜主编，北京：北京大学出版社，2021年，第3–22页。

② 《哀怨集》4.10.57–58："carmina cum primum populo iuvenilia legi, / barba resecta mihi bisve semelve fuit."

③ 但《恋歌》直到公元前8年才正式以三卷本结集发表。据《哀怨集》4.10，《恋歌》最早以五卷本出现。它最后以三卷本发表和存世，中间至少经过了十几年的修订，其中《恋歌》1.14.45–50提到的一次凯旋式大约发生在公元前8年，因而一般认为《恋歌》最终的发表时间不会早于这一年；见Peter White, "Ovid and the Augustan Milieu." *Brill's Companion to Ovid*, edited by Barbara Weiden Boyd. pp. 5, 9. 有学者推断，是修订《恋歌》的过程让奥维德萌生了创作《爱的艺术》的想法，见A. S. Hollis, *Ars Amatoria: Book I*. Oxford: Clarendon Press, 1977, p. xii.

而这样的流传环境也势必影响到了奥维德的观众意识。①

　　继《恋歌》之后，奥维德还创作了悲剧《美狄亚》，曾被昆体良高度评价（《论演说家的教育》[*Insititutio Oratoria*] 10.1.98），可惜已经佚失不存。不过这部悲剧的成功并未让奥维德放弃书写爱情诗。大约在公元前13年到前6年之间，他写成了《拟情书》。而奥维德的最后两部爱情诗则是《爱的艺术》及其姊妹篇《情伤疗方》（仅100行存世的《女容良方》可看作写作这两篇前的小试牛刀）。它们也为奥维德文学生涯的第一个阶段（公元前1世纪20年代中期一直到公元2年左右），即主要创作爱情诗的阶段画上了句号。②

《爱的艺术》：成书时间、结构与主题

　　相较于《恋歌》和《拟情书》，我们对于三卷本《爱的艺术》的成书时间知道得更为确切：它们大约完成于公元前2年到公元2年之间③，与其续篇《情伤疗方》一道，是奥维德最后两部爱情诗，也可视作整个古罗马爱情哀歌传统的集大成者。

---

① 　见 Peter White, "Ovid and the Augustan Milieu." *Brill's Companion to Ovid*, edited by Barbara Weiden Boyd. p. 8。

② 　奥维德早期诗作的创作时间和顺序很难有确切定论。关于诗人生平的讨论，早年的研究者如 Wheeler（1925）、Martini（1933）、Kaus（1968）等人依照史料证据提供了概述；在没有关于诗人生平的新材料问世的情况下，Syme（1978）通过分析与奥维德交往甚多的贵族圈人士，用人物志的研究方法得出新结论。

③ 　如此推断创作时间是因为《爱的艺术》1.171提到了"刚刚发生的"模拟海战（公元前2年），而《情伤疗方》155—156里提到的盖尤斯已踏上东征之路，但尚未与敌军谈判（谈判发生在公元2年），这一头一尾的时间便让我们大致将作品做了时间上的定位。

从诗篇结构上看，《爱的艺术》分三卷，诗人自诩为爱神的导师，在第一卷中教导男子如何赢得爱人，继而在第二卷里讨论获得爱情之后如何维系爱情，第三卷则教导女人如何在恋爱游戏中占据上风。专门将女性称为目标读者的第三卷常被视作后来增补而成的。传统观点一般认为《爱的艺术》可能经历了两个版本，其中第一版仅有写给男性读者的前两卷，后一版才加入了写给女性读者的第三卷。这一结论在文本中可以找到一些佐证材料，例如诗作前两卷出现的几处关于诗篇结构和内容的介绍（如1.35-40，1.771-772等）。[1]但近年来有学者提出，《爱的艺术》三卷与《情伤疗方》可能是同时构思的，构成对维吉尔四卷本《农事诗》(*Georgics*)的呼应；奥维德可能故意在前两卷缄口不提第三卷的设计，是为了不至得罪男性读者[2]；也有学者从《爱的艺术》三卷与《情伤疗方》中语言和主旨上的相似性和连续性出发，论证这四卷诗的整体性。[3]

《爱的艺术》是一部恋爱教谕（erotodidaxis）诗，它将爱情哀歌传统与教谕诗传统结合起来，发展出非常新颖的文学样貌。

---

[1] 见 A. S. Hollis, *Ars Amatoria: Book I*. pp. xii-xiii。

[2] Allison Sharrock, *Seduction and Repetition in Ovid's Ars Amatoria II*. Oxford: Clarendon Press, 1994, pp. 18-20.

[3] Egon Küppers, "Ovids *Ars Amatoria* und *Remedia Amoris* als Lehrdichtungen." *Aufstieg und Niedergang der Römischen Welt*, Vol. 31, 1981, pp. 2507-2551，特别是 pp. 2530-2541；以及 J. Wildberger, *Ovids Schule der "elegischen" Liebe: Erotodidaxe und Psychagogie in der Ars Amatoria*. Frankfurt: Peter Lang, 1998, pp. 343-347。对《爱的艺术》学术研究史的梳理，见 Steven J. Green, "Introduction." *The Art of Love: Bimillennial Essays on Ovid's "Ars Amatoria" and "Remedia Amoris"*, edited by Roy Gibson, Steven J. Green and Alison Sharrock. Oxford: Oxford University Press, 2006, pp. 1-14。

哀歌（elegy）以哀歌双行体（elegiac couplet）写就，这种格律
为长短句，奇数行采用六音步长短短格（dactylic hexameter），即
史诗格律，偶数行则是短一些的五音步（pentameter）。这一格律
在古希腊曾用于书写从政治谏言到战歌等相当广泛的题材，而爱情
也一度是希腊哀歌，特别是以哀歌书写的警句诗（elegiac epigram）
的重要主题。[①]但真正赋予这一文学样式特色的却是罗马诗人。奥
维德之前的爱情哀歌诗人主要有伽卢斯（Gallus）、提布卢斯、普
罗佩提乌斯等[②]，均活跃于公元前1世纪后半叶。在拉丁爱情哀歌
中，为情所困的叙述者（poetic speaker）热烈追求自己心爱的姑娘
（puella）[③]，视她为女主宰（domina），自己则甘当爱情的奴仆。哀歌
诗人一反传统的罗马价值观，将追求爱情视作胜过从政和军功的事
业，讴歌这种取代传统罗马价值观的生活方式。

　　总之，奥维德在刚开始书写爱情哀歌时，面对的是一种已经
独具罗马特色的成熟体裁，拥有大量风格显著的意象和表达。而通
过《恋歌》《爱的艺术》等作品，他成功地赋予了这一传统全新的
维度，甚至成为其终结者。在自己初登文坛写成的《恋歌》中，奥
维德充分发展了继承自拉丁爱情哀歌传统的基本母题与大量意象，

---

① Paul Allen Miller ed., *Latin Erotic Elegy: An Anthology and Reader.* London: Routledge,
2002, p. 2.

② 奥维德对这几位前辈哀歌诗人的评述见本诗3.333–334及注解。此外还有女诗人
苏尔皮契亚（Sulpicia）有六首爱情哀歌传世，收录于提布卢斯《哀歌》的第三
卷。对于拉丁爱情哀歌的概论，见王焕生：《古罗马文学史》，北京：中央编译出
版社，2008年，第277—303页。

③ 大多译为"女郎""姑娘"，部分因韵感等有别的处理。

但却以荒诞、滑稽的戏仿颠覆了它们在传统哀歌中的意涵。[1]在《爱的艺术》里，他进一步将拉丁爱情哀歌里以第一人称书写的恋爱经历总结成可推而广之的爱情经验，并把视野转向他生活的罗马城。[2]奥维德这两部作品已经"玩尽"哀歌的各种程式与预设，在他之后已经几乎不可能再有人写成出色的拉丁爱情哀歌了。[3]

除了爱情哀歌传统之外，奥维德此作也可置于古典教谕诗的脉络中，对其既有继承也有发展。诗人开篇即声称自己要作为"爱的导师"（praeceptor amoris）为迷途的恋人提供教导与帮助，这表明他有意将《爱的艺术》放在古希腊罗马的教谕诗（didactic poetry）传统中，致敬从赫西俄德（Hesiod）《工作与时日》，到卢克莱修《物性论》和维吉尔《农事诗》等一系列作品。的确，《爱的艺术》包含了教谕诗的诸多典型元素，例如介绍性和转折性的表述[4]；诗作中也出现了大量与农事相关的意象，用狩猎、农耕作为追求和耕耘爱情的比喻，体现出维吉尔《农事诗》的影响[5]；常见的祈使句式

---

[1] Edward J. Kenney, "Introduction." *Oxford World's Classics: Ovid: The Love Poems*, edited by A. D. Melville and Edward J. Kenney. Oxford and New York: Oxford University Press, 2008, p. xi.

[2] 关于《爱的艺术》对拉丁爱情哀歌里的母体和常见意象的继承和改造，见本书分行详注；如"贫穷诗人"（pauper poeta）见2.161-166、3.442，"爱的奴役"（servitium amoris）见3.488、3.568等，"爱如战役"见2.233、2.526、3.355-356、3.516等。

[3] 奥维德之后有吕格达慕斯（Lygdamus）的六首爱情哀歌在提布卢斯《哀歌》第三卷中存世，一般认为这些诗作意象老旧，并不出彩。

[4] Edward J. Kenney, "Nequitiae Poeta." *Ovidiana: Recherches sur Ovide*, edited by N. I. Herescu. Paris: Les Belles Lettres, 1958, pp. 201-209.

[5] Eleanor Winsor Leach, "Georgic Imagery in the *Ars Amatoria*." *Transactions and Proceedings of the American Philological Association*, Vol. 95, 1964, pp. 142-154.

也充满了教谕诗的痕迹。[①]但与此同时，奥维德又挑战和背离了这一传统。最突出之处在于，传统教谕诗教导的主旨都很严肃（例如维吉尔借教授务农技艺培育合格的罗马公民），且属于可教的技艺（techne）范畴，如农耕、医疗等；奥维德却将"爱情"视作一种可以教授的技术，通过遵循步骤即可获得，可谓是对教谕诗传统的某种隐含的颠覆或扩展[②]，也堪称对何为（哀歌传统里的）爱情做重新定义。

在《爱的艺术》之前并没有真正意义上独立的恋爱教谕诗，但有关恋爱教谕的意象和元素在古罗马喜剧和爱情哀歌中并不少见，甚至可以追溯到苏格拉底和柏拉图的时代。[③]据色诺芬记载（《回忆苏格拉底》[*Memorabilia*] 2.6.36），阿斯帕西娅（Aspasia）曾教导苏格拉底如何追求亚西比德（Alcibiades），这段记载还与《爱的艺术》在风格和内容上颇为相似。[④]而在活跃于公元前2世纪的新喜剧代表人物普劳图斯（Plautus）和特伦提乌斯（Terentius）的作品中，常有老妪（lena）教导年轻女子如何挑选恋人的场景。这一传统进而被奥维德之前的拉丁哀歌诗人所继承（如提布卢斯《哀歌》1.4），

---

① Roy K. Gibson, "Didactic Poetry as 'Popular' Form: A Study of Imperatival Expressions in Latin Didactic Verse and Prose." *Form and Content in Didactic Poetry*, edited by C. Atherton. Bari: Levante, 1997, pp. 67–98.

② 也有学者指出，教谕诗本身就蕴含着某种"不可能"：它试图用诗歌这种艺术形式来讲授技术性很强的话题，本身就包含不适切性；见Katharina Volk, *The Poetics of Latin Didactic: Lucretius, Vergil, Ovid, Manilius*. Oxford and New York: Oxford University Press, 2002, p. 1。

③ Roy K. Gibson, *Ovid: Ars Amatoria Book 3*. New York: Cambridge University Press, 2009, pp. 13–21.

④ Roy K. Gibson, *Ovid: Ars Amatoria Book 3*. pp. 14–15.

又多次在《爱的艺术》中出现。通过对喜剧和哀歌中恋爱教谕元素的提取和发展，奥维德这部三卷本、两千多行的长篇诗作成为首部独立完整的恋爱教谕诗，对后世，特别是中世纪文学产生了不小的影响。

《爱的艺术》：影响与接受

奥维德称自己在公元8年遭受奥古斯都流放是"因为一部诗和一个错误"（《哀怨集》2.207），这部诗歌即《爱的艺术》，原因可能是这部诗歌宣扬的爱情被认为是对奥古斯都婚姻法的公然挑衅。但其实奥古斯都鼓励婚育、惩罚婚外情的婚姻法已经颁布了十多年，却仅停留在纸面而并未严格施行（《尤利乌斯婚姻法》[*Lex Iulia*] 颁布于公元前18年，《帕皮乌斯法》[*Lex Papia*] 颁布于前9年），甚至奥古斯都自己的生活也并不缺少浪荡的婚外情。[①]而公元前2年，奥古斯都终于因女儿大尤利娅太过放荡且已产生政治风险的婚外情而将其流放，并下定决心整肃道德，而这正值《爱的艺术》创作和流传之时。虽然奥维德在《爱的艺术》中反复宣称自己诗作针对的读者不是正统女子（matron），而是商女（meretrix），试图以此为自己的诗作辩护，但这样急切的辩护恰恰反映了诗人的

---

① Peter White, "Ovid and the Augustan Milieu." *Brill's Companion to Ovid*, edited by Barbara Weiden Boyd. p. 13. 怀特还提到，在这两部婚姻法颁布之后到尤利娅丑闻爆发的几年间，仅有两例关于违反这两部婚姻法的起诉得到记载，其中一次被告得到赦免，另一次被告则在庭辩中获得奥古斯都的帮助，可见这两部婚姻法基本是一纸空文。

顾虑与不安。毕竟，此诗对婚姻的讽刺昭然若揭，不难想象其基本预设——爱情往往发生在婚姻之外，纵然恐是从新喜剧到爱情哀歌的文学传统中取材，不一定有直接的政治指涉，但在当时的政治环境中若经煽风点火，完全可能引发统治者的恼怒。[①]当然，奥维德所谓的"一个错误"可能是导致流放更为直接的原因，有学者推测诗人是因为卷入奥古斯都家族成员的谋反而获罪[②]，或在小尤利娅及其同党谋反、威胁到奥古斯都制定的皇位继承方针时，没有坚定支持奥古斯都[③]，而引发道德问题的《爱的艺术》仅仅是奥古斯都迁怒的对象。奥维德遭流放的具体原因到底如何，学者们莫衷一是。

　　总之，奥维德踏上流放地——黑海之滨的托弥后不久，他的包括《爱的艺术》在内的作品就成了古罗马的禁书，但这并没有妨碍他的作品传世。在中世纪，奥维德绝大多数的作品得以存世流传，并且奠定了他与维吉尔和贺拉斯齐名的奥古斯都时代三大诗人的地位，12—13世纪还被誉为"奥维德的世纪"（aetas Ovidiana）。除了作品的抄本外，中世纪还有大量关于奥维德诗作的评注存世。虽然

---

① 有学者认为奥维德是因为卷入了与皇室有关的桃色丑闻中而遭奥古斯都迁怒，如 G. P. Goold, "The Cause of Ovid's Exile." *Illinois Classical Studies*, Vol. 8, 1983, pp. 94-107；也有学者认为《爱的艺术》将原本可能见容于统治者的休闲文学活动改造成教谕诗，其对公众可能产生的煽动性和误导性恐怕是使诗人获罪的原因，见 Allison Sharrock, "Ovid and the Politics of Reading." *Materiali e discussioni per l'analisi dei testi classici*, Vol. 33, 1994, pp. 97-122。

② 这一观点的支持者中最有名的是以"人物志"研究方法著称的罗纳德·赛姆，见 Ronald Syme, *History in Ovid*. Oxford and New York: Oxford University Press, 1978。

③ 见 Peter Green, "Carmen et Error: πρόφασις and αἰτία in the Matter of Ovid's Exile." *Classical Antiquity*, Vol. 1, 1982, pp. 202-220，特别是 p. 218。

《变形记》是奥维德最有名的作品，流传后世的手稿数量最多、声誉最高，但《爱的艺术》却是奥维德所有作品中最早被大量作注的一部。[1]因为语言相对较为通俗易懂，而恋爱这一主题天然具有吸引力，这部常被中世纪教育家诟病为"有伤风化"的作品却成了中世纪的教会和修道院学校用来传授拉丁语的常见必读书。[2]这让奥维德"爱的导师"这一形象深入人心，同时，经过中世纪评注者的解读和诗人的继承、发展，他的爱情诗中蕴含的性别、欲望等观念渗入中世纪宫廷爱情诗等新的文学样态之中，而大量的古代神话故事也为后世提供了窥视古代世界的窗口，对后世影响深远。

　　在20世纪以来的学术界，《爱的艺术》也经历了由深受冷落乃至诟病到逐渐确立经典地位的过程。在20世纪初的《大英百科全书》和部分古罗马文学史的叙述中，它还被称为有伤风化的、传播淫欲、威胁建制的读物，即使这样的指控显然包含歪曲和夸大的成分。[3]有趣的是，与保守的统治者立场迥异之人也同样喜欢强调本诗的反叛性——17—19世纪，《爱的艺术》的出版商、英文译者等刻意夸大这部恋爱教谕诗的情色内容，将其包装成对抗保守政治立场的武器，这样一来就从相反的维度再次确认了保守主义者对本诗的解读，虽然是服务于相反的立场。对诗作中情爱元素的夸大也同

---

[1]　Ralph Hexter, *Ovid and Medieval Schooling Ovid and Medieval Schooling: Studies in Medieval School Commentaries on Ovid's "Ars Amatoria," "Epistulae Ex Ponto," and "Epistulae Heroidum."* Munich: Arbeo-Gesellschaft, 1986, p. 32.

[2]　关于这一现象及其原因的详细讨论，见肖馨瑶：《奥维德〈爱的艺术〉：欧洲中世纪学童课本》，《世界历史评论》第8辑（2017年），第305—317页。

[3]　Roy K. Gibson, "*Vade-Mecum* in Wantonness: the *Ars Amatoria* and Its Translators." *Joint Assosiation of Classical Teachers Review*, Vol. 19, 1996, pp. 3-5.

样为热衷营销的出版商所青睐。[①]

　　总体来说，英语学界在20世纪70年代之前对《爱的艺术》关注有限。随着霍利斯（Hollis 1977）对《爱的艺术》第一卷的注疏的问世，越来越多学者投入到本诗的研究之中，这也与奥维德自20世纪80年代以来逐渐受到更多的研究者青睐这一大趋势有关。[②]研究者主要围绕本诗的结构和创作时间、体裁、与其他文学形式的渊源、创作意图和与奥古斯都时代政治的关系、两性观念等方面开展研究，取得了较为丰富的成果，但与《变形记》《岁时记》等诗作相比，《爱的艺术》在英文学界受到的关注仍然较少，平均每十年仅一部专著问世。[③]鉴于本诗在文学与政治、性别观念、帝国意识形态、奴隶制、宗教融合、文学与地理、互文性等方面还有颇多值得探索的问题，相信未来还会有更多扎实的研究不断涌现。

　　《爱的艺术》是奥维德作品里最早被翻译成中文，也是目前译本最多的一部。最早的中文译本是1929年由水沫书店出版的《爱经》，由著名"雨巷诗人"戴望舒译注，这也是流传最广、再版最多的译本。戴译《爱经》在进入中文语境后，还与中国20世纪20和

---

① Roy K. Gibson, "*Vade-Mecum* in Wantonness: the *Ars Amatoria* and Its Translators." *Joint Assosication of Classical Teachers Review*, Vol. 19, 1996.

② 见 Steven J. Green, "Introduction." *The Art of Love: Bimillennial Essays on Ovid's "Ars Amatoria" and "Remedia Amoris"*, edited by Roy Gibson, Steven J. Green and Alison Sharrock. p. 1. 关于奥维德在西方和中国的译注和学术史，见刘津瑜、康凯、李尚君、熊莹：《奥维德在西方和中国的译注史和学术史概述》，《世界历史评论》第5辑（2016年）。

③ Steven J. Green, "Introduction." *The Art of Love: Bimillennial Essays on Ovid's "Ars Amatoria" and "Remedia Amoris"*, edited by Roy Gibson, Steven J. Green and Alison Sharrock. p. 1.

30年代关于爱情问题的讨论发生了关联和共振。[①]由于本诗主题具有某种"普世性"，它在中国与西方一样，有作为文学经典和通俗读物两种定位和阅读方式，而且在大众读书市场受到的追捧还胜过在学术界受到的关注度。《爱的艺术》中文译本甚多，堪称奥维德所有诗作中在中国市场最为畅销的一部。[②]可以说，本诗充满曲折的接受与流传史已经跨越了西方文明的藩篱，使之成为世界文学的有趣案例。

此外，《爱的艺术》还在近年来西方古典学界反思自身的思潮中扮演了突出的角色。网络上有极右分子用西方古典传统中的思想佐证自己的厌女主义、男性中心主义和种族歧视等观点，把奥维德的《爱的艺术》当作猎艳和霸凌女性的手册。学者们通过讨论这类当代现象，呼吁正确认识古典作品中的相关元素，并反思我们阅

---

① 相关讨论见包雨苗、肖馨瑶：《试论西方经典的跨文化译介策略——以戴望舒译奥维德〈爱经〉为例》，《中国翻译》2019年第2期，第54—60页；Xinyao Xiao and Yumiao Bao, "Ovid's Debut in China: Translating the *Ars Amatoria* into the Republican Discourse of Love." *Classical Receptions Journal*, 12, no. 2 (April 2020), pp. 231–247; Xinyao Xiao, "*Ego sum praeceptor amoris*: Ovid's Art of Seduction for the Chinese Audience." *Ovid in China: Reception, Translation, and Comparison*, edited by Thomas J. Sienkewicz and Jinyu Liu. Leiden, Boston, Köln: Brill, 2022, pp. 197–209。

② 除本书与李永毅教授的译本（2019）学术性较为突出、直接从拉丁文译出外，目前市场上能找到的译本都属通俗大众读物，或从法文、英文转译，或在戴望舒译本基础上加工，以散文体呈现，如《爱经》（桂林：漓江出版社，1993年），《爱的艺术》（寒川子译，呼和浩特：内蒙古大学出版社，2007年），《爱经》（林蔚真译，北京：光明日报出版社，2010年），《罗马爱经》（黄建华、黄迅余译，西安：陕西人民出版社，2006年）。

读、翻译和阐释相关有争议内容的方式。[①]对于古典作品的中译者来说，这些同样是非常重要、值得深思的问题。

翻译、注疏原则与底本选择

好的翻译可能有多种类型，有的译文充满文学性的再创造，有的在原文基础上有适度发挥以求译文精彩，有的则力图做到可用译文反推原文踪迹。大体来说，本译文应属上述第三种类型。译者对这部诗作的翻译试图做到"形似""意合""韵雅"三个方面；当三者矛盾冲突不可兼得时，又以"意合"为首要要求。

与中文不同，拉丁语诗歌的韵律不体现在押尾韵和注重平仄对仗上，而是靠元音的长短组合形成固定的韵律。以《爱的艺术》采取的哀歌双行体为例，它的奇数行采用六音步长短短格，偶数行则是短一些的五音步格。在翻译成中文时，译者采取分行书写，尽量使奇数行比偶数行略长，模仿原文的长短句形态，以求做到"形似"。

"意合"则是本译文更为核心的关切。传统翻译三原则"信""达""雅"，其中"信"为第一，即忠信于原文。如前段所言，译者希望在保持译文可读性的同时，能让读者足以译文大致反推出拉丁语原文的踪迹。当然，"翻译好比戴着镣铐跳舞"，很多时候"信"和"达"难以两全，为了满足中文的形式和可读性，往往不得

---

① 例如Donna Zuckerberg, *Not All Dead White Men: Classics and Misogyny in the Digital Age.* Cambridge: Harvard University Press, 2018。

不对原文"动刀"修改，但译者对自己的要求是，在符合中文表达习惯的前提下，译文应尽量贴合原文语意和句式，做到逐行对应，不擅自增改语词、概念等。此外，面对翻译学里"归化"和"异化"的争论（即翻译应该尽量将原文归顺进译入语的文化，还是尽量保留原文的异质性），译者力图秉承"异化"原则，尽可能地保留原文的文化语境、概念、思维方式、比喻手法等，避免大量套用中文的习语、典故、诗词等，以期让读者更好地体会古罗马文学的特质。①

在前两点基础上做到"韵雅"实为更高的要求。为让译文更有诗歌感，译者试图留有一定的尾韵，不求严格规则，但求营造出铿锵顿挫的"韵感"。例如，本诗1.33-34是诗人为自己的诗歌辩白，强调自己的作品并非为良家妇女所写，因而不该因为"不道德"而为人诟病。这两句直译是"我要歌唱无虞的欢爱和准许的偷腥，我的诗歌吟咏将毫无罪行"（Nos venerem tutam concessaque furta canemus, / inque meo nullum carmine crimen erit）。这样的译法当然没有问题，与原文完全贴合，还能押韵，但最终译者选择将后半句处理为"我的诗作无罪，我的吟唱清白"，这样的译法虽不能与前一句押韵，但能与1.32的尾韵（"纤足一半"）近似地契合，并且更能营造出中文表达所擅长的对仗美；另外，这样的带有细微差别的重复不仅能贴合原文carmen的两重含义（诗和歌曲），也很符合作者此处的书写目的——为自己的艺术反复辩白。奥维德在《哀怨集》2.247-250也曾引用《爱的艺术》这一段落，文字有所不同，但反复申辩的意味明显。总之，因辞章和义理这两重因素，译者最后做出

---

① 这一翻译原则也是整个"古罗马诗人奥维德全集译注"项目秉持的原则，见刘津瑜主编：《全球视野下的古罗马诗人奥维德研究前沿》（上卷），第XV页。

这样的选择。这样的反复推敲也是古典诗歌翻译的常态。

　　除此之外，"韵"不只在于节奏韵律，更是整体上的风格要求。本诗大多数时候风格较为轻松戏谑，但也不乏多样化的表达，例如豪迈的政治颂歌、婉转哀怨的神话故事等，因此也要求译文与原文在风格上贴合，体现出这种多样性。

　　"翻译"一词（英文translation / 拉丁文translatio）源于拉丁文的transfero，意为"带着（某物）穿越、穿过"，这就意味着翻译者总是在不同类型的介质间来回穿行，不断打破壁垒往往也意味着不断碰壁、妥协。译者每天面对的现实就是"鱼与熊掌不可兼得"的境地，翻译工作的核心便是不断寻找某种折中与平衡。效果如何，只能留予读者评判了。

　　本书名曰"译注"，意即包含了汉译和注疏两部分。译者撰写的注疏部分篇幅数倍于译文，其目的有多种。第一是章句层面的阐释，如疏通句读、指出不同抄本中的异读、评判修辞手法的效果等；第二是对神话故事、历史人物、地名、物品名等的解释；第三是带有互文性的释读，将文中出现的重要意象、表达方式、情节、手法等与作者其他作品或希腊、拉丁传统中的其他作品类比，试图呈现本诗在奥维德全集，乃至整个古典文学史脉络中的位置，且凡有交叉引用之处，都尽量提供中译，免去读者自行查证之苦（未标明译者之处均为笔者所译）；第四则是对于相对重要的段落，介绍学术批评界相关的重要解读。这样的注疏方式也是西方古典学界的常见做法。注疏部分译者不敢妄谈创新，对于英语和德语学界已有的注疏本多有借鉴和参考，其中第一卷主要参考霍利斯（Hollis 1977），第二卷参考詹卡（Janka 1997），第三卷则主要倚仗吉布森（Gibson 2003）等的注疏，并结合了多篇经典的注疏性论文

（Kenney 1959，Goold 1965）等予以综合呈现。

底本方面，译者选择了肯尼修订后的牛津版（Kenney 1995）作为底本的主要依据，这也是本诗目前最为权威的本子。凡有异读之处均在注疏里指出。拉丁文的标点参考牛津版与各卷主要注疏本，中译文标点则根据中文习惯予以呈现。拼写方面，为帮助读者阅读，区分了辅音v和元音u，特此说明。为了视觉效果，每行开头第一个字母均大写。

在人名和作品名的翻译上，译者遵循"古罗马诗人奥维德全集译注"项目的整体要求，原则上依次参照鲁刚、郑述谱编译《希腊罗马神话词典》（北京：中国社会科学出版社，1984年）、商务印书馆汉译名著译名、王焕生《古罗马文学史》（2008年）以及张竹明与王焕生译《古希腊悲剧喜剧全集》、杨周翰译《变形记》（2008年）、杨周翰译《埃涅阿斯纪》中的译名，但特殊情况下，特别是所有清单中寻找不到既有译名以及译名冲突较多的情况下，译者一般遵照徐晓旭老师的"简化拉丁语希腊语音译表"（表一），并参照罗念生先生的"古希腊语、拉丁语译音表"（1981年修订版）的古希腊语译音准则来翻译人名、地名，人名中的-us不去除，除非如奥维德、维吉尔这样的既定译名。现代人名及地名以新华社的译名优先。①

在呈现方式上，由于注疏部分体量较大，为给读者较为完整流畅的阅读体验，故将详细注疏单独放在每卷各节译文之后，供感兴

---

① 引自刘津瑜主编：《全球视野下的古罗马诗人奥维德研究前沿》（上卷），第XII—XIII页。《"爱情是一种战役"：奥维德〈爱的艺术〉第二卷第233—746行译注》，《新史学》第30辑（2023年），第460—483页。

趣的读者查阅。注疏部分对参考文献的引用按照国际惯例，用文内引用的方式呈现。此外，各卷和各小节的标题均为译者所加，方便读者阅读。

　　本译注为国家社科基金重大项目"古罗马诗人奥维德全集译注"（编号 15ZDB087）阶段性成果。部分译注的初稿曾发表如下：

　　《奥维德〈爱的艺术〉第一卷第1-100行汉译及简注》，《世界历史评论》8（2017），第318-328页；

　　《〈爱的艺术〉第一卷第229-350行译注》，《世界历史评论》12（2019），第175—190页；

　　《奥维德〈爱的艺术〉第一卷第351-772行译注》，《都市文化研究》23（2020），第307—343页；

　　《奥维德〈爱的艺术〉第一卷第101-228行译注》，刘津瑜主编，《全球视野下的古罗马诗人奥维德前沿研究》（上卷），北京：北京大学出版社，2021年，第46—56页。

　　《〈爱的艺术〉（第二卷）选译》，（《古典学评论》8（2022），第186—204页。

表一　简化拉丁语希腊语音译表

辅音 \ 元音	—	a	ae, ai	e	ei	i	y	u, ou	ui	o	au, ao	eu	oe, oi	an, am	en, em	in, yn, im, ym	on, un, om, um
—	—	阿	埃		伊	伊	于	乌	维	奥	奥	欧	奥伊	安	恩	因	翁
b	布	巴（芭）	拜	贝	贝	比	比	布	布伊	波	保	贝乌	波伊	班	本	宾	邦
p	普	帕（芭）	派	佩	佩	皮	皮	普	普伊	波	保	佩乌	波伊	潘		品	彭
ph, f	弗	法	法伊		菲	菲		弗	弗伊	佛	法乌／法奥	菲乌	佛伊	凡	芬	芬	丰
d	德	达	戴		狄	狄		杜	杜伊	多	道	戴乌	多伊	丹		丁	东
t, th	特	塔	泰		提	提		图	图伊	托	陶	泰乌	托伊	坦		廷	同
g	格	伽	盖		吉	吉		古	古伊	戈	高	盖乌	戈伊	甘		根	贡
c, k, ch, kh	克	卡	凯		奇	奇		库	奎	科	考	凯乌	科伊	坎	肯		孔
qu		夸	夸伊					库		括						昆	
h		哈	海		黑	希	许	胡	胡伊	霍	豪	海乌	霍伊	汉		亨	洪
m	姆	马（玛）	麦	梅	美	米	米	穆	穆伊	摩	毛	梅乌	摩伊	曼	门	明	蒙
n		那（娜）	奈	内	内	尼	尼	努	努伊	诺	瑙	内乌	诺伊	南	嫩	宁	农
l, r, rh	尔	拉	莱	雷	雷	利	吕	鲁	鲁伊	罗	劳	琉	罗伊	兰		林	隆
s	斯（丝）	萨	塞		塞	西	叙	苏	苏伊	索	萨乌／萨奥	修	索伊	桑	森	辛	松
z	兹	扎	扎伊	泽	泽			祖	祖伊	佐	扎乌／扎奥	泽乌	佐伊	赞	曾	金	宗
x	克斯	克萨	克塞		克西	克西	克叙	克苏	克苏伊	克索	克萨乌／克萨奥	克修	克索伊	克桑	克森	克辛	克松
ps	普斯	普萨	普塞		普西	普西	普叙	普苏	普苏伊	普索	普萨乌／普萨奥	普修	普索伊	普桑	普森	普辛	普松
v, u		瓦（娃）	瓦伊	维				乌		沃				万	文	文	翁
j, i		亚（娅）		耶		伊	于	优							因	因	—

目 录

—❧—

第一卷
如何赢得爱人

第1-100行　开场：如何在罗马城寻得心仪的爱人

1　　Si quis in hoc artem populo non novit amandi,

　　　　Hoc legat et lecto carmine doctus amet.

　　Arte citae veloque rates remoque moventur,

　　　　Arte leves currus: arte regendus Amor.

5　　Curribus Automedon lentisque erat aptus habenis,

　　　　Tiphys in Haemonia puppe magister erat:

　　Me Venus artificem tenero praefecit Amori;

　　　　Tiphys et Automedon dicar Amoris ego.

　　Ille quidem ferus est et qui mihi saepe repugnet;

10　　Sed puer est, aetas mollis et apta regi.

　　Phillyrides puerum cithara perfecit Achillem

　　　　Atque animos placida contudit arte feros.

　　Qui totiens socios, totiens exterruit hostes,

　　　　Creditur annosum pertimuisse senem;

15　　Quas Hector sensurus erat, poscente magistro

　　　　Verberibus iussas praebuit ille manus.

　　Aeacidae Chiron, ego sum praeceptor Amoris;

　　　　Saevus uterque puer, natus uterque dea.

　　Sed tamen et tauri cervix oneratur aratro,

20　　Frenaque magnanimi dente teruntur equi:

　　Et mihi cedet Amor, quamvis mea vulneret arcu

　　　　Pectora, iactatas excutiatque faces.

　　Quo me fixit Amor, quo me violentius ussit,

　　　　Hoc melior facti vulneris ultor ero.

若国人中尚有谁不懂得爱的艺术，　　　　　1

　　请阅读此书，研习教诲，学会爱人。

凭技艺疾行的舟船张帆破浪、御桨开路，

　　凭技艺轻车飞驰，爱神也应由技艺管束。

奥托墨冬擅长操控战车和坚韧的缰绳，　　　　　5

　　提菲斯是海莫尼亚舰上掌舵的好手：

我，维纳斯钦定为温柔阿摩尔之师；

　　世人将称颂我是爱的舵手和御者。

那阿摩尔性情顽劣，常抗拒我的教导；

　　但他终归是孩童，年纪尚小易管教。　　　　　10

菲吕拉之子让小阿喀琉斯学会基萨拉琴，

　　用柔和的技艺抚顺了狂野的心灵。

多少次让友伴和敌军心惊胆寒之人，

　　据说面对年迈的导师竟畏惧万分；

那赫克托尔将尝到滋味的手，导师勒令时　　　　　15

　　也只得向责罚的教鞭伸出。

客戎是埃阿科斯后裔之傅，我乃爱神之师；

　　两人皆是不羁的孩童、女神之子。

但哪怕公牛的脖颈也受着耕犁的重压，

　　烈马的健齿也嚼着不折的缰绳：　　　　　20

连爱神也会臣服于我，尽管他的利箭伤我

　　胸膛，尽管他挥舞着晃动的炬火。

阿摩尔刺伤我有多深，灼烧我有多烈，

　　我就能多坚定地为伤痕复仇。

25   Non ego, Phoebe, datas a te mihi mentiar artes,

        Nec nos aeriae voce monemur avis,

        Nec mihi sunt visae Clio Cliusque sorores

        Servanti pecudes vallibus, Ascra, tuis;

        Usus opus movet hoc: vati parete perito;

30   Vera canam. coeptis, mater Amoris, ades.

        Este procul, vittae tenues, insigne pudoris,

        Quaeque tegis medios instita longa pedes:

        Nos venerem tutam concessaque furta canemus

        Inque meo nullum carmine crimen erit.

35   Principio, quod amare velis, reperire labora,

        Qui nova nunc primum miles in arma venis;

        Proximus huic labor est placitam exorare puellam;

        Tertius, ut longo tempore duret amor.

        Hic modus, haec nostro signabitur area curru;

40   Haec erit admissa meta premenda rota.

        Dum licet, et loris passim potes ire solutis,

        Elige cui dicas 'tu mihi sola places.'

        Haec tibi non tenues veniet delapsa per auras;

        Quaerenda est oculis apta puella tuis.

45   Scit bene venator, cervis ubi retia tendat;

        Scit bene, qua frendens valle moretur aper;

        Aucupibus noti frutices; qui sustinet hamos,

        Novit quae multo pisce natentur aquae.

我不会冒充我的技艺源于你，福波斯，　　　　　25
　　轻盈的鸟鸣也不曾教我吟唱，
克利俄和她的缪斯姐妹们亦未曾降临，
　　阿斯克拉啊，当我在你的山谷牧羊；
经验成就此诗：请遵从老练的诗人；
　　我歌唱真实。爱神之母，助力开启的事业！　　30
快走开，细窄的头带，贞节的象征，
　　还有修长的裙摆，遮住纤足一半。
我要歌唱无虞的欢爱和准许的偷腥，
　　我的诗作无罪，我的吟唱清白。
首先，努力找到让你心驰神往的对象，　　　　　35
　　你这初次踏入情场的新兵；
接着要施展身手赢得美丽姑娘芳心；
　　三是要让爱情历久弥新。
此乃本诗范畴，吾战车将圈定之领地；
　　驰骋的车轮终会抵达之终极。　　　　　40
在你仍可信马由缰、潇洒纵情之时，
　　选好对谁表白"唯有你让我欢喜"。
她不会凭空从天而降到你身边；
　　合适的姑娘需用双眼来寻取。
猎人熟知在哪里布网能抓获雄鹿；　　　　　45
　　深谙磨牙的野猪在山谷何处停步；
捕鸟者了解丛林；持有钓钩之人，
　　知道肥美鱼虾在哪片水域：

Tu quoque, materiam longo qui quaeris amori,

50　　　Ante frequens quo sit disce puella loco.

Non ego quaerentem vento dare vela iubebo,

Nec tibi ut invenias longa terenda via est.

Andromedan Perseus nigris portarit ab Indis,

Raptaque sit Phrygio Graia puella viro;

55　　　Tot tibi tamque dabit formosas Roma puellas,

'Haec habet' ut dicas 'quicquid in orbe fuit.'

Gargara quot segetes, quot habet Methymna racemos,

Aequore quot pisces, fronde teguntur aves,

Quot caelum stellas, tot habet tua Roma puellas:

60　　　Mater in Aeneae constitit urbe sui.

Seu caperis primis et adhuc crescentibus annis,

Ante oculos veniet vera puella tuos;

Sive cupis iuvenem, iuvenes tibi mille placebunt:

Cogeris voti nescius esse tui.

65　　　Seu te forte iuvat sera et sapientior aetas,

Hoc quoque, crede mihi, plenius agmen erit.

Tu modo Pompeia lentus spatiare sub umbra,

Cum sol Herculei terga leonis adit,

Aut ubi muneribus nati sua munera mater

70　　　Addidit, externo marmore dives opus;

Nec tibi vitetur quae priscis sparsa tabellis

Porticus auctoris Livia nomen habet,

你亦如此，为久长的爱情寻觅对象，

　　首先要知道姑娘经常造访何方。　　　　　　50

我不会令你扬起船帆乘风远航，

　　你也无须为寻她千里流浪。

珀尔修斯从黝黑的印地带回安德罗墨达，

　　弗里吉亚男人为抢海伦远赴希腊；

可罗马就会为你提供诸多娇艳的姑娘，　　　55

　　足使你感叹："世上丰盈，皆聚于此！"

伽尔伽鲁斯之谷物，麦提姆纳之葡萄，

　　深海潜游之鱼虾，枝间藏匿之飞鸟，

罗马之美人，多如天宇之星辰：

　　维纳斯母亲庇护着埃涅阿斯的城壕。　　　60

若你喜好含苞待放年纪尚轻的少女，

　　这姑娘就会真切地走到你眼前；

若你偏爱初露风韵的佳丽，美人成百上千，

　　使你不知所措挑花了眼。

若你恰巧对更成熟智慧的年龄心生向往，　　65

　　同样，相信我，她们的队伍会更长。

你只需休闲漫步于庞培柱廊的影内，

　　当太阳抵达赫丘利之狮的后背，

或那地方，母亲在其子之礼上再添一份礼献

　　那里因外部的大理石而华贵，　　　　　　70

也不要错过那散布着古代画作，

　　署着利维娅名字的柱廊，

Quaque parare necem miseris patruelibus ausae

    Belides et stricto stat ferus ense pater.

75   Nec te praetereat Veneri ploratus Adonis

    Cultaque Iudaeo septima sacra Syro,

Nec fuge linigerae Memphitica templa iuvencae:

    Multas illa facit, quod fuit ipsa Iovi.

Et fora conveniunt (quis credere possit?) amori,

80   Flammaque in arguto saepe reperta foro

Subdita qua Veneris facto de marmore templo

    Appias expressis aera pulsat aquis,

Illo saepe loco capitur consultus Amori,

    Quique aliis cavit, non cavet ipse sibi;

85   Illo saepe loco desunt sua verba diserto,

    Resque novae veniunt, causaque agenda sua est.

Hunc Venus e templis, quae sunt confinia, ridet;

    Qui modo patronus, nunc cupit esse cliens.

Sed tu praecipue curvis venare theatris;

90   Haec loca sunt voto fertiliora tuo.

Illic invenies quod ames, quod ludere possis,

    Quodque semel tangas, quodque tenere velis.

Ut redit itque frequens longum formica per agmen,

    Granifero solitum cum vehit ore cibum,

95   Aut ut apes saltusque suos et olentia nactae

    Pascua per flores et thyma summa volant,

还有那庑廊，雕塑着胆敢谋害可怜堂兄的

　　贝丽戴丝姐妹和携剑旁观的残忍父亲。

不要错过让维纳斯恸哭的阿多尼斯节，　　　　　75

　　还有叙利亚犹太人奉为神圣的安息日，

也别错过那麻衣母牛所在的孟菲斯神庙：

　　她让许多女孩成为如她般的尤庇特牺牲。

连法庭也是（谁能相信呢？）为爱升堂，

　　爱焰常出现在唇枪舌剑的庭上，　　　　　80

在维纳斯那大理石铸成的神庙之下，

　　阿皮乌斯宁芙让空气中水花激荡；

在那里，辩护家常常被阿摩尔俘获，

　　曾保护他人者，此时竟自身难保；

在那里，巧舌如簧的他常常笨口拙舌，　　　　85

　　新案呈堂，他需为自己厘清情殇。

维纳斯在她咫尺之遥的神殿里笑他；

　　方才还是保护伞，现在却得求庇佑。

但你猎取情人首选之地还应是环形剧场；

　　此处的丰饶超出你的愿望。　　　　　　90

你会在此找到所爱之人或玩弄对象，

　　寻欢一时或长久相守，全凭你愿。

正如蚁群排着长队往来穿梭熙熙攘攘，

　　它们惯于衔物的嘴搬运着粮仓，

又如蜜蜂找到了香蜜弥漫的森林与牧场　　　　95

　　轻盈地飞舞于香草枝头、丛间群芳，

Sic ruit ad celebres cultissima femina ludos;

　　Copia iudicium saepe morata meum est.

Spectatum veniunt, veniunt spectentur ut ipsae:

100　　Ille locus casti damna pudoris habet.

就这样，精心打扮的女人们涌向游戏的人群，

　　她们庞大的数量常让我目眩神晕。

她们为观看而来，也为来这被人瞧见：

　　在那里，贞洁的羞耻心惨遭嫌怨。　　　　　　100

分行注疏

1.1　　"爱的艺术"（artem ... amandi）是诗句中出现的很接近题目含义的表达，早年有编者将此诗的题目定为"de Arte Amandi"，但现在学界认为"Ars Amatoria"更为贴切，因为后者更贴近古代文献的表述，如老塞内加（Seneca the Elder，约公元前54—约公元39年）曾在《论辩》（Controversiae）3.7里形容奥维德为"那个为时代不仅注满了爱的技艺，还有爱的箴言之人。"（hoc saeculum amatoriis non artibus tantum sed sententiis implevit.）本诗反复出现的关键词ars源于古希腊语techne，拥有系统的知识、规则、理论等多重含义，techne一词本身在希腊传统中也是意义颇为丰富的，通常有两种含义：第一是为从业者提供具体规则的活动；第二则是一种更为随机的技艺，不一定有明确的规则可遵循，其产出也蕴含着较强的不确定性，例如医学就属于后者。在奥维德的使用中，ars一词主要指前一种含义，强调其包含的可传授和遵循的规则。译者根据语境将其译为"技艺"或"艺术"。

诗作开篇即自信地宣告自身的价值，并且不同于多数教谕诗将对象设置为某个具体谈话对象，"这一人群中"（in hoc ... populo）表明本诗的传授对象是所有不懂爱艺之人（关于这一表达，比较西塞罗《论演说家》［De Oratore］2.153"对国人更合适的演说家"［Probabiliorem huic populo oratorem］；更为常见的表示"罗马人民"的表达为"in tanto populo"）；这一表达也说明《爱的艺术》的一大特点，即它将探讨的爱情设定在奥维德生活的首都罗马，这就与传统拉丁爱情哀歌的半希腊、半罗马的更为抽象的场景设定很不同。在后文中，我们可以看到大量出现的对当时罗马地标式地点的描绘。

1.3–4　三个"arte"（通过技艺）将这个对句串联在一起，读者若无法反驳前两个论点，便接受诗人的第三个论点。"疾行的舟船"（citae ... rates）和"轻便的战车"（leves currus）比喻爱情的流动易变和难以掌控，而这也正是诗人必须驾驭和操控它的原因。

1.5　奥托墨冬（Automedon）是希腊英雄阿喀琉斯（Achilles）战车的驾驭者，见维吉尔《埃涅阿斯纪》2.476–477："阿喀琉斯的御马者，扛战甲的奥托墨冬"（equorum agitator Achillis, armiger Automedon）。

1.6　海莫尼亚（Haemonia）指伊阿宋（Jason）老家帖撒利亚（Thessalia），此处海莫尼亚舰（Haemonia puppe）指伊阿宋一行人盗取金羊毛所乘的阿尔戈号（Argo），提菲斯（Tiphys）是该船的舵手。

1.7　Amor 原意指"爱"，此处译为爱神阿摩尔，奥维德将原本抽象的爱情拟人为维纳斯（即阿佛罗狄忒）之子，一位手持弓箭的小男神，又名厄罗斯（Eros）或丘比特（Cupid）。

1.8　原句直译为：世人将颂我是（驾驭）爱神的提菲斯和奥托墨冬。此处采取意译。

1.11　"菲吕拉之子"（Phillyrides）指客戎（Chiron），他是宁芙（nymph）菲吕拉（Philyra）与天神克罗诺斯（Cronus）之子。客戎是以智慧著称的半人马，尤精通音乐与医学，曾担任多位神灵后人在幼年时的老师，其中就包括阿喀琉斯。基萨拉琴（cithara）是古希腊流行的一种带弦乐器，一般可以跟竖琴（lyra）混用，关于二者的区别，见本诗 3.319 注释。

1.12　动词 contudit（原形 contundere）本意为"彻底征服""使淤青"，含有暴力成分，因为而此处的词序（placida contudit arte）把"柔和的"（placida）放在前面，或可消解该词的暴力意味。

1.13　关于阿喀琉斯为盟友带来的伤害，见荷马《伊利亚特》开篇：

"女神啊，请歌唱佩琉斯之子阿基琉斯的致命的忿怒，那一怒给
阿开奥斯人带来无数的苦难……"（罗念生、王焕生译）

1.15　　荷马不止一次提到阿喀琉斯那"杀人的手"，奥维德此处可能联
想到的段落是《伊利亚特》24.478–479，当普里阿摩（Priam）希
望赎回赫克托尔（Hector）的尸体时亲吻阿喀琉斯的手："亲那双
使他的许多儿子丧命的杀人手。"（罗念生、王焕生译）

1.17　　埃阿科斯后裔（Aeacides）即传说中希腊国王埃阿科斯（Aeacus）
的男性子嗣（Aeacide），常指其子佩琉斯（Peleus）或其孙阿
喀琉斯，此处指后者。"爱神之师"（praeceptor Amoris）这一表
达同时也可指"爱的导师"；奥维德在流放地书写的《哀怨集》
1.1.67曾提及《爱的艺术》并为自己辩白："'看清题目，'你说，
'我并非爱的导师。'"（"inspice" dic "titulum. non sum praeceptor
amoris."）（刘津瑜译）奥维德具体的辩解内容见1.31注释。

1.19–20　霍利斯指出，此处驾着耕犁的公牛和被缰绳套住的马匹的形象类
似维吉尔《农事诗》3.163–173和179–186（p. 34）。关于《爱的艺
术》对《农事诗》的化用，可参考利奇（Leach 1964）。1.20的表
达颇为特别，看似讲缰绳在马儿口中遭侵蚀，其实强调的显然是
对烈马的驯服；此外，"不折的"（magnanimi）是一个很有史诗
风格的用词。

1.21　　"连爱神也会臣服于我"（mihi cedet Amor），显然指向的是维吉
尔《牧歌》10.69："爱情征服一切，让我们也屈服于爱情吧。"
（omnia vincit Amor, et nos cedamus Amori.）诗人此处改写了维吉尔
的说法。

1.24　　此句直译为"我就能成为我伤痕多多的复仇者"。意即诗人可以
通过揭露爱神的秘密，从而让人们不再受制于他。

1.25–30　在希腊古风时期和亚历山大里亚时期的诗歌中，诗人往往声称自
己的灵感源于神灵，如缪斯、阿波罗，诗作内容因而获得权威

性，而诗人自己只是传递神灵信息的中介，但奥维德在这里采取了完全不同的创作态度，他声称自己的经验才是诗歌灵感的来源。相似的态度见普罗佩提乌斯《哀歌集》2.1.3—4，当然普罗佩提乌斯如此表述并非如奥维德般建立恋爱导师的权威，而是以此赞颂自己的爱人："既非卡利奥佩，也非阿波罗感召我，/ 是我钟情的女子给了我灵感。"（non haec Calliope, non haec mihi cantat Apollo; / ingenium nobis ipsa puella facit.）（王焕生译）普罗佩提乌斯写了四卷哀歌献给卿提娅（Cynthia），他对奥维德的爱情哀歌创作影响很大，诗人也在本诗3.333正式提及他。

1.25　福波斯（Phoebus）是太阳神阿波罗的别称，此处的 Phoebe 是它的呼格。他主司光明、诗歌、音乐。诗人此处可能影射和对比的是亚历山大里亚时期的诗人卡利马科斯（Callimachus，公元前310—前240年）的诗作《起源》（*Aetia*）的序诗："当我初次将蜡板放在膝上，吕基亚的阿波罗对我说……"（残篇1.22—23）

1.27　克利俄（Clio）是缪斯之一，掌管历史、善奏竖琴。传说缪斯姐妹曾在希腊诗人赫西俄德在赫利孔山（Mt. Helicon）牧羊时现身，教会他诗艺，并给他权杖及关于过去和未来的知识。见赫西俄德《神谱》22—35。

1.28　阿斯克拉（Ascra）是位于希腊波伊奥提亚（Boeotia）的村庄，乃赫西俄德出生、生活和放牧的地方（见《工作与时日》639—640），赫利孔山附近。

1.29　与此处骄傲地宣告诗人的"经验成就此诗"不同，诗人在《哀怨集》349开始的一段辩白则试图在自己的创作和真实私人生活之间划出界限，如2.353—356："相信我，我的品行与我的诗歌大为不同——/ 我为人端正，而我的诗歌玩笑戏谑——/ 我诗作中一大部分是杜撰与虚构，/ 它对自己比对其作者更宽容。"（crede mihi, distant mores a carmine nostri— / vita verecunda est, Musa iocosa

mea— / magnaque pars mendax operum est et ficta meorum: / plus sibi
permisit compositore suo.）（刘津瑜译）

"经验成就此诗"一句的动词（movet）气象宏大，饱含史诗感，
比较《埃涅阿斯纪》7.45："我开启更宏伟的作品。"（maius opus
moveo.）

1.31 细窄的头带（vittae tenues）一般由羊毛制成，大约一个食指的宽
度，绕头一圈束于颈后打结，是贞洁的象征，由德行端正、出
身自由民的贵妇（matron）佩戴，如新娘、维斯塔贞女（Vestal
virgins）、献祭的少女、未婚的女性，而商女（或作娼妓、艺
伎）不得佩戴。诗人在此强调本诗的读者不包括已婚的、贞洁
的女性，故并没有因鼓吹婚外情而违反奥古斯都的婚姻法。然
而最终这样的指控还是不绝于耳，见《哀怨集》2.212："我被
控为教导淫秽通奸之人"（arguor obsceni doctor adulterii）；2.345−
346："您认为爱艺会撼动婚床禁地。"（artes / quas ratus es vetitos
sollicitare toros.）遭流放后的奥维德曾反复提到《爱的艺术》这
一段落为自己辩解，见《哀怨集》2.247−250及303−304："《爱的
艺术》，仅为商女而作，其首页 / 便警告生而自由的妇女避而远
之。"（Et procul a scripta solis meretricibus Arte / summovet ingenuas
pagina prima manus.）译文均取自刘津瑜。又如《黑海书简》
3.3.51−52："我为那些人写了这些，发带还没触及她们 / 贞洁的
青丝，长袍也未碰其双足。"（Scripsimus haec illis quarum nec vitta
pudicos / contingit crines nec stola longa pedes.）（石晨叶译）但需要
注意的是，社会上公认拥有贵妇身份的女性（以能够佩戴vittae
为标志）一般指出身自由民之人；贺拉斯《讽刺诗集》/《闲谈
集》（Sermones）1.2将女性分为三类：贵妇（matronae）、女释奴
（libertinae）和女奴（ancillae），体现了古罗马的常见看法，但按
照奥古斯都颁布的《尤利乌斯婚姻法》的规定，女释奴在法律

上也属于matron，故而该称谓具有一定的含混性（Gibson 2009, pp. 30–32）。亦见本诗3.483及注解。

1.32　缝于裙摆的荷叶边（instita）让裙边垂地，遮及双脚，穿戴者为品德端庄、洁身自好的女子，她们的标准着装是叫作stola的长裙，而此处作者以荷叶边指代长裙。相似表达也见于贺拉斯《讽刺诗集》1.2.28–29："有人不愿与女为伴，除非她们裙上的荷边遮至脚踝。"（sunt qui nolint tetigisse nisi illas quarum subsuta talos tegat instita veste.）也见提布卢斯《哀歌》1.6.67–68："教导她要贞淑即可，哪怕没有头带绑住头发，也没有长裙遮住双足。"（sit modo casta, doce, quamvis non vitta ligatos / impediat crines nec stola longa pedes.）

1.35–40　为后文做了简明的内容提要："首先找到让你心驰神往的对象"将在1.41–262论述，"接着要施展身手赢得芳心"则对应1.269–770的论述，而"三是要让爱情历久弥新"则是第二卷的主题。此类内容提要在教谕诗中较为常见。

1.35　"首先"（principio）是教谕诗中最常用的介绍第一步的方式，见卢克莱修《物性论》和维吉尔《农事诗》。本诗的转折和介绍部分用了诸多教谕诗的常见表达。动词"努力"（labora，命令式）与1.37的labor呼应，映照维吉尔从赫西俄德处继承而来的观点"劳动征服一切"（labor omnia vincit，《农事诗》1.145）。

1.36　恋人如士兵的比喻在本诗中多次出现，在《恋歌》1.9中曾有详细呈现，这一意象在奥维德之前已经颇为常见，如贺拉斯《颂诗集》3.26.1–2："不久前我曾过着适宜追求女郎的生活，我的征战不乏荣耀。"（vixi puellis nuper idoneus / et militavi non sine gloria.）更早时，古希腊中期喜剧（middle comedy）的诗人笔下就有恋人如士兵的叙述。

1.39　诗人划定自己诗作将会覆盖的范围。可比较普罗佩提乌斯《哀

歌集》4.1.69-70："我将歌唱神圣的节日，各种古老的地名。/
让我的马匹汗淋淋地奔向这一目标。"（sacra diesque canam et
cognomina prisca locorum: / has meus ad metas sudet oportet equus.）
（王焕生译）《爱的艺术》中最常见的两个表示诗人进展的意象即
为战车和船只，早在品达的诗歌中便有类似说法，经由卡利马科
斯影响了罗马诗人。modus 此处意为范畴、边界，由诗人的战车
划定（signabitur）。罗马的习俗是在建城之初用犁头划出未来城
市的范围；如《岁时记》4.819："选择合适日子来用犁头划出城
墙范围"（apta dies legitur qua moenia signet aratro）。

1.40　　　　meta 原指古罗马竞技场中在赛道的两端设置的锥形标志，参与
竞技的马绕着它转弯折返（见3.396注），此处意为边界、目
标、终点、最远将抵达之处。部分抄本用 terenda（踏、磨）而
非 premenda（压）。古尔德（Goold）认为 terenda 更可取，因为
premo"碾压"主要指从上往下用力（1965, p. 60），但霍利斯
认为在 meta 处转弯的确需要压住地面以免转弯半径过大（1977,
pp. 40-41）。此处译法从霍利斯。admissa ... rota 这一表达可比较
《变形记》1.532"撒丫子飞奔"（admisso sequitur ... passu），可能
源于"为马匹放松缰绳任其奔跑"（admittere / immittere equum）
这一说法。

1.42　　　　"唯有你让我欢喜"（tu mihi sola places）是爱情哀歌中常见的表
白方式。见普罗佩提乌斯2.7.19《哀歌集》："唯有你让我欢喜，
卿提娅，我也会是你唯一的欢愉。"（tu mihi sola places: placeam
tibi, Cynthia, solus.）

1.45-48　　此处提到的狩猎、抓鸟、捕鱼均是爱情诗歌中常见的表示追求和
捕获爱人的意象。

1.49　　　　"爱情的对象（或材料）"（materiam ... amori）显得有些情感淡
薄。在《恋歌》1.3.19中，心爱的女郎不过是为诗歌写作提供

素材者："你快为我的吟唱提供快乐的材料。"（te mihi materiem felicem in carmina praebe.）

1.53　珀尔修斯（Perseus）是尤庇特（即宙斯）之子，曾杀死美杜莎（Medusa）。安德罗墨达（Andromeda）是厄提俄皮亚（Ethiopia，可能为今巴勒斯坦或叙利亚地区）的国王刻甫斯（Cepheus）和卡西俄佩亚（Cassiope）之女。安德罗墨达的母亲夸口说自己的女儿比任何一个海洋女神都要美丽，得罪了神祇，于是海神涅普图努斯（即波塞冬）派了一个吃人的怪物到厄提俄皮亚。据神示，只有将安德罗墨达献祭给海怪，才能拯救国家的危难，于是无奈的国王只好将公主锁于海边礁石。恰巧路过此处的英雄珀尔修斯救起公主，后二人相爱成婚。"印地"（Indis）此处应指厄提俄皮亚。这个容易混淆的名称源于荷马，《奥德赛》1.23–24将厄提俄皮亚分为东、西两个部分，而波希多尼乌斯（Posidonius）则将荷马笔下的东厄提俄皮亚人叫作印地人（Indians）。在拉丁语诗歌中，"印地人"和"厄提俄皮亚人"（Ethiopians）几乎是可以互换使用的。"黝黑的印地"（nigris Indis）暗示安德罗墨达肤色黝黑，如《爱的艺术》3.191形容她为"黝黑的"（fusca）；该词也刻画出珀尔修斯为追求爱人而历经磨难，从而与在罗马城就能坐收情人的轻松形成鲜明对比。这两句中动词的虚拟语气（portarit, rapta sit）有让步的意思，意为尽管他们远赴他乡，可你留在罗马城中就足够了。

1.54　弗里吉亚（Phrygia）是伊达山（Mt. Ida）所在地区（注意：此山位于安纳托利亚地区，与缪斯的家、克里特岛上的伊达山不同），也是特洛伊王子帕里斯（Paris）长大的地方。帕里斯因为其母赫卡柏生他之时梦见燃烧的火把，被预言家解读为这个孩子将带来特洛伊的毁灭，而被弃置野外，后在伊达山长大。他在"金苹果之争"中支持了美神维纳斯，因而获承诺将得到当世最美的女子，后帕里斯在远赴希腊的斯巴达时，趁国王墨涅拉俄斯（Menelaus）不在，与王后海伦私奔，这场"劫掠"最终引发特洛伊之战。

1.56　比较普罗佩提乌斯《哀歌集》3.22.17-18："所有这些令人称奇的去处都不及罗马土地/因为这里一切都是自然的赠与。"（omnia Romanae cedent miracula terrae; / Natura hic posuit quicquid ubique fuit.）（王焕生译）奥维德此处化用了当时非常流行的爱国主义论调，为罗马和意大利本土的丰饶物产而书写颂词（panegyric）。可比较瓦罗（Marcus Terentius Varro，公元前116—前27年）《论农业》（de Re Rustica）1.2.6："有什么有用的东西不在意大利生长？还不长得茁壮完美？"（quid in Italia utensile non modo non nascitur, sed etiam non egregium fit?）在本句中，奥维德将对这种丰盈物产的赞颂扩展到情爱领域。

1.57　伽尔伽鲁斯（Gargarus）既是伊达山的山顶，也是其山脚下一座城镇的名字，它因盛产粮食著称，见维吉尔《农事诗》1.103："连伽尔伽鲁斯自己都惊叹于自己的收成。"（ipsa suas mirantur Gargara messes.）麦提姆纳（Methymna）是莱斯波斯（Lesbos）岛上的城镇，盛产葡萄，见普罗佩提乌斯《哀歌集》4.8.38："和希腊口味的墨提姆纳纯净酒醪。"（et Methymnaei Graeca saliva meri.）（王焕生译）

1.59　译文试图保留原句中"stellas ... puellas"创造出的韵感。

1.60　母亲（mater）此处指维纳斯，她是埃涅阿斯（Aeneas）之母，而罗马人认为自己是埃涅阿斯的后人。比较《恋歌》1.8.41-42："如今马尔斯在外战中磨砺着意志，/而维纳斯统治着埃涅阿斯的城市。"（nunc Mars externis animos exercet in armis, / et Venus Aeneae regnat in urbe sui.）维吉尔就曾将古罗马著名的尤利乌斯家族（gens Iulia）追溯到埃涅阿斯的儿子尤鲁斯（Iulus）。但是，这样的追溯也产生了意想不到的结果，比如丘比特因此成为奥古斯都的远房表亲，如《恋歌》1.2.51："看哪，你那表亲恺撒的幸运武器。"（aspice cognati felicia Caesaris arma.）

1.64　　　直译为"[因美人太多]你将无法抉择你到底喜欢谁"。

1.67-262　关于在何处找寻佳丽，其中1.67-88颇具研究价值，因为这一部分描绘了奥古斯都新修的建筑，读者得以瞥见首都的庙宇、长廊、喷泉等恢宏的公共场景。霍利斯根据描述绘制了诗中提到的罗马城重要地点的平面地图（1977, p. 44）。关于古罗马的地图学研究，见普拉特纳与阿什比（Platner and Ashby, 1929）；更新的研究见纳什（Nash, 1961, 1962）、理查森（Richardson, 1992）和斯坦比（Steinby, 1993-2000）。本诗3.387开始讨论了女子可以找寻男友的地方，与本段呼应。

1.67　　　lentus和spatiare都凸显出休闲感，漫步者有时间四处张望。此句是对普罗佩提乌斯《哀歌集》4.8.75的呼应："[卿提娅对爱人提出要求]你不得再衣着讲究地徘徊于庞培柱廊。"（tu neque Pompeia spatiabere cultus in umbra.）（王焕生译）庞培（Sextus Pompey，公元前106—前48年）是罗马共和国末期执政的三巨头之一。庞培柱廊（porticus）修建于公元前55年，位于同样以他名字命名的、建于相同时间的剧场旁边，由梧桐和喷泉装饰。柱廊在下雨天为剧场观众提供荫蔽。它的长方形的庭院长180米，宽135米，内有四排平行的廊柱，其中心区域是有着浓荫步道的花园。修建伊始，这里便成为优雅女性经常光顾之处，如卡图卢斯（Catullus）《歌集》55.6-7"在庞培拱廊下，朋友，我还/拽住每一位姑娘"（in Magni simul ambulatione / femellas omnes amice, prendi）（李永毅译）；普罗佩提乌斯《哀歌集》2.32.11-12"充满浓荫的庞培柱廊……还有那一幡幡华贵的阿塔洛斯帘幕"（umbrosis ... Pompeia columnis / porticus, aulaeis nobilis Attalicis）（王焕生译）。

1.68　　太阳在七月二十三日左右到达狮子座，即夏天最热的日子，柱
　　　　廊可以为漫步者提供阴凉。"赫丘利之狮"，因为狮子座据说是
　　　　赫丘利，即赫拉克勒斯（Hercules）杀死的尼米亚猛狮（Nemean
　　　　lions）升天形成的。

1.69–70　指于公元前27年之后得名的屋大维娅柱廊。母亲（mater）指屋
　　　　大维娅（Octavia，公元前69—前11年），奥古斯都的姐姐。她在
　　　　儿子马尔凯鲁斯（Marcellus）死后（公元前23年）悲痛欲绝，建
　　　　成屋大维娅柱廊（Porticus Octaviae，注意与Porticus Octavia不是
　　　　同一处，后者建于公元前168年，由屋大维娅于前33年修缮）及
　　　　内含的一座图书馆纪念夭亡的儿子，此外奥古斯都还用马尔凯
　　　　鲁斯之名命名了一座剧院（Theatrum Marcelli，建成于公元前17
　　　　年，于前13年得此名），"其子的礼物"可能指马尔凯鲁斯剧院，
　　　　也可能就指屋大维娅柱廊里的图书馆。"externo"既可指"外面
　　　　的""外墙的"，也可指"外来的""异域的"，即指大理石来自
　　　　意大利之外；此处译文试图兼顾两层意思。

1.71–72　Porticus是1.71 quae的先行词，指利维娅柱廊（Porticus Liviae），
　　　　于公元前7年以奥古斯都的妻子利维娅（Livia，公元前58—公
　　　　元29年）之名命名。其他文献未见关于此处有画作（priscis ...
　　　　tabellis）的描绘，但前面提到的庞培柱廊和屋大维娅柱廊都藏有
　　　　著名的绘画作品。

1.73–74　指达娜伊得斯柱廊（The Portico of the Danaids），位于帕拉丁山
　　　　上（Palatine Hill）的阿波罗神庙里，该神庙堪称奥古斯都时代
　　　　最壮观的建筑，开始兴建于公元前36年征战庞培期间，建成于
　　　　前28年。普罗佩提乌斯《哀歌集》2.31对这一建筑进行过详尽
　　　　的描写。神庙可能由长廊围绕，廊中雕塑的故事是埃及国王达
　　　　那奥斯（Danaus）不愿将五十个女儿（即Danaides，又称贝丽戴
　　　　丝［Belides］，因她们是埃及国王贝鲁斯［Belus］的孙女）嫁

给自己的双胞胎兄弟埃古普图斯（Aegyptus）的五十个儿子，让
女儿们在新婚之夜杀死堂兄弟新郎，只有幼女叙佩尔姆奈斯特
拉（Hypermestra）没有照办。古希腊悲剧家埃斯库罗斯曾以此故
事为蓝本写了悲剧《求援女》（*Supplices*）。奥维德在《哀怨集》
3.1.59-62再次提到安放这些雕像的庙宇："从这里，我被继续带
上高高的台阶，／直到长发之神庄严耀目的神庙，／那里雕像与异
域石材的柱子相互交替，／贝鲁斯的孙女们及拔剑的蛮族父亲。"
（inde tenore pari gradibus sublimia celsis / ducor ad intonsi candida
templa dei, / signa peregrinis ubi sunt alterna columnis, / Belides et
stricto barbarus ense pater.）（刘津瑜译）

1.75　　　维纳斯曾为美男子阿多尼斯（Adonis）倾倒，并为他的暴亡恸哭
不已。罗马的维纳斯神庙有阿多尼斯节（Adonia）的传统，罗马
的交际女子（可作艺伎，hetaerae）多喜欢参加该节，这是一个
男子可物色各类姑娘的去处。

1.76　　　叙利亚此处泛指近东地区。自从庞培在公元前63年占领耶路撒冷
以后，罗马就有颇多犹太居民。尤利乌斯·恺撒和奥古斯都都均
采取了对犹太人友好温和的政策。从这一行诗足以看出犹太教
对古罗马经济与社会生活的影响。据悉，罗马有多座犹太教堂
（synagogue），并于公元前7年正式承认了这些教堂的合法性。奥
古斯都曾在一封给提比略（Tiberius）的信中提到犹太人过安息
日（周六）的做法（见苏维托尼乌斯《罗马十二帝王传》"神圣
的奥古斯都传" 76.2）。犹太教可能对古罗马一周七天的设计有
影响。安息日不可劳作，诗人在1.415再次提到安息日不可经商
做事，此时的罗马人已在使用一周七天的设计。

1.77　　　指埃及女神伊西斯（Isis），在罗马常被认作伊俄（Io），传说她
是古希腊国王伊那科斯（Inachus）的女儿，在放牧时被尤庇特看
上并占为己有，后相传被尤庇特之妻尤诺（即赫拉）变为母牛，

一说是尤庇特将伊俄变成母牛以帮其躲避尤诺（关于伊俄的故事见《变形记》1.583起的段落）。希罗多德（2.59）曾将伊西斯与主管丰收和农业的得墨忒耳（Demeter）等同，但他也意识到（2.41）伊西斯和伊俄在形象上的相似性（均为头上长角之人）。二者的相似性在卡利马科斯时代就已经得到确立。伊西斯的神庙坐落在罗马战神广场（Campus Martius）。"麻衣"指伊西斯的牧师不穿羊毛做的服饰，认为其不洁。Memphitica此处可能泛指"埃及的"，但也可能指阿玛西斯（Amasis）法老在公元前6世纪于古埃及的孟菲斯修筑的伊西斯神庙（见希罗多德2.176）。关于伊西斯崇拜在罗马的不良名声，见尤维纳利斯（Decimus Junius Juvenalis，公元55—110年）《讽刺诗集》（Satires）9.22-26和马尔提阿利斯（Marcus Valerius Martialis，生于公元38—41年，卒于102—104年）《铭辞》（Epigrams）11.47.4，均认为伊西斯神庙是偷情之地，但在女性中间，这一崇拜相当流行，哀歌女郎常被描绘为伊西斯的崇拜者。更多讨论亦见本诗3.393注解。

1.80　　Forum指罗马公共广场，可作集市、集会场所，常有公共演讲、审判等活动。因下文讲到法律专家（consultus）如何在此坠入爱河，故此处译作法庭。奥维德与兄长不同，因为性情不适合法律和演说而放弃了父亲为两兄弟规划的职业道路，见《哀怨集》4.10.17-40。诗人表示过自己对法律行业的厌恶，见《恋歌》1.15.5-6："［说我］不研习冗长的法律，/不愿把辩才奉献给可恶的法庭。"（nec me verbosas leges ediscere nec me / ingrato vocem prostituisse foro.）但是，奥维德仍有相当的法律知识（见译者序），并常用此调笑法律从业者（如本诗1.83-86）。此外，拒斥夸夸其谈的演说是卡利马科斯以来的哀歌诗人惯有的态度，如普罗佩提乌斯《哀歌集》4.1.134："［阿波罗对诗人说］禁止你在疯狂的广场发表演说"（vetat insano verba tonare foro）（王焕生译）。注意此句的法庭从上一句里的复数（fora）变成了单数（foro），因为此处指位于恺撒广场（Forum Iulium）的具体的法庭。

1.81-82 母神维纳斯（Venus Genetrix）的神庙位于恺撒广场，旁边有阿皮乌斯喷泉，因取水自阿皮乌斯·克劳迪斯所建水道（Aqua Appia）而得此名。阿皮乌斯（Appias）宁芙是喷泉里的水仙，此处可能指喷泉的出水口在宁芙雕像的口中。本诗3.452再次提到。比较《情伤疗方》660："阿皮乌斯水仙本人也不赞成如此的争端"（Non illas lites Appias ipsa probat）。这里用阿皮乌斯水仙代指维纳斯，因为后者在阿皮乌斯路边喷泉有神庙。

1.83-84 "俘获"（capitur）为双关，辩论家被爱情"俘获"（如普罗佩提乌斯《哀歌集》1.1.1"卿提娅第一个用双眸把不幸的我俘获"［王焕生译］Cynthia Prima suis miserum me cepit ocellis），正如他们常巧舌如簧地"捕获"对手。法律场合的用词比较西塞罗《为穆热纳辩护》（*Pro Murena*）22："你保护你的客户不中计。"（tu caves ne tui consultores ... capiantur.）本诗此句中的第一个"cavit"有法律意义，即为被代理人辩护，而后一个"cavet"则指宽泛意义上的"保护自己"。consultus指法律专家（iurisconsultus），与1.85的法庭辩论家（disertus）不同。

1.86 后半句直译为"他不得不为自己申辩"，形容初入情网的辩护者。

1.91-92 这两句运用了交叉语序修辞法（chiasmus），"所爱之人"（quod ames）与"长久相守"（quodque tenere）对应，"玩弄对象"（quod ludere）与"寻欢一时"（quod semel tangas）对应。

1.93 可能因为凑韵脚的缘故，作者使用了"往来"（redit itque）这一颠倒的词序，而非更常见的"来回""来去"。此处对蚂蚁的描写可比较维吉尔《埃涅阿斯纪》4.402-407，特别是4.404"黑色的长队在平原上行走"（it nigrum campis agmen）。

1.94　　　　比较《变形记》7.638（graniferumque agmen，搬运粮食的队伍），也用到"搬运粮食的"（graniferus）一词形容蚂蚁，除此两处外，此词未见于他处。

1.95-96　　此处对蜜蜂的描写可比较维吉尔《农事诗》4.162-169，在《埃涅阿斯纪》1.430-436几乎重复使用。

1.99　　　　这一句设计巧妙，运用了交叉语序修辞法，两个veniunt（她们到来）分隔开specto（观看）的两种不同形式，其中前面的spectatum是目的动名词（直译为"被观看的东西"），后一个spectentur则是与ut连用的第三人称复数的被动虚拟式，表示（她们）来的目的是被人看见。

第101-262行　如何在剧院、赛马场、军事凯旋和宴会中寻觅伴侣

Primus sollicitos fecisti, Romule, ludos,

　　Cum iuvit viduos rapta Sabina viros.

Tunc neque marmoreo pendebant vela theatro,

　　Nec fuerant liquido pulpita rubra croco;

105　Illic quas tulerant nemorosa Palatia frondes

　　Simpliciter positae scaena sine arte fuit;

In gradibus sedit populus de caespite factis,

　　Qualibet hirsutas fronde tegente comas.

Respiciunt, oculisque notant sibi quisque puellam

110　Quam velit, et tacito pectore multa movent;

Dumque rudem praebente modum tibicine Tusco

　　Ludius aequatam ter pede pulsat humum,

In medio plausu (plausus tunc arte carebant)

　　Rex populo praedae signa petita dedit.

115　Protinus exiliunt animum clamore fatentes,

　　Virginibus cupidas iniciuntque manus.

Ut fugiunt aquilas, timidissima turba, columbae

　　Ut fugit invisos agna novella lupos:

Sic illae timuere viros sine more ruentes;

120　Constitit in nulla qui fuit ante color.

Nam timor unus erat, facies non una timoris:

　　Pars laniat crines, pars sine mente sedet;

Altera maesta silet, frustra vocat altera matrem;

　　Haec queritur, stupet haec; haec manet, illa fugit.

罗慕路斯啊，你首创这混乱的游戏，

　　当萨宾女子被抢来取悦单身男子。

彼时，遮阳棚还未垂悬于大理石剧场，

　　舞台也未洒上赤色的番红花汁；

彼处，葱茏的帕拉丁山上草叶花环　　　　　　105

　　简陋朴实地将舞台布景渲染；

人们席地坐于长草的土阶之上，

　　草叶随意将杂乱的头发遮藏。

他们环视四周，搜寻各自中意的女孩

　　一言不发，内心却翻江倒海；　　　　　　110

当图斯奇亚的吹笛人演奏着乡土节拍

　　舞者在平地三步踏踩，

一片欢呼声中（那时的欢呼毫不高雅）

　　国王向众人放出期盼的讯号：开抢！

庶众蜂拥而上，喧哗中透着欲望　　　　　　115

　　将饥渴的双手伸向少女。

正如最胆怯的鸽群躲避老鹰的爪牙，

　　又如年幼的羊羔逃离恶狼的追杀：

同样，女人们惊惧着一哄而上的男人，

　　一个个都尽失先前的神色。　　　　　　120

人人恐惧，个个惊慌的表现却不相同：

　　有人披头扯发，有人失神呆坐；

有人伤感沉默，有人徒劳喊娘；

　　或悲泣，或瞠目；或驻足，或逃窜。

125　　　Ducuntur raptae, genialis praeda, puellae,

　　　　　Et potuit multas ipse decere timor.

　　　Si qua repugnarat nimium comitemque negarat,

　　　　　Sublatam cupido vir tulit ipse sinu

　　　Atque ita 'quid teneros lacrimis corrumpis ocellos?

130　　　Quod matri pater est, hoc tibi' dixit 'ero'.

　　　Romule, militibus scisti dare commoda solus:

　　　　　Haec mihi si dederis commoda, miles ero.

　　　Scilicet ex illo sollemni more theatra

　　　　　Nunc quoque formosis insidiosa manent.

135　　　Nec te nobilium fugiat certamen equorum:

　　　　　Multa capax populi commoda Circus habet.

　　　Nil opus est digitis per quos arcana loquaris,

　　　　　Nec tibi per nutus accipienda nota est;

　　　Proximus a domina nullo prohibente sedeto,

140　　　Iunge tuum lateri qua potes usque latus.

　　　Et bene, quod cogit, si nolis, linea iungi,

　　　　　Quod tibi tangenda est lege puella loci.

　　　Hic tibi quaeratur socii sermonis origo,

　　　　　Et moveant primos publica verba sonos:

145　　　Cuius equi veniant facito studiose requiras,

　　　　　Nec mora, quisquis erit cui favet illa, fave.

　　　At cum pompa frequens caelestibus ibit eburnis,

　　　　　Tu Veneri dominae plaude favente manu.

被擒女子成为新婚的战利品，　　　　　　　125

　　惊惧反倒使其愈发迷人。

若有女子激烈反抗想从伴侣身边逃走，

　　男人就将她拥到渴求的胸口，

说道："为何让眼泪损毁你娇嫩的眼睛？

　　今后我于你，便是你父亲于你母亲。"　　130

罗慕路斯啊，仅有你知道给士兵丰厚回报：

　　若你给如此大礼，我也响应军队征召。

显然，自此以后遵循传统的剧院

　　至今仍为美人挖坑设陷。

你也切莫错过骏马竞赛的机会，　　　　　135

　　人头攒动的竞技场有诸多回馈。

无须借手指助你交流隐秘言语，

　　也不必看她点头获取爱的讯息；

坐到女士身边，无人阻碍，

　　与她并排，尽量紧挨；　　　　　　　　140

也是妙，场地迫，爱不爱，相贴靠，

　　受场地限制的女子只能被你碰触。

此时你要找机会开启友善的攀谈，

　　先来几句大家都讲的搭讪：

热切的你，赶紧问清谁家马儿正在竞比，　　145

　　切勿迟疑，她爱哪匹你就押注哪匹。

而当举着象牙神像的拥挤游行入场，

　　你要挥起手来，为女神维纳斯鼓掌。

Utque fit, in gremium pulvis si forte puellae

150   Deciderit, digitis excutiendus erit;

Etsi nullus erit pulvis, tamen excute nullum:

Quaelibet officio causa sit apta tuo.

Pallia si terra nimium demissa iacebunt,

Collige et inmunda sedulus effer humo:

155   Protinus, officii pretium, patiente puella

Contingent oculis crura videnda tuis.

Respice praeterea, post vos quicumque sedebit,

Ne premat opposito mollia terga genu.

Parva leves capiunt animos: fuit utile multis

160   Pulvinum facili composuisse manu;

Profuit et tenui ventos movisse tabella

Et cava sub tenerum scamna dedisse pedem.

Hos aditus Circusque novo praebebit amori,

Sparsaque sollicito tristis harena foro.

165   Illa saepe puer Veneris pugnavit harena

Et, qui spectavit vulnera, vulnus habet:

Dum loquitur tangitque manum poscitque libellum

Et quaerit posito pignore, vincat uter,

Saucius ingemuit telumque volatile sensit

170   Et pars spectati muneris ipse fuit.

Quid, modo cum belli navalis imagine Caesar

Persidas induxit Cecropiasque rates?

若恰巧姑娘的腿上有尘土

　　落下，你定要用手指轻拂；　　　　　　　　　150

哪怕并无灰土，你也掸去虚无：

　　愿你的殷勤趁机得以表露。

若她裙摆太长垂落于地，

　　快热切地从肮脏地面拾起，

很快你的辛劳必有犒赏，姑娘默许　　　　　　155

　　一睹她的美腿便是赠你的大礼。

此外要留意，确保无论谁坐你们身后，

　　膝盖别将她娇柔的后背触碰。

小举动能赢得轻浮的心，好多人发现

　　用巧手调调坐垫，方便实用；　　　　　　160

有效的办法还有轻摇罗扇生风，

　　或是在她纤足下垫上小凳。

竞技场为新鲜恋情提供契机，

　　情殇的沙粒则撒满躁动的广场。

维纳斯之子常征战于那片场地，　　　　　　　165

　　观看别人伤痕者，自己遍体鳞伤。

当他开口索要小册，触到玉手，

　　问起谁将胜出，赌注已投，

受伤的他呻吟着，感受到带翼的利箭，

　　看客本人反倒成了戏中小丑。　　　　　　170

最近是什么，当恺撒模拟军舰海战

　　带来了波斯和雅典的舰船？

Nempe ab utroque mari iuvenes, ab utroque puellae

Venere, atque ingens orbis in Urbe fuit.

175   Quis non invenit turba, quod amaret, in illa?

Eheu, quam multos advena torsit amor!

Ecce, parat Caesar domito quod defuit orbi

Addere: nunc, Oriens ultime, noster eris.

Parthe, dabis poenas; Crassi gaudete sepulti

180   Signaque barbaricas non bene passa manus.

Ultor adest, primisque ducem profitetur in annis

Bellaque non puero tractat agenda puer.

Parcite natales timidi numerare deorum:

Caesaribus virtus contigit ante diem.

185   Ingenium caeleste suis velocius annis

Surgit et ignavae fert male damna morae.

Parvus erat manibusque duos Tirynthius angues

Pressit et in cunis iam Iove dignus erat;

Nunc quoque qui puer es, quantus tum, Bacche, fuisti,

190   Cum timuit thyrsos India victa tuos?

Auspiciis annisque patris, puer, arma movebis

Et vinces annis auspiciisque patris.

Tale rudimentum tanto sub nomine debes,

Nunc iuvenum princeps, deinde future senum.

195   Cum tibi sint fratres, fratres ulciscere laesos,

Cumque pater tibi sit, iura tuere patris.

可不，四海的青年，四海的姑娘

　　咸集于此，广阔世界尽在此城。

谁没在那人群中寻到爱恋的对象？　　　　175

　　啊，异国的情爱让多少人目眩神恍！

看啊，恺撒厉兵秣马，正欲将帝国版图

　　扩张：此刻，至远东方，你将成为吾国领土。

帕提亚，你将受罚；已逝的克拉苏们，欢笑吧，

　　还有那旌旗，曾受蛮夷凌辱。　　　　180

汝等复仇者在此，年纪尚轻便担纲领袖，

　　弱冠之躯任起少年所不能之战场运筹。

胆怯者，别再细数神灵的生日了：

　　勇武美德不待时日便已降临恺撒。

天赐才华比他们的年岁增长更为迅捷，　　　　185

　　对慵懒的颓废予以惩戒。

襁褓中的提林斯人徒手绞死两条巨蟒，

　　摇篮之中已配得上尤庇特的荣光；

还有少年的你，巴科斯，彼时年方几许，

　　当被征服的印度惧着你的手杖？　　　　190

依乃父祥瑞与经验，男孩，你将操持干戈，

　　依乃父祥瑞与经验，你将出发征服。

你须担起初次考验方能符此盛名，

　　此时青年之冠，未来长者之首。

既然你有兄弟，就为兄弟之殇复仇，　　　　195

　　既然你有父亲，便为父亲律法坚守。

Induit arma tibi genitor patriaeque tuusque;

Hostis ab invito regna parente rapit.

Tu pia tela feres, sceleratas ille sagittas;

200   Stabit pro signis iusque piumque tuis.

Vincuntur causa Parthi: vincantur et armis;

Eoas Latio dux meus addat opes.

Marsque pater Caesarque pater, date numen eunti:

Nam deus e vobis alter es, alter eris.

205   Auguror, en, vinces, votivaque carmina reddam

Et magno nobis ore sonandus eris.

Consistes aciemque meis hortabere verbis

(O desint animis ne mea verba tuis!)

Tergaque Parthorum Romanaque pectora dicam

210   Telaque, ab averso quae iacit hostis equo.

Qui fugis ut vincas, quid victo, Parthe, relinquis?

Parthe, malum iam nunc Mars tuus omen habet.

Ergo erit illa dies, qua tu, pulcherrime rerum,

Quattuor in niveis aureus ibis equis;

215   Ibunt ante duces onerati colla catenis,

Ne possint tuti, qua prius, esse fuga.

Spectabunt laeti iuvenes mixtaeque puellae,

Diffundetque animos omnibus ista dies.

Atque aliqua ex illis cum regum nomina quaeret,

220   Quae loca, qui montes quaeve ferantur aquae,

乃父亦是国父为你披上戎装；

　　你的敌人却强夺其父权杖。

你将扬起正善之鞭，他则只有罪恶之箭；

　　公道正义将立于你的麾下阵前。　　　　　　200

帕提亚人乃不义之师，必将折戟沙场。

　　愿我军领袖为拉丁添置东方宝藏。

父亲马尔斯和父亲恺撒啊，请助力踏上征途之人，

　　你们一人为神，一人终将为神。

让我预言，啊，你将征服，我将报以许诺的赞歌，　　205

　　而你必会受我宏大诗篇的称颂：

你将屹立，如我所言号召战阵；

　　（噢，愿我的诗作不缺你的精魂气魄！）

我将歌唱帕提亚的后背和罗马的胸膛，

　　还有暗箭，敌人从败走的马背投射。　　　　　210

佯败以求胜的帕提亚人啊，战败时你将如何？

　　帕提亚人，此刻你们的马尔斯神谕凶噩。

于是那日终将来临，当您，俊朗无人能及，

　　身披镶金紫袍，驾四乘雪白马匹；

脖颈被铁链拖拽的敌军将领会走在您前方，　　　215

　　无法如从前一般安全逃亡。

混迹在姑娘中的欢乐青年将会看到，

　　这一天将让所有人心神荡漾。

当人群中某位女子问起将领的名字，

　　什么地域、哪方山川正在登场，　　　　　　220

Omnia responde, nec tantum siqua rogabit;

Et quae nescieris, ut bene nota refer.

Hic est Euphrates, praecinctus harundine frontem;

Cui coma dependet caerula, Tigris erit;

225   Hos facito Armenios, haec est Danaeia Persis:

Urbs in Achaemeniis vallibus ista fuit;

Ille vel ille, duces, et erunt quae nomina dicas,

Si poteris, vere, si minus, apta tamen.

Dant etiam positis aditum convivia mensis;

230   Est aliquid praeter vina, quod inde petas.

Saepe illic positi teneris adducta lacertis

Purpureus Bacchi cornua pressit Amor,

Vinaque cum bibulas sparsere Cupidinis alas,

Permanet et capto stat gravis ille loco.

235   Ille quidem pennas velociter excutit udas,

Sed tamen et spargi pectus amore nocet.

Vina parant animos faciuntque caloribus aptos;

Cura fugit multo diluiturque mero.

Tunc veniunt risus, tum pauper cornua sumit,

240   Tum dolor et curae rugaque frontis abit.

Tunc aperit mentes aevo rarissima nostro

Simplicitas, artes excutiente deo.

Illic saepe animos iuvenum rapuere puellae,

Et Venus in vinis ignis in igne fuit.

你要一一回应，甚至不必等她问起；

　　哪怕不懂，也要答得成竹在胸。

这是幼发拉底，额前芦苇环绕；

　　垂着深蓝发丝的，定是底格里斯；

说这些是亚美尼亚人，这源自达娜厄的波斯；　　　225

　　阿契美尼德的山谷有这座城市；

这个或是那个将领，你总能说出名字，

　　若行说出真名，若不行也编得煞有介事。

餐桌摆好的宴会上也有好机会，

　　你在那能寻的可不止红酒的迷醉。　　　230

那里，泛红光的阿摩尔常用纤柔壮臂

　　摁住巴科斯被压低的犄角；

而当丘比特吸水的双翅被红酒沾湿，

　　他便停下了，沉重地待在被俘处。

他虽飞快地抖落羽翼的湿润，　　　235

　　但胸口洒上爱却伤害颇深。

美酒壮胆，点燃爱焰；

　　酒过三巡，烦忧不见。

笑语随之而来，贫者拾起勇气，

　　痛苦忧愁、额上皱纹都消失散去。　　　240

酒后，现今最难得的本真

　　敞露人心，神明除去矫饰。

那里，姑娘常常掠走青年的心，

　　酒后的维纳斯好比火上添薪。

245   Hic tu fallaci nimium ne crede lucernae:

       Iudicio formae noxque merumque nocent.

Luce deas caeloque Paris spectavit aperto,

       Cum dixit Veneri 'vincis utramque, Venus.'

Nocte latent mendae vitioque ignoscitur omni,

250   Horaque formosam quamlibet illa facit.

Consule de gemmis, de tincta murice lana,

       Consule de facie corporibusque diem.

Quid tibi femineos coetus venatibus aptos

       Enumerem? numero cedet harena meo.

255   Quid referam Baias praetextaque litora velis,

       Et quae de calido sulpure fumat aqua?

Hinc aliquis vulnus referens in pectore dixit

       'Non haec, ut fama est, unda salubris erat.'

Ecce suburbanae templum nemorale Dianae

260   Partaque per gladios regna nocente manu;

Illa, quod est virgo, quod tela Cupidinis odit,

       Multa dedit populo vulnera, multa dabit.

你不可过于信赖此处欺人的油灯，　　　　245

　　夜与酒让人对美难以判论。

帕里斯在化日光天睹视女神芳菲，

　　当他对维纳斯讲"您赛过二美"。

瑕疵藏于黑夜，缺点皆被忽略，

　　那个时间让任何女人美貌。　　　　250

评判珠宝，评判染紫的羊毛，

　　评判脸蛋身形，都须仰仗白昼。

何须我将适合猎艳的女人聚集地

　　一一列举？此类地方多于沙砾。

何须我再提拜伊埃，海岸船帆环绕，　　　255

　　和那喷吐着热腾腾硫黄的池水？

从这儿带回心伤之人曾道：

　　"传言有假，此水无益。"

看，城郊林中的狄安娜神庙

　　利剑与午夜决斗决定谁来统治；　　　260

她，身为处女，憎恶爱神之箭，

　　给人伤痕无数，伤害还将继续。

分行注疏

1.101　　奥维德在此讲述罗马人劫掠萨宾女子的故事（the Rape of
　　　　Sabines），并以此为剧院猎艳的传统寻找起源故事（aetiological
　　　　tale）。该故事发生在传说中建立罗马城的罗慕路斯（Romulus）
　　　　任期内。罗慕路斯邀请附近的萨宾人到罗马参加八月中旬的康
　　　　苏斯节（Consualia）（康苏斯［Consus］为谷物保护神）。在节
　　　　日戏剧表演期间，单身的罗马男人掠走大量萨宾女子为妻，从
　　　　而解决罗马因人口性别不均衡而无法繁衍子嗣的难题。该句语
　　　　言上可能有普罗佩提乌斯诗句的影响，见《哀歌集》4.10.5–6：
　　　　"罗慕卢斯啊，你自己提供了这种荣誉的范例"（imbuis exemplum
　　　　primae tu, Romule, palmae / huis）（王焕生译）。为某种传统追根
　　　　溯源的写法符合教谕诗传统。劫掠萨宾女子本是罗马传统中有
　　　　名的故事，见于李维《罗马史》1.9，哈利卡那索斯的狄奥尼修
　　　　斯（Dionysius Halicarnassus，约公元前60—约前7年）的《罗马史》
　　　　（*Roman Antiquities*）2.30，普鲁塔克《希腊罗马名人传》"罗慕
　　　　路斯"14等，而奥维德在此处讲述这一故事是为了为剧院猎取女
　　　　孩的传统寻求正当性源头，颇有新意。普罗佩提乌斯也曾提到这
　　　　一段故事，但目的是将爱欲盛行于罗马归咎于罗慕路斯，见《哀
　　　　歌集》2.6.19–22："罗慕卢斯啊，你就是犯罪的主使，靠苦涩的
　　　　狼奶长大：你教导不受惩罚地抢夺无瑕的萨比亚女子，由于你，
　　　　现今阿摩尔恣意横行于罗马。"（tu criminis auctor / nutritus duro,
　　　　Romule, lacte lupae. / tu rapere intactas docuisti impune Sabinas: / per te
　　　　nunc Romae quidlibet audet Amor.）（王焕生译）

1.102　　意即萨宾女子被抢作罗马单身男人之妻。rapta Sabina 以单数作复
　　　　数意；viduos指单身的，无妻子的，而非鳏夫、丧妻者。

1.103　　奥古斯都时代的罗马人颇爱想象和再现罗马城古老原始的模

样，如普罗佩提乌斯那句"罗马当时处境怎样？"（quid tum Roma fuit?）（《哀歌集》4.4.9，王焕生译），言外多有怀旧之情，但在奥维德笔下，将古罗马昨日的乡野气息与今日的现代宏伟对比，蕴含的是对自己生活时代的自豪，过去的乡土气息也成了诗人调笑的对象。关于此更详细的讨论，见本诗3.113注疏。奥维德将罗慕路斯时代原始的舞台和庞培剧场做比较，后者用大理石建成于公元前55年，是罗马第一座永久性的剧场。

1.104　通常用混着甜红酒的番红花（crocum或crocus）为舞台（pulpita常作复数）喷洒香气营造氛围。比较普罗佩提乌斯《哀歌集》4.1.15-16："穹形剧场还没有挂起弯曲折叠的幕布，/舞台还没有发出通常的番红花气味。"（nec sinuosa cavo pendebant vela theatro, / pulpita solemnes non oluere crocos.）（王焕生译）

1.105　此处Palatia是诗化的复数，单数为Palatium，指罗马七座山丘中最早住人的帕拉丁山。关于古罗马剧场的变迁，瓦莱利乌斯·马克西姆（Valerius Maximus，公元1世纪）在《名事名言录》（*de Factis Dictisque Memorabilibus*）2.4.6有过记载，详见3.231注疏。

1.107　指人们坐在帕拉丁山的土坡上观看以获得更好的视野，土坡与后来的木制或石头座椅形成反差。

1.108　抢掠发生在盛夏八月，在没有遮阳棚的剧场人们用草叶遮阴。"杂乱的头发"也与诗人后文建议恋人选择的发型（1.517-518）形成对照。

1.109-110　比较李维《罗马史》1.9.11"谁抢得哪个女子大多是偶然随机的"（magna pars forte in quem quaeque inciderat raptae），而奥维德则相反，认为罗马男子在为自己物色中意的女子。"环视"（respiciunt），可能影射奥古斯都时代的座位安排，即女性只能坐在剧院后排（即高处）座位（见苏维托尼乌斯《罗马十二帝王传》"神圣的奥古斯都传"44）；比较《恋歌》2.7.3"或者如果我回头望大理石剧场最高的地方"（sive ego marmorei respexi summa theatri）；普罗佩提乌斯《哀歌集》4.8.77"（卿提娅给恋人提要求）在剧场里不得抬头向高处座位观望"（colla cave inflectas ad summum obliqua theatrum）（王焕生译）。multa movent（内心思绪万千）和tacito pectore（沉默的胸中）均为史诗中的常见表达，前者见《埃涅阿斯纪》5.608"内心思绪万千，古老的仇怨并未消除"（multa movens necdum antiquum saturata dolorem）；后者见《埃涅阿斯纪》1.502"拉托娜沉默的胸中翻腾着快乐"（Latonae tacitum pertemptant gaudia pectus）。

1.111-112 罗马人为萨宾邻居们准备的是伴着音乐跳舞，一种伊特鲁里亚（Etruscan）风格的娱乐，李维认为这最早在公元前364—前363年的瘟疫之后引入罗马（《罗马史》7.2）。pulsat指一种有力的、不太优雅的踩脚，比较贺拉斯《颂诗集》1.37.1-2："此刻理当饮酒，此刻自由的足/理当敲击大地"（nunc est bibendum, nunc pede libero / pulsanda tellus）（李永毅译）。ter pede三步可能暗指三步舞（tripudium），是一种仪式化的舞蹈，与古罗马第二任国王努马（Numa，公元前715—前672年在位）设立的战神祭司萨利伊（Salii），或称"跳跃的祭司"有关。

1.114 此处采纳的petita为学者对抄本原文中petenda的修订，因为signa petenda很难解释通顺（直译为"一定要被寻得的讯号"），而修订后的signa petita更讲得通（"众人渴望的讯号"）。

1.115 句中的fatentes源于fateor，"承认""表明"。

1.117-118 鸽子逃离老鹰，可比较《伊利亚特》22.139-140形容阿喀琉斯追逐赫克托尔"如同禽鸟中飞行最快的游隼在山间/敏捷地追逐一只惶惶怯逃的野鸽"（罗念生、王焕生译）；羊羔逃离恶狼也是传统的比喻，这两个意象在奥维德《变形记》1.505-507用来形容求爱，"仙女，停下！羊羔如此逃离恶狼，麋鹿如此躲避狮子，/鸽子扑腾着恐惧的翅膀飞离鹰隼，/万物都这样躲避自己的敌人：促使我追逐你的却是爱情啊！"（nympha, mane! sic agna lupum, sic cerva leonem, / sic aquilam penna fugiunt trepidante columbae, / hostes quaeque suos: amor est mihi causa sequendi! ）

1.118有异读，从古尔德取invisos ... lupos（令人厌恶的狼，恶狼）。肯尼与霍利斯取visos ... lupos（被看见的狼），意为瞧见狼就足以吓坏羊羔。

1.119　　　此句中的timuere等同于timuerunt，因韵脚的需要采取代替形式。

1.121　　　原文"timor unus erat"直译为"恐惧是同样的"，此处采取意译。

1.122–124 奥维德用这几行极少的笔墨勾勒出一幅生动的画面，以文字为画笔再现出蜂拥上前的罗马男子和神色各异的萨宾女人，历史上有关"劫夺萨宾妇女"主题的艺术作品很多，可以如此传神。

1.126　　　本行的结尾在不同抄本中有"timor"（恐惧）和"pudor"（羞耻、羞涩）两种写法，颇难抉择。前者指惊惧的神色让其迷人，也见《变形记》4.230"恐惧本身装点了她的容颜"（ipse timor decuit），《岁时记》5.608"而恐惧又为她带来新的美丽"（et timor ipse novi causa decoris erat）等；后者则指少女脸上羞涩的红晕为其增色，如《恋歌》1.8.35"羞涩装点雪白的脸颊"（decet alba quidem pudor ora）。

1.127　　　爱情诗歌中常见的写法，被劫掠的女子可以显得不情愿，但若一味强行抵抗就不可取了，如本诗1.665–666"也许一开始她会抗拒，高喊'流氓'；/但就在抗拒中她有了被征服的渴望"；《恋歌》1.5.13–16"我扯下袍子——但对她几乎没有伤害；/可她仍挣扎着想用袍子把自己遮盖。/她虽这样挣扎，如不愿被征服的人，可仍轻易被我征服，由于她自己的背叛"（Deripui tunicam—nec multum rara nocebat; / pugnabat tunica sed tamen illa tegi. / quae cum ita pugnaret, tamquam quae vincere nollet, / victa est non aegre proditione sua）。充满爱欲的假意拒绝与真的情爱暴力之间如何甄别和划清界限，是值得读者思量的。也是奥维德此类写法在如今的#MeToo等运动中受到批评的原因之一。

1.128   这次劫掠也成了一个新婚习俗的缘起：罗马的新郎要抱着新娘跨过新居的门槛。见普鲁塔克《希腊罗马名人传》"罗慕路斯"15。

1.131   "仅有"（solus）强调罗慕路斯的显赫卓越。有学者认为诗人在此以奥古斯都时代的征兵困难，暗讽罗慕路斯比奥古斯都更为卓越。"回报"（commoda）指罗马士兵除了日常工资之外的福利，如以分地或是现金形式给予的退休补贴，或是节假日、攻城略地等特殊状况下的津贴。罗马军队中素来有抱怨士兵福利太低的声音，因此军队征召常面临困难。奥维德戏谑地表示，若将一两个美貌女子作为军队津贴的一部分，定能解决这一问题。

1.132   古罗马贵族男子到了一定年龄应服兵役，但奥维德设法躲避了这个义务。例如他在《恋歌》1.15.3-4的自述："我没有遵循祖先传统，在年轻力壮时，/追寻战事中的辛苦获得的战利品。"（non me more patrum, dum strenua sustinet aetas, / praemia militiae pulverulenta sequi.）

1.133   一些抄本有异读，作solemnia，此处从霍利斯，取sollemni more（根据神圣的习俗）。

1.135–162 讲述另一个寻觅女孩的好去处是罗马大竞技场（Circus Maximus），这里有比赛和公共展会。这一段的场景与作者之前所作的《恋歌》3.2非常相似，有学者认为此处的描写不及《恋歌》精彩（见Hollis 1977, p. 58），但笔者以为这样的褒贬并无必要，毕竟两部作品的写作目的有差别。

1.135   比较《恋歌》3.2.1："我坐在这里并非因对名贵的马儿感兴趣。"（non ego nobilium sedeo studiosus equorum.）

1.136   《恋歌》3.2.20："赛马场因场地的规则而有如此机会。"（haec in

lege loci commoda circus habet.）

1.137　比较本诗从1.569开始的描述，宴会上眉目传情、窃窃私语是惯常做法。在男女混坐的竞技场，这些暗语都不再必要。

1.139　在竞技场男女可以坐在一起，而在剧场男女座位则必须分开（奥古斯都规定女士必须坐在剧场后排）。比较《哀怨集》2.283-284："竞技场的自由放任不安全：/这里女孩就坐在陌生男子身边。"（non tuta licentia Circi est: / hic sedet ignoto iuncta puella viro.）（刘津瑜译）本句中的sedeto是未来祈使形式，显得古旧，适用于教谕体。

1.141　这句以两词一组，一共四组，形似竞技场紧紧相挨的座位。因此译文也尽量模仿原文形式。比较《恋歌》3.2.19："为何徒劳地躲开？座位排列迫使我们紧挨。"（Quid frustra refugis? cogit nos linea iungi.）

1.144　句中的publica verba指一般性的评论，适合在公共场合说的话，或是竞技场里所有人都在讲的话。目的是告诫追求者搭讪要循序渐进，不可以以过于亲密的语言开始。

1.145　facito［ut］requiras "确保你问清……"（原文省略了ut）。"热切的你啊"（studiose）是呼格，暗示追求者可能自己并非真心的赛马爱好者，只是为追求姑娘而热切地学习。开启比赛的入场游行（1.147-148）此时尚未开始，这行描述的应是参赛者亮相的展示环节。

1.147-148　在赛马开始之前，会有各路神祇的象牙雕像（caelestibus ... eburnis）入场游行，人们通常会致敬各自的守护神（如士兵致敬战神马尔斯，水手致意海神涅普图努斯［Neptuns］），求爱之人自然应致敬爱神维纳斯。《恋歌》从3.2.43开始对该游行有详细描述，一般从卡皮托山（Capitoline Hill）开始，走到古罗马广场（Forum Romanum）和牛市场（Forum Boarium），再到竞技场（Circus）。

1.149-162 讲述如何通过细微的举动打动心仪的女孩。几乎所有的做法都从
《恋歌》3.2.21-42中提取。

1.149-150 《恋歌》3.2.41-42："正当我说话时，你白色的衣裙落上了纤细
的灰尘。肮脏的灰尘，快离开那雪白的身体！"（dum loquor, alba
levi sparsa est tibi pulvere vestis. / sordide de niveo corpore pulvis abi!）
帮他人拂去衣服上的尘土一向是奉承者的做法。

1.152 quaelibet与causa ... apta连用，表示"若有"（any at all）。

1.153-154 《恋歌》3.2.25-26："但你的长袍太长了，拖在地上。/拾起
吧——或者看，我亲手捧起来了！"（Sed nimium demissa iacent tibi
pallia terra. / collige—vel digitis en ego tollo meis!）此外，pallium /
pallia（复数）指一种希腊长袍，古希腊哲学家常穿，而希腊和
罗马的艺伎（hetaerae）也着此装。

1.156 contingent（出现于）+与格（oculis tuis）。

1.157 respice（要留意）。这两句的建议，可比较《恋歌》3.2.19-24。

1.159 "许多人觉得有用"（fuit utile multis）体现了本诗自称源自具体经
验，而非神启（1.29）。

1.160 facili此处指"有经验的""灵巧的"，修饰手（manu）。

1.161 tabella一般指写字用的蜡板，此处指扇子（也可能是暂时用作扇
子的薄书），由"轻薄的"（tenui）修饰。

1.162 cava ... scamna为复数，因为这样的举动经常出现。

1.163-170 作者讲述如何在角斗士表演赛场猎取女孩。

1.164 比较普罗佩提乌斯《哀歌集》4.8.76"［卿提娅命令恋人］不得
漫步于放荡广场的沙地"（nec cum lascivum sternet harena forum）
（王焕生译）;《哀怨集》2.281-282"圈围之地给了多少人堕落的
由头，/当角斗的沙铺撒在硬实的地上！"（peccandi causam quam
multis saepta dederunt, / Martia cum durum sternit harena solum!）
（刘津瑜译）角斗士表演一般在古罗马广场或是牛市场举行，场

地撒上沙砾以吸收血迹，并确保地面平整。"躁动的"（sollicito）用来形容foro，指角斗士厮杀激烈，伤痕不断，也指观众焦躁不安。奥古斯都举办角斗表演，见《功德录》（Res Gestae）72，苏维托尼乌斯，《罗马十二帝王传》"神圣的奥古斯都传"45。

1.165　罗马有艺术家将丘比特描绘成角斗士，可能是对希腊人将丘比特刻画成摔跤者（见本诗1.231-232）的某种变体。

1.166　当角斗士在比赛中受伤，罗马观众会大喊"habet！"或是"hoc habet！"（"他伤了！"）。此处作者将角斗士的伤痕和恋爱者的情伤做比较。

1.167　libellum指角斗表演的小手册。诗人可能描述的是男人在问女子要小册时一不小心坠入爱河，但鉴于奥古斯都只允许女子坐在角斗场后排（与剧场一样），所以按理说男子很难直接与女子面对面，因而这里可能指男子在索要手册时不留神瞥见了让他心动的女人。

1.169　telum volatile指丘比特之箭。这一表达在史诗中常见，比如《埃涅阿斯纪》4.71形容为情所困的狄多。

1.169-170　这两句中动词用了完成时，表示追求者还没悉知自己被爱俘获的命运，便已受伤。打猎、受伤一类的意象常出现在爱情诗里。此处的muneris（原形munus）特指角斗士表演，是一个技术用词。

1.171-176　公元前2年八月一日（学者推测在本诗写作前不久），奥古斯都命令在罗马城中安排上演模拟萨拉米海战的一出戏（the Battle of Salamis），许多人在看戏时坠入爱河。该戏在台伯河右岸的人造湖中上演，是给复仇者马尔斯（Mars Ultor）神庙献礼的一部分，欢庆持续多日。学界因此认为《爱的艺术》前两卷可能成书于公元前2年或是前1年。希腊城邦与波斯之间的萨拉米海战发生在公元前5世纪，以雅典人的胜利告终。古罗马人喜欢用模拟海战表演历史上著名的战役。

1.172 "雅典的"，原文为刻克罗皮亚的（Cecropias），刻克罗普斯（Cecrops）是古阿提卡的地神，阿提卡十二城的创建者，传说中雅典所在的阿提卡的第一代王，因此阿提卡又叫刻克罗皮亚，雅典人则自称刻克罗皮代，即刻克罗皮亚的后裔。

1.173 ab utroque mari 从世界的东西海岸，寓指从世界最远之地；这句中 ab utroque 的重复用了首语重复修辞法（anaphora，即在不同的表达或语句中重复用同一词语）。有人认为这一表达指的是亚平宁半岛东边的亚得里亚海和西边的图斯奇亚海（Tuscan Sea），二者通常被称作高海（mare superum）与低海（mare inferum），但这样的解读意味着这个表达只包含了意大利半岛，与"广阔世界"（ingens orbis）并不相称。

1.174 在对罗马的颂词中，将 orbis（世界）和 Urbs（城市）放在一起是常用手法，有种身为世界之都（caput mundi）的骄傲。例如鲁提利乌斯·那马提阿努斯（Rutilius Namatianus，活跃于公元5世纪初）《归途记事》（de Reditu Suo）1.66："[对罗马女神说]你将之前的世界造为一座城。"（urbem fecisti quod prius orbis erat.）这一说法也在时至今日梵蒂冈主教使用的祝福词中得以体现："献给（罗马）城、献给世界。"（Urbi et Orbi.）

1.177-228 如何在军事凯旋式上寻找姑娘。奥维德最主要的灵感源于普罗佩提乌斯《哀歌集》3.4。

1.177-219 这是一首相对独立的、与正筹备东征帕提亚的盖尤斯·恺撒（Gaius Caesar，公元前20—公元4年）作别的赠别诗（propempticon），其中包括了赠别诗的常见内容，如向神祇祈祷、盼旅人平安、成功（1.203-204），回归之后承诺献祭（1.205），旅人回归之后的欢乐庆典（1.213之后）等。直到1.220-228行诗人方才回到正题，教导如何将罗马的军事凯旋变成寻找对象的契机。

盖尤斯东征的缘起：统治亚美尼亚地区的帕提亚国王弗拉阿泰斯

四世（Phraates IV）被自己与意大利女奴所生的儿子弗拉阿塔凯斯（Phraataces）暗杀篡位。老国王的其他四位有合法继承权的王子多年来一直在罗马，奥古斯都显然计划让他们其中之一成为亲近罗马的新国王，然而弗拉阿塔凯斯的篡位打乱了这一计划，故而是罗马所不能容忍的。奥维德笔下，这次东征的目的无疑是要将整个帕提亚帝国纳入罗马版图，一次伟大的东征可以比肩亚历山大大帝的荣光，并为卡莱战役（the Battle of Carrhae，见1.179–180注疏）报仇。但事实上，出征前的渲染与实际战役形成鲜明对比，盖尤斯并未真正与帕提亚进行实质交战，双方的矛盾通过两次外交晚宴得以化解。但是，在亚美尼亚发生的另一次争端中，盖尤斯不幸负伤，最终因此于公元4年去世。总之，这段对奥古斯都及其钦定继承人的颂词有助于理解奥维德对奥古斯都时代意识形态的褒贬。

1.177　　此处的恺撒指奥古斯都，本次东征的发起者和幕后指挥，但奥古斯都本人因为增长的年龄与渐弱的身体，已无法亲自出征。domito ... orbi指已被征服的世界，即罗马帝国。

1.179–180 signa指罗马军队的标志（或旌旗），为金色老鹰的小雕像（Aquila）。在公元前53年罗马和帕提亚之间的卡莱战役中，罗马将军克拉苏（Marcus Licinius Crassus，公元前115—前53年）及其子被杀（故克拉苏为复数），罗马金鹰也被敌军掠走，这被认为是对罗马的巨大羞辱。克拉苏当时是所谓的"三巨头"之一，其余二人为尤利乌斯·恺撒和庞培。普罗佩提乌斯《哀歌集》4.6.79–84也有相似的叙述。其实早在公元前20年，帕提亚人就已将罗马金鹰归还，而从奥维德此处的叙述（以及普罗佩提乌斯写于公元前16年的诗句）足以看出此事对罗马人带来了长久的创伤。

1.181　　复仇者（Ultor）让读者联想到复仇者马尔斯，其庙宇刚刚建成，金鹰旌旗刚被转移到他的庙宇中。此处的复仇者指东征军事领袖盖尤斯·维普萨尼乌斯·阿格里帕（Gaius Vipsanius Agrippa，公元前20—公元21年，即盖尤斯·恺撒），他是马尔库斯·维普萨尼乌斯·阿格里帕（Marcus Vipsanius Agrippa，公元前63—前12年）和大尤利娅（公元前39—公元14年，奥古斯都之女及唯一的亲生孩子）之子，奥古斯都的外孙，无子嗣的奥古斯都收养盖尤斯为子，希望培养成自己的接班人，但盖尤斯不幸于公元4年因伤去世。

1.182　可能包含了许多罗马人对盖尤斯作战经验缺乏的担忧。奥古斯都任命他时也非常犹豫。

1.183　诗人暗示，恺撒们的智慧源于其神圣血统，而非仅仅源于年龄和经验。

1.184　对盖尤斯的年轻有为的赞赏也让人联想到奥古斯都本人，他不到二十岁便参与罗马内战。

1.185　"天赐才华"（ingenium caeleste）可以在赞美恺撒的同时避免将其过度神化。诸如divinus、caelestis等词可以表达热情的赞美，但不一定指拥有真正的神性。

1.187-190　赫丘利和巴科斯（即狄奥尼索斯）的故事佐证，年轻有为的盖尤斯是值得信赖的。

1.187-188　提林斯人（Tirynthius）指赫丘利，提林斯（Tiryns）是他的故乡。他的父亲是尤庇特，母亲是阿尔克墨涅（Alcmena / Alcmene），尤诺嫉妒二人的结合，派两条巨蟒意图杀死襁褓中的赫丘利，殊不知摇篮中的婴孩徒手绞死了蟒蛇。

1.189-190　巴科斯征服印度的故事在希腊化时期广为流传，并且日益与亚历山大大帝征服东方的故事混为一谈。传说这位希腊神灵在教导世人葡萄养殖技巧的征途上，曾用了几年时间征服印度，以至于传闻亚历山大大帝到达印度河流域的城池时，有当地人告诉他此城是狄奥尼索斯所建。关于巴科斯"年方几许"这个问题并不成立，因为据传，跟日神阿波罗一样，酒神永远年轻。常春藤环绕的手杖（thyrsus）是酒神的武器。

1.191-192　annis本意为"年岁""年月"等，这里转义为（因年月而获得的）"经验"。祥瑞（auspex）源于avi（飞鸟）+ specere（观看），即观察飞鸟之人，亦即神谕或解读神谕之人。此处指在战役开始之前，罗马军队首领要占卜获取神谕，而拥有神谕也成了拥有权威（imperium）的象征。此处盖尤斯虽为军队首领，但实际拥有权威之人为奥古斯都，故说由其父提供祥瑞和经验。

许多人担心年少的盖尤斯无法担起东征重担，奥维德在此暗示，盖尤斯的权威和经验均来源于皇帝奥古斯都（"乃父"：实际上奥古斯都是盖尤斯的外祖父，无子的奥古斯都纳其为养子，希望培养成接班人）。诗人需在对盖尤斯和奥古斯都的颂扬上达到微妙的平衡。

1.193　　初次考验（rudimentum）常指某人的第一次军事之旅。如此盛名之下（tanto sub nomine）指奥古斯都本人的盛名，或是"恺撒"这一名号。

1.194　　被作为帝国接班人培养的盖尤斯和弟弟卢奇乌斯（Lucius）年少就被冠以青年之首（princeps iuventutis）之名，奥维德暗示未来盖尤斯将成为princeps，这个词的意思可能是"公民之首"或"第一公民"（princeps civitatis），也可能指"元老之首"（或译元老院首领）（princeps senum/senex），这是奥古斯都持有的荣誉，中文通常译为"元首"。这一叫法在表面上是符合罗马共和国体制的，罗马帝国前两个世纪的帝制通常被称为"元首制"（principate）。奥维德此处对该词的使用体现了他对一些政治敏感问题的巧妙回避，维持奥古斯都表面上对共和体制的尊重。

1.195-196　原文中所讲"兄弟之殇"和"父亲律法"即指盖尤斯对自己兄

弟与父亲的忠诚和责任，与帕提亚王子弗拉阿塔凯斯弑父篡位、不顾兄弟对比鲜明。诗人强调盖尤斯兴正义之师，前去讨伐帕提亚的叛乱贼子。此处的"兄弟之殇"和"父亲律法"可能指帕提亚被篡位的皇子和国王的伤痛与律法。然而盖尤斯其实并未真正与弗拉阿塔凯斯交战，不久两国和谈，罗马承认弗拉阿塔凯斯继位合法。奥维德对东征的赞美看上去更像是政治宣传。

1.197　原文后半句直译为"愿他们也在战场上被征服"。奥古斯都正式被元老院授予"祖国之父"（pater patriae）这一荣誉称号是在公元前2年的二月五日，也是本诗写作的年份，在此引用可能是刻意为之。当然，奥古斯都在此之前就常非正式地被唤以这一称号，比如贺拉斯《颂诗集》1.2.50"愿你乐意被唤作父亲与元首"（hic ames dici pater atque princeps）。

1.202　拉丁姆（Latium）位于台伯河流域东南部，一般用于代指罗马。东方的富庶是盖尤斯东征的一大驱动力。关于东征带来的收益，见普罗佩提乌斯《哀歌集》3.4.1-3："神圣的恺撒正计划对丰饶的印度进行征战，/……/将士们，酬赏丰厚！"（arma deus Caesar dites mediatur ad Indos ... / magna, viri, merces ...）（王焕生译）

1.203　"父亲马尔斯和父亲恺撒"（Marsque pater Caesarque pater），因为马尔斯是建立罗马城的罗慕路斯的父亲，所以是罗马人的祖先；而恺撒被称为"父亲"，是因为他是盖尤斯的父亲，也可以说是因为他是"祖国之父"（见1.197注）。numen原意指点头，引申为神的意志、神性。将神性直接用在奥古斯都身上，可比较《哀怨集》5.3.45-46中更为直接的表达："……巴科斯啊，请试着用您的神性打动恺撒之神性。"（flectere tempta / Caesareum numen numine, Bacche, tuo.）（刘津瑜译）

1.204　诗人预言奥古斯都终将成神，这符合当时的官方意识形态，认为奥古斯都在死后将如赫丘利等为人类做出重大贡献的凡人一样，升天成神。

1.205　奥维德声称自己将在盖尤斯凯旋之后献上一部史诗，可比较维吉尔《农事诗》3.1-48，维吉尔预言将有一部以屋大维为主角的史诗（in medio mihi Caesar erit）（3.1.16），并且将包含对帕提亚的胜利："我将加入亚细亚被征服的城市，那被踩踏的尼法泰斯和仰仗逃跑时的回马箭的帕提亚。"（addam urbes Asiae domitas, pulsumque Niphaten, / fidentemque fuga Parthum versisque sagittis.）（3.1.30-31）

1.206　此处充满了史诗雄健的风格。

1.207　诗人开始叙述自己将为盖尤斯凯旋罗马所写的赞歌包含的内容。

1.209　落荒而逃的帕提亚人露出后背，而罗马将士则敞开胸口迎难而上。罗马人尊崇 vulnus adversum（迎面受到的伤害），而后背受伤则意味着伤者一定是在逃窜过程中被刺中，是羞耻的。

1.210　帕提亚人会在伴装败走时在马背上突施冷箭，即所谓的"回马箭"（Parthian shot）。关于帕提亚人的这种军事策略，奥维德的前辈已有诸多描述，如维吉尔《农事诗》3.31"依靠逃跑中的回头箭矢的帕提亚人"（fidentemque fuga Parthum versisque sagittis）；贺拉斯《颂诗集》1.19.11-12称之为"骑着倒行之马的勇敢帕提亚人"（versis animosum equis / Parthum）；普罗佩提乌斯《哀歌集》3.9.54"帕提亚人诡诈的逃跑中弃下的箭矢"（Pathorum astutae tela remissa fugae）；4.3.66"[当]狡猾的变弓从调转身的马背鸣响"（subdolus et versis increpat arcus equis）（王焕生译）；奥维德也在自己的《岁时记》5.591-596提及。也见本诗3.786注解。

1.211　此句意为，如果假装溃败是帕提亚人获取胜利的唯一途径，那么当真正溃败的时候他们还能做什么？

1.213-228 描绘想象中盖尤斯胜利回国之后的凯旋式。

1.213   "您"指盖尤斯;"俊朗无人能及"(pulcherrime rerum)指"最为
        漂亮的",原文这一表达颇为口语化。

1.214   罗马的凯旋游行中,胜利的将军身着镶有金边的紫袍托袈(toga
        picta),乘坐由四匹白马引领的战车。比较提布卢斯《哀歌》
        1.7.5-8:"罗马人民已看到新的凯旋式,被征服的将领臂膀被缚,
        而你,梅萨拉,戴着征服者的桂冠,驾雪白马匹引领的象牙色
        战车。"(... novos pubes Romana triumphos / vidit et evinctos bracchia
        capta duces: / at te civtrices lauros, Messalla, gerentem / portabat nitidis
        currus eburnus equis.)普罗佩提乌斯《哀歌集》4.1.32:"由此罗慕
        卢斯驱赶四匹白马驾车。"(quattuor hinc albos Romulus egit equos.)
        (据说凯旋这驱赶着四匹白马驾的战车前进始于罗慕路斯,王焕
        生译注。)关于古罗马凯旋式及奥维德书写的讨论,见刘津瑜
        (2020)、保拉·加利亚尔迪(2021)。

1.215   被缚的敌军将领走在凯旋游行最前面,往往在游行队伍行至卡皮
        托坡道(Clivus Capitolinus)后被拉走处决。"脖颈被缚"(onerati
        colla catenis)其中的colla(脖子)是宾格,用于具体解释"被
        拖拽"(onerati)的部位(即accusative of respect,又称希腊宾格
        [Greek accusative])。

1.216   "从前",指前文提到的"伴败以求胜的帕提亚人",在逃跑时反
        攻,最后逃出生天。

1.217-228 诗人结束了赠别诗与称颂,回到正题,讲述如何在凯旋游行时寻
        觅佳人。

1.217   恋人与女友共同观赏凯旋这一场景,可能受普罗佩提乌斯《哀歌
        集》3.4影响,如3.4.11-18:"父马尔斯啊,神圣的维斯塔的命运
        之光啊,/我祈求在我去世前会出现这一天:/我看见恺撒的战车
        满载丰富的战利品,/在人群的欢呼声中战马不时地停步;/我倚

靠在亲爱的女子的怀里尽情观赏，/按标牌朗读座座被征服的城市，/溃逃的骑兵的箭矢、蛮族士兵的弯弓/和囚在自己的武器下被俘的首领！"（Mars pater et sacrae fatalia lumina Vestae, / ante meos obitus sit precor illa dies, / qua videam, spoliis onerato Caesaris axe, / ad vulgi plausus saepe resistere equos, / inque sinu carae nixus spectare puellae / incipiam et titulis oppida capta legam, / tela fugacis equi et bracati militis arcus / et subter captos arma sedere duces! ）（王焕生译）

1.220　　凯旋游行中常有对被征服的王国、地域的再现，以巨大的人物化造型、绘画或雕塑由人用轿框（ferculum）托举（ferantur）着入场。诗人说，当有女孩问起将领或是地域的名字，追求者应热情地解答。凯旋式中这一安排可比照塔西佗《编年史》2.41："托举着出场的有战利品、俘虏、模拟的山脉、河流和战斗。"（vecta spolia captivi simulacra montium fluminum proeliorum. ）约瑟夫斯（Flavius Josephus，约公元37—约100年）在《犹太战争》（*Bellum Judaicum*）中为我们提供了关于古罗马凯旋式最为详细的描绘，他提到，在维斯帕芗（Vespasian）和提图斯（Titus）的凯旋中，有些模型（tableaux）甚至有两三层楼高；这样的描绘也在提图斯凯旋门（Arch of Titus）上的浮雕中得到了印证。

1.223–224　河神倚靠于一只手肘的雕塑，在罗马艺术中常见。幼发拉底河本身由芦苇萦绕，比较《变形记》9.3对河神阿凯鲁斯（Achelous）的描写："卡吕多尼乌斯河，未经修饰的发丝缠上了芦苇。"（... Calydonius amnis / coepit inornatos redimitus harundine crines. ）"深蓝的"（caeruleus）经常用于形容水神。

1.225　　达娜厄（Danae）和尤庇特之子为珀尔修斯，他和安德罗墨达的儿子之一佩尔塞斯（Perses）被认为是波斯人的祖先（见希罗多德7.150），所以诗人在此认为波斯人源自达娜厄。

1.226　　"这座城市"（urbs ... ista）指波斯波利斯城（Persepolis），位于波

斯地区的阿契美尼德（Achaemenid）省。此时波斯地区（Persis）的国王名义上受帕提亚人控制，最终来自波斯地区的萨珊王朝（Sassanid Empire）在公元3世纪推翻了帕提亚人的统治。

1.228　如果"你"不知道这些异域的地名人名，也要编出一些像模像样的名字。

1.229–252　诗人讨论如何在宴会上寻觅佳人。在晚宴上猎艳是爱情哀歌的传统写法。

1.231　在宴会上，爱神丘比特（即阿摩尔，Amor）与酒神巴科斯进行摔跤比赛，决定爱与酒哪一个占据上风，这一场景可能源于古代的画作。原文中的lacertus通常指拥有强健肌肉的臂膀，"纤柔的壮臂"（teneris lacertis）用了矛盾修辞法（oxymoron）。肯尼指出，positi修饰Bacchi有双重意义：既指酒神巴科斯被置于某种境地，也指巴科斯代指的酒被放置在桌上（p. 244）。

1.232–234　purpureus一般指泛着光泽的红，如贺拉斯《颂诗集》4.1.10 "泛着红光的天鹅"（purpureis ... oloribus）；也暗指青年人特有的面容，如维吉尔《埃涅阿斯纪》1.590–591 "青年人的红光"（lumenque iuventae / purpureum）。此处描绘了一幅寓言式的意象：酒神巴科斯和爱神阿摩尔在宴会上摔跤争斗。巴科斯常被刻画成有角（cornua）的模样，而阿摩尔则是带翅男孩丘比特。"摁住"（pressit）指阿摩尔（丘比特）一开始占据上风，压制着酒神，而后因为原本干涸的双翅沾上红酒而沉重无法动弹。此处"沉重"（gravis）有三重含义：1. 衣物被沾湿的沉重；2. 醉酒后晕沉沉的感觉（vino gravatus）；3. 难缠的。

1.235–236　爱神因为羽翼沾酒而无法动弹，干脆趁机征服了自己被困的地方——年轻人的心（胸口）。肯尼认为excutit不光指甩干，也指爱神飞走，他甩下的翅膀上的露水触碰到年轻人的胸膛，让他饱受伤害（spargi pectus amore nocet），暗指虽然因酒精作用而坠入的爱恋不长久，但也足以在人心上留下痕迹（p. 245）。

1.237-244　与贺拉斯《颂诗集》3.21.13-20有诸多呼应之处："对那些偏向严苛的天性，你会施与/温柔的折磨；你也会让智者袒露/他们的忧思和隐秘的念头，借用轻松快乐的巴科斯的帮助。/你为焦虑的心灵带回希望与力量，/将动物的角赐予穷人，一旦品尝/你的味道，他就不再畏惧/国王的愤怒和士兵的刀枪。"（tu lene tormentum ingenio admoves / plerumque duro; tu sapientium / curas et arcanum iocoso / consilium retegis Lyaeo; / tu spem reducis mentibus anxiis / viresque et addis cornua pauperi / post te neque iratos trementi / regnum apices neque militum arma.）（李永毅译）

1.237　原文直译为：美酒壮胆，让人为爱的热烈做好准备。

1.238　原文的merum指未掺水的纯酿酒。

1.239　可能引自前文提到的贺拉斯《颂诗集》3.21.18："你将力量赋予贫者"（et addis cornua pauperi）。Cornua喻指勇气、力量、自信。

1.242　酒能除去人的伪装，展露本真，simplicitas（古朴）与当时罗马的cultus（精致，本诗第三卷关键词，参考3.127）形成对比，指除去矫饰之后的返璞归真。神明（deo）指酒神巴科斯。

1.243　"猎艳"的青年反而成了女子的猎物，在晚宴寻找爱情具有一定的危险性。

1.245-252　在进一步行动前，一定确保你在日光下审视过女子，否则晚宴昏暗的灯光可能欺骗你的眼。

1.246　"美的判断"（iudicio formae）呼应下一句里帕里斯的"金苹果判断"。

1.247　特洛伊王子帕里斯受召唤评判三位女神（维纳斯、尤诺、密涅耳瓦［即雅典娜］）谁最美。他将金苹果判与维纳斯，得到的回报是世上最美的女人（即海伦，斯巴达国王墨涅拉俄斯的王后），继而引发了特洛伊战争。奥维德将读者耳熟能详的故事讲出了新意：特洛伊王子帕里斯是因为在日光下审视三位女神，方能做出维纳斯最美的判断，因而读者应该注意，不要在昏暗的灯光下选择女友。注意"光亮"（luce，1.247）、"夜晚"（nocte，1.249）、"白昼"（diem，1.252）这几个与时间、明暗相关的关键词均位于原文的句首或句末，以示强调。

1.249–250　可见《爱的艺术》3.753–754，诗人教导女性如何利用晚宴上的酒和昏暗的灯光隐藏自己的瑕疵。1.249的"缺点皆被忽略"（vitioque ignoscitur omni），不及物动词后面是名词的与格（vitio ... omni）。

1.251　能否辨识不同质地的染色羊毛（de tincta murice lana）是评价人是否有好的判断力的常见方法。在市场的讨价还价也需要在日光下进行。

1.253–262　讲述女孩聚集的地方比沙滩上的沙砾还多。Quid 从句直译为"为何要我列举……"

1.255　部分抄本此句后半段作"praetextaque litora Bais"，Bais 与 Baias 在同一句重复表示强调，但此处取霍利斯的版本（praetextaque litora velis），文意更为晓畅。拜伊埃（Baiae）是罗马时期那不勒斯海湾北岸的著名温泉度假胜地，风景优美，气候宜人，有许多庄园。参考贺拉斯《书信集》1.1.82："全世界的海湾就数拜亚最美，最明澈。"（nullus in orbe sinus Bais praelucet amoenis.）（李永毅译）

1.256　拜伊埃的硫黄温泉非常有名，比较普罗佩提乌斯《哀歌集》3.18.2："拜伊埃的湖泊，水温暖和，雾气弥漫。"（fumida Baiarum stagna tepentis aquae.）（王焕生译）同时，拜伊埃的海岸也得到了一个不良名声，认为此地有伤风化之事多。如西塞罗曾在《为凯利乌斯辩护》（Pro Caelio）27提到，他担心裁决者会因为一位年轻人"曾见到过拜伊埃"（qui Baias viderit）就影响对他人品的判断。普罗佩提乌斯《哀歌集》1.11也曾担忧到访此地的卿提娅会受到影响，遗忘他们的爱情。

1.257　当地原本流行以泉水治伤，没想到却给到访之人心伤、情伤。

1.259　丛林中的狄安娜（Diana Nemorensis）位于罗马城南30公里左右的内米湖畔（the Lake of Nemi）和阿皮乌斯大道（Via Appia）旁，故称城郊（suburbanae）。传说一个逃走的奴隶杀死前任祭司获得祭司之位，此后这里继位的祭司都必须先赢得与前任的决斗，祭司被称为丛林之王（rex Nemorensis），故而其统治权称作regna。詹姆斯·弗雷泽（James Frazer）的人类学巨著《金枝》（The Golden Bough）就缘起于这个传说，见《金枝》第一卷第一章。《岁时记》3.271-272："强壮的手与迅捷的足掌握王权，每任死于继任者的挑战，正如自己如何杀死前任。"（regna tenent fortes manibus pedibusque fugaces, / et perit exemplo postmodo quisque suo.）弗雷泽以对这两句的评注试图说明《金枝》中的重要观点，即国王拥有神圣王权的前提是自己的健康与力量足以胜任，杀死挑战者便是对这一前提的证明，而继任者若挑战成功同样说明此原则适用。这片丛林也是情人经常造访之地，包括普罗佩提乌斯笔下的卿提娅，见《哀歌集》2.32.9-10："当人们看见你随松脂火炬匆匆前往圣林，匆匆地给特里维娅女神敬献烛光。"（cum videt accensis devotam currere taedis / in nemus et Triviae lumina ferre deae.）（王焕生译）

1.261　一种解释quod从句意为"尽管是处女，但给人情伤"，而霍利斯则认为可反其道而行之，理解为"恰恰是因为她是处女而憎恶丘比特之箭，故而要给人以情伤，看人受罪"（p. 89）。

第263-350行 坚定信念，定能赢得爱人芳心

Hactenus, unde legas quod ames, ubi retia ponas,

　　Praecipit imparibus vecta Thalea rotis.

265　Nunc tibi, quae placuit, quas sit capienda per artes,

　　Dicere praecipuae molior artis opus.

Quisquis ubique, viri, dociles advertite mentes

　　Pollicitisque favens vulgus adeste meis.

Prima tuae menti veniat fiducia, cunctas

270　　Posse capi: capies, tu modo tende plagas.

Vere prius volucres taceant, aestate cicadae,

　　Maenalius lepori det sua terga canis,

Femina quam iuveni blande temptata repugnet;

　　Haec quoque, quam poteris credere nolle, volet.

275　Utque viro furtiva Venus, sic grata puellae;

　　Vir male dissimulat, tectius illa cupit.

Conveniat maribus ne quam nos ante rogemus,

　　Femina iam partes victa rogantis aget.

Mollibus in pratis admugit femina tauro,

280　　Femina cornipedi semper adhinnit equo.

Parcior in nobis nec tam furiosa libido;

　　Legitimum finem flamma virilis habet.

Byblida quid referam, vetito quae fratris amore

　　Arsit et est laqueo fortiter ulta nefas?

285　Myrrha patrem, sed non qua filia debet, amavit

　　Et nunc obducto cortice pressa latet;

至此，你学会何处布罗网、何处觅佳人，

　　教你的是驾着不对称车轮的缪斯女神。

什么让她心动，何种技巧可赢她芳心，　　　　　265

　　现在我努力将这特艺向你传授。

无论何人、身处何地，请谦虚听讲，

　　众人啊，聆听我承诺的演说吧。

首先请树立信念，所有女子都能到手：

　　只要肯布网，便会有收获。　　　　　270

哪怕春天鸟寂静，夏日蝉不鸣，

　　麦那鲁斯的猎犬逃离野兔，

女人也不会拒绝男人殷切的调情；

　　连你以为不情愿之人，也会愿意。

男人爱隐秘的恋情，女子亦是；　　　　　275

　　男人拙于掩藏，女子偷偷渴望。

假如世俗常理规定男子不能先开口，

　　心有所属的女子自会主动出击。

柔软的草地上，母牛哞哞唤公牛，

　　牝马总向健蹄的公马啼嘶。　　　　　280

我们的欲望比女人的冷寂贫乏，

　　男子的爱焰界限合乎理法。

何须讲比布利斯，燃着对兄弟的违禁欲火，

　　用自缢的绳索洗清罪恶？

米拉恋父，但超越女儿对父亲的情愫，　　　　　285

　　如今在密闭树皮里潜藏受缚；

Illius lacrimis, quas arbore fundit odora,

Unguimur, et dominae nomina gutta tenet.

Forte sub umbrosis nemorosae vallibus Idae

290   Candidus, armenti gloria, taurus erat,

Signatus tenui media inter cornua nigro;

Una fuit labes, cetera lactis erant.

Illum Cnosiadesque Cydoneaeque iuvencae

Optarunt tergo sustinuisse suo.

295   Pasiphae fieri gaudebat adultera tauri;

Invida formosas oderat illa boves.

Nota cano; non hoc, centum quae sustinet urbes,

Quamvis sit mendax, Creta negare potest.

Ipsa novas frondes et prata tenerrima tauro

300   Fertur inassueta subsecuisse manu.

It comes armentis, nec ituram cura moratur

Coniugis, et Minos a bove victus erat.

Quo tibi, Pasiphae, pretiosas sumere vestes?

Ille tuus nullas sentit adulter opes.

305   Quid tibi cum speculo montana armenta petenti?

Quid totiens positas fingis inepta comas?

Crede tamen speculo, quod te negat esse iuvencam:

Quam cuperes fronti cornua nata tuae!

Sive placet Minos, nullus quaeratur adulter;

310   Sive virum mavis fallere, falle viro!

她的泪水，那溢出树干的芬芳成为

　　我们涂抹的香料，也让她留名。

从前，在葱茏的伊达山成荫的山谷

　　有头雪白公牛，群牛翘楚，　　　　　　290

它的双角中间有小小的黑点印记

　　是唯一瑕疵，除此通体纯白如乳。

克诺索斯与库多尼阿的母牛

　　无不渴求能与它交媾。

帕西法厄期盼成为这公牛的情妇；　　　　295

　　忍不住对俊美的母牛又妒又怒。

我歌唱的故事闻名；百城的克里特

　　尽管谎言高明，也无法否认这事。

据传她亲自割下鲜草嫩叶喂爱牛

　　用她那并不熟练的双手。　　　　　　300

与牛群结伴，连对丈夫的忧思也没

　　将她拖慢，弥诺斯被公牛打败。

为何，帕西法厄，你要穿上美艳的衣裳？

　　用心装扮打动不了你的情郎。

追逐山上的牛群你为何带着镜子？　　　　305

　　愚笨的人啊，为何整理发丝忙？

还是相信镜子吧，你可不是母牛啊：

　　你多渴望额上长出双角来！

若你爱着弥诺斯，就不该找人出轨；

　　若你想骗丈夫，好歹找个"人"来陪！　　　310

In nemus et saltus thalamo regina relicto

 Fertur, ut Aonio concita Baccha deo.

A, quotiens vaccam vultu spectavit iniquo

 Et dixit 'domino cur placet ista meo?

315 Aspice, ut ante ipsum teneris exultet in herbis;

 Nec dubito, quin se stulta decere putet'.

Dixit, et ingenti iamdudum de grege duci

 Iussit et inmeritam sub iuga curva trahi,

Aut cadere ante aras commentaque sacra coegit

320 Et tenuit laeta paelicis exta manu.

Paelicibus quotiens placavit numina caesis

 Atque ait exta tenens 'ite, placete meo!'

Et modo se Europen fieri, modo postulat Io,

 Altera quod bos est, altera vecta bove.

325 Hanc tamen implevit vacca deceptus acerna

 Dux gregis, et partu proditus auctor erat.

Cressa Thyesteo si se abstinuisset amore

 (Et quantum est uno posse carere viro?),

Non medium rupisset iter curruque retorto

330 Auroram versis Phoebus adisset equis.

Filia purpureos Niso furata capillos

 Pube premit rabidos inguinibusque canes.

Qui Martem terra, Neptunum effugit in undis,

 Coniugis Atrides victima dira fuit.

传说走进丛林的女王离弃婚床，

　　如巴科斯崇拜者般神魂癫狂。

啊，多少次她轻蔑地睥睨着母牛，

　　道："为何这东西得我主子的宠？

看哪，在他面前的嫩草上蹦得多欢畅；　　315

　　这蠢东西一定自视美无双。"

语罢，立马命人将她从牛群中牵出，

　　本不该有的弯轭套上颈部，

或是斩杀于莫须有的祭奠圣坛，

　　然后她快乐地手捧情敌的肠肚。　　320

多少次她用死去的情敌犒慰神灵，

　　捧着脏腑道："去讨我情郎欢心啊！"

她时而想变欧罗巴，时而羡慕伊俄，

　　一个是母牛，另一个曾受牛背驮。

她藏进中空木牛受孕，如愿骗过　　325

　　群牛之首，生父由孩子揭露。

若克里特女人抵住了对梯厄斯忒斯的爱火

　　（不和这一人交欢究竟有多难啊？），

福波斯的马车也不会中途掉头

　　与马匹转向黎明的东方奔走。　　330

尼索斯的女儿偷走父亲紫须

　　她的腰胯缠满疯狂的恶狗。

那陆上逃离马尔斯、海上躲开涅普图努斯的

　　阿伽门农，却成为妻子的可怕祭品。

335　　Cui non defleta est Ephyraeae flamma Creusae

　　　　Et nece natorum sanguinolenta parens?

　　　Flevit Amyntorides per inania lumina Phoenix;

　　　　Hippolytum pavidi diripuistis equi.

　　　Quid fodis inmeritis, Phineu, sua lumina natis?

340　　Poena reversura est in caput ista tuum.

　　　Omnia feminea sunt ista libidine mota;

　　　　Acrior est nostra plusque furoris habet.

　　　Ergo age, ne dubita cunctas sperare puellas:

　　　　Vix erit e multis, quae neget, una, tibi.

345　　Quae dant, quaeque negant, gaudent tamen esse rogatae:

　　　　Ut iam fallaris, tuta repulsa tua est.

　　　Sed cur fallaris, cum sit nova grata voluptas

　　　　Et capiant animos plus aliena suis?

　　　Fertilior seges est alienis semper in agris,

350　　Vicinumque pecus grandius uber habet.

谁不曾为科林斯克瑞乌萨的烈焰落泪，　　　　335

　　为沾满亡故孩子鲜血的母亲失声？

阿明托尔之子福尼克斯用空洞双眼哭泣；

　　惊慌的马儿，你们撕碎了希波吕托斯。

菲纽斯，为何挖出你蒙冤孩子的明眸？

　　同样的惩罚降临到你自己上头。　　　　340

所有一切皆源于女性热烈的欲望，

　　比我们男人的更尖锐、疯狂。

所以行动吧，不要怀疑你能赢得所有姑娘，

　　百里也难挑一个女子拒你于门外。

接受也好拒绝也罢，被表白总让人欣喜，　　　　345

　　哪怕你遭遇失败，被拒也无关痛痒。

可你怎会失败，毕竟新的快乐总是美好，

　　别人的比自己的更让人心神荡漾？

别人地里的庄稼总比自己的饱满充足，

　　邻人的牛羊总有更壮硕的双乳。　　　　350

分行注疏

1.263–268　至此，第一卷第一部分（如何寻觅女孩）结束，第二部分即将展开，讲述找到女孩后，如何抱得美人归。"何处布罗网"（ubi retia ponas）再次以打猎意象喻指猎艳。"至此……现在"（hactenus ... nunc）的表达这一句式在教谕诗中很常见，呼应着维吉尔《农事诗》第二卷开头："至此，我已歌唱了土地的耕种与天宇之星辰：/ 现在，巴科斯，我将歌咏你……"（Hactenus arvorum cultus et sidera caeli: / nunc te, Bacche, canam ... ）

1.264　　　"驾着不对称车轮"（imparibus vecta ... rotis），奥维德很喜欢讲的笑话：哀歌双行体的长短句好比高矮不一的轮子，也好比两句六部格中的一句被偷走一个音步。奥维德《恋歌》的开篇便是一例，1.1.3–4："第二行本是同等长度；据说丘比特笑了 / 并偷走了一个音步。"（par erat inferior versus; risisse Cupido / dicitur atque unum surripuisse pedem. ）以及《恋歌》3.1.8："[哀歌体] 一行比另一行多一步。"（pes illi longior alter erat. ）"缪斯女神"原文为塔利亚（Thalea），是缪斯之一，因为奥维德并不在意每位缪斯具体掌管何种技艺，故此处可理解为泛指"我的缪斯"。

1.266　　　"努力"（molior）后接动词不定式（dicere）。

1.268　　　"众人"（vulgus）类似乌合之众，还未接受好的教诲。比较本诗3.46："手无寸铁的一群交于全副武装的男人手里。"（traditur armatis vulgus inerme viris. ）

1.269–350　为第一卷第二部分的序言，诗人并未立刻给出具体行动指南，而是首先试图让读者相信中意的女孩一定能到手。

1.269–270　"所有女子都能到手"（cunctas posse capi）是跟在"信念"（fiducia）之后的间接陈述（indirect statement），故用了动词不定式。

1.271–272　原文大意直译为：发生春天鸟寂静、夏日蝉不鸣、猎犬逃离野兔这些小概率事件的可能性，都比女子拒绝男人的可能性更大，意即女子不大可能拒绝殷勤的男子。这是一种常见的写法，"某种违反自然规则的事情都会比某事先发生"（prius ... quam ...）。比如贺拉斯《长短句集》（*Epodes*）16.25–34。

1.272　麦那鲁斯位于阿尔卡狄亚（Arcadia）地区，麦那鲁斯的猎犬（Maenalius ... canis）是一种田园犬，据说是最好的猎犬品种之一。

1.275　此处的"男子"（viro）和"女子"（puellae）都因跟在"令人喜欢"（grata）之后，采取与格。

1.276　指女子比男子更会掩藏自己的欲望。比较欧里庇得斯《安德罗玛刻》220–221中的相似描述：我们因这软弱受更多苦，但我们很好地掩盖起来。

1.277　此处的"规定"（conveniat）用了虚拟，相当于条件句的效果。

1.279–280 列举动物世界中热辣大胆的雌性欲望，继而论证，既然女性欲望如此热烈不羁，男人又何愁找不到中意的对象？

1.280　此句呼应着维吉尔《农事诗》3.266–283对发情马儿的描写："显然，马的疯狂超过了所有动物……"（scilicet ante omnis furor est insignis equarum ... ）"有蹄的"（cornipes）是一个古风十足的词，老式史诗常见。

1.281　比较普罗佩提乌斯《哀歌集》3.19.1–2："有多少次你责备我对你的强烈感情，/请相信我，你怀有的比我更炽烈。"（obcitur totiens a te mihi nostra libido: / crede mihi, vobis imperat ista magis. ）（王焕生译）普罗佩提乌斯如奥维德一样，接着列举了帕西法厄（Pasiphae）、米拉（Myrrha）、美狄亚（Medea）、克吕泰墨涅斯特拉（Clytemnestra）等人物的例子。

1.282　当然，诗人在作品中提到的男性（凡人和天神）的爱情不合乎礼法的例子不胜枚举。

1.283–342 列举了十个例子（exempla），证明女性的欲望强烈（甚至可怖），其中第三个例子帕西法厄的故事比其他的都长很多。这一段有赫西俄德开创的目录诗（catalogue poem）的风格，维吉尔《牧歌》第六首也提供了范例。就内容来说，这些例子讲述的女性欲望都是疯狂的、兽性的，与《变形记》10.153–154中俄耳普斯（Orpheus）所要歌唱的内容契合，几乎可以称作一种文学类别："［我歌唱］受违禁的爱欲煽动的女子，为欲望付出的代价。"（inconcessisque puellas / ignibus attonitas meruisse libidine poenam.）

1.283–284 弥勒托斯（Miletus）的女儿比布利斯（Byblis）爱上了自己的孪生兄弟考努斯（Caunus）。她向兄弟表白被拒后，追着逃跑的考努斯穿越希腊和小亚细亚，一直走到自己悲伤悔恨、心力交瘁，终于自缢而亡。《变形记》9.447–665对此有详细描写。

1.285–286 米拉爱上自己的父亲，即塞浦路斯国王客倪刺斯（Cinyras），并与之乱伦，生出绝世美男阿多尼斯。米拉经过长久的流浪，最终变成没药树（myrrh-tree），见《变形记》10.298–502。这一故事的素材可能是卡图卢斯的朋友钦纳（Cinna）的小史诗《斯密尔纳》（Zmyrna），见卡图卢斯《歌集》95。注意，此处奥维德笔下的米拉没有变成一棵树，而是藏进树中，类似普罗佩提乌斯《哀歌集》3.19.15–16的记述："米拉也犯了罪，她竟然倾情年迈的父亲，/后来藏进一棵树的茂密的枝叶。"（crimen et illa fuit, patria succensa senecta / arboris in frondis condita Myrrha novae.）（王焕生译）"潜藏"（latet）刻画出米拉的羞耻感；比较《情伤疗方》99–100："若你迅捷地发现了自己在酝酿着多大的罪孽，米拉啊，你就不会把脸藏进树皮了。"（Si cito sensisses, quantum peccare parares, non tegeres vultus cortice, Myrrha, tuos.）没药树分泌油脂，有散瘀定痛的功效。

1.287–288 "眼泪"（lacrima）也可指树或其他植物提取的香料。没药树的汁液曾作为香料和香水运到罗马，关于罗马从东方进口香料的情况，见米勒（J. I. Miller, 1969, p. 199）。"留名"（nomina ... tenet）其中的"保留"（tenet）在表示变形的诗歌中常见，往往让一个本来不善的人物获得某种不朽。

1.289　诗人开始讲帕西法厄恋上公牛的故事，这里讲的版本参照维吉尔《牧歌》6.45-60。维吉尔巧妙地将情感与讽刺平衡，而奥维德此段描写则有意识地融入了滑稽剧，甚至黑色幽默的元素。此处也可能有欧里庇得斯残篇《克里特斯》（Cretans）的影响，其中有一段帕西法厄的自我辩白。这里的伊达山指克里特岛上那座山，而非特洛伊附近的同名山。

1.290　1.125采取相似的语序（ducuntur raptae, genialis praeda, puellae），用形容词和形容词修饰的名词一前一后夹着一个同位语短语（Hollis 1977, p. 56, 93）。这样的结构有时被认为是希腊化时期（Hellenistic）的风格。相似的结构也见于维吉尔《牧歌》1.57，奥维德《变形记》8.226，8.372，8.377等（见Hollis 1970, p. 61）。

1.293　克诺索斯（Cnossos）和库多尼阿（Cydonia）都是克里特岛上的城市。

1.297-298　古代的克里特以撒谎者众多著称。这样的说法最早源于克里特哲学家埃皮门尼泰斯（Epimenides），圣徒保罗在致提图斯的信中引用他的说法："他们中的一员、一个预言者说：'克里特人一直都是撒谎者、邪恶的野兽、懒惰者。'"（dixit quidam ex illis proprius ipsorum propheta Cretenses semper mendaces malae bestiae ventres pigri.）（Epistle of St. Paul to Titus 1.12）在此处作者讲，纵使克里特人以编造谎言著称，他马上要讲的克里特岛上的故事却是连克里特人都无法否认的真实故事。

1.302　弥诺斯是克里特国王，帕西法厄的丈夫，在这次"人牛恋"中被戴了绿帽子。

1.303　　维吉尔也曾用呼语（apostrophe）直接对帕西法厄讲话，见《牧歌》6.47："啊，不快乐的少女，怎样的癫狂捕获了你?"（a virgo inflix, quae te dementia cepit?）

1.305　　比较普罗佩提乌斯《哀歌集》3.19.11–12："她可为证，甘愿忍受克里特牛犊的傲慢，/给自己安上用松枝做成的虚假牺角。"（testis, Cretaei fastus quae passa iuvenci / induit abiegnae cornua falsa bovis.）（王焕生译）

1.307　　如果非要用镜子，就请相信镜中真相。

1.310　　"人"（vir）在这句里有双重意思，既指丈夫，又指人。奥维德在一句中用这个词的不同形式表示不同意思（virum ... viro）。

1.311–312　　原文中的"Aonio ... deo"，奥尼亚（Aonia）的神，指酒神巴科斯，奥尼亚即希腊波伊奥提亚，忒拜所在的地区，而因为巴科斯的母亲是忒拜公主塞墨勒（Semele），故此处用之代称巴科斯。酒神的女崇拜者（Bacchante）以神情癫狂著称。女人因坠入爱河而神魂颠倒的类似描写，亦见《埃涅阿斯纪》4.68–89对爱上埃涅阿斯的狄多女王的著名描写：

　　　　不幸的狄多犹如烈火焚身，迷醉地游荡于
　　　　大街小巷，就像雌鹿被一箭射中；她一疏忽，
　　　　就被远处武器齐备的牧人瞄准，在克里特的　　　　70
　　　　丛林中，他甚至不知道飞翔的铁箭头已经
　　　　击中了目标：那鹿就在狄克忒山的树林和
　　　　空地间来回奔跑，致命的箭杆紧咬在后背。
　　　　她一会儿领着埃涅阿斯一同在城阙间漫游，
　　　　指给他漆冬的金银财宝和即将建成的都市，　　　　75
　　　　正要开始讲什么，声音却在话语一半休止；
　　　　一会儿又在日暮时分恳求他一同来赴宴，

丢了魂一样想听他再说一遍伊利昂的苦难，

当他叙述的时候，又再一次依偎在他嘴边。

等到曲终人散，云遮的月亮再度洒下清光，　　　　　80

而摇摇欲坠的诸天星辰一点点催着睡梦，

只有她一个人在空屋哀叹，横躺在他留在

身后的坐席上。她远游的心神能看到、听到

不在身边的爱人；就算父亲一个模子刻出的

阿斯卡纽斯坐在膝上，也无法安抚难言的爱意。　　85

已经动工的高塔不再拔地而起，青年人们

不再练习武艺，港口坚固的防御也懈怠下来，

无心备战：中途停止的工事悬置，围墙上

高耸的城垛，以及与天空齐平的机械亦然。（翟文涛译）

还可比较普罗佩提乌斯《哀歌集》4.4.71–72："她冲出屋外，有如在迅猛的特尔摩冬河边，/斯特律蒙尼斯扯破衣服，袒露胸脯。"（illa ruit, qualis celerem prope Thermodonta / Strymonis abscisso pectus aperta sinu.）（王焕生译）

1.313　霍利斯指出，帕西法厄对母牛的处置和悲剧故事中残暴的王后处置丈夫的情敌手段如出一辙（Hollis, p. 95），可与普罗佩提乌斯《哀歌集》3.15.13–18相对照："啊，王后多少次扯乱她美丽的头发，/无情的双手狠命抽打她的脸面！/王后多少次让女奴承担不公平的纺绩量，/要求她把头直接枕在坚硬的裸地！/经常让她居住在秽污不堪的昏暗之中，/常常口渴时连腐败的水都不让喝。"（a quotiens pulchros uulsit regina capillos, / molliaque immitis fixit in ora manus!/ a quotiens famulam pensis onerauit iniquis, / et caput in dura ponere iussit humo!/saepe illam immundis passa est habitare tenebris, / uilem ieiunae saepe neguit aquam.）（王焕生译）

1.314 "我主子"（domino ... meo）是用来表示亲昵的说法，如《恋歌》
3.7.11："她对我讲着甜言蜜语，唤我为主子。"（et mihi blanditias
dixit, dominumque vocavit.）此处的使用则有种怪诞感。

1.321 "犒慰神灵"（placavit numina）是相当浮夸的说法，放在这里更
显荒诞。帕西法厄对牛产生爱欲，难道还想获得神灵的准许吗？

1.322 "情郎"原文为"我的"（meo），与"主子"（domina）一样，都
是情人之间亲昵的称谓。本诗3.524"我的光亮"（lux mea）是另
一例。

1.323-324 欧罗巴被变成雪白公牛的尤庇特绑架，带到克里特岛；伊俄是尤
庇特爱上的又一个凡间女子，为躲避尤诺的妒火，众神之王将她
变成母牛（一说尤诺出于嫉妒将伊俄变成母牛）。

1.325-326 匠人代达罗斯（Daedalus）帮助帕西法厄完成心愿，他用枫木做
成一只中空的木牛，帕西发厄藏进牛腹，成功与公牛交配，并生
出半牛半人的弥诺陶罗斯（Minotaur，意为"弥诺斯之牛"）。见
《变形记》8.155-56："……奇异的半牛半人怪兽揭露了其母的
婚外情。"（... foedumque patebat / matris adulterium monstri nouitate
biformis.）

1.327 "克里特女人"指阿厄罗佩（Aerope），迈锡尼国王阿特柔斯
（Atreus）的妻子，在丈夫的兄弟梯厄斯忒斯（Thyestes）的引诱
下爱上了他，这段不伦恋情引来阿特柔斯的复仇，最终导致梯厄
斯忒斯在不知情的情况下吃掉了自己的孩子，这场人间悲剧让
太阳都因惊恐而无法照射迈锡尼，转而掉头向东方奔走，故有
1.329-330的说法。和前面提到的帕西法厄一样，阿厄罗佩也是
克里特人。

1.328 "多么"（quantum）此处为讽刺语气。

1.330 "黎明的东方"原文为Auroram，即曙光女神奥罗拉（Aurora），
位于东方。

1.331　　　诗人故意将两个斯库拉（Scylla）的故事合二为一，一个是墨伽拉（Megara）国王尼索斯（Nisus）的女儿，因为爱上了正在围攻墨伽拉的弥诺斯，而割掉父亲那可保王国安全的神奇须髯，最后她变成一只鸟，见《变形记》8.6-151；另一个是《奥德赛》中描述的海中女怪，见《变形记》13.898-968。同样将这两人合二为一的表述也见于维吉尔《牧歌》6.74。几乎所有的抄本都在1.331与1.332之间加入两句伪作的诗行，试图将两人分开，但如今的学者认为诗人可以选择将二人混用。

1.332　　　可比较《恋歌》3.12.21-22：“我们［诗人］让斯库拉偷走父亲的珍贵须髯，/给她的私处围上疯狗。”（Per nos Scylla patri caros furata capillos / pube premit rabidos inguinibusque canes.）

1.333-334　阿伽门农（Agamemnon），阿特柔斯之子（原文为“Atrides”），在特洛伊战争后回到家中，这位躲过了特洛伊战争劫难和海上风暴的迈锡尼国王却死于妻子克吕泰墨涅斯特拉和情夫之手。阿伽门农在此处被比作祭神的牺牲，类似《奥德赛》11.411将他比作被屠的牛（“请我去家中赴宴，有如杀牛于棚厩”）。关于自己的遭遇，阿伽门农在《奥德赛》11.406-411中曾对尤利西斯（即奥德修斯）讲述。

1.335-336　美狄亚的故事：伊阿宋对美狄亚始乱终弃，转而娶科林斯公主克瑞乌萨（Creusa）为妻，气愤的美狄亚送给克瑞乌萨一件沾满毒液的袍子作为新婚礼物，毒衣随即着火烧死了克瑞乌萨。美狄亚最终杀死了自己与伊阿宋所生的两个孩子。“烈焰”（flamma）在此既指毒衣引发的烈火，也指引来杀身之祸的欲火。诗人在这里暗示，克瑞乌萨和美狄亚同样有罪。“科林斯”原文为“Ephyraeae”，指代科林斯。相传奥维德曾作悲剧《美狄亚》，但已失传。

1.337-340　这一段以关于女性炽烈欲望造成悲剧的三个故事结尾。

1.337　福尼克斯（Phoenix）是阿明托尔（Amyntor）的儿子，其父听信情妇编造的指控，将其刺瞎。欧里庇得斯失传的悲剧《福尼克斯》讲述了这个故事。

1.338　费德拉（Phaedra）爱上继子希波吕托斯（Hippolytus），追求被拒后，她在丈夫忒修斯（Theseus）处状告希波吕托斯试图强奸自己。忒修斯大怒，祈求波塞冬报复，最终希波吕托斯的马受到海怪惊吓，将他活活拖死并肢解。这个故事曾是欧里庇得斯和塞内加剧作的主题。这一行在抄本中有"rabidi"（发疯的）和"pavidi"（受惊吓的）两种版本，肯尼认为rabidi更好（Kenney, p. 248）；同样，霍利斯也认为rabidi与此处的动词"撕碎"（diripuistis）搭配更合理（Hollis, p. 99）；而古尔德则支持pavidi，他认为杀死希波吕托斯的马儿应该是"受到惊吓的"（pavidi），而"癫狂的"（rabidi）只是恐惧给马儿带来的暂时的状态，每当诗人简述这个故事，都会用表示"惊恐"的词形容马儿，例如《岁时记》5.310"遭受惊吓的马儿"（consternatis ... equis），6.741"躁动的马"（sollicit ... equi），《咒怨诗》578"吓坏了的马匹"（attonitis ... equis），《情伤疗方》744"惊恐的马儿"（pavidos ... equos）（Goold 1965, p. 63）。此处译法从古尔德。

1.339–340　菲纽斯（Phineus）按孩子继母要求，将无辜的他们的双眼挖出，他最终被尤庇特刺瞎眼睛作为惩罚。

1.341–350　结束这一段的讨论，回到中心论点：女性的欲望强烈，所以你应该有信心赢得她们的心。

1.344　"百里也难挑一个"原文为"很多人中间也难得有一个"（vix erit e multis ... una）。

1.346　"哪怕你遭遇失败"（ut iam fallaris），ut引导条件性的让步从句。

第351-772行　斩获爱情的诸种方式

Sed prius ancillam captandae nosse puellae

    Cura sit: accessus molliet illa tuos.

Proxima consiliis dominae sit ut illa, videto,

    Neve parum tacitis conscia fida iocis.

355   Hanc tu pollicitis, hanc tu corrumpe rogando:

    Quod petis, ex facili, si volet illa, feres.

Illa leget tempus (medici quoque tempora servant)

    Quo facilis dominae mens sit et apta capi;

Mens erit apta capi tum cum, laetissima rerum,

360   Ut seges in pingui luxuriabit humo.

Pectora, dum gaudent nec sunt adstricta dolore,

    Ipsa patent; blanda tum subit arte Venus.

Tum, cum tristis erat, defensa est Ilios armis,

    Militibus gravidum laeta recepit equum.

365   Tum quoque temptanda est, cum paelice laesa dolebit;

    Tum facies opera, ne sit inulta, tua.

Hanc matutinos pectens ancilla capillos

    Incitet et velo remigis addat opem,

Et secum tenui suspirans murmure dicat

370   'At, puto, non poteras ipsa referre vicem.'

Tum de te narret, tum persuadentia verba

    Addat, et insano iuret amore mori.

Sed propera, ne vela cadant auraeque resident:

    Ut fragilis glacies, interit ira mora.

但首先得去结识心仪女子的侍女，

　　她会方便你向目标靠拢。

确保她是女主人身边最能进言的心腹，

　　且足够忠心做你秘密游戏的同谋。

你要用承诺、用央求将她打动：　　　　355

　　你求的若她愿意，就能轻松成功。

她将选准时机（医生也注意时间）

　　何时女主人心情舒畅，容易上钩；

芳心易被俘获，正是她极其愉悦之时，

　　如同庄稼在沃土中恣意抖擞。　　　　360

当内心欢快，而不为悲伤所绑缚，

　　心意开敞，维纳斯携迷人爱艺潜入。

当伊利昂悲伤之时，它戒备森严；

　　欢庆时却迎入满载敌人的木马。

当她因情敌而神伤，正是你须撩拨之时，　　365

　　确保你的努力让她的冤仇得以伸张。

让侍女在清晨梳头时煽动女主，

　　让船桨为风添上一份动力，

让她轻声叹息对自己温柔细语：

　　“可我看，你自己没法以牙还牙。”　　　370

这时让她讲起你，加上令人信服的言语，

　　让她发誓你为了痴狂的爱甘愿去死。

可是请你尽快行动，以免风停帆落：

　　如同薄冰，怒气会因停息而熄弱。

375　　　Quaeris an hanc ipsam prosit violare ministram?

　　　　　　Talibus admissis alea grandis inest.

　　　　Haec a concubitu fit sedula, tardior illa;

　　　　　　Haec dominae munus te parat, illa sibi.

　　　　Casus in eventu est: licet hic indulgeat ausis,

380　　　Consilium tamen est abstinuisse meum.

　　　　Non ego per praeceps et acuta cacumina vadam,

　　　　　　Nec iuvenum quisquam me duce captus erit.

　　　　Si tamen illa tibi, dum dat recipitque tabellas,

　　　　　　Corpore, non tantum sedulitate, placet,

385　　　Fac domina potiare prius, comes illa sequatur:

　　　　　　Non tibi ab ancilla est incipienda Venus.

　　　　Hoc unum moneo, siquid modo creditur arti

　　　　　　Nec mea dicta rapax per mare ventus agit:

　　　　Aut non temptasses aut perfice! tollitur index,

390　　　Cum semel in partem criminis ipsa venit.

　　　　Non avis utiliter viscatis effugit alis,

　　　　　　Non bene de laxis cassibus exit aper.

　　　　Saucius arrepto piscis teneatur ab hamo:

　　　　　　Perprime temptatam nec nisi victor abi.

395　　　Tunc neque te prodet communi noxia culpa,

　　　　　　Factaque erunt dominae dictaque nota tibi.

　　　　Sed bene celetur: bene si celabitur index,

　　　　　　Notitiae suberit semper amica tuae.

你若问我，引诱侍女是不是有用？　　　　　375

　　这样的举动存在着巨大的风险。

这人可能热衷欢爱，那人则更迟缓冷漠。

　　一个把你献礼主人，一个留你自己享用。

结果难以预料：尽管上天眷顾胆魄，

　　我的建议还是：免之为妥。　　　　　380

我不会径直走上险路和峭崖，

　　凡由我引路的青年不会被抓。

然而当她为你收发情书蜡板，

　　她的美貌，不只热忱让你喜欢，

请把女主放在前面，让她靠后：　　　　　385

　　你的爱恋不可从侍女起始。

我仅此忠告，若有人信我的爱艺

　　狂风别将我的良言吹进海里：

要么不企图，要么成功！耳目不复有，

　　一旦她自己成为罪行的同谋。　　　　　390

羽翼沾上黏污的鸟儿飞走不合算，

　　狗熊逃出敞开的罗网多可惜。

被吊钩刺伤的鱼儿就让它留下：

　　撩拨后坚持追求，直到胜利在手。

此后你罪行的同伙不会将你供出，　　　　　395

　　女主的言行举动都将被你掌握。

但事情得好好掩藏，若将耳目藏好，

　　女友自会落入你情报的罗网。

Tempora qui solis operosa colentibus arva,

400   Fallitur, et nautis aspicienda putat.

Nec semper credenda ceres fallacibus arvis

Nec semper viridi concava puppis aquae,

Nec teneras semper tutum captare puellas:

Saepe dato melius tempore fiet idem.

405   Sive dies suberit natalis, sive Kalendae,

Quas Venerem Marti continuasse iuvat,

Sive erit ornatus non, ut fuit ante, sigillis,

Sed regum positas Circus habebit opes,

Differ opus: tunc tristis hiems, tunc Pliades instant,

410   Tunc tener aequorea mergitur Haedus aqua;

Tunc bene desinitur; tunc siquis creditur alto,

Vix tenuit lacerae naufraga membra ratis.

Tu licet incipias qua flebilis Allia luce

Vulneribus Latiis sanguinolenta fluit,

415   Quaque die redeunt rebus minus apta gerendis

Culta Palaestino septima festa Syro.

Magna superstitio tibi sit natalis amicae,

Quaque aliquid dandum est, illa sit atra dies.

Cum bene vitaris, tamen auferet; invenit artem

420   Femina, qua cupidi carpat amantis opes.

Institor ad dominam veniet discinctus emacem,

Expediet merces teque sedente suas;

谁说只有水手与忙于耕种的农人

　　才注意季节时辰，这是谬论。　　　　　　　400

庄稼不能总播种在欠佳的土壤，

　　轻舟不能常行于碧绿的水上，

捕获娇美姑娘也非任何时候都安全：

　　时机出现，同样的举动效果更佳。

她的生日，或是四月初一的朔日，　　　　　　405

　　当维纳斯与马尔斯欣然相会，

或当竞技场不再像当年由陶像装饰，

　　而有精美的皇家财富放置，

延迟行动：昴星团出现的阴郁冬日，

　　当温柔的海杜斯与海水交融；　　　　　　410

此时应停下；若有人笃信此刻远渡，

　　他连海难后的破帆烂桨都难留住。

你可选在阿利亚河悲泣那天开始行动

　　当它被拉丁人伤口的鲜血染红，

或是等不宜经商做事的那天重回，　　　　　　415

　　巴勒斯坦犹太人视作节日的第七日。

请你视女友的生日为巨大的禁忌，

　　堪称黑暗的是所有须赠礼的日子。

无论你如何闪躲，她总能有所斩获；

　　女人总有办法薅走急切情人的羊毛。　　　　420

衣襟松垮的小贩会在她正欲购买时来到，

　　他会摊开货物，而你绝望坐一旁；

Quas illa inspicias, sapere ut videare, rogabit;

    Oscula deinde dabit, deinde rogabit emas.

425   Hoc fore contentam multos iurabit in annos;

    Nunc opus esse sibi, nunc bene dicet emi.

Si non esse domi, quos des, causabere nummos,

    Littera poscetur, ne didicisse iuvet.

Quid, quasi natali cum poscit munera libo

430   Et, quotiens opus est, nascitur illa sibi?

Quid, cum mendaci damno maestissima plorat

    Elapsusque cava fingitur aure lapis?

Multa rogant utenda dari, data reddere nolunt;

    Perdis, et in damno gratia nulla tuo.

435   Non mihi, sacrilegas meretricum ut persequar artes,

    Cum totidem linguis sint satis ora decem.

Cera vadum temptet, rasis infusa tabellis,

    Cera tuae primum conscia mentis eat;

Blanditias ferat illa tuas imitataque amantum

440   Verba, nec exiguas, quisquis es, adde preces.

Hectora donavit Priamo prece motus Achilles;

    Flectitur iratus voce rogante deus.

Promittas facito, quid enim promittere laedit?

    Pollicitis dives quilibet esse potest.

445   Spes tenet in tempus, semel est si credita, longum;

    Illa quidem fallax, sed tamen apta, dea est.

她会叫你验货，好让你看似深谙门道；

　　给你几个香吻；接着叫你掏出腰包。

她会发誓这已够她用上好几年，　　　　　425

　　东西正合意，价格很公道。

若你借口说家里没现钱，以后补上，

　　就得写欠条，你真后悔不是文盲。

当她索要礼物买所谓的生日蛋糕，

　　何时需要便是生日，如何是好？　　　430

当她伤心至极地以编造的损失哭诉，

　　谎称耳坠从耳洞滑落，如何应付？

女人找你借东借西，到手却不愿归还；

　　你损失不小还得不到感激作为弥补。

要我尽数名妓们那冒渎神明的伎俩，　　435

　　纵使我有十张口舌也讲不完。

用刮平的木板上铺满的蜡油去探路，

　　让蜡信做最早知晓你心迹的同谋；

让它带去你的奉承赞美、仿来的情话；

　　无论你身份，加上些恳切的请求。　　440

感于哀求的阿喀琉斯将赫克托尔归还老王；

　　发怒的神明都被哀求的声音说服。

一定要勇于承诺，做点承诺有何害处？

　　在承诺上，任何人都能富庶。

希望，一旦寄予信任，就能长久保留；　　445

　　这女神虚假欺人，却适合你的追求。

Si dederis aliquid, poteris ratione relinqui:

Praeteritum tulerit perdideritque nihil.

At quod non dederis, semper videare daturus:

450   Sic dominum sterilis saepe fefellit ager.

Sic, ne perdiderit, non cessat perdere lusor,

Et revocat cupidas alea saepe manus.

Hoc opus, hic labor est, primo sine munere iungi:

Ne dederit gratis quae dedit, usque dabit.

455   Ergo eat et blandis peraretur littera verbis,

Exploretque animos primaque temptet iter:

Littera Cydippen pomo perlata fefellit,

Insciaque est verbis capta puella suis.

Disce bonas artes, moneo, Romana iuventus,

460   Non tantum trepidos ut tueare reos:

Quam populus iudexque gravis lectusque senatus,

Tam dabit eloquio victa puella manus.

Sed lateant vires, nec sis in fronte disertus;

Effugiant voces verba molesta tuae.

465   Quis, nisi mentis inops tenerae declamat amicae?

Saepe valens odii littera causa fuit.

Sit tibi credibilis sermo consuetaque verba,

Blanda tamen, praesens ut videare loqui.

Si non accipiet scriptum inlectumque remittet,

470   Lecturam spera propositumque tene.

你一旦赠人财礼，按理就恐遭抛弃：
　　她得到了已有的，而且毫无损失。

反倒是你没给的，却总像欲赠又止：
　　正如贫瘠的土地常常欺瞒着主子。　　　　　　450

如是，为挽回损失的赌徒不断损失，
　　骰子常常唤回那贪婪的双手。

这可困难，这可费力，不带礼物追女：
　　为不让已给的东流，她会继续给予。

所以，让这写满柔情的信笺出发吧，　　　　　455
　　探索她的心迹，开创新的路径：

库狄佩受骗于苹果上书写的字迹，
　　自己的话俘获了不知情的女子。

学学文雅艺术吧，我忠告罗马青年，
　　不只为了捍卫惊慌的被告：　　　　　　　　460

如人民、庄严法官和受选的元老，
　　女子也被雄辩征服而将手纳缴。

但你得藏起锋芒，不要彰显辩才；
　　语言要将做作的辞藻避开。

除了傻子，谁对温柔情人演讲？　　　　　　　465
　　不当的信件常是厌恶的起因。

你的言语要可信，用词要常见，
　　同时甜美哄人，读来见字如面。

若她拒收书信，并未阅读便退回，
　　寄希望她会读到，保持追求不气馁。　　　　470

Tempore difficiles veniunt ad aratra iuvenci,

Tempore lenta pati frena docentur equi.

Ferreus adsiduo consumitur anulus usu,

Interit adsidua vomer aduncus humo.

475　　Quid magis est saxo durum, quid mollius unda?

Dura tamen molli saxa cavantur aqua.

Penelopen ipsam, persta modo, tempore vinces:

Capta vides sero Pergama, capta tamen.

Legerit et nolit rescribere, cogere noli;

480　　Tu modo blanditias fac legat usque tuas.

Quae voluit legisse, volet rescribere lectis:

Per numeros venient ista gradusque suos.

Forsitan et primo veniet tibi littera tristis,

Quaeque roget ne se sollicitare velis.

485　　Quod rogat illa, timet; quod non rogat, optat, ut instes:

Insequere, et voti postmodo compos eris.

Interea, sive illa toro resupina feretur,

Lecticam dominae dissimulanter adi,

Neve aliquis verbis odiosas offerat auris,

490　　Qua potes ambiguis callidus abde notis.

Seu pedibus vacuis illi spatiosa teretur

Porticus, hic socias tu quoque iunge moras;

Et modo praecedas facito, modo terga sequaris,

Et modo festines, et modo lentus eas.

假以时日倔强的小牛也走向耕犁重轭，

　　天长日久马儿受教乖乖忍受柔韧缰索。

铁做的指环因长期使用尚会磨损，

　　弯犁受土壤侵蚀而消耗殆尽。

什么会比石头硬，什么能比水更柔？　　　　　475

　　然而硬石终被柔水穿透。

坚持够久，你连珀涅洛珀也能征服：

　　特洛伊沦陷虽晚，但终究沦陷。

无须强求，若她读了来信却不回复；

　　只需让她持续读到你的甜言。　　　　　　480

既然愿意读信，便会想要回复：

　　此事会按自身步骤行进。

或许刚开始会得到严厉的回信

　　命令你不要叨扰冒进。

她所求反是所惧，未求恰是所欲，你应坚持：　485

　　乘胜追击，不久你就会如愿。

同时，若她正蜷躺在抬起的卧榻上，

　　装作平常地走到你情人的床旁，

以防有人听到对话生出仇恨妒忌，

　　聪明的你尽量用模棱两可的词句。　　　　490

又或当她悠闲的步履踏上宽阔的柱廊，

　　你就去这儿加入陪她漫步闲逛；

一会儿在她身前，一会儿跟在背后，

　　时而加快脚步，时而慢步游走。

495　　Nec tibi de mediis aliquot transire columnas

　　　　　Sit pudor, aut lateri continuasse latus,

　　　　Nec sine te curvo sedeat speciosa theatro:

　　　　　Quod spectes, umeris adferet illa suis.

　　　　Illam respicias, illam mirere licebit,

500　　　Multa supercilio, multa loquare notis;

　　　　Et plaudas, aliquam mimo saltante puellam,

　　　　　Et faveas illi, quisquis agatur amans.

　　　　Cum surgit, surges; donec sedet illa, sedebis:

　　　　　Arbitrio dominae tempora perde tuae.

505　　Sed tibi nec ferro placeat torquere capillos,

　　　　　Nec tua mordaci pumice crura teras.

　　　　Ista iube faciant, quorum Cybeleïa mater

　　　　　Concinitur Phrygiis exululata modis.

　　　　Forma viros neglecta decet; Minoida Theseus

510　　　Abstulit, a nulla tempora comptus acu;

　　　　Hippolytum Phaedra, nec erat bene cultus, amavit;

　　　　　Cura deae silvis aptus Adonis erat.

　　　　Munditie placeant, fuscentur corpora Campo;

　　　　　Sit bene conveniens et sine labe toga.

515　　Lingula ne rigeat, careant rubigine dentes;

　　　　　Nec vagus in laxa pes tibi pelle natet.

　　　　Nec male deformet rigidos tonsura capillos:

　　　　　Sit coma, sit trita barba resecta manu.

穿行走过分开你们的几个柱子，　　　　　　　　495

　　或与她肩臂相挨，都不要羞耻，

别让美人没你陪伴独坐环形剧场：

　　你要注目的就是她的双肩之上。

你可以回头望她，她会准你欣赏，

　　万千柔情让眉目与手势传达；　　　　　　　500

为舞蹈的拟剧艺人饰演的女郎喝彩，

　　扮演爱人的伶人，你要特别偏爱。

当她站起你也起立；凡她坐着你也坐着：

　　跟随你女主的意愿消遣时间。

但你可别热衷用热铁烫卷头发，　　　　　　　505

　　也别用粗糙的浮石在腿上拭擦。

这些留给他们吧，那些将库柏勒母亲

　　以弗里吉亚节奏哀吁吟唱的祭司。

不修边幅的美才适合男人；忒修斯生俘

　　弥诺斯公主，鬓角没有针簪耙梳；　　　　510

费德拉爱的希波吕托斯未曾精心妆饰；

　　获女神芳心的阿多尼斯在林中混迹。

外表须得整洁，身体在广场晒成古铜；

　　袍子要刚好合身，没有一点褶皱。

唇舌切勿僵硬，牙齿不能有污垢；　　　　　　515

　　别让脚在宽松的鞋里滑动游走。

也别让糟糕的修剪弄坏你矗立的发丝：

　　头发和胡子要交给专家打理修饰。

Et nihil emineant, et sint sine sordibus ungues,

520   Inque cava nullus stet tibi nare pilus.

Nec male odorati sit tristis anhelitus oris,

      Nec laedat naris virque paterque gregis.

Cetera lascivae faciant concede puellae,

      Et si quis male vir quaerit habere virum.

525   Ecce, suum vatem Liber vocat: hic quoque amantes

      Adiuvat et flammae, qua calet ipse, favet.

Cnosis in ignotis amens errabat harenis,

      Qua brevis aequoreis Dia feritur aquis;

Utque erat e somno, tunica velata recincta,

530   Nuda pedem, croceas inreligata comas,

Thesea crudelem surdas clamabat ad undas,

      Indigno teneras imbre rigante genas.

Clamabat flebatque simul, sed utrumque decebat;

      Non facta est lacrimis turpior illa suis.

535   Iamque iterum tundens mollissima pectora palmis

      'Perfidus ille abiit: quid mihi fiet?' ait;

'Quid mihi fiet?' ait; sonuerunt cymbala toto

      Litore et adtonita tympana pulsa manu.

Excidit illa metu rupitque novissima verba;

540   Nullus in exanimi corpore sanguis erat.

Ecce Mimallonides sparsis in terga capillis,

      Ecce leves Satyri, praevia turba dei.

指甲修剪干净，不要有任何脏污，

　　鼻毛不要从你的鼻孔露出。　　　　　　　　　　520

别让嘴里吐出难闻的气息，

　　别让那公羊骚臭惹人掩鼻。

其余的装扮就留给浪荡的女人，

　　还有那些追求男色的伪娘。

看哪，酒神召唤着他的先知：他也　　　　　　　525

　　帮助恋人，青睐烧灼自己的火焰。

发狂的克诺索斯女子游荡在陌生海滩，

　　在那海浪拍打的迪亚小岛；

当她衣衫不整地从梦中醒来，

　　赤着脚丫，金发散乱，　　　　　　　　　　530

她对着翻卷的浪花呼喊残忍的忒修斯，

　　不值当的泪水打湿了娇嫩的脸颊。

她呼喊哭号，却刚好装点她的娇颜；

　　泪水没有让她的美有丝毫改变。

她不断用手拍打娇嫩无比的胸脯：　　　　　　535

　　"那负心人走了：我怎么办呢？

我怎么办呢？"霎时铙钹响彻整个

　　海岸，狂热的手击打着鼓点。

她因恐惧而昏厥，话到一半就中断；

　　失魂的身体没有半点血色。　　　　　　　　540

看那酒神追随者们散发垂在后背，

　　看那放浪的萨梯里，神祇先驱。

Ebrius, ecce, senex pando Silenus asello

    Vix sedet et pressas continet arte iubas.

545 Dum sequitur Bacchas, Bacchae fugiuntque petuntque,

    Quadrupedem ferula dum malus urget eques,

In caput aurito cecidit delapsus asello;

    Clamarunt Satyri 'surge age, surge, pater.'

Iam deus in curru, quem summum texerat uvis,

550 Tigribus adiunctis aurea lora dabat.

Et color et Theseus et vox abiere puellae,

    Terque fugam petiit terque retenta metu est.

Horruit, ut graciles, agitat quas ventus, aristae,

    Ut levis in madida canna palude tremit.

555 Cui deus 'en, adsum tibi cura fidelior' inquit;

    'Pone metum, Bacchi Cnosias uxor eris.

Munus habe caelum: caelo spectabere sidus;

    Saepe reget dubiam Cressa Corona ratem.'

Dixit et e curru, ne tigres illa timeret,

560 Desilit (inposito cessit harena pede)

Implicitamque sinu, neque enim pugnare valebat,

    Abstulit: in facili est omnia posse deo.

Pars 'Hymenaee' canunt, pars clamant 'Euhion, euhoe!'

    Sic coeunt sacro nupta deusque toro.

565 Ergo, ubi contigerint positi tibi munera Bacchi

    Atque erit in socii femina parte tori,

看那醉酒的老西勒努斯几乎不是骑着

　　驴的弯背，而是巧妙攀着它鬃毛。

当他追逐着酒神女徒，她们逃窜又反击，　　　　545

　　糟糕的骑手用棍子驱赶四足坐骑，

他从长耳驴背上摔下，以头抢地；

　　萨梯里高叫："起来，起来，父亲。"

这时酒神乘车驾到，车顶由葡萄藤覆罩，

　　他将金色的缰绳交给负轭的老虎。　　　　　　550

女孩苍白失声，连忒修斯也被抛在脑后，

　　她三次试图逃跑，又三次被恐惧缚住。

她战栗着，如同被风激荡的柔弱稻草，

　　如潮湿沼泽中的纤细芦苇颤抖飘摇。

神对她说："噢，我为你奉上更忠诚的爱人，　　555

　　别怕，克诺索斯女子，你将为巴科斯之妻。

天空是我的赠礼：你将为星辰供世人仰望；

　　你将成克里特冠冕，常为迷途船只领航。"

言毕，为免她受老虎惊吓，他跳下车，

　　（沙砾纷纷为他踏下的脚步让路）　　　　　　560

他抱她到胸口（她也无力抵抗），

　　将她带走：神明轻易就无所不能。

有人高唱许墨奈俄斯，有人喊"哟呼，哟吼！"

　　新娘与酒神就这样相会于神圣婚床。

因此，每当有美酒作礼置于你面前，　　　　　　565

　　而筵席的卧榻恰有佳人作伴，

Nycteliumque patrem nocturnaque sacra precare

Ne iubeant capiti vina nocere tuo.

Hic tibi multa licet sermone latentia tecto

570   Dicere, quae dici sentiat illa sibi,

Blanditiasque leves tenui perscribere vino,

Ut dominam in mensa se legat illa tuam,

Atque oculos oculis spectare fatentibus ignem:

Saepe tacens vocem verbaque vultus habet.

575   Fac primus rapias illius tacta labellis

Pocula, quaque bibet parte puella, bibas;

Et quemcumque cibum digitis libaverit illa,

Tu pete, dumque petis, sit tibi tacta manus.

Sint etiam tua vota viro placuisse puellae:

580   Utilior vobis factus amicus erit.

Huic, si sorte bibes, sortem concede priorem,

Huic detur capiti missa corona tuo.

Sive erit inferior seu par, prior omnia sumat,

Nec dubites illi verba secunda loqui.

585   [Tuta frequensque via est, per amici fallere nomen;

Tuta frequensque licet sit via, crimen habet.

Inde procurator nimium quoque multa procurat

Et sibi mandatis plura videnda putat.]

Certa tibi a nobis dabitur mensura bibendi:

590   Officium praestent mensque pedesque suum.

要向巴科斯和夜间的神圣仪式祈求，

　　叫他们别让美酒冲晕你的头。

此时你可以尽可说些暧昧的话语，

　　让她感觉你在对她传情达意，　　　　　　　570

借淡淡的酒劲书写你温柔的奉承，

　　让她觉得是你酒桌上的心上人，

注视她双眼的眸子要透着告白的火焰：

　　沉默的表情常有自己的声音和语言。

她的唇碰过的酒杯你要第一个抢来，　　　　575

　　她喝酒吮过的位置，你也吮个遍；

还有，凡是她手指碰过的菜品，

　　都去求来，顺便摸摸她的娇手。

你还要去讨得心上人丈夫的喜欢：

　　他若为友会对你们更加有用。　　　　　　580

若是抽签喝酒，你要把头签让给他，

　　你头上的花环也为了他褪下。

若他比你低微或相当，一切让他优先，

　　毫不犹豫地为他奉上恭维的语言。

[打着朋友的名号欺骗，安全又常见；　　　　585

　　虽安全又常见，仍是罪恶一桩。

正因如此执行官执行事务往往过度，

　　希望超额完成委托的任务。]

我将确切告诉你喝酒以多少为度：

　　头脑与脚步要完成各自的义务。　　　　　590

Iurgia praecipue vino stimulata caveto

 Et nimium faciles ad fera bella manus.

Occidit Eurytion stulte data vina bibendo:

 Aptior est dulci mensa merumque ioco.

595 Si vox est, canta; si mollia brachia, salta;

 Et, quacumque potes dote placere, place.

Ebrietas ut vera nocet, sic ficta iuvabit:

 Fac titubet blaeso subdola lingua sono,

Ut, quicquid facias dicasve protervius aequo,

600 Credatur nimium causa fuisse merum.

Et bene dic dominae, bene, cum quo dormiat illa;

 Sed male sit tacita mente precare viro.

At cum discedet mensa conviva remota,

 Ipsa tibi accessus turba locumque dabit.

605 Insere te turbae leviterque admotus eunti

 Velle latus digitis et pede tange pedem.

Conloquii iam tempus adest; fuge rustice longe

 Hinc Pudor: audentem Forsque Venusque iuvat.

Non tua sub nostras veniat facundia leges;

610 Fac tantum cupias, sponte disertus eris.

Est tibi agendus amans imitandaque vulnera verbis;

 Haec tibi quaeratur qualibet arte fides.

Nec credi labor est: sibi quaeque videtur amanda;

 Pessima sit, nulli non sua forma placet.

尤其要避免由酒醉引发的争斗，

　　双手别轻易加入粗暴的凶殴。

欧律提翁死于愚蠢地痛饮奉上的酒：

　　酒桌与杯盏更适合甜美的消遣。

嗓音不错，就唱；臂膀柔软，就舞；　　　　595

　　尽你所能让人开心满足。

正如真醉对人有害，假醺则于你有利：

　　让你如簧的巧舌磕巴着含混的音，

这样你所做所说比平常更大胆的一切，

　　都会被归结于酒的浓烈。　　　　　　600

举酒敬心上人，也敬她的共枕人；

　　但心里默默祈祷她丈夫没好下场。

当桌上肴核既尽，宴罢人欲散去，

　　人群会给你靠近她的机遇。

混入人群，靠近正离开的她，手指轻轻　　605

　　拉住她的衣襟，脚轻触她的纤足。

正是交谈的时机；走远些，乡野的

　　羞涩：机会与维纳斯助力勇者。

不要用我的律法约束你的口才；

　　随兴发挥，辩才自会到来。　　　　　610

你须扮演情郎，用言语装出情殇；

　　要想尽伎俩寻得她的信赖。

让她相信并不难：女人都自认为可爱；

　　随她有多难看，也不会没人夸赞。

615 Saepe tamen vere coepit simulator amare;

    Saepe, quod incipiens finxerat esse, fuit.

   Quo magis, o, faciles imitantibus este, puellae:

    Fiet amor verus, qui modo falsus erat.

   Blanditiis animum furtim deprendere nunc sit,

620 Ut pendens liquida ripa subestur aqua.

   Nec faciem nec te pigeat laudare capillos

    Et teretes digitos exiguumque pedem.

   Delectant etiam castas praeconia formae;

    Virginibus curae grataque forma sua est.

625 Nam cur in Phrygiis Iunonem et Pallada silvis

    Nunc quoque iudicium non tenuisse pudet?

   Laudatas ostendit avis Iunonia pinnas;

    Si tacitus spectes, illa recondit opes.

   Quadrupedes inter rapidi certamina cursus

630 Depexaeque iubae plausaque colla iuvant.

   Nec timide promitte: trahunt promissa puellas;

    Pollicito testes quoslibet adde deos.

   Iuppiter ex alto periuria ridet amantum

    Et iubet Aeolios inrita ferre Notos.

635 Per Styga Iunoni falsum iurare solebat

    Iuppiter: exemplo nunc favet ipse suo.

   Expedit esse deos et, ut expedit, esse putemus;

    Dentur in antiquos tura merumque focos.

然而起初的佯装者往往真的坠入情网；ㅤㅤㅤ615
　　他最后竟成了早先假装的模样。

噢，女子们，请对伪装的人宽怀些：
　　此刻的假意，会是未来的真心。

现在就用谄媚悄悄地捕获她的心，
　　就像流水侵蚀悬垂的岸堤。ㅤㅤ620

别害羞，赞美她的面容和秀发、
　　纤细的玉手和娇小的足。

连纯贞的女子也喜欢听人赞她美貌；
　　贞女也乐于梳妆，在乎外表。

否则，为何时至今日，尤诺和帕拉斯ㅤ625
　　都为没在弗里吉亚森林胜利而羞耻？

尤诺之鸟炫耀那饱受赞美的羽翼；
　　若你安静观望，她会藏起娉婷。

骏马在风驰电掣的竞赛期间
　　也爱让人捋鬃毛、拍脖颈。ㅤ630

不要害怕发誓：承诺牵动女人；
　　呼唤所有能召唤的神明证誓。

天上的尤庇特对情人的伪誓一笑而过，
　　令埃俄洛斯的风带走虚空的承诺。

习惯对尤诺以斯提克斯之名假誓的ㅤ635
　　尤庇特：自然青睐效仿自己之人。

神明于人有利，因此我们相信神存在；
　　把香与酒供上古老的祭坛。

Nec secura quies illos similisque sopori

640　　　Detinet: innocue vivite, numen adest.

Reddite depositum; pietas sua foedera servet;

Fraus absit; vacuas caedis habete manus.

Ludite, si sapitis, solas impune puellas:

Hac minus est una fraude tuenda fides.

645　　　Fallite fallentes; ex magna parte profanum

Sunt genus: in laqueos, quos posuere, cadant.

Dicitur Aegyptos caruisse iuvantibus arva

Imbribus atque annos sicca fuisse novem,

Cum Thrasius Busirin adit monstratque piari

650　　　Hospitis adfuso sanguine posse Iovem.

Illi Busiris 'fies Iovis hostia primus'

Inquit 'et Aegypto tu dabis hospes aquam.'

Et Phalaris tauro violenti membra Perilli

Torruit; infelix inbuit auctor opus.

655　　　Iustus uterque fuit, neque enim lex aequior ulla est

Quam necis artifices arte perire sua.

Ergo, ut periuras merito periuria fallant,

Exemplo doleat femina laesa suo.

Et lacrimae prosunt; lacrimis adamanta movebis:

660　　　Fac madidas videat, si potes, illa genas.

Si lacrimae, neque enim veniunt in tempore semper,

Deficient, uncta lumina tange manu.

他们并非沉浸于安宁与梦一般的休憩：

　　活着不要作恶，神明就在身边。　　　　　　640

归还保管之物；虔信遵守信义；

　　切勿欺诈；双手勿染杀伐。

你若聪明，为保安全只能玩弄女人：

　　除此唯一欺诈，定要保守信义。

欺骗骗人者；他们多是邪恶不敬神　　　　　　645

　　的种：让其陷入自己布下的网。

据说埃及的田地曾缺少甘露浇灌，

　　长达九个年头持续干旱，

直到特刺叙尔斯告诉布西里斯，平息

　　尤庇特的怒火只能浇上异乡人的血。　　　　650

布西里斯告诉他："你将是尤庇特首位祭品，

　　你这异乡人将为埃及带来甘霖。"

法拉利斯在凶残铜牛中将佩利罗斯的肢体

　　炙烤；不幸的发明者首试自己的刑具。

二者皆为正义，没有律法更为公平，　　　　　655

　　谋杀的缔造者因自己的技艺丧命。

因此，以伪誓欺骗伪誓理所应当，

　　让女人尝尝她曾给你的创伤。

眼泪也有用；泣涕的你会感动坚铁：

　　故意让她看到你的脸庞潸然泪湿。　　　　　660

若眼泪（泪水也不是说流就能流）

　　哭不出来，就拿手为双眼抹油。

Quis sapiens blandis non misceat oscula verbis?

　　Illa licet non det, non data sume tamen.

665　Pugnabit primo fortassis, et 'improbe' dicet;

　　Pugnando vinci se tamen illa volet.

Tantum, ne noceant teneris male rapta labellis,

　　Neve queri possit dura fuisse, cave.

Oscula qui sumpsit, si non et cetera sumit,

670　Haec quoque, quae data sunt, perdere dignus erit.

Quantum defuerat pleno post oscula voto?

　　Ei mihi, rusticitas, non pudor ille fuit.

Vim licet appelles: grata est vis ista puellis;

　　Quod iuvat, invitae saepe dedisse volunt.

675　Quaecumque est Veneris subita violata rapina,

　　Gaudet, et inprobitas muneris instar habet.

At quae, cum posset cogi, non tacta recessit,

　　Ut simulet vultu gaudia, tristis erit.

Vim passa est Phoebe, vis est allata sorori,

680　Et gratus raptae raptor uterque fuit.

Fabula nota quidem, sed non indigna referri,

　　Scyrias Haemonio iuncta puella viro.

Iam dea laudatae dederat mala praemia formae

　　Colle sub Idaeo vincere digna duas;

685　Iam nurus ad Priamum diverso venerat orbe,

　　Graiaque in Iliacis moenibus uxor erat.

哪个聪明人不在亲吻里混杂甜言蜜语？

　兴许她不会回应，但请径直索取。

也许一开始她会抗拒，高喊"流氓"；　　　　　665

　但就在抗拒中她有了被征服的渴望。

注意强吻时别让她娇嫩的双唇受伤害，

　也以免她控告你的粗蛮对待。

得到甜吻的人若不索取余下的部分，

　就只配失去已经得到的馈赠。　　　　　　670

热吻之后，你离完成心愿还差多远？

　哎，我看那是笨拙，不是贞洁。

你可以使点暴力：女人喜欢强力；

　她们欢喜给予的，常装作不情愿。

无论哪个女子突然遭到爱的侵犯，　　　　　675

　会高兴，把流氓行为当成赠礼。

但若她本可被迫就范，却安然脱身，

　她装作开心，其实内心愤懑。

福柏遭受暴力，暴力也落到她姐妹头上，

　可她们何尝不青睐施暴之人？　　　　　　680

那故事闻名遐迩，但值得再次提及，

　斯基罗斯公主与阿喀琉斯的结合。

美貌受赞颂的女神已经送出不幸的奖品，

　维纳斯已在伊达山下战胜二美；

儿媳已经跋山涉水来到普里阿摩身边，　　　685

　希腊新娘已经到达伊利昂的城墙。

Iurabant omnes in laesi verba mariti,

Nam dolor unius publica causa fuit.

Turpe, nisi hoc matris precibus tribuisset, Achilles

690   Veste virum longa dissimulatus erat.

Quid facis, Aeacide? non sunt tua munera lanae;

Tu titulos alia Palladis arte petes.

Quid tibi cum calathis? clipeo manus apta ferendo est;

Pensa quid in dextra, qua cadet Hector, habes?

695   Reice succinctos operoso stamine fusos!

Quassanda est ista Pelias hasta manu.

Forte erat in thalamo virgo regalis eodem;

Haec illum stupro comperit esse virum.

Viribus illa quidem victa est, (ita credere oportet),

700   Sed voluit vinci viribus illa tamen.

Saepe 'mane!' dixit, cum iam properaret Achilles:

Fortia nam posito sumpserat arma colo.

Vis ubi nunc illa est? Quid blanda voce moraris

Auctorem stupri, Deidamia, tui?

705   Scilicet, ut pudor est quaedam coepisse priorem,

Sic alio gratum est incipiente pati.

A, nimia est iuveni propriae fiducia formae,

Expectat si quis, dum prior illa roget.

Vir prior accedat, vir verba precantia dicat:

710   Excipiet blandas comiter illa preces.

全希腊都发誓为受辱的丈夫复仇，

　　因为一人之耻已成众人之事。

阿喀琉斯若非妥协于母亲的哀求，

　　用女装藏匿男子身份就是羞耻。　　　　　　690

干吗，埃阿科斯后人？绢纺并非你的活计；

　　你留名靠的是帕拉斯的另一种技艺。

拿女红篮何用？扛起盾牌才是你的本分；

　　会弑杀赫克托尔的手为何攥着纺线？

快把那缠满线头的纺锤扔到一边！　　　　　　695

　　佩利阿斯长矛仅你能举起。

恰好卧房中有位王室的黄花闺女，

　　直至失去贞操才发现他是男子。

她的确是被暴力征服（这毋庸置疑），

　　但被暴力征服却正是她所渴求。　　　　　　700

"留下！"喊了多次，当阿喀琉斯准备离去：

　　当他把梭子换成了强大的兵器。

那暴力现在去了哪？为何用蜜语留住

　　玷污你的人，得伊达墨亚？

的确，正如女人主动出击是羞耻，　　　　　　705

　　屈从别人发起的追求却是乐事。

啊，青年人是过于相信自己容貌了，

　　若他踟蹰等待，等她率先求爱。

男人应该主动，说些恳切的话：

　　她会欣然接受甜蜜的祈求。　　　　　　　　710

Ut potiare, roga: tantum cupit illa rogari;

Da causam voti principiumque tui.

Iuppiter ad veteres supplex heroïdas ibat;

Corrupit magnum nulla puella Iovem.

715 Si tamen a precibus tumidos accedere fastus

Senseris, incepto parce referque pedem.

Quod refugit multae cupiunt, odere quod instat:

Lenius instando taedia tolle tui.

Nec semper Veneris spes est profitenda roganti;

720 Intret amicitiae nomine tectus amor.

Hoc aditu vidi tetricae data verba puellae;

Qui fuerat cultor, factus amator erat.

Candidus in nauta turpis color: aequoris unda

Debet et a radiis sideris esse niger;

725 Turpis et agricolae, qui vomere semper adunco

Et gravibus rastris sub Iove versat humum;

Et tua, Palladiae petitur cui fama coronae,

Candida si fuerint corpora, turpis eris.

Palleat omnis amans: hic est color aptus amanti;

730 Hoc decet, hoc multi non valuisse putant.

Pallidus in Side silvis errabat Orion;

Pallidus in lenta naide Daphnis erat.

Arguat et macies animum, nec turpe putaris

Palliolum nitidis inposuisse comis.

为了得到她，开口吧：她多盼别人求爱；

　　告诉她你欲求的缘由和开端。

恳求的尤庇特走向传说中的女英雄；

　　伟大如他，女子也不会主动引诱。

若发现你的祈求遭到她傲慢的鄙视，　　　　　715

　　收回你的步履，放缓你的计划。

许多女人渴望得不到的，憎恨追求她的：

　　放慢攻势，避免她心生厌倦。

不要常把占有她的愿望挂在嘴边；

　　让爱情戴着友谊的面具悄然潜入。　　　　720

我见过有桀骜女子受这路数欺骗；

　　本来的闺蜜，摇身一变成情人。

水手以肌肤雪白为耻：它应因海浪

　　和阳光的照耀而变得黝黑；

对农人也一样，他们常用弯曲的犁　　　　　725

　　和沉重的钉耙在烈日下翻土整地；

而你，帕拉斯桂冠的追逐者，

　　若肤色白皙，也应以为耻。

恋爱者应面色苍白：这爱情应有的色泽；

　　与它相称，很多人却贬低它的价值。　　　730

因西戴游荡林中的俄里翁面色惨白；

　　不就范的仙女让达佛尼斯脸无血色。

让憔悴表达你的心绪，也别羞于

　　用小帽包住闪亮的头发。

735　　Attenuant iuvenum vigilatae corpora noctes

　　　　　Curaque et in magno qui fit amore dolor.

　　　Ut voto potiare tuo, miserabilis esto,

　　　　　Ut qui te videat dicere possit 'amas.'

　　　Conquerar an moneam mixtum fas omne nefasque?

740　　Nomen amicitia est, nomen inane fides.

　　　Ei mihi, non tutum est, quod ames, laudare sodali:

　　　　　Cum tibi laudanti credidit, ipse subit.

　　　'At non Actorides lectum temeravit Achillis;

　　　　　Quantum ad Pirithoum, Phaedra pudica fuit.

745　　Hermionam Pylades, qua Pallada Phoebus, amabat,

　　　　　Quodque tibi geminus, Tyndari, Castor, erat.'

　　　Si quis idem sperat, iacturas poma myricas

　　　　　Speret et e medio flumine mella petat.

　　　Nil nisi turpe iuvat; curae sua cuique voluptas:

750　　Haec quoque ab alterius grata dolore venit.

　　　Heu facinus! non est hostis metuendus amanti;

　　　　　Quos credis fidos, effuge: tutus eris.

　　　Cognatum fratremque cave carumque sodalem;

　　　　　Praebebit veros haec tibi turba metus.

755　　Finiturus eram, sed sunt diversa puellis

　　　　　Pectora; mille animos excipe mille modis.

　　　Nec tellus eadem parit omnia: vitibus illa

　　　　　Convenit, haec oleis; hic bene farra virent.

那难眠的夜晚令青年身形憔悴，　　　　735
　　还有因狂恋而生的焦虑苦痛。
为了达成你的心愿，你要显得楚楚可怜，
　　令谁见了你都能说："哟，你恋爱啦。"
我该哀叹还是警告，是非如今已经混淆？
　　友谊徒有虚名，忠诚名存实亡。　　　740
啊，要我说，向伙伴夸耀爱人并不安全：
　　他信了你的夸赞，便会把你位置霸占。
"可阿克托尔之孙并未侵犯阿喀琉斯的床；
　　面对皮里托俄斯，费德拉倒是端庄。
皮拉得斯爱着赫耳弥俄涅，如福波斯爱妹妹　745
　　帕拉斯，如孪生兄弟卡斯托尔爱海伦。"
可谁要是期待这些，就让他对柽柳长果子
　　怀有幻想，寻蜂蜜却跑去河中央。
唯耻事让人愉快；人都只顾自己爽快：
　　快乐的源泉就是别人的痛苦祸灾。　　750
噢，真是罪恶！恋爱者不应惧怕仇敌；
　　可你信任者，若想安全最好远离。
当心你那些连襟、兄弟、要好的伙伴；
　　这帮人你才真的应该恐惧。
我本该就此打住，但女人的脾气种类多样；　755
　　你要用一千种办法俘获一千个姑娘。
出产作物的土地各式各样：那片适合
　　葡萄，这片长橄榄；这里麦子肥苗。

Pectoribus mores tot sunt, quot in ore figurae:

760　　　Qui sapit, innumeris moribus aptus erit,

Utque leves Proteus modo se tenuabit in undas,

Nunc leo, nunc arbor, nunc erit hirtus aper.

Hi iaculo pisces, illi capiuntur ab hamis,

Hos cava contento retia fune trahunt.

765　　　Nec tibi conveniet cunctos modus unus ad annos;

Longius insidias cerva videbit anus.

Si doctus videare rudi petulansve pudenti,

Diffidet miserae protinus illa sibi.

Inde fit ut, quae se timuit committere honesto,

770　　　Vilis ad amplexus inferioris eat.

Pars superat coepti, pars est exhausta, laboris;

Hic teneat nostras ancora iacta rates.

脸蛋有多少种形貌，性格就有多少种：

　　聪明人会适应无数种方式，　　　　　　　　760

就如普罗透斯时而化作轻盈海浪、

　　雄狮，忽而又变树木、长毛熊。

这些鱼儿用梭镖捕捉，那些则要弯钩，

　　这些用拉紧绳索的渔网才能拖走。

没有哪种办法能对各个年龄女子奏效；　　　765

　　年长的鹿更远就会看出圈套。

若你面对无知者显得博学，对保守持重者

　　放肆，她会立马陷入自卑、怀疑。

正因如此，害怕委身于正派男子，

　　自惭的女人投进劣等男子怀里。　　　　　770

事业部分尚待完成，部分工作告一段落；

　　让这抛下的锚锭在此停住我的船舶。

分行注疏

1.351　侍女（ancilla）是拉丁爱情哀歌里常见的角色，奥维德《恋歌》1.11和1.12曾提到一位为他送信的侍女，而2.7和2.8则讲诗人通过女仆接近女主科琳娜（Corinna），却和主仆二人同时有染。《恋歌》的这几首诗对理解本诗这一选段有很好的辅助效果。在普劳图斯的喜剧中，通过贿赂女仆接近女主也很常见，见《赶驴》（Asinaria）183–184"只要能博得女子喜欢，博得我和我的随侍欢心，博得我的家奴们，甚至我的侍女们高兴……"（王焕生译）；《孪生兄弟》（Menaechmi）540–548则描写贪婪的女仆索要礼物。在欧里庇得斯和塞内加的悲剧中，女主人公往往有个年迈的侍女（nutrix）做男女主人公发展关系的中间人。奥维德此处的描述可能既源于罗马的日常生活，又根植于文学传统。

1.357　你需要抓准时机，正如医生需要在正确的时间用药一样。后文自1.399起将讨论时机的重要性。

1.358　女仆向女主提起你最好的时机分别是当她开心时（1.359–364）和嫉妒时（1.365–374）。

1.359　原文中的"laetissima rerum"意为"世上最快乐的人"或"对所有事情都感到很开心"，两种译法分别将rerum视作主词的属格（subjective genitive）和宾语的属格（objective genitive）。比较本诗1.213"pulcherrime rerum"（"俊朗无人能及"）。

1.360　此处的动词luxurio既指粮食苗壮成长，又可以用来形容人恣意、无拘束地生活，可能暗含荒淫无度之意。

1.362　"迷人爱艺"（blanda arte）指令人愉悦的、诱人的爱的艺术。通过哀歌双行体的韵律可以判断blanda的尾音a为长音，故为修饰arte的夺格（ablative case）。

1.363　　"伊利昂"（Ilios）即特洛伊城，主格。原文的"defensa armis"直译为"受武力保护"。在特洛伊最好的战士与保卫者赫克托尔战死之后，特洛伊并未因此陷落，人们反而因为悲伤而更加警觉。

1.364　　"满载敌人的木马"（militibus gravidum equum）指满载着希腊士兵的特洛伊木马，在特洛伊人认为战争结束、开始欢庆之际，却中了木马计。希腊士兵藏入木马被迎入城里，最终攻陷并洗劫了特洛伊。此处用词接近早期拉丁语诗人恩尼乌斯（Quintus Ennius）在他的悲剧作品《亚历山大》（*Alexander*）80—81中的描述："……满载着士兵的木马/攻陷了帕伽玛坚实的堡垒。"（... gravidus armatis equus / qui suo partu ardua perdat Pergama.）

1.365　　此处诗人将心仪的女子描述为一位丈夫不忠的已婚女人。当她因为丈夫有了情人（paelex）而愤懑不已，追求者应利用她的复仇心理，成功赢得她。奥维德多次在诗中表示自己预设的女性是商女，她们多为被释放的奴隶，勾搭这样的女子在罗马是合法的，但此处的表述显然与诗人的辩白矛盾。霍利斯认为这样的自相矛盾不是因为诗人在明修栈道，暗度陈仓地教导已婚女人如何偷情；因为该诗并没有具体的目标读者，具有普适性，并且根植于诸多文学传统中，因而也有大量的典型人物（stock characters）（Hollis, p. xvii）。

1.370　　"以牙还牙"（referre vicem），意即丈夫对妻子不忠，可惜妻子无法以其人之道还治其人之身，即通过找情人来报复出轨的丈夫。此处的动词poteras是未完成时（imperfect tense），表示尝试性的建议。

1.373　　继续1.368关于扬帆航海的暗喻。

1.375—398　诗人不建议追求者与侍女发生暧昧关系。

1.379　　"结果难以预料"（casus in eventu est），像掷骰子一样，每次的结果可能都不相同。casus原意指骰子的坠落。

1.383　　　"蜡板"（tabella）指用蜡书写的信，后文从1.437开始会具体
　　　　　　表述。

1.389　　　此句的意思是清楚的，但原文中的aut non temptasses语法上不甚
　　　　　　通畅，有学者建议改为aut non temptaris，直译为"要么不要被诱
　　　　　　惑"。index指线人、耳目。

1.391　　　"羽翼沾上黏污"（viscatis alis）：捕鸟人常常用冬青等植物的汁
　　　　　　液抹在树枝上，从而捕获羽翼沾上黏液的鸟儿。此处"不合算"
　　　　　　（non utiliter）是从捕鸟人的角度讲半途而废不合算，而不是指鸟
　　　　　　儿沾上黏液飞不远。

1.392　　　"敞开的罗网"（laxis cassibus）可能是猎人出于疏忽没有关好布
　　　　　　下的网。

1.391–393　诗人用三个例子说明，一旦锁定目标女孩并开始行动，就不要
　　　　　　让她逃走，因此猎鸟、捕熊、抓鱼的人没有完成抓捕都很可惜
　　　　　　（Hollis 1977, p. 103）。与前文一样，诗人再次将猎艳比作狩猎。

1.395–396　这两行并未出现在两个重要的抄本中，学者一般认为其意义与其
　　　　　　他句子雷同。有些本子（如肯尼）直接将这两行删去。

1.398　　　原文的notitia指关于情爱方面的知识；amica此处指女主，即
　　　　　　"你"想要追求的女人。

1.399–436　论述开始追求的合适时机，例如应该避免需要赠送礼物的日子，
　　　　　　虽然无论如何男人到最后都得掏腰包。1.399关于农民需要注意
　　　　　　时辰的说法，维吉尔在《农事诗》1.204–207表达了相似观点。

1.401　　　"欠佳的"（fallax）直译为"有欺骗性的"。刻瑞斯（Ceres）是掌
　　　　　　管农事、庄稼的女神，此处代"庄稼"。

1.403　　　赫西俄德《工作与时日》618–694讲航海何时安全、何时危险。

1.405–406　诗人开始列举不应该开始行动的日子，因为在这些日子约会可能
　　　　　　带来不小的开销，女孩的生日首当其冲。罗马人喜欢大肆庆祝生
　　　　　　日，例如，奥古斯都时代文艺圈著名的庇护人梅萨拉（Messalla）

生日之际，提布卢斯、普罗佩提乌斯（即《哀歌集》3.10）等人都为之写诗。

1.406　　指维纳斯的月份（四月）和马尔斯的月份（三月）相交替的时候，即四月一日的维纳斯节，因为四月属于维纳斯，罗马的贵族和平民都要在这天献祭与歌颂这位神祇。也暗指维纳斯和马尔斯的偷情幽会。本来按照古老的历法，一月属于马尔斯，二月属于维纳斯，但第二任罗马国王努马在它们前面增加了两个月，分别用来纪念雅努斯（Janus）和净化节（Februum）。关于罗马月份的命名，见奥维德《岁时记》1.39, 43-44："第一月属于马尔斯，第二月属于维纳斯……但努马没有无视雅努斯和先人的亡灵，他在古老的月份之外增加了两个。"（Martis erat primus mensis, Venerisque secundus ... at Numa nec Ianum nec avitas praeterit umbras, mensibus antiquis praeposuitque duos.）（王晨译）

1.407　　"陶像"（sigilla）可能意指在十二月著名的农神节（Saturnalia）开放供人们交换礼物的西吉拉利亚（Sigillaria）市场。关于包括这一市场在内的古罗马的购物地点等的讨论，见霍勒伦（Holleran, pp. 159-193）。诗人在此感叹以前大家只需互赠简单朴实的陶土人像作为礼物，现在不花大价钱买礼物都不行了。

1.408　　"竞技场"（Circus）可能指大竞技场（Circus Maximus），因为奥维德生活的年代西吉拉利亚市场就在大竞技场举行。此处也可能指弗拉米尼乌斯竞技场（Circus Flaminius）（Hollis, p. 107）。

1.409　　普勒阿得斯（Pliades）代表天上的昴星团（"七姊妹"），是金牛座（Taurus）中明亮的几颗星星，在冬日天空常见，往往跟风暴和阴郁的冬日相关。比较维吉尔《农事诗》1.299"对农人来说慵懒的冬日"（hiems ignava colono）。注意此处说到冬天不要行动只是比喻，借天气不好不能远航喻时机不佳不要追求，而不是说冬天不能追求女子。

1.410　海杜斯星（Haedus）是御夫座（Eta Auriga）中的一颗星，在隆冬时节从西边入海。这是最不宜航海的时间，比如《变形记》14.711借此作喻："她比海杜斯入海时的汹涌水面更加凶残。"（saevior illa freto surgente cadentibus Haedis.）

1.411　"远渡"原文为alto，代指深海。

1.412　用完成时态表示戏剧化的强调，选择错误时间航海会有船毁人亡的风险，就好比选择错误时间行动的恋人将蒙受巨大的财产损失。爱情哀歌传统常将为情所困的人比作"在维纳斯的海上遭遇海难"，情场得意的人则是成功扬帆返回港口的人（Hollis 1977, p. 107）。

1.414　公元前390年七月十八日，罗马在阿利亚河（Allia）惨败给高卢人，从此罗马人将每年的这一天（dies Alliensis）作为公共哀悼日，商店必须关门避晦，情人也因此不用担心花钱买礼物。维吉尔也曾提到这个日子，见《埃涅阿斯纪》7.717："那名字不祥的阿利亚流过，分裂了他们。"（quosque secans infaustum interluit Allia nomen.）1.413有抄本作tum licet，但tu licet则更能强调情人的日历和普通人不同：奥维德将罗马历史上最黑暗的一天变成了最适合情人表白的日子，而一般人欢庆的节日、生日则成为情人最暗无天日的时候。

1.415–416　"犹太人"原文为"叙利亚人"，此处意译。这句表明犹太人在罗马经济、社会中扮演了重要角色（这是继本卷1.76之后再次提到犹太人）。罗马的许多商店都会在安息日关门，很多非犹太人可能不信犹太教，但也会遵守这样的规定。在《情伤疗方》219–220，奥维德提到了在安息日不能外出旅行的规定。一些迷信的罗马人认为在这一天开始任何事情都是不吉利的（比较贺拉斯《讽刺诗集》1.9.69），不过反对的声音一直存在。

1.417　"巨大的禁忌"（magna superstitio），指让人无比恐惧的东西，通常带有某种宗教意涵，例如维吉尔《埃涅阿斯纪》12.817："一个被天上的神明带回的诅咒。"（una superstitio superis quae reddita divis.）

1.421　"小贩"（institor），挨家挨户敲门兜售商品的小贩，比如贺拉斯《长短句集》17.20："深受水手与小贩喜爱"（amata nautis multum et institoribus）；奥维德《情伤疗方》306："小贩，噢，拥有了她拒绝给我的夜晚！"（Institor, heu, noctes, quas mihi non dat, habet!）"衣襟松垮"（discinctus）指小贩的装束，即袍子不系腰带，是罗马劳工阶层常见的装束。对罗马人来讲，装束是否得当是一个人道德水准高低的象征，这一行头也印证了小贩的不佳名声。

1.426　直译为"现在这东西正是她需要的，现在买正合算"。

1.428　"就得写欠条"原文为"littera poscetur"，littera指手书的字迹、签名，此处指在手写字据证明"你"之后会付钱。"你后悔不是文盲"原文有异读，取"ne didicisse iuvet"（Kenney, p. 249），直译为"以至于你不会庆幸自己学习过（读书写字）"。这可以看作否定的结果从句，由ne引导也可将ne看作等同于ut non。

1.430　女友每次想吃蛋糕了就能过一次生日，nascitur指过生日，同时还指"出生"，所以字里行间还藏着玩笑：每当有需要的时候，这女子能自己赋予自己生命（Hollis, p. 110）。

1.435　本句中的"名妓"类似商女，诗人在此咒骂那些将爱情作为利益交换方式的女子，她们贪恋追求者的钱财。拉丁爱情哀歌一向反对这类将爱情看作利益交换的观点，贫穷的诗人往往哀叹有钱的追求者可以轻易打败自己（例如本诗2.161–166, 2.273–280）。贫穷的诗人、有钱的恋人（dives amator）等形象继承自新喜剧（New Comedy）和亚历山大里亚时期的诗歌（Alexandrian poetry）等文学传统。哀歌诗人在古罗马注重实用性的传统下宣扬恋爱作为一种生活方式，是对社会流俗的反抗。

1.436　十张口舌这个意象源于荷马《伊利亚特》2.488–490："至于普通
　　　　兵士，我说不清，叫不出名字，/即使我有十根舌头，十张嘴巴，
　　　　/一个不倦的声音，一颗铜心也不行。"（罗念生、王焕生译）相
　　　　似表述也见《变形记》8.533–534"哪怕神灵给我一百张发声的嘴
　　　　和舌/巨大的天分和整个海利孔的才华/我也不能尽述姐妹们悲惨
　　　　的命运"（non mihi si centum deus ora sonantia linguis / ingeniumque
　　　　capax totumque Helicona dedisset / tristia persequerer miserarum fata
　　　　sororum）；《农事诗》2.42–44"我并不企图用我的诗句涵盖所有
　　　　主题，/纵使我有一百条舌、一百张口/铁一般的嗓音也无法做
　　　　到"（non ego cuncta meis amplecti versibus opto, / non mihi si linguae
　　　　centum sint oraque centum, / ferrea vox）。

1.437　作者终于开始讲靠近女孩的具体办法——写信。1.437–454讲信
　　　　的内容，1.455–468讲信的风格。1.437提到"刮平的木板上铺满
　　　　的蜡油"（cera ... rasis infusa tabellis），罗马人用来写信的蜡板是
　　　　这样制成的：取一块长方形木板，在中间掏出一块小一些的长方
　　　　形（不掏空，类似相框），在小长方形中灌上融化的蜡油，等油
　　　　干后方可在上面书写。这样的蜡板还可以重复利用，看完一封信
　　　　之后将表面刮平，即可书写新的内容。在本诗3.495–496讲到若
　　　　前一封信没刮干净，残余的信息可能带来严重后果。注意此处再
　　　　次出现了航海的意象。

1.439　此句中的amantum一说作amantem（肯尼本）；前一种imitata
　　　　amantum verba直译为"学来的爱人的言语"，后一种imitata
　　　　amantem verba则强调信如其人，学来的语言成了追求者的替身。
　　　　对这两种版本的详细讨论，见古尔德（Goold 1965, pp. 64–65）。

1.441　指特洛伊国王普里阿摩在儿子赫克托尔战死之后去阿喀琉斯帐中
　　　　哀求其归还儿子尸体，阿喀琉斯因感动而听从。

1.444　"在承诺上"（pollicitis）是表示关联的夺格（ablative of respect），

解释"富庶"（dives）的具体内涵。

1.446　关于希望女神的叙述源于赫西俄德《工作与时日》96，提到当潘多拉魔盒被打开，导致各种各样的邪恶弥漫世间时，名为"希望"或"期待"（期待的既可能是好事，也可能指坏事）的女神是唯一没有逃出盒子的。奥维德在《黑海书简》1.6.27-30也提及："……希望……这一女神，在神祇都离开这片污秽的土地时，孤身留在这片被神嫌恶之地。"（spes ... / ... / haec dea, cum fugerent sceleratas numina terras, / in dis invisa sola remansit humo.）（石晨叶译）

1.450　贫瘠的土地，主人却总对它寄予希望，虽然一次次失望。就好比追求者虽然没有满足情人拿到礼物的愿望，但因为给了情人希望而能一直保持这段关系。

1.451-452　为了挽回损失，却不断损失更多，诗人利用动词"损失"的不同形式（perdiderit ... perdere）创造出艺术效果。赌博在罗马是非法且被人所不齿的事，但相传奥古斯都却抵挡不住赌博的诱惑。苏维托尼乌斯曾提到对奥古斯都奢靡生活的批评，例如在西西里战争（Bellum Siculum，公元前42—前36年）期间曾流传过这一箴言："在两次被打败并失去舰船后/他最终沉迷赌博游戏，只为赢得胜利。"（《罗马十二帝王传》"神圣的奥古斯都传"70：postquam bis classe victus naves perdidit / aliquando ut vincat ludit assidue aleam.）

1.453　"这可困难，这可费力"（hoc opuc, hic labor est）呼应了《埃涅阿斯纪》6.126关于埃涅阿斯从冥府返回的段落："降入阿维尔努斯很简单/通往幽暗地府的大门日夜敞开；/但要带着步履重回到人间空气中，/这可困难，这可费力。"（facilis descensus Averno: / noctes atque dies patet atri ianua Ditis; / sed revocare gradum superasque evadere ad auras, / hoc opus, hic labor est.）在讲述追女孩这样轻松戏谑的话题上，奥维德再次引用自己崇敬的维吉尔严肃史诗的段落。算不上是对前辈的讽刺，恐是对故作正经的行为的调笑。

1.456-457 年轻人阿孔提俄斯（Acontius），是刻俄斯岛上的一位美少年，他去提洛岛（Delos）参加祭祀狄安娜的活动时爱上了来自雅典的女子库狄佩（Cydippe）。于是他在库狄佩来到狄安娜神庙前祈祷的时候，在一个苹果上写下"我以狄安娜之名起誓，我要嫁给阿孔提俄斯"的字样，并扔到女孩面前。捡到苹果的库狄佩拿起来读出了苹果上的字（与喜欢默读的现代人不同，古代人大多会大声朗读文字）。女神听到誓言，认为这是需要遵守的婚约。经历了一些波折后，库狄佩最终万般不愿地嫁给了阿孔提俄斯。奥维德对这个故事的再创造，见《拟情书》第20篇"阿孔提俄斯致库狄佩"及第21篇"库狄佩致阿孔提俄斯"。奥维德在流放后的作品《哀怨集》3.10.73-74中引用了这个故事来衬托流放地托弥的荒芜："此处果物不生，阿孔提俄斯也无处／书写让情人来读的话语。"（ poma negat regio, nec haberet Acontius in quo / scriberet hic dominae verba legenda suae.)（刘津瑜译）

1.459 "文雅艺术"（bonas artes）又称自由民艺术、自由艺术、光荣艺术（artes ingenuae / liberales / honestae），包括文学、数学、音乐等科目，在古罗马是自由民才能享有的教育。

1.460 全面的人文艺术教育为贵族男子的政治仕途做好准备，而担任法庭辩护人是参与政治生活的重要途径。

1.462 "将手纳缴"（dabit ... manus）指投降、臣服。

1.463-464 强调书信写作的风格，跟西塞罗笔下的辩论家一样，不应过分做作，或是使用过于生僻的词汇。"做作的"（molesta）可比较西塞罗《布鲁图斯》315，西塞罗将这种不做作的演说风格视作阿提卡式："如果说话不带做作腔调，也不笨拙就属于阿提卡风格的话，这位演说家就能被归于这一类。"（si nihil habere molestiarum nec ineptiarum Atticorum est, hic orator in illis numerari recte potest.）

1.466　　"强烈的"（valens）可能修饰 littera 指语气过重的信件或者修饰 causa，指重大的缘由。

1.471–472　这一组意象可与本诗1.19–20比较。

1.477　　尤利西斯的妻子珀涅洛珀本是忠诚的伴侣的代表，为在外征战和漂泊的丈夫守身二十年。此处，奥维德却说只要坚持足够久，连珀涅洛珀也能被追求者征服。

1.478　　原文用的帕伽玛（Pergama），本意（单数 Pergamum）是城堡、要塞、卫城，希罗多德用它指特洛伊城的堡垒，常用来代指特洛伊城。

1.483　　"严厉的"（tristis），本意为悲伤的，此处指回信可能语气严厉。

1.487　　开始新的话题：既然已用书信表达了心意，下一步便是找机会陪在爱人身边。本行意为如果你的意中人正倚靠在由奴隶抬着的床上。原文中的 torus 指罗马人的床，里面垫有稻草、海藻、羽毛等使之尽量松软舒适，床边可加上可以开合的帘子，见图1。比较《恋歌》2.4.14：“[她]给了我希望，能在柔软的卧榻上与她享欢。”（spemque dat in molli mobilis esse toro.）

图1　蒙福孔关于尤维纳利斯的版画

Montfaucon (Ant. Exp. Suppl.III.66), an illustration of Juvenal (*Satire*, II.120)

1.488　　lectica是可以抬起的沙发床，见图2。

1.490　　肯尼认为此处采取的qua potes（意为"尽量［使用模糊的表达］"）
　　　　　优于许多编者采取的quam potes（[tam] ambiguis）（"能有多模糊
　　　　　就用多模糊的表达"）（"Notes on Ovid," p. 249）。

1.491　　此处呼应前文提到的可以遇到中意女孩的地方——柱廊和剧院。
　　　　　"柱廊"（porticus）为阴性，由"宽阔的"（spatiosa）修饰。

1.498　　"她的双肩之上"（umeris adferet illa suis）意为"她的脸"。

1.499　　"回头望"（respicias）：奥古斯都规定罗马的男女在剧场要分开
　　　　　坐，女人只能坐在剧场后排。

1.500　　手势和暗语在古代爱情诗歌中经常出现，特别是在晚宴这一场景
　　　　　中，后文将从1.569开始讲手势在晚宴上的重要性。

1.501　　指你要为扮演跳舞（saltare）的女性角色的拟剧（mimus）男演
　　　　　员喝彩。

图2　罗马lectica复原图

1.501–502　罗马拟剧的常见情节围绕一个女人、她的傻瓜丈夫和她的情人展开，而情人总是比丈夫聪明；所以此处追求者通过为剧中女主和情人鼓掌，向心上人传达自己的心意（Hollis 1977, p. 116）。奥维德在《哀怨集》2.499–500讲道：“剧中总有衣着考究的奸夫登场，/ 狡猾的妻子欺骗愚蠢的丈夫。”（in quibus assidue cultus procedit adulter, / verbaque dat stulto callida nupta viro.）2.505–506：“每当情人用新计骗过丈夫，他便获得/掌声和棕榈枝，备受青睐。”（cumque fefellit amans aliqua novitate maritum / plauditur et magno palma favore datur.）（刘津瑜译）关于拟剧中的婚外恋情节，见雷诺兹（Reynolds, pp. 77–84）。

1.504　　　这可看成《爱的艺术》对罗马人较为严格的时间观念的挑战（Hollis 1977, p. 116）。对时间的珍视见《哀怨集》2.483–484：“还有其他游戏（我不打算详述所有游戏）/让我们常虚掷光阴这宝贵之物。”（quique alii lusus—neque enim nunc persequar omnes— / perdere, rem caram, tempora nostra solent.）（刘津瑜译）

1.505　　　诗人教导追求者不要太精于打扮而失去男子气概。罗马男子有烫卷头发的行为，但常被认为是浮华纨绔之人所为，例如西塞罗《为色斯提乌斯辩护》（Pro Sestio）18.“热铁”（ferrum）在此等同于calamistrum，即罗马人用来烫卷头发的铁块。动词torquere指“使卷曲”，即让头发变得不自然。

1.506　　　浮石，一种带有气孔的火山石，用来磨去老皮，让肌肤更嫩滑。跟烫头发一样，诗人认为这让男子显得娘气，故应该避免。

1.507–508　“库柏勒母亲”（Cybeleia mater）指被小亚细亚地区弗里吉亚人奉为地母的主神，类似希腊神话中的盖亚和弥诺斯的瑞亚，对她的崇拜大约在布匿战争后传入罗马。她的祭典具有狂欢的神秘主义气息，她的祭司需要进行自我阉割方能入职，所以他们在此被用作代指没有男子气概的人，也是诗人奉劝读者要避免成为的类型。据说在奥维德生活的年代，罗马公民一般不愿成为库柏勒祭司。

1.509 "弥诺斯公主"（Minoida）指阿里阿德涅（Ariadne）。弥诺陶罗斯是牛头人身的怪物，克里特岛上的弥诺斯国王将它困在代达罗斯和伊卡洛斯修建的迷宫里，每七年或九年必须为弥诺陶罗斯献上童男童女。忒修斯自告奋勇去杀死弥诺陶罗斯。弥诺斯公主阿里阿德涅爱上了忒修斯，给了他一把剑和一卷线，并在帮助他完成任务后与之私奔。本诗1.527-564会详细讲她之后遭到忒修斯抛弃后的际遇。

1.510 abstulit既指"将她从家乡带走"，也指"让她坠入爱河"。

1.511 费德拉爱上自己的继子希波吕托斯。比较《拟情书》4.75-78费德拉赞扬希波吕托斯对自己的容貌不加修饰："让那些穿着如女子的青年远远离开我！——/男子气概的美，只需有节制的修饰。/你那种刚硬，那自然落下的发绺，还有/俊俏容颜上的轻尘，都适合你。"（sint procul a nobis iuvenes ut femina compti!—/ fine coli modico forma virilis amat. / te tuus iste rigor positique sine arte capilli / et levis egregio pulvis in ore decet.）（刘淳译）本诗1.338曾叙述过希波吕托斯之死。

1.512 爱神维纳斯爱上的阿多尼斯喜欢狩猎，最后在林中被一只野猪伤害而死。

1.513 直译为"干净整洁的身体使人愉悦"，"使人愉悦"（placeant）和"晒成古铜"（fuscentur）的主语都是"身体"（corpora）。当"外表的整洁"（mundities）在古罗马用来形容男子时，强调一种"有节制的优雅"，既不会过于邋遢，又不至于因为精心修饰而失去男子气概。例如西塞罗《论义务》（de Officiis）1.130："此外，要确保你的整洁既不招人讨厌又不过于精致，这样的整洁应该远离乡土气息和野蛮人的不修边幅。"（adhibenda praeterea munditia est non odiosa neque exquisita nimis, tantum quae fugiat agrestem et inhumanam neglegentiam.）本诗1.513–524讲罗马流行的关于男子外表的标准，为后世了解奥维德生活年代打开了重要窗口。奥维德在《女容良方》24写道："这时代连男人都打扮齐整。"（cum comptos habeant saecula vestra viros.）（谢佩芸、常无名译）关于"古铜"肤色，本诗1.729对爱人的肤色提出一种相反的要求。

1.515　另一种理解是将此行看作对穿鞋的学问的讨论，于是原文中的"lingula ne rigeat"可能指"不要让鞋舌太紧"，而dentes则可以指鞋扣的齿；关于这种解读，见古尔德（"Amatoria Critica," pp. 65–66）。

1.516　意思是鞋子不要穿太大。

1.518　奥维德时代的罗马男人多留修剪之后的短胡子，那种代表着古老的罗马共和国的大胡子在哈德良时期又重新流行（Hollis 1977, p. 120）；原文中trita ... manu的字面的意思是"有经验的手"，即"行家里手"，这里的trita是夺格。

1.519　罗马的理发师还提供修剪指甲服务。

1.522　原文为"virque paterque gregis"（羊群的丈夫和父亲），是为满足韵律表示"公羊"的迂言法（periphrasis），代表难闻的体味。

1.524　male vir以及parum vir等表达法都是指"不像男人""不是男人"，强调缺乏"阳刚"之气，相关讨论见威廉姆斯（Williams, pp. 139–140）。

1.525　结束关于男子外表的讨论，开始讲巴科斯追求阿里阿德涅的故事，这个故事脍炙人口，卡图卢斯《歌集》第64首曾对这一故事有详细记述，相关译文与注疏，见李永毅《卡图卢斯〈歌集〉拉中对照译注本》，第216—259页。vates指先知、预言家，也可以指诗人。原文中的Liber是酒神巴科斯的别称，和日神阿波罗一样，他同样庇佑着诗人。

1.527　　"克诺索斯女子"（Cnosis）指来自克诺索斯的阿里阿德涅，她睡着后被忒修斯抛弃在了纳克索斯岛（Naxos）的海滩（此处称迪亚岛［Dia］）。

1.529　　"衣衫不整地"原文为"tunica velata recincta"，直译为"穿着一件没有束腰的长袍"，其中tunica指男女都穿的袍子，通常系腰带。

1.531　　比较《岁时记》3.473-475，讲述阿里阿德涅后来又惨遭酒神巴科斯抛弃："我记得我曾经如此叫喊：'骗人的、失信的忒修斯！'他离我而去，而巴科斯也犯了同样的罪。如今我再次疾呼：'女人切不可相信男子。'"（dicebam, memini, "periure et perfide Theseu!" / ille abiit, eadem crimina Bacchus habet. / nunc quoque "nulla viro" clamabo "femina credat". ）。阿里阿德涅提醒女子学习自己的前车之鉴，不要信任男人，这种写法模仿了卡图卢斯《歌集》64.143-144，此处她的咒骂是在自己遭忒修斯抛弃后说的："以后任何女人都别再相信男人的誓言，/都别再指望男人的话不包含着欺骗。"（nunc iam nulla viro iuranti femina credat, / nulla viri speret sermones esse fideles. ）（李永毅译）

1.533　　与本卷1.126相似，诗人形容被罗马人抢走的萨宾女子，"惊惧反倒使其愈发迷人"。

1.537　　酒神的队伍通常随着敲击的铙钹到来。

1.538　　此处原文有t音和p音的重复，呼应狂热的宗教场景，与卢克莱修《物性论》2.618中对库柏勒（Cybele）的描写手法类似："他们用手掌敲击着鼓面。"（tympana tenta tonant palmis. ）

1.541　　"酒神追随者"（原文Mimallonides）是马其顿语里对酒神的女性追随者（Bacchants）的称谓。

1.542　　萨梯里（Satyr），半人半羊的神，也是酒神的随从，以狂欢饮酒放浪著称，常在森林里游荡。

1.543　　西勒努斯（Silenus）是一个年老的萨梯里。

1.544　"巧妙地"（arte）颇有讽刺意味，西勒努斯已经醉到几乎已经无法骑上驴背了，谈何技巧？同时，该词可能也有双关含义，当arte的e是长音时，表示"紧紧地"。

1.550　酒神是东方的征服者，他的车由老虎来拉也说明这一点，也见本诗1.189–190。

1.551　前文讲到忒修斯离开了（abiit, 1.536），而此时忒修斯彻底"离开"了阿里阿德涅的脑海。

1.553　"柔弱稻草"（graciles ... aristae）有异读，抄本中常见的是steriles ... aristas ...（贫瘠的稻草），放在这里较难解释。此处更改参照古尔德（Goold 1965, p. 66）。

1.555　此句用cura表示爱人，与1.512一样。

1.557–558　名为"北冕"（Corona Borealis）的星座，《变形记》8.177–182描述它是巴科斯送给阿里阿德涅的皇冠，而此处诗人表示是阿里阿德涅自己变成了星辰，与《岁时记》3.509–516类似，以及普罗佩提乌斯《哀歌集》3.17.7–8："阿里阿德涅用星辰证明你〔巴科斯〕并不愚顽，/她凭借你的远见卓识升上空际。"（te quoque enim non esse rudem testatur in astris / lyncibus ad caelum vecta Ariadna tuis.）（王焕生译）

1.558　部分抄本作reges、rege，霍利斯认为reget更合适，可避免将星座与阿里阿德涅本人完全等同（Hollis 1977, p. 124）。

1.562　神明的无所不能与"读者"追求女孩的辛苦形成对比。

1.563　许墨奈俄斯（Hymenaeus），婚礼之神，罗马人在婚礼上要呼喊这位神祇之名；"euhion, euhoe!"是巴科斯的追随者的吼叫声，比较卡图卢斯《歌集》64.255："'嗷嘞！'她们甩头，'嗷嘞！'她们喧嚷。"（euhoe bacchantes, euhoe capita inflectentes.）（李永毅译）

1.565　此处结束酒神与阿里阿德涅的故事，转而开始讲如何利用美酒约会。

1.567　　"夜晚之父"（Nycteliumque patrem）是巴科斯的头衔（nyktelios 为
　　　　其希腊语），因为敬酒神的仪式通常发生在夜晚。

1.569　　直译为"许多潜藏在隐秘的话语间的东西"（multa ... sermone latentia
　　　　tecto）。

1.571-572　在酒桌上用密语传情达意、破译爱的语言在奥维德诗歌中颇为
　　　　常见，例如《哀怨集》2.454："据他说，他常以手指和颔首来交
　　　　谈；在圆桌面上比画出无声的信号。"（utque refert, digitis saepe est
　　　　nutuque locutus, / et tacitam mensae duxit in orbe notam.）"无声的信号"
　　　　（tacitam ... notam）亦见《恋歌》2.7.6（tacitas ... notas），《哀怨集》
　　　　1.4.18中的furtivas ... notas也是类似的表述，指的都是偷情的暗号相
　　　　似表述也见提布卢斯《哀歌》2.21-22；圆桌（mensae ... in orbe）
　　　　是用原木的整片切面制成的，是昂贵的物件（刘津瑜译注）。
　　　　《恋歌》1.4.20"通过手指识词，通过酒认字"（verba leges digitis,
　　　　verba notata mero）；《拟情书》17.87-88"我也在圆桌上自己的名
　　　　字下方，读到/酒痕写成的字：我爱"（orbe quoque in mensae legi
　　　　sub nomine nostro / quod deducta mero littera fecit "amo"）（刘淳译）。

1.576　　罗马人祝酒时，酒杯会在众人间传递。

1.579　　奥维德号称自己诗里的女郎（puella）是商女，而不是有一定社
　　　　会地位的已婚妇女（例如1.31、1.435），但诗人此处的表述与
　　　　自己的辩白矛盾。相关解释见1.365行注释。在心上人及其丈夫
　　　　（vir）共同出席的酒宴上与心上人调情，其素材源于《恋歌》1.4。

1.581　　罗马人爱用抽签决定喝酒顺序，此处可能指追求者要让她的丈夫
　　　　第一个抽签，也可能指让他第一个喝酒。

1.585-588　这四行放在此处并不通顺。许多学者认为这几行均属于后文
　　　　（Hollis 1977, p. 127），肯尼认为可能放在1.742之后（Kenney 1959,
　　　　p. 250）。若放在此处，这几句勉强可以理解为：追求者装作心
　　　　上人丈夫的管家，其实觊觎主人的妻子。

1.589–602　这几句论述喝多少酒为宜，以及酒后什么样的行为举止为佳。

1.592　　　直译为"避免让你的手过度地（nimium）投入轻易（faciles）引发的粗暴斗殴"。有学者认为"凶殴"（bella）是另一处抄本采取的verba（"恶语"）（Lenz, p. 36n.）。此处采取肯尼和霍利斯选取的bella。

1.593　　　欧律提翁（Eurytion）是个半人马，在皮里托俄斯（Pirithous）的婚宴上喝了太多酒，在酒后引发的争斗中身亡。

1.598　　　"含混的"（blaeso），指发不清s音和z音的结巴。

1.601　　　bene跟与格连用表示"敬某人"。"敬她的共枕人"（bene, cum quo dormiat illa），桌上的宾客都会认为是敬女主的丈夫，只有"你"知道若追求成功，这酒就是敬的你自己。

1.603–630　这一部分讲酒宴散去之后该如何行动。比较《恋歌》1.4.55开始的段落。"宴席散去"（mensa ... remota）：在罗马宴请习俗中，每道菜品都有自己单独的桌子，吃完一道菜桌子也会一并撤去，故mensa sencunda意为第二道菜。

1.607　　　"乡野的"（rusticus）在诗中常出现，指村夫般的粗鄙，缺乏智慧、优雅和精致，乡野（rusticitas）与城市的精致（urbanitas）对应。在面对异性的时候，指一种笨拙、尴尬的状态（如1.672行）。

1.608　　　"命运助力强者"（fortes Fortuna adiuvat）来自泰伦提乌斯（Terentius）《福尔弥昂》（*Phormio*）203，是惯常表达。诗人化用之，将"维纳斯"替换进来。

1.614　　　指女人不管有多丑，都愿意相信自己是人见人爱的。

1.622　　　"纤细的玉手"（teretes digitos）指匀称的手指，teres常用来形容脖子、手臂、小腿等。

1.626　　　指"帕里斯的审判"或称"金苹果判断"，维纳斯赢得了"献给世上最美女子"的金苹果，而尤诺和帕拉斯（即雅典娜）落选。诗人以这两位女神仍旧心怀怨念来说明，即使最贞洁的女性也希望别人称赞自己美貌。

1.627　　　"尤诺之鸟"（avis Iunonia）指孔雀，因为它们与尤诺年轻时待过的萨摩斯岛（Samos）有联系。孔雀在古代就因羽翼美丽而受到盛赞。《变形记》1.722中讲述了阿尔戈（Argus）的千百只眼睛如何变成孔雀尾巴上的图案；亦见奥维德《女容良方》33-34："尤诺的爱禽将受人赞美的羽翎/开放，鸟儿默默以容貌为傲。"（laudatas homini volucris Iunonia pennas/ explicat et forma muta superbit avis.）（谢佩芸、常无名译）

1.631-636　你可以尽管发誓，为爱情做出的无法实现的诺言能获得神的原谅。

1.634　　　埃俄洛斯（Aeolus）掌管所有的风。

1.635　　　尤庇特爱上伊俄的时候曾对妻子尤诺发假誓说自己从未与之发生关系。此后尤庇特下令，恋爱之中的凡人做出的誓言若后来无法实现，都没有惩罚。"以冥河斯提克斯之名起誓"（per Styga）是最重的誓言。

1.637-644　这一部分讲尽管为爱情而发的假誓可以获得神的原谅，在其他领域人还是必须尊重神明。只有为了爱情欺瞒女人是安全的。

1.637　　　犬儒学派的第欧根尼曾经被问及神灵是否存在，他回答说，我不知道，我只知道他们若存在，是于人有利的（Tertullian, *ad Nationes* 2.2）。

1.639　　　伊壁鸠鲁学派认为神虽然存在却对人世间的事务毫不关心。

1.641　　　后半句直译为"让义务遵守它的协议"。

1.641-642　这些与犹太教教义类似的训导可以追溯到公元前5世纪的希腊文学（Hollis 1977, p. 134）。

1.649　　　布西里斯（Busiris）是传说中埃及的一位国王，很多埃及城镇也以此为名。Busiris 的字面意思是俄西里斯之家（House of Osiris），俄西里斯是古埃及掌管来生、地府等的重要神明。特剌叙尔斯（Thrasius）是一位从塞浦路斯来的预言家。关于布西里斯的这个传说可能是埃及早期活人献祭传统的保留。

1.653-654 法拉利斯（Phalaris，公元前571—前555年）是西西里阿格里根图姆（Agrigentum）的僭主，以凶残出名。见品达《皮提亚颂歌》1.94-96，称法拉利斯冷酷无情，为人所痛恨；亚里士多德在《修辞学》2.20.5和《政治学》5.8.4中都把法拉利斯作为僭主的代名词；波利比乌斯12.25；西塞罗称他为"所有僭主中最残酷的"（crudelissimus omnium tyrannorum Phalaris）（《反维鲁斯》[In Verrem] II 4.33.73），他提到在第三次布匿战争之后，西庇阿（Scipio）将铜牛归还给阿格里根图姆，西庇阿赋予了铜牛新的意义，称它代表过去的奴役（在同胞手中的奴役）和如今罗马人的友善。西塞罗在《反皮索》（In Pisonem）30中把法拉利斯作为无情残害者的代名词。

佩利罗斯（Perillus）曾造铜牛来炙烤活人，他意欲将铜牛卖给法拉利斯，但被法拉利斯关进铜牛活活炙烤而死，成了第一个遭此酷刑之人。据后世的说法，法拉利斯被将军特勒马科思（Telemachus）推翻之后也被投入了铜牛。佩利罗斯和法拉利斯的故事在古代世界十分有名，奥维德之前及之后的许多作家，包括品达、西塞罗（《反维鲁斯》4.73；《反皮索》18.42）等等，或讲述或引用过这个故事。西西里的狄奥多罗斯（Diodorus Siculus）9.19称佩利罗斯（文中名字拼写为Περίλαος，即Perilaos）为阿提卡有名的铜匠。奥维德的流放诗多次提及佩利罗斯，见《哀怨集》3.11.39-54；5.1.53（"哪怕法拉利斯也允许在铜模中的佩利罗斯/发出哞哞声，用牛的嘴呻吟"）；5.12.47称佩利罗斯为"制作铜牛之人"（tauri fabricator aëni）；《黑海书简》2.9.44-45；《咒怨诗》413-464，诅咒他的敌人在佩利罗斯的铜牛中"模仿"公牛及其声音（437-438），并提到法拉利斯本人的残虐死状，他先是被割了舌头，然后又被投入铜牛（439-440）。

（本条注疏引自刘津瑜即将出版的《哀怨集》译注）

1.659-668　除了誓言之外，还要用眼泪、香吻和赞美打动她。普罗佩提乌斯也
　　　　　　提到眼泪的作用，当然，他笔下提到的应是真诚的泪，见《哀歌集》
　　　　　　1.12.15-16：“能对情人当面哭诉的人多幸运啊，/阿摩尔喜好观赏恋
　　　　　　人撒泪水。”（felix qui potuit praesenti flere puellae: / non nihil aspersis
　　　　　　gaudet Amor lacrimis.）（王焕生译）“坚铁”（adamanta）指所有坚
　　　　　　硬的金属，也可指钻石，也可寓指难以撼动的东西，比如地下世
　　　　　　界的大门，见普罗佩提乌斯《哀歌集》4.11.4：“返回的道路便被无
　　　　　　情的铁门截断。”（non exorato stant adamente viae.）（王焕生译）

1.661-662　虚假的泪水，《恋歌》1.8.83-84有相似表述：“为何不学着用受迫
　　　　　　的双眼哭泣，让女佣或男仆将你的脸颊弄湿。”（quin etiam discant
　　　　　　oculi lacrimare coacti, / et faciant udas ille vel ille genas.）《拟情书》
　　　　　　2.51-52费利斯（Phyllis）对得摩丰（Demophoon）说：“我也曾
　　　　　　相信你的眼泪。或者说，眼泪也可以被教会，去假装？/眼泪也
　　　　　　有技术，想让它怎么流，它便怎么淌？”（credidimus lacrimis: an
　　　　　　et hae simulare docentur? / hae quoque habent artes, quaque iubentur
　　　　　　eunt?）（刘淳译）

1.662　　　霍利斯综合各个抄本，认为uncta（“油腻的”）比uda（“湿润的”）
　　　　　　更可信（Hollis 1977, p. 137）。此处可能指代古罗马的某种油膏，
　　　　　　涂抹之后有催泪效果。

1.667　　　该句的主语是rapta，即强吻。

1.669-674　诗人在此表示，女人口中的拒绝只是假意推脱。这个段落对中世纪
　　　　　　关于情爱的观念产生了影响。12世纪的一部流传甚广的名为《潘菲
　　　　　　鲁斯》（Pamphilus）的戏剧几乎完整引用这一段，将其作为维纳斯
　　　　　　对男主角的教导，最终导致男主强暴了女主。对于奥维德笔下的成
　　　　　　人情爱，不同读者在不同社会历史背景下可能有不同解读。

1.672　　　“笨拙”（rusticitas，也有乡野、粗鄙等含义）。见1.607注释。

1.673　　　　原文动词为 appelles，有"调动""使用""命名"等含义。

1.679-680　福柏（Phoebe）和希莱伊拉（Hilaira）两姐妹是琉克波斯（Leucippus）之女，本与林叩斯（Lynceus）和伊达斯（Idas）订婚，但后来被卡斯托尔（Castor）和波吕克斯（Pollux）掠走。这两对男子随即展开对决，《岁时记》5.699-719对此有叙述。普罗佩提乌斯《哀歌集》1.2.15-16也曾提及这两姐妹。姐妹更青睐哪对男子，除了奥维德此处的叙述外，别处并无记载。

1.681-704　诗人在这一部分花了不小篇幅举例说明女子可能青睐对自己施暴之人。

1.681-682　"阿喀琉斯"原文为"海莫尼亚的男人"（Haemonio ... viro）即帖撒利亚，阿喀琉斯的故乡。斯基罗斯（Scyros）岛是得伊达墨亚（Deidamia）公主的家乡。这里讲的是她与阿喀琉斯的故事。为避免儿子打仗送命，阿喀琉斯的母亲忒提斯（Thetis）把他男扮女装藏在斯基罗斯岛上，与国王的女儿们在一起生活，后来阿喀琉斯和公主得伊达墨亚发生了男女关系。关于这个故事可以见斯塔提乌斯（Statius，45—96年）所作的广为流传的拉丁语史诗《阿喀琉斯传奇》（*Achilleid*）。

1.683-689　这一部分用非常简短的篇幅先讲特洛伊战争的缘起，亦即引发阿喀琉斯与得伊达墨亚爱情故事的原因，简明扼要且不提及重要人名，这一写法很有希腊化时期诗歌的特点。帕里斯抢走海伦，海伦就是维纳斯送给帕里斯的礼物（sua praemia），也是后文讲的"到达伊利昂城墙"的"希腊新娘"（1.686）。

1.684　　　　比较《拟情书》16.70："一位当以无愧的美貌战胜另外两位。"（vincere quae formadigna sit una duas.）（刘淳译）

1.687　　　　"in verba"指开战之前，士兵们在指挥官带领下重复着表达忠心的誓词。

1.689-690　阿喀琉斯若非出于对母亲的忠孝而顺从她的意见，男扮女装将是一种耻辱。

1.691　埃阿科斯后裔，包括佩琉斯和其子阿喀琉斯。

1.692　帕拉斯既是主管纺织的女神，也主管战事，如《变形记》8.264：
　　　　"善战的弥涅耳瓦"（bellatricemque Minervam）。

1.694　比较本诗开篇1.15-16。"纺线"（pensa）指一天可以纺织的线的
　　　　重量。

1.696　佩利阿斯长矛，传说只有阿喀琉斯可以拿起。

1.697　"王室的黄花闺女"（virgo regalis）指公主得伊达墨亚。

1.699　奥维德暗示可能有人认为这不是强暴。

1.700　注意本诗voluit反复出现，强调女子的意愿；此句运用了押头韵
　　　　（alliteration）的手法（voluit vinci viribus）。

1.705-714 总结故事告诉我们的道理：男人应该主动出击，不能等着女孩先
　　　　开口。

1.721　"桀骜的女子"（tetricae ... puellae）常常用来形容严苛的、作风
　　　　传统的萨宾女子，如《恋歌》3.8.61 "tetricas ... Sabinas"。"dare
　　　　verba"指欺骗。

1.722　"闺蜜"原文为cultor，指照料者、栽培者、给予关怀的人。

1.723-772 其实至此本诗第一卷要讲的主要内容已经结束，诗人已经讲完如
　　　　何寻找理想的女子并将她收入囊中。最后一部分是一些补充内容。

1.723　关于肤色，罗马人区分自由民的肤色（ingenuus color，较为白
　　　　皙）和奴隶的肤色（color servilis）；同时，完全没有晒过太阳的
　　　　苍白肤色也不好，如1.513。

1.727　"帕拉斯桂冠"（Palladiae ... coronae）指奥林匹克运动员戴的月
　　　　桂树叶编织而成的头冠，是帕拉斯的圣物。故此处的"你"指
　　　　运动员。

1.729-730 很多评注者认为此句语意不通，按理说恋人应该肤色苍白这事不该
　　　　让"很多人觉得没有价值"（1.730）。为此，古尔德认为stulti应取代

multi，"傻瓜才觉得没价值"（Goold 1965, p. 67）；霍利斯则认为此处应为hoc nulli non valuisse puta（没有人觉得无甚价值）（Hollis 1977, p. 114）。此处译者选择按照原有文本处理译文，未改动。

1.731　俄里翁（Orion）是玻伊奥提亚的巨人，美丽的猎手，相传西戴（Side）是他的第一任夫人，因美貌赛过尤诺而被打入冥间（Hollis 1977, p. 144）。俄里翁死后化作天上的猎户座。此句中的in Side中的介词in表示"因为"。

1.732　达佛尼斯（Daphnis）是传说中西西里的牧童、美少年，也是牧歌的创始者。据说他爱上了不愿意爱他的娜伊斯（Nais），后者可能指具体人名，也可能是泛指主管淡水的宁芙（Naiad）。一说他爱上了自然女神厄刻娜伊斯（Echenais），并发誓忠于他们的爱情，但后因被灌醉而与某公主同眠，女神怒而弄瞎他的眼，他流浪许久后投海而死；另一说达佛尼斯因不爱任何女子而招致爱神惩罚，让他心中燃起强烈爱欲，终因得不到满足而死。他的故事广为流传，其名也常引申为"美少年"之意。

1.733-734　"小帽"（palliolum）指病人戴的头巾或帽子。"闪亮的头发"（nitidis comis）指欢饮夜宴的人常用油涂抹头发。

1.739-754　这一部分警告读者不能在朋友面前夸赞自己的女友，否则别人会想占为己有。比较《恋歌》3.12.7-10："将会如此——她因为我的天才而成为公共财产。/我真是活该！为何要把她的美貌称颂？/我的女郎因为我的错误而成为众人可享之物。"（sic erit—ingenio prostitit illa meo. / et merito! quid enim formae praeconia feci? / vendibilis culpa facta puella mea est.）

1.743-746　诗人先想象有一个反对者在举例说明好友不一定会抢走爱人，但他接着反驳，在现实生活中不能有这样的幻想。此处列举的三个例子（帕特洛克罗斯［Patroclus］和阿喀琉斯，皮里托俄斯和忒修斯，皮拉得斯［Pylades］和奥瑞斯特斯）均是用来证明友情和忠贞的常见案例。

1.743 阿克托尔（Actor）的后人（Actorides），此处指他的孙子帕特洛克罗斯，作为阿喀琉斯最好的朋友，他没有抢夺好友的恋人和女俘布里塞伊斯（Briseis）。

1.744 皮里托俄斯是费德拉的丈夫忒修斯的好友，他并未抢占费德拉，但后者爱上了忒修斯的儿子、自己的继子希波吕托斯（见本诗1.511）。

1.745 赫耳弥俄涅（Hermione）是奥瑞斯特斯（Orestes）的妻子，后者的朋友皮拉得斯待她很好，但只是兄妹般的情谊。

1.746 海伦原文用的Tyndari，指斯巴达国王廷达瑞俄斯（Tyndareus）的女儿海伦。廷达瑞俄斯是勒达（Leda）的丈夫，勒达被变成天鹅的尤庇特强暴后又与丈夫同房，后生下两个蛋，分别孵出海伦和克吕泰墨涅斯特拉、卡斯托尔和波吕克斯；其中具体谁是尤庇特的孩子，谁是凡人丈夫的孩子，无法悉知。此句强调卡斯托尔与海伦的兄妹情。

1.747 "这些"（idem）指朋友的忠诚。柽柳是出了名的结不出果子的植物，河中肯定没有蜂蜜，所以你不能相信朋友不会觊觎你的女友。抄本中有iacturas "长出的"和laturas "将要结果子的"两个版本。

1.755–770 这一部分强调女人的种类千差万别，追求者必须要有应变能力，足智多谋。

1.761–762 普罗透斯（Proteus），海上老人，以擅长变换形貌著称，在荷马史诗《奥德赛》4.450开始的部分讲述尤利西斯如何找到他，并询问自己返乡的方法。

1.763–764 再次出现打猎的比喻。

1.770 若女孩在你面前觉得自卑（vilis），她便会拒绝你，转而投向一个不如你、跟她自己更平等的男子。

图3　维纳斯与阿摩尔

Bartholomeus Spranger, *Venus and Amor*, c. 1585

图4 维纳斯，庞贝古城墙画

第二卷

如何保持爱情

第1-232行　本卷宗旨：如何保持爱情；智慧、温柔、顺从的重要性

第1-20行：本卷宗旨：教人如何保持爱情

第21-98行：插曲：代达罗斯设计飞行器逃离克里特的故事

第99-144行：维持爱情的具体方法，药物、魔法、美貌都

　　　　　　不够，还需智慧、学习艺术和语言

第145-176行：要对恋人温柔，避免争吵

第177-232行：耐心和顺从的重要性

1   Dicite 'io Paean' et 'io' bis dicite 'Paean':

     Decidit in casses praeda petita meos.

     Laetus amans donat viridi mea carmina palma

     Praelata Ascraeo Maeonioque seni.

5   Talis ab armiferis Priameius hospes Amyclis

     Candida cum rapta coniuge vela dedit;

     Talis erat qui te curru victore ferebat,

     Vecta peregrinis Hippodamia rotis.

     Quid properas, iuvenis? mediis tua pinus in undis

10   Navigat, et longe quem peto portus abest.

     Non satis est venisse tibi me vate puellam;

     Arte mea capta est, arte tenenda mea est.

     Nec minor est virtus, quam quaerere, parta tueri:

     Casus inest illic, hoc erit artis opus.

15   Nunc mihi, siquando, puer et Cytherea, favete,

     Nunc Erato, nam tu nomen amoris habes.

     Magna paro, quas possit Amor remanere per artes,

     Dicere, tam vasto pervagus orbe puer.

     Et levis est et habet geminas, quibus avolet, alas;

20   Difficile est illis inposuisse modum.

     Hospitis effugio praestruxerat omnia Minos;

     Audacem pinnis repperit ille viam.

     Daedalus, ut clausit conceptum crimine matris

     Semibovemque virum semivirumque bovem,

呼喊"噢，感激神明"再喊"感激神明"：　　　　1
　　我的罗网已装入追寻的战利品。
快乐的多情人用绿棕榈叶加冕我的诗行，
　　它胜过阿斯克拉与迈奥尼亚的老者。
正如普里阿摩之子做客尚武的阿米克莱　　　　5
　　掳走新娘，扬起闪亮的风帆起航；
正如那用凯旋的战车载着你的人，
　　希波达弥亚，用那异国的车轮。
年轻人，急什么？你的船行于浪涛间，
　　我寻找的港口距离遥远。　　　　　　　　10
遵我教诲找到姑娘尚不足够；借我的诗艺
　　她已到手，凭它你需使此情驻留。
留住到手的并不比追求她容易：
　　此间有偶然，亦有技艺可循。
库忒拉和爱子，若垂青我，现请赐福，　　　　15
　　还有厄剌托，因为你以爱为名。
我筹谋伟业，讲述何艺可让爱神驻足，
　　那原本游荡于浩瀚世界的孩童。
它身轻如燕，凭双翼就能远走高飞；
　　要将它安定于一处颇有难度。　　　　　　20
弥诺斯阻断了他客人所有的逃跑通道；
　　囚徒用翅膀寻到一条属于勇者的路。
当代达罗斯囚禁起母亲用罪孽孕育的
　　一半是人一半为牛的怪物，

25　　'Sit modus exilio,' dixit 'iustissime Minos:

　　　　　Accipiat cineres terra paterna meos,

　　　　Et, quoniam in patria, fatis agitatus iniquis

　　　　　Vivere non potui, da mihi posse mori.

　　　　Da reditum puero, senis est si gratia vilis;

30　　　Si non vis puero parcere, parce seni.'

　　　　Dixerat haec, sed et haec et multo plura licebat

　　　　　Diceret, regressus non dabat ille viro.

　　　　Quod simul ut sensit, 'nunc, nunc, o Daedale,' dixit

　　　　　'Materiam, qua sis ingeniosus, habes.

35　　Possidet et terras et possidet aequora Minos:

　　　　　Nec tellus nostrae nec patet unda fugae.

　　　　Restat iter caeli: caelo temptabimus ire.

　　　　　Da veniam coepto, Iupiter alte, meo.

　　　　Non ego sidereas adfecto tangere sedes;

40　　　Qua fugiam dominum, nulla nisi ista via est.

　　　　Per Styga detur iter, Stygias transnabimus undas;

　　　　　Sunt mihi naturae iura novanda meae.'

　　　　Ingenium mala saepe movent: quis crederet umquam

　　　　　Aerias hominem carpere posse vias?

45　　Remigium volucrum, disponit in ordine pinnas

　　　　　Et leve per lini vincula nectit opus;

　　　　Imaque pars ceris adstringitur igne solutis,

　　　　　Finitusque novae iam labor artis erat.

"让流放终结吧，"他说，"最正义的弥诺斯：　　25

　　让祖国的土地拥抱我的骨灰，

既然受不公的命运羁绊，祖国不许我

　　有生之年踏足，请允我葬身故土。

许吾儿回乡，若你对老夫感恩不足；

　　不愿赦子，就赦免他的父亲。"　　30

他这样说道；但纵使他能说再多，

　　那人也不给他回乡的机会。

他恍然明了道："此时此刻，代达罗斯，

　　正是展现你聪明才智的契机。

弥诺斯统治着陆地也统治着大海：　　35

　　陆路水路皆不向逃亡的我敞开。

天空的通道仍在：我将尝试从天际逃离。

　　高高在上的尤庇特，原谅我的计划吧。

我并未企图触碰您群星闪耀的座椅；

　　为逃离主人我除此无路可走。　　40

冥河若有路，我也会淌过冥河的浪花；

　　我只能为我的自然设计新的律法。"

逆境磨砺智慧：谁能相信哪位凡人

　　可以徜徉于天空的通道？

他整理好羽毛，那是鸟儿的船桨，　　45

　　将精致的制品以亚麻绳结捆绑；

而底部由烈火融化的蜡油固定，

　　新式技法至此便大功告成。

Tractabat ceramque puer pinnasque renidens

50　　Nescius haec umeris arma parata suis.

Cui pater 'his' inquit 'patria est adeunda carinis,

Hac nobis Minos effugiendus ope.

Aera non potuit Minos, alia omnia clausit:

Quem licet, inventis Aera rumpe meis.

55　　Sed tibi non virgo Tegeaea comesque Bootae,

Ensiger Orion aspiciendus erit.

Me pinnis sectare datis; ego praevius ibo:

Sit tua cura sequi, me duce tutus eris.

Nam, sive aetherias vicino sole per auras

60　　Ibimus, impatiens cera caloris erit;

Sive humiles propiore freto iactabimus alas,

Mobilis aequoreis pinna madescet aquis.

Inter utrumque vola; ventos quoque, nate, timeto,

Quaque ferent aurae, vela secunda dato.'

65　　Dum monet, aptat opus puero monstratque moveri,

Erudit infirmas ut sua mater aves.

Inde sibi factas umeris accommodat alas

Perque novum timide corpora librat iter.

Iamque volaturus parvo dedit oscula nato,

70　　Nec patriae lacrimas continuere genae.

Monte minor collis, campis erat altior aequis;

Hinc data sunt miserae corpora bina fugae.

他满脸兴奋的儿子摆弄着蜡和羽翼，

　　却不知装备正是为他的肩膀准备。　　　　　50

父亲对他说："我们须乘此航船回乡，

　　逃离弥诺斯我们只有靠它。

弥诺斯封锁所有通道，却无法封锁天空：

　　趁你可以，用我的发明打开苍穹。

但泰盖阿的少女和陪伴牧夫座的　　　　　　55

　　带剑的俄里翁你不可注视。

羽翼既展，你跟随我；我会走在前面：

　　你只需紧随，我做向导你自会平安。

因为如若我们飞入高空靠近太阳，

　　蜡油将无力抵挡日光的热量；　　　　　　60

而如若我们降低翅膀靠近海面，

　　灵活的羽翼会被水花沾湿。

飞翔于二者之间吧；孩子，也要敬畏风，

　　清风带你去哪儿，你便对它展开翅膀。"

他边教导边为儿穿戴装备，演示如何操作，　　65

　　仿佛母鸟指导待出窝的宝宝。

接着他将定制的翅膀置于自己双肩，

　　小心稳住身体准备拥抱新的路途。

临飞之际他吻了吻年幼的孩子，

　　父亲的双眸已包不住泪水。　　　　　　　70

一座比山更小的丘，高于平地；从这里

　　父子双双将躯体交付悲剧的航行。

Et movet ipse suas et nati respicit alas

Daedalus et cursus sustinet usque suos.

75　　Iamque novum delectat iter, positoque timore

Icarus audaci fortius arte volat.

Hos aliquis, tremula dum captat arundine pisces,

Vidit, et inceptum dextra reliquit opus.

Iam Samos a laeva (fuerant Naxosque relictae

80　　Et Paros et Clario Delos amata deo),

Dextra Lebinthos erat silvisque umbrosa Calymne

Cinctaque piscosis Astypalaea vadis,

Cum puer incautis nimium temerarius annis

Altius egit iter, deseruitque patrem.

85　　Vincla labant et cera deo propiore liquescit,

Nec tenues ventos brachia mota tenent.

Territus a summo despexit in aequora caelo;

Nox oculis pavido venit oborta metu.

Tabuerant cerae; nudos quatit ille lacertos

90　　Et trepidat nec quo sustineatur, habet.

Decidit, atque cadens 'pater, o pater, auferor!' inquit,

Clauserunt virides ora loquentis aquae.

At pater infelix, nec iam pater, 'Icare!' clamat,

'Icare,' clamat 'ubi es, quoque sub axe volas?'

95　　'Icare' clamabat; pinnas aspexit in undis.

Ossa tegit tellus, aequora nomen habent.

代达罗斯一边操纵翅膀，一边回头观望

　　儿子的羽翼，一路保持着飞行轨迹。

新的路途让人欣喜，惊恐平息，　　　　　　　75

　　伊卡洛斯飞得愈发大胆。

地上有位渔人，正用晃悠的渔竿捕鱼，

　　望见他们，竟丢下了手里的活计。

萨摩斯已在他们左边（纳克索斯、帕罗斯、

　　受克拉鲁斯神祇钟爱的提洛岛已在身后），　80

莱维萨岛和林茂的卡利姆诺斯在右边，

　　还有周围鱼虾肥美的阿斯提帕莱阿，

这时，无畏的男孩，正是莽撞的年纪，

　　为挑战更高的路，离开了父亲。

一近日神，绳结散落，底蜡融化，　　　　　85

　　挣扎的臂膀再也抓不住纤柔的风。

惊惧不已的他从高空俯瞰海面；

　　恐惧带来的夜合上了双眼。

蜡已融化；他扑腾着空空如也的双臂

　　颤抖着，失去了支撑他飞翔的东西。　　　90

他坠落了，喊着"噢，父亲，我被带走了！"

　　碧绿的海水吞没了还在说话的嘴。

那悲伤而已非人父的父亲喊着"伊卡洛斯！"

　　"伊卡洛斯！"他呼喊，"你飞哪儿去了？"

"伊卡洛斯！"他呼号，在浪涛中看到羽翼。　95

　　大地埋葬了尸骨，海水保留了姓名。

Non potuit Minos hominis conpescere pinnas,

  Ipse deum volucrem detinuisse paro.

Fallitur, Haemonias si quis decurrit ad artes,

100   Datque quod a teneri fronte revellit equi.

Non facient ut vivat amor Medeides herbae

  Mixtaque cum magicis nenia Marsa sonis.

Phasias Aesoniden, Circe tenuisset Ulixem,

  Si modo servari carmine posset amor.

105 Nec data profuerint pallentia philtra puellis;

  Philtra nocent animis vimque furoris habent.

Sit procul omne nefas! ut ameris, amabilis esto;

  Quod tibi non facies solave forma dabit.

Sis licet antiquo Nireus adamatus Homero

110   Naiadumque tener crimine raptus Hylas,

Ut dominam teneas nec te mirere relictum,

  Ingenii dotes corporis adde bonis.

Forma bonum fragile est, quantumque accedit ad annos,

  Fit minor et spatio carpitur ipsa suo.

115 Nec violae semper nec hiantia lilia florent,

  Et riget amissa spina relicta rosa:

Et tibi iam venient cani, formose, capilli,

  Iam venient rugae, quae tibi corpus arent.

Iam molire animum, qui duret, et adstrue formae:

120   Solus ad extremos permanet ille rogos.

弥诺斯尚且无法束缚人类的翅膀，

　　何况我要阻止的是神明的羽翼。

谬矣，那寻求海莫尼亚把戏的人，

　　还割下小马额上的附生体。　　　　　　　　　100

美狄亚的香草并不能让爱情永驻，

　　玛尔希咒语配魔法的吟唱也没用。

美狄亚、喀耳刻能留住伊阿宋、尤利西斯，

　　如果吟歌念咒能让爱情长留。

给姑娘淡色的春药是无济于事的；　　　　　105

　　春药坏人心性，致人癫狂。

所有罪恶都走开！想被爱，请可爱；

　　这是脸蛋和美貌不能给你的。

哪怕你是古老的荷马钟爱的尼柔斯，

　　或被宁芙罪恶绑架的温柔海拉斯，　　　　110

为留住美人，不至惊异于惨遭抛弃，

　　得为美貌加上几分智慧。

美丽的容颜最是脆弱，年岁越是增长

　　它越消逝，随韶华自身殒殁。

紫罗兰和张口的百合不会永远盛放，　　　115

　　玫瑰凋零后，独留着带刺的茎干：

美丽的人啊，你的头发就要花白，

　　皱纹将至，会犁遍你全身。

美貌之外要锤炼心智，这才持久：

　　唯此方能持续至生命的最后。　　　　　　120

Nec levis ingenuas pectus coluisse per artes

　　Cura sit et linguas edidicisse duas.

Non formosus erat, sed erat facundus Ulixes,

　　Et tamen aequoreas torsit amore deas.

125　A quotiens illum doluit properare Calypso,

　　Remigioque aptas esse negavit aquas!

Haec Troiae casus iterumque iterumque rogabat;

　　Ille referre aliter saepe solebat idem.

Litore constiterant; illic quoque pulchra Calypso

130　　Exigit Odrysii fata cruenta ducis.

Ille levi virga (virgam nam forte tenebat),

　　Quod rogat, in spisso litore pingit opus.

'Haec' inquit 'Troia est' (muros in litore fecit),

　　'Hic tibi sit Simois; haec mea castra puta.

135　Campus erat' (campumque facit), 'quem caede Dolonis

　　Sparsimus, Haemonios dum vigil optat equos.

Illic Sithonii fuerant tentoria Rhesi;

　　Hac ego sum captis nocte revectus equis—'

Pluraque pingebat, subitus cum Pergama fluctus

140　　Abstulit et Rhesi cum duce castra suo.

Tum dea 'quas' inquit 'fidas tibi credis ituro,

　　Perdiderint undae nomina quanta, vides.'

Ergo age, fallaci timide confide figurae,

　　Quisquis es, aut aliquid corpore pluris habe.

用高雅的艺术培养思想并不轻浮，

　　努力学习两门语言才是正途。

尤利西斯并不英俊，但辩才超群，

　　对他的爱恋炙烤了水上女神们。

多少次准备离去的他让卡吕普索痛苦不堪，　　　125

　　她坚称水面不宜行船！

她一次又一次地问起特洛伊的陷落；

　　他习惯了用不同方式讲述同一故事。

他们共同驻步海滩；美丽的卡吕普索在这里

　　又问起奥德吕西阿国王血腥的命运。　　　130

那人抄起轻便的棍子（兴许他本就带着棍子），

　　在紧致的沙滩上描画起她问的东西。

"这，"他说，"是特洛伊"（在海滩上画出城墙），

　　"假设这里是西摩伊斯河，这是我的行营。

这是平原"（他画出平原），"我们在此将多隆的血　　135

　　倾洒，当不眠的他觊觎着海莫尼亚战马。

那儿是锡索尼亚的瑞索斯的营地；

　　当晚，俘获的战马载着我归去——"

他正画着更多，突然涌来的海浪将特洛伊城、

　　营地和它的首领瑞索斯统统冲走。　　　140

于是女神说："你坚信会对欲走的你忠心耿耿

　　的海浪，毁掉了多少英雄盛名，看见了吧。"

所以要注意，信赖欺人的美貌必须保持谨慎，

　　或美貌之余有别的本领，无论你是何人。

145   Dextera praecipue capit indulgentia mentes;

Asperitas odium saevaque bella movet.

Odimus accipitrem, quia vivit semper in armis,

Et pavidum solitos in pecus ire lupos;

At caret insidiis hominum, quia mitis, hirundo,

150   Quasque colat turres Chaonis ales habet.

Este procul, lites et amarae proelia linguae;

Dulcibus est verbis mollis alendus amor.

Lite fugent nuptaeque viros nuptasque mariti

Inque vicem credant res sibi semper agi:

155   Hoc decet uxores, dos est uxoria lites;

Audiat optatos semper amica sonos.

Non legis iussu lectum venistis in unum;

Fungitur in vobis munere legis Amor.

Blanditias molles auremque iuvantia verba

160   Adfer, ut adventu laeta sit illa tuo.

Non ego divitibus venio praeceptor amandi;

Nil opus est illi, qui dabit, arte mea.

Secum habet ingenium qui, cum libet, 'accipe' dicit;

Cedimus, inventis plus placet ille meis.

165   Pauperibus vates ego sum, quia pauper amavi;

Cum dare non possem munera, verba dabam.

Pauper amet caute, timeat maledicere pauper,

Multaque divitibus non patienda ferat.

首先，熟练的殷勤最能俘获人心；　　　　　　　　145
　　粗鲁则挑起厌恶与残忍的争斗。

我们憎恶鹰隼，因为它永远全副武装地生活，
　　我们痛恨豺狼，它们习惯冲入惊惧的畜群；

但燕儿因为温顺，很少遭人埋伏猎杀，
　　卡奥尼亚的鸟儿还可栖居高塔。　　　　　　　150

走远些吧，言语尖利的冲突和口角；
　　温柔的爱情需用甜言蜜语滋养。

尽管争吵令新娘赶走丈夫、男人驱逐妻子，
　　并轮流认为有事情需要裁决：

妻子本该如此，她的嫁妆便是争执；　　　　　　155
　　要让女友永远只听到渴望的语词。

你们同榻而眠并非因为律法勒令；
　　主宰你们关系的律法就是爱情。

给她温柔的奉承和中听的言语，
　　这样你的到来能令她欢愉。　　　　　　　　　160

我可不是为富人当恋爱导师而来；
　　我的艺术对出手阔绰之人无益。

动不动就说"收下"的人自有聪明才智；
　　我选择躲开，他们不会满足于我的发现。

我是穷人的先知，因为我曾在穷困时爱过；　　　　165
　　当我无法赠予礼物，我就奉上"良言"。

穷困者要审慎地爱，要因口出恶语而畏惧，
　　得忍受富人不能忍的许多艰辛。

Me memini iratum dominae turbasse capillos;

170　　Haec mihi quam multos abstulit ira dies!

Nec puto nec sensi tunicam laniasse, sed ipsa

Dixerat, et pretio est illa redempta meo.

At vos, si sapitis, vestri peccata magistri

Effugite et culpae damna timete meae.

175　　Proelia cum Parthis, cum culta pax sit amica

Et iocus et causas quicquid amoris habet.

Si nec blanda satis nec erit tibi comis amanti,

Perfer et obdura: postmodo mitis erit.

Flectitur obsequio curvatus ab arbore ramus;

180　　Frangis, si vires experiere tuas.

Obsequio tranantur aquae, nec vincere possis

Flumina, si contra quam rapit unda, nates.

Obsequium tigresque domat Numidasque leones;

Rustica paulatim taurus aratra subit.

185　　Quid fuit asperius Nonacrina Atalanta?

Succubuit meritis trux tamen illa viri.

Saepe suos casus nec mitia facta puellae

Flesse sub arboribus Milaniona ferunt;

Saepe tulit iusso fallacia retia collo,

190　　Saepe fera torvos cuspide fixit apros.

Sensit et Hylaei contentum saucius arcum,

Sed tamen hoc arcu notior alter erat.

我记得曾因生气弄乱了女主的秀发；

　　那怒火曾让我白费了多少个日夜！　　　　　170

我不觉得，也不曾感到我撕碎了她的衣裳，

　　但她非这么讲，我只能赠礼赔偿。

但你们若聪明，就对你们导师曾犯的罪孽

　　敬而远之，惧怕我的错误引来的惩罚。

跟帕提亚人开战，与有教养的女友求和平、　　175

　　玩笑和但凡能孕育爱情的东西。

若她对你的追求不够友善，也不热情，

　　坚持、忍耐：过会儿她自会缓和。

因为顺从，树枝弯折远离树干；

　　你若用尽全力，它会折断。　　　　　　　180

因为顺从，河水亦可泅渡，你将无法战胜

　　水流，若你逆着流水的方向游泳。

顺从能驯服老虎和努米底亚的狮子；

　　公牛会慢慢屈从于农家耕犁。

谁能比诺那克利那的阿塔兰塔更顽固？　　　185

　　凶蛮如她也被有实力的男人征服。

因为自己的命运和女子并不温柔的行径，

　　据说弥拉尼翁经常在树下哭泣；

他常常受命将欺诈的罗网缚在肩膀，

　　常常用无情的长矛刺穿凶蛮的野猪。　　　190

他尝到了叙莱乌斯射出的箭羽带来的伤，

　　但他对另一种箭矢比这更为熟知。

Non te Maenalias armatum scandere silvas

    Nec iubeo collo retia ferre tuo,

195   Pectora nec missis iubeo praebere sagittis;

    Artis erunt cauto mollia iussa meae.

Cede repugnanti: cedendo victor abibis;

    Fac modo, quas partes illa iubebit, agas.

Arguet, arguito; quicquid probat illa, probato;

200   Quod dicet, dicas; quod negat illa, neges.

Riserit, adride; si flebit, flere memento:

    Imponat leges vultibus illa tuis.

Seu ludet numerosque manu iactabit eburnos,

    Tu male iactato, tu male iacta dato;

205   Seu iacies talos, victam ne poena sequatur,

    Damnosi facito stent tibi saepe canes.

Sive latrocinii sub imagine calculus ibit,

    Fac pereat vitreo miles ab hoste tuus.

Ipse tene distenta suis umbracula virgis,

210   Ipse fac in turba, qua venit illa, locum.

Nec dubita tereti scamnum producere lecto,

    Et tenero soleam deme vel adde pedi.

Saepe etiam dominae, quamvis horrebis et ipse,

    Algenti manus est calfacienda sinu.

215   Nec tibi turpe puta (quamvis sit turpe, placebit)

    Ingenua speculum sustinuisse manu.

我没让你攀登麦那鲁斯的森林，全副武装，

　　也没让你用肩颈扛起罗网，

更不曾让你用胸膛抵挡飞来的箭矢；　　　　195

　　我的要求对谨慎者算小事一桩。

对不依不饶的她让步吧：忍让的你终会获胜；

　　只需确保要扮演她令你演的角色。

她骂什么，你也骂，她赞扬的，你也赞；

　　她说什么，你也说；她否认的，你也否。　　200

她笑，你也笑；她哭，你要记得哭：

　　让她制定你脸色阴晴的律法。

若她爱赌博，纤手掷出象牙骰子，

　　你故意乱掷，掷得不如人意；

若你玩的是掷距骨，她输了也别惩罚，　　　205

　　让害人的恶狗常落到你自己头上。

若是骰子落在了代表强盗的那面，

　　就让你的士兵倒在玻璃敌人面前。

要亲自举着从柄把撑开的阳伞为她遮阴，

　　她走到人群哪里你就在哪里为她开道。　　210

别犹豫，把小凳置于她精致的榻前，

　　为她娇嫩的脚儿脱履或是穿鞋。

若女主子冷了，哪怕你也正冻得发抖，

　　一定要用你冰凉的胸口捂热她的纤手。

别认为这卑贱（哪怕卑贱，却能取悦人），　　215

　　用你自由民的手为她举起镜子。

Ille, fatigata praebendo monstra noverca,

　　Qui meruit caelum quod prior ipse tulit,

Inter Ioniacas calathum tenuisse puellas

220　　Creditur et lanas excoluisse rudes.

Paruit imperio dominae Tirynthius heros:

　　I nunc et dubita ferre, quod ille tulit.

Iussus adesse foro iussa maturius hora

　　Fac semper venias, nec nisi serus abi.

225　Occurras aliquo, tibi dixerit: omnia differ;

　　Curre, nec inceptum turba moretur iter.

Nocte domum repetens epulis perfuncta redibit:

　　Tum quoque pro servo, si vocat illa, veni.

Rure erit, et dicet venias; Amor odit inertes:

230　Si rota defuerit, tu pede carpe viam.

Nec grave te tempus sitiensque Canicula tardet

　　Nec via per iactas candida facta nives.

那赫丘利，继母已厌倦了用妖兽阻挠，

　　他足以进入曾经亲自扛起的天庭，

据说他曾与爱奥尼亚的女孩一道手挽香篮，

　　也曾经纺织着粗糙的羊毛。　　　　　　　　　220

连提林斯的英雄都得服从女主命令：

　　你就犹豫不敢承受他受过的苦吧。

她若令你到广场相见，早于约定时间

　　就要到达，天色不晚决不离开。

她若叫你在某处碰面，放下一切；　　　　　　225

　　快跑，别让人潮把路途阻挠。

夜里宴饮完毕，她正欲踏上归家之途，

　　当她呼唤奴仆，你就上前带路。

当她在乡间叫你过来；爱情最恨懒惰：

　　若车马不便，你就走路前行。　　　　　　　230

别让迫人的天气、干渴的天狼拖慢脚步，

　　哪怕白雪满街也要赶路。

分行注疏

2.1　　　　Paián / Paean 最初指一位掌管疗愈的神灵，因与阿波罗相近而很早就成为阿波罗的别称（epithet），ἰὴ Παιήων 这一呼喊成为阿波罗崇拜中常唱的赞歌，也引申成为胜利或赞颂而唱的歌，例如在荷马《伊利亚特》22.391中，赫克托尔被杀死之后出现了该词作"战歌""凯歌"之意。此外，在婚礼上也有在新娘进入时唱一曲婚礼 paian（γαμήιος παιών）的习俗，例如阿里斯托芬《鸟》V.1764。阿波罗因身为弓箭手而被认为庇护狩猎者。总之，这一句意为，经过第一卷的教导，姑娘已经掉入男子的罗网，男子应该感激阿波罗保佑他们"猎女"成功。

2.3-4　　 诗人允许自己的诗学成就在凯旋式中被颂扬。比较维吉尔《农事诗》3.1-48中的相似表述，其中维吉尔与缪斯一道以凯旋者的姿态庆祝自己的诗学成就，然而这一成就是需要去妆点屋大维的神庙的，因此维吉尔的这部诗是献给屋大维这位神灵的礼物。

　　　　　　经过了第一卷的教导，"尚不懂得爱的艺术"（populo non novit amandi，1.1）的听众已经变成了此句里的"快乐的多情人"（laetus amans），他们在恋爱技艺上有所进益，但仍需继续学习。棕榈叶（palma）是进献给体育或艺术竞技的获奖者的，棕榈树也是阿波罗的圣树，有时也与情欲追求有关。

2.4　　　　阿斯克拉的老人（Ascraeus senex），指《神谱》与《工作与时日》的作者赫西俄德，亦见本诗1.28和维吉尔《牧歌》6.70；迈奥尼亚属于小亚细亚，一般认为是荷马的出生地，因此常用来指代荷马（如《哀怨集》1.1.47），"迈奥尼亚歌曲"（Maeonium carmen）则用来指代史诗（如贺拉斯《颂诗集》1.6.2；奥维德《黑海书简》3.3.31），"迈奥尼亚步点"（Maeonius pes）指英雄体的六音步格（如《情伤疗方》373）。诗人此处号称自己的诗歌比荷马和赫西俄德更为高明，体现出拉丁哀歌诗人（elegiac poet）的常见态度，如普罗佩提乌斯《哀歌集》1.9.11-13 "弥姆涅尔摩斯的情诗比荷马的诗歌更动人，/温和的阿摩尔啊爱听轻柔的歌。/请你也来吧，吟诵这种忧伤的诗歌"（plus in amore valet Mimnermi versus Homero / carmina mansuetus lenia quaerit Amor. / i quaeso et tristis istos compone libellos）（王焕生译）;《恋歌》2.1.29 "于我而言歌唱阿喀琉斯有何益处？"（quid mihi profuerit elox cantatus Achilles?）; 2.1.35-36 "英雄的盛名啊，再见了！"（heroum clara valete / nomina!）而相比之下，贺拉斯则对抒情诗（lyric poetry）与传统的史诗相比为诗人赢得不朽的能力持有相对更为保守谨慎的态度，见《颂诗集》4.9.5-8："想想吧，即使荷马占据头号交椅，/品达和西蒙尼德斯的缪斯也不会隐匿，/还有言辞激烈的阿尔凯奥斯，/庄重的斯特西寇鲁斯。"（non, si priores Maeonius tenet / sedes Homerus, Pindaricae latent / Ceaeque et Alcaei minaces / Stesichorique graves Camenae.）（李永毅译）奥维德标榜自己高于这两位前辈的态度，也可见于他对于荷马诗歌中的故事的爱情化改编，如尤利西斯和卡吕普索（Calypso）（2.123-142）、墨涅拉俄斯和海伦（2.359-372），以及2.709-744与《伊利亚特》有关的例子。

2.5-6　　阿米克莱（Amyclae）代指斯巴达，本是伯罗奔尼撒半岛上古老的拉科尼亚的城市，位于斯巴达南面，荷马的《伊利亚特》2.584曾提到。此处指帕里斯抢走斯巴达王后海伦。

2.7-8　　希波达弥亚（Hippodamia）的名字直译为"驾驭马车的人"，她是皮萨国王俄诺马俄斯（Oenomaus）的女儿，她的父王不愿意将她嫁人，于是宣布凡是想娶他女儿之人，必须在驾驭马车的比赛中胜过国王自己，输掉比赛则将被杀害。在连续十八位追求者丧命之后，坦塔罗斯（Tantalus）之子佩洛普斯（Pelops）通过波塞冬的帮助，终于用计谋赢得了比赛和新娘。他们婚后生下阿特柔斯和梯厄斯忒斯。这里指佩洛普斯在马车比赛中获得胜利，带希波达弥亚离开。

2.11-12　这两句总结第一句主旨（找到心上人），并展望第二卷要义（让爱情持久）。

2.15　"库忒拉"（Cythera）指爱神维纳斯，她出生于库忒拉的海边。

2.16　厄剌托（Erato）的名字源于希腊词eratos，意为美丽的、受钟爱的，从eros（爱欲）一词而来，故有此句中的"以爱为名"一说。她是古希腊九位缪斯女神之一，手持竖琴，掌管音乐和舞蹈，例如爱情诗和拟剧。维吉尔曾在《埃涅阿斯纪》后半部分的开篇呼唤她（7.37-44），而奥维德此处也通过呼唤这位女神宣告开启诗篇的第二卷。

2.21-96　讲代达罗斯带着儿子伊卡洛斯用飞行器逃离弥诺斯的故事，企图以人类制造飞行器的故事证明要留住带翅膀的东西（即丘比特）是多么困难。代达罗斯是希腊罗马神话中著名的匠人、艺术家、科学家，他帮助克里特国王弥诺斯设计了一个迷宫，来囚禁弥诺陶罗斯，即王后帕西法厄与公牛交媾（见本诗1.289-326）所生的半人半牛怪物。弥诺斯让旁边的雅典城每年送七男七女献祭给弥诺牛。为了保守迷宫的秘密，弥诺斯将代达罗斯囚禁在高塔之上，拒绝了他返乡的请求。于是，代达罗斯设计了两副羽翼，助自己和儿子伊卡洛斯逃离，但伊卡洛斯不听父亲劝阻，越飞越高，最终羽翼上的蜡因靠近太阳而融化，他也因此丧命。奥维德用这个故事说明，弥诺斯要留住代达罗斯尚且困难，诗人想帮助读者让有翅膀的爱神停下脚步更是难上加难，意为留住追到手的女孩、保留到手的爱情非常困难。

2.24　"一半是人一半为牛的怪物"，原文为semibovemque virum semivirumque bovem，直译为"半牛的人和半人的牛"。据塞内加记载，有一次，奥维德曾与朋友游戏，他让朋友选出奥维德最差的三行诗，奥维德本人则挑选出自己最得意的三行诗，没想到两人挑的诗行完全一样，而这一句便是三句之一（老塞内加《论辩》2.2.12）。

2.39-40　此处对尤庇特的祈祷可能影射了巨人族与奥林匹斯众神的战斗（Gigantomachy），同时也可能指涉艺术家可能具有的挑战神灵的狂妄（hubris），代达罗斯和伊卡洛斯的故事常被作为艺术家不知技艺的边界而付出代价的案例。同时，"通往奥林匹斯之路"也可能影射了奥古斯都时代政治的"造神"运动，即让统治者加入诸神的行列受崇拜，比较维吉尔《农事诗》4.559-562："我还要歌唱伟大的恺撒在深深的幼发拉底闪出雷霆，以胜利者姿态为人民立法，并踏上通往奥林匹斯之路。"（ ... canebam / et ..., Caesar dum magnus ad altum fulminat Euphraten bello victorque volentis / per populos dat iura viamque adfectat Olympo.）此处可能包含对这类狂妄行为的映射（Janka, p. 71）。

2.55-56　泰盖阿的少女（Tegeaea virgo）指以卡利斯托（Callisto）名字命名的星座，即大熊星座（即北斗七星所属星座），泰盖阿（Tegea）是位于阿尔卡狄亚的城市，此处用其形容词指代阿尔卡狄亚。卡利斯托本是阿尔卡狄亚国王的女儿，是守贞的狩猎女神狄安娜的追随者；她被尤庇特强暴后，被嫉恨在心的尤诺变成一头熊，传说后来升天成为大熊星座。这个故事见奥维德《岁时记》2.153-192。俄里翁的故事可见本诗1.731注释。代达罗斯的意思是让儿子不要因为迷恋高空的星斗而迷失方向，而应紧跟父亲。

2.79-80　萨摩斯岛位于爱琴海东部，东临安纳托利亚海岸。纳克索斯岛位于爱琴海中部，在萨摩斯岛西南。帕罗斯岛位于纳克索斯岛西边。克拉鲁斯神祇，指阿波罗，克拉鲁斯（Clarus）位于小亚细亚的爱奥尼亚地区，上有阿波罗神谕。提洛岛位于帕罗斯与纳克索斯以北，因为是阿波罗的出生地而饱受太阳神喜爱。

2.81-82　这两句提到的都是爱琴海中距离小亚细亚不远的岛屿。莱维萨岛（Lebinthos）位于爱琴海中部，卡利姆诺斯（Calymnos）位于它的东边，阿斯提帕莱阿（Astypalaea）在它们以南。（根据诗中描述和传说，父子二人从克里特岛出发之后一路向北，伊卡洛斯坠海地点应该就在今天的伊卡里亚岛。在伊卡洛斯坠海之后，代达罗斯转而向西飞行，最终成功到达西西里岛。）

2.98　　　终于在这一段离题的叙述之后回到正题：诗人要讲述的是如何保持爱情，即让爱神驻足，这是有难度的。

2.99-100　奥维德试图说明，在寻求恋爱的成功方面，诗歌的力量比魔法、诅咒的力量更强，相似观点见《女容良方》35-42，普罗佩提乌斯《哀歌集》2.4.7-8。

2.99　　　"海莫尼亚"指帖撒利亚，以出产擅长魔法之人著称。可见菲利普（Philips, pp. 378-386）。此处的"谬矣"（fallere）也有"勾引""魅惑"之意，故此处双关，有"相信魔法之人反被魔法蛊惑"的反讽。

2.100　　　"小马额上的附生体"：据亚里士多德《动物志》572a-b、577a，这是一种"hippomanes"（吴寿彭商务印书馆1979年版译为"马狂"），是新生马驹头上的黑色的、又扁又圆的附生体，牝马闻到它的味道会发狂。亦见普林尼（Gaius Plinius Secundus，又称老普林尼，公元23/24—79年）《博物志》（*Naturalis Historia*）8.165；一说ἱπποµανές / hippomanes是母马生殖器官上滴下来的毒液，是古代有名的春药。见维吉尔《农事诗》3.280-281"最后，还有牧人叫作'马狂'的东西，黏稠液体从腹股慢慢滴下"（Hic demum, hippomanes vero quod nomine dicunt / pastores, lentum destillat ab inguine virus）；亦见提布卢斯《哀歌》2.4.57；普罗佩提乌斯《哀歌集》4.5.17–18 "为此还收集了怀小驹的牝马的泌液"（... et in me / hippomanes fetae semina legit equae）（王焕生译）；奥维德《女容良方》38 "发情牝马的毒泌"（nocens virus amantis equae）；另一说它是一种阿尔卡狄亚的植物，见忒奥克里托斯（Theocritus）2.49–50（本条注疏参考谢佩芸、常无名，第298页）。

2.101　　美狄亚，古代世界最有名的女巫之一，擅长以各种香草熬制具有法力的汤药。

2.102　　意大利中部的山区玛尔希（Marsi）跟帖撒利亚一样，以魔法、咒语著称，也有著名的驯蛇者。见《女容良方》39："蛇不会被玛尔希咒语劈成两半。"（谢佩芸、常无名译）注意这两句出现的大量m音创造出的拟声效果（onomatopoeia），与魔法的吟唱搭配。

2.103–104　动词tenuisset和posset是过去完成时虚拟语气，表明这个条件句是与过去事实相反的条件句。

2.103　　原文直译为"法西丝女人能留住埃宋（Aeson）之子，喀耳刻留住尤利西斯"。法西丝（Phasis）是科尔奇斯（Colchis）的河流，也可指河畔的城。位于黑海东部。此处的"法西丝人"指来自科尔奇斯的美狄亚，以擅长魔法著称。埃宋（Aeson）之子是美狄亚的丈夫伊阿宋，他对美狄亚始乱终弃，见本诗1.335–336、3.381–382。尤利西斯在特洛伊战争结束后漂流到会魔法的女神喀耳刻（Circe）所在的岛上，但最终离她而去。此处用这两个例子说明，魔法在爱情中并不起作用，美狄亚和喀耳刻都没法用魔力留住恋人。

2.109–110　尼柔斯（Nireus）是锡米岛的国王，是特洛伊战争希腊军队的领导人之一，据说是首屈一指的美男子。海拉斯（Hylas）相传是一位美少年，是赫丘利的同伴（忒奥克里托斯曾写过两人的爱情），后海拉斯在伴随伊阿宋寻找金羊毛途中，受命寻找淡水，终因美貌被主管淡水的宁芙们引诱入水，消失不见。他被宁芙引诱的场景曾为许多名画所表现。

2.118　类似的表述，亦见《女容良方》46："在曾经迷人的脸上犁下皱纹"（et placitus rugis vultus aratus erit）（谢佩芸、常无名译）；《爱的艺术》3.73–82则是关于容颜老去、皱纹遍布全身的论述。

2.120　"生命的最后"（extremos rogos）指最终葬礼上的柴堆，此处意译。

2.121　"高雅的艺术"（ingenuae artes）指自由民才能享有的教育，即今天所说的博雅（liberal arts）教育的来源，自由民与奴隶相对立。见1.459注释。

2.122　"两门语言"指古希腊语与拉丁语。

2.123　尤利西斯从荷马的记述开始，就以辩才过人而非容貌超群著称。奥维德在此处强调，恋人也应向他学习辩才。关于奥维德这一段对荷马的改写，见沙罗克（Sharrock 1987, pp. 406–412）。

2.124　"水上女神们"指居住在岛上的女神卡吕普索和喀耳刻，她们最终都被尤利西斯抛弃。当然，在《奥德赛》9.29–32，尤利西斯将自称被觊觎男色的女神俘获的牺牲品。

2.126　在荷马史诗《奥德赛》的第五卷中（第一卷与第七卷也有叙述），卡吕普索爱上了尤利西斯，与他在岛上共度七年时光，但哪怕女神以永生许诺，也无法留住祈盼归乡的尤利西斯。此处，女神以天气不宜航船为由留住心上人，这在爱情哀歌中已是常见写法，当然最经典的描写可追溯到维吉尔笔下的狄多，见《埃涅阿斯纪》4.51–53："[妹妹安娜的建议]而是要在盛情招待的同时编出滞留的理由——/趁着寒冬和多雨的猎户星座在大海上作乱，/船只都震动不停，趁着天气依然变幻莫测"；309–311："[狄多对埃涅阿斯]你真的要赶在寒冬的星辰照耀下备好船，/急着在隆隆的朔风包围之中穿行于深海，/你这狠心人？"（翟文涛译）

2.127-128　此处女主角因深陷爱河而不断想从心爱的男子口中听到特洛伊
　　　　　故事的场景，模仿了维吉尔《埃涅阿斯纪》4.78-79："丢了魂一
　　　　　样想听他再说一遍伊利昂的苦难，/当他叙述的时候，又再一次
　　　　　依偎在他嘴边。"（Iliacosque iterum demens audire labores / exposcit
　　　　　pendetque iterum narrantis ab ore.）（翟文涛译）注意iterum ... iterum
　　　　　的重复都是对维吉尔的模仿。依偎在讲故事的男子的嘴边的场
　　　　　景，亦见《拟情书》1.30："妻子们听着丈夫的讲述，恨不得挂
　　　　　在他们唇上。"（narrantis coniunx / pendet ab ore vir.）"特洛伊的陷
　　　　　落"（Troiae casus）指导致特洛伊城沦陷的一系列事件，这里指
　　　　　尤利西斯在战争中的成就。卡吕普索的询问也给了尤利西斯为自
　　　　　己讲述故事、赢得盛名的机会，而在荷马史诗《奥德赛》第九至
　　　　　十二卷中，尤利西斯的确也证明了自己是讲故事的能手，面对不
　　　　　同听众能一次次用不同方式讲述自己的经历，是修辞多样表达
　　　　　（variatio）的典范。注意此处rogabat和solebat的时态，表示动作
　　　　　反复发生。

2.130　　Odrysia指奥德吕西阿王国，包含多个色雷斯（Thrace）部落，覆
　　　　　盖了今天的保加利亚、罗马尼亚东南、希腊北部和土耳其欧洲
　　　　　部分。此处指色雷斯国王瑞索斯（Rhesus），他以拥有良驹著
　　　　　称，在特洛伊战争中站在特洛伊一边。传言说如果瑞索斯的马
　　　　　匹能饮到特洛伊克桑托斯河（Xanthos）之水、吃到特洛伊的草，
　　　　　特洛伊城便不会陷落。瑞索斯刚到特洛伊准备加入保卫战，便
　　　　　被前来监视阿伽门农的多隆（Dolon）出卖，后者被狄俄墨得斯
　　　　　（Diomedes）和尤利西斯抓住后，出卖了瑞索斯的行踪，导致瑞
　　　　　索斯被杀害，马匹也被希腊人盗走。后文尤利西斯讲述的，夜里
　　　　　他骑着偷来的马匹，就是瑞索斯的马。

2.131　　virga既指棍子，也有男性生殖器的意思，此处是双关。在沙
　　　　　盘上复盘战争进程，提布卢斯曾有更为讽刺的例子，《哀歌》

1.10.29-32："让另一人在征战中勇猛吧，受马尔斯庇佑，打倒敌军将领，让他在我饮酒时为我讲述自己的军功，在桌上用美酒涂画营帐。"（alius sit fortis in armis, / sternat et adversos Marte favente duces, / ut mihi potanti possit sua dicere facta / miles et in mensa pingere castra mero.）提布卢斯讽刺了战争和军人在宴会上的吹嘘。奥维德在《拟情书》中也有相关场景，1.31-36："有人还会在餐桌上展示激烈的战斗，/用点滴醇酒，描绘整个帕迦玛：/'西摩伊斯河从这里流过，这是西吉亚大地，/老王普里阿摩斯巍峨的宫殿，曾矗立在这里。/阿喀琉斯曾在这安营扎帐，那边是尤利西斯；/就在这里，赫克托尔的残躯曾令奔马惊驰。'"（atque aliquis posita monstrat fera proelia mensa / pingit et exiguo Pergama tota mero: / "hac ibat Simois, haec est Sigeia tellus, / hic steterat Priami regia celsa senis; / illic Aeacides, illic tendebat Ulixes, / hic lacer admissos terruit Hector equos."）（刘淳译）

2.134　　西摩伊斯河（Simoeis 或 Simois）是特洛伊平原上的河流，也是这条河的河神的名字。

2.136　　多隆本属特洛伊一方，赫克托尔派他出城探听希腊联军的信息，并许诺战争获胜之后以阿喀琉斯的战马和战车作为战利品相赠，故有此处"觊觎着海莫尼亚战马"一说（海莫尼亚指阿喀琉斯所在的帖撒利亚地区）。被尤利西斯等抓获的多隆出卖了特洛伊及其盟友的信息，导致瑞索斯被杀，他的战马被抢走，而最终多隆自己也被杀。

2.137　　锡索尼亚（Sithonia）即色雷斯。

2.139　　原文用的帕伽玛一词代指特洛伊；相关解释见1.478注。

2.143　　"所以要注意"（ergo age）是教谕诗常见的表达。拉丁语里的 figura 既可以指"外形""外貌"，也可指"图像""绘画"，在这里的双关用法很好地表达了两层意思：不可信任欺人的外貌；尤利西斯在海滩上完成的沙画无法抵御自然的力量。"谨慎地信赖"（timide confide）运用了矛盾修辞法。

2.150　卡奥尼亚（Chaonia）的鸟儿，指鸽子，源于多多那的神谕。据希罗多德所言，多多那（Dodona）是希腊地区最古老的神谕地之一，亚里士多德认为它是希腊人的起源地。卡奥尼亚是多多那的一座城市，相传附近有一片敬献给尤庇特的橡树林，树可说话、通灵、传递诸神谕旨，一说是祭祀根据树叶发出的沙沙声判断未来。据希罗多德《历史》2.55–57，两只黑色鸽子从埃及底比斯飞来（一种解读是两位女祭司被绑架带走），其中一只飞到多多那的一棵橡树上，以人的声音宣布此处必须设立尤庇特的神谕地，这于是成了多多那神谕的起源。

2.151　"走远些"（este procul），相同的表达见1.31。

2.154　诗人借用法律词汇形容婚姻中的争吵，如"轮流"（in vicem）指妻子与丈夫在诉讼中轮流扮演原告与被告的角色，res agitur则是诉讼中表示"事情正在谈判、裁决中"的术语（Janka, pp. 151–152）。

2.155–156 诗人论述婚姻与恋爱的差别：夫妻争吵是家常便饭，对女友却必须温柔相待。因为夫妻的结合受法律保护，而情人、恋人的关系则完全靠爱情维持（2.157–158）。2.153中的"赶走""驱逐"（fugent）和154中的"认为"（credant）是让步虚拟式，与156行的"听到"（audiat）在句法上的关联，表达出诗人对婚姻中的不和谐的接纳；"妻子"（uxor）与"女友"（amica）进一步形成对比（Janka, p. 151）。诗人对婚姻里难有爱情的表述也见3.585–586。

2.161–166 诗人在此处为自己戴上"穷困诗人"（pauper poeta）的帽子，这是拉丁爱情哀歌的常见写法，如提布卢斯对"贫穷恋人"（pauper amator）的赞美，与"有钱的恋人"（dives amator）形成对比，见《哀歌》1.5.61—66："穷困者会永远把你放在第一位；穷困者第一个走到你身边，不离不弃地陪伴在温柔的你左右；穷困者是拥挤人群中的忠实伙伴；他会交出双手、为你开路；穷困者会悄悄带你到隐秘的朋友处，并亲手为你洁白的纤足松开鞋带"（pauper erit praesto tibi semper; pauper adibit / primus et in tenero fixus erit latere; / pauper in angusto fidus comes agmine turbae / subicietque manus efficietque viam; / pauper ad occultos furtim deducet amicos, / vinclaque de niveo detrahet ipse pede）；奥维德《恋歌》1.8.66"带着你的祖父一块走吧，贫穷的恋人"（tolle tuos tecum, pauper amator, avos）。

2.163　　指出手阔绰，认为钱能买到一切。

2.166　　verba dare有两个含义，一是字面意思"奉上言辞"，如《黑海书简》4.3.38"因为我用言辞来换取救赎被允许"（pro concessa verba salute damus）；4.9.38"对他们，我多少次将祈祷的话与燃香一并献上"（his ego do totiens cum ture precantia verba）。第二个意思则是"欺骗"，在拉丁喜剧中已经很常见，也见《埃涅阿斯纪》10.638"[女神造出埃涅阿斯的幻象并]给他虚空的言辞"（dat inania verba）；《恋歌》2.2.58"他诅咒自己的双眼并欺骗自己"（damnabitque oculos et sibi verba dabit）；以及本诗1.721"我见过有桀骜女子受这路数欺骗"（tetricae data verba puellae）。故而此处的双关有幽默效果，译者为"良言"加上引号也是为保留双关之意。

2.169—172　奥维德举例提到自己"亲身"经历的，并不成功的恋爱体验；这个例子是他自己的《恋歌》中曾描绘的场景。《恋歌》1.7讲自己如何殴打了女友，撕扯了她的头发，如1.7.11："因此我就能够扯乱她端庄的秀发吗？"（ergo ego digestos potui laniare capillos?）此处的"我记得"（me memini）是常见的"亚历山大里亚脚注"（Alexandrian footnote），表明作者对过去的文本有所引用，因亚历山大里亚时期的学者常用而得名。诗人的假设是此句中的"我"和《恋歌》中的"我"是同一个人。

爱情中的暴力也是拉丁哀歌中常见的意象，如提布卢斯《哀歌》1.10.53-54："爱情的战争如火如荼，女人哀号着自己的头发被抓乱，门被撞开。"（sed veneris tunc bella calent, scissosque capillos / femina, perfractas conqueriturque fores.）有时暴力的施加者是女性，如普罗佩提乌斯《哀歌集》3.8.5-6："你肆无忌惮地彻底扯乱了我的头发，秀美的指甲划破了我的脸面"（tu vero nostros audax invade capillos / et mea formosis unguibus ora nota）（王焕生译）。与《恋歌》1.7里出手殴打女友的"我"不同，普罗佩提乌斯声称自己不会对女友施以暴力，只会用诗歌谴责她，见《哀歌集》2.5.21-24、27-28："但我既不会撕破你的衣服，尽管你背信，/也不会愤怒地砸破那些紧闭的门扇；/我不会怒不可遏地扯乱你梳妆的头发，/也不会用尖利的手指把你抓伤/……/我将吟诗一行，你永远无法磨灭它：/'卿提娅妩媚，卿提娅许诺轻率。'"（nec tibi periuro scindam de corpore vestis, / nec mea praeclusas fregerit ira fores, / nec tibi conexos iratus carpere crinis, / nec duris ausim laedere pollicibus./ ... / scribam igitur, quod non umquam tua deleat aetas: /"Cynthia, forma potens: Cynthia, verba levis."）

2.171　"袍子"（tunica）指古罗马的一种基本穿着，一般是无袖的麻布袍子，男女皆可穿。

2.175　关于跟帕提亚人的战争，见本诗1.177-216。

2.182　詹卡认为此处游泳渡河这一意象可能与维吉尔《农事诗》3.270对发情的马儿的描写有关，"他们［马］翻山越岭、渡过水流"（superant montis et flumina tranant），还有卢克莱修《物性论》1.14-15"接着，［发情的］野兽和牲畜越过丰饶的草地，蹚过湍急的河流"（inde ferae, pecudes persultant pabula laeta / et rapidos tranant amnis）。因而此处的意象与奥维德情爱教谕的主题相符（Janka, p. 165）。

2.183　　努米底亚（Numidia）指今天的北非突尼斯和阿尔及利亚一部分地区，当时是古罗马的位于北非的行省。那里的大量狮子被运往罗马用于斗兽场和马戏表演。

2.185–186　诺那克利那（Nonacrina）指阿尔卡狄亚的一座山（Nonacris）与山下的一座城市，位于伯罗奔尼撒半岛中部，这里指代阿塔兰塔（Atalanta），她出生时被想要儿子的父母遗弃，先后被母熊和猎人抚养长大，善射，不近男色。奥维德在此处将她与来自波伊奥提亚的阿塔兰塔混用。她因跑得快而远近闻名，因不愿婚恋，于是告诉父亲只有在跑步比赛中战胜自己的男人她才肯嫁，而输掉比赛的追求者要被赐死。最终弥拉尼翁（Milanion）在维纳斯的帮助下通过在比赛中扔苹果让阿塔兰塔分心，最终赢得了比赛，娶到了阿塔兰塔。诗人此处的描写与普罗佩提乌斯《哀歌集》1.1里对该故事的引述相似，普罗佩提乌斯将这一故事看作恋人经历漫长的痛苦，终于征服恋人的典范（1.1.9–16）。

2.188　　弥拉尼翁指希波墨涅斯（Hippomenes）。他是阿喀琉斯的师父客戎的徒弟，以喜爱接受困难的挑战著称。希波墨涅斯知道自己跑不过阿塔兰塔，于是他乞求维纳斯赐教，维纳斯给了他三个金苹果，让他在比赛落后时扔出，让阿塔兰塔分心，前两次阿塔兰塔捡完苹果都成功追上，但第三次希波墨涅斯成功率先完成比赛，赢得美人归。见《变形记》10.560–680。

2.191–193　叙莱乌斯（Hylaeus），半人马，曾试图强暴阿塔兰塔，后被阿塔兰塔杀死。希波墨涅斯为了阿塔兰塔挨了半人马一箭。"另一种箭矢"指爱神之箭。麦那鲁斯（Maenalus）是位于阿尔卡狄亚的山脉，在古代此山是森林之神潘的圣地。在某些版本中，麦那鲁斯也是阿塔兰塔之父的名字。

2.197　诗人让这位"锲而不舍的追求者"（obsequium amantis）学会妥
　　　　协退让（cedere），而这一说法在提布卢斯《哀歌》1.4.39-40中
　　　　已以普里阿普斯（Priapus）的忠告的方式表达过，虽然这一忠告
　　　　是对女子说的："你啊，对于男友想要做成的任何事情，都要妥
　　　　协，爱情通过锲而不舍而征服更多。"（tu, puero quodcumque tuo
　　　　temptare libebit, / cedas: obsequio plurima vincit amor.）"不依不饶的
　　　　她"（repugnanti），repugno原意指"反抗"（re + pugno），如《变
　　　　形记》2.87"脖子抵抗着缰绳"（cervixque repugnat habenis），经
　　　　常引申用于恋爱领域，如本诗1.127用它形容萨宾女子抵抗罗马
　　　　男人和1.273用它形容女子［不会］冷淡对待男子的殷勤。这
　　　　一句再次使用了本诗常见的战争意象，"以胜利者姿态出现"
　　　　（victor abire）是典型的史诗用词，如《埃涅阿斯纪》10.859的
　　　　victor abibat。注意此处的建议可与本诗1.394对比，后者强调撩拨
　　　　之后要一路追求，直到胜利在手。

2.198　诗人强调伪装（simulatio）的重要性，后文2.294也有类似表述。
　　　　"让她"（fac），表达出恋人需要用行为造成的某种结果，至于是
　　　　否真诚，根本不重要。"要扮演角色"（partes ... agas）是从演说
　　　　和戏剧领域借用的词汇。

2.198-202　诗人在此一改传统哀歌将恋人塑造成爱情的奴隶这一意象，反而
　　　　说，表面的顺从是为最终征服女友采取的手段。类似的表述在
　　　　拉丁喜剧中也有，如泰伦提乌斯《阉奴》（Eunuchus）251-252：
　　　　"他们说什么，我就赞美；若是他们反着说，我也赞美。他们否
　　　　定什么，我也否定，他们肯定的，我也肯定。"（quidquid dicunt
　　　　laudo; id rursum si negant, laudo id quoque. / negat quis, nego; ait, aio.）

2.203-208　用三个对句描述了三种不同的游戏，难度不断增大。关于相
　　　　关游戏的讨论，见本诗3.353-360。2.204中numeri既可能指距
　　　　骨（tali），一种大的、长条状的、有四个面的骰子（英文叫

knucklebone），也可能指tesserae，一种更小的六面骰子。

2.206 恶狗（canes）指骰子扔得不好（即最外端细长的一面落地），扔得好则叫维纳斯（Venus），见普罗佩提乌斯《哀歌集》4.8.45–46："我希望掷骰子能顺手，掷出维纳斯，/然而却总是跃出那害人的恶狗。"（me quoque per talos Venerem quaerente secundos / semper damnosi subsiluere canes.）（王焕生译）

2.207–208 这里指所谓的"强盗的游戏"（ludus latrunculorum），与普通掷骰子游戏规则有些不同。见3.357–360注释。

2.209–222 再次出现拉丁爱情哀歌常见的"爱的奴役"这一意象，常与"贫穷恋人"意象一起出现，这一经典表达见提布卢斯《哀歌》1.5.61–66，具体见本诗2.161–166注疏，但显然在奥维德笔下，这些表面的顺从都充满表演性，是一种为实现爱情而采取的角色扮演策略（亦可参考麦基翁对《恋歌》1.3的注解［McKeown, pp. 60–75]）。比较诗人建议在追求之初采取的"给点小恩惠"策略（1.139–162），此处的建议则是为推进恋情的人准备，更为系统和深入。诗人在给出分条列举的建议之余，还举神话人物作为范例（exemplum）。

2.213 "女主"（domina），或称"女主子""女主宰"是拉丁哀歌常见的对女子的称呼，早在伽卢斯时就在使用（伽卢斯《残篇》4.2, domina ... mea）。"哪怕"（quamvis）最初并无让步的含义，而是表示强调。

2.216 "自由民的"（ingenuus），也指"高贵的"。一般为主人拿镜子的都是奴隶，追求者竟主动操持起奴隶的活计，故有"卑贱"（turpe）一说。

2.217 赫丘利的继母是尤诺。因为赫丘利之父是尤庇特，尤诺对他一直心怀嫉恨。例如她在赫丘利刚出生不久就派两条巨蟒袭击摇篮里的他，不料蟒蛇却被婴儿赫丘利轻松掐死，见本诗1.187–188。

2.218　　指赫丘利因为完成十二伟业，成功封神。他曾在完成伟业之
　　　　一———盗取金苹果的路上，帮助阿特拉斯（Atlas）扛起天空，阿
　　　　特拉斯帮他盗来金苹果之后，本想让赫丘利永远顶替自己担当扛
　　　　起天空的任务，但赫丘利谎称需要整理狮皮，为了更舒服一点
　　　　儿，请阿特拉斯暂时扛回天空。计谋得逞之后，卸下担子的赫丘
　　　　利立刻拿着金苹果离开了。

2.221　　提林斯的英雄，指赫丘利。提林斯位于伯罗奔尼撒半岛上阿尔戈
　　　　斯附近，一般认为是赫丘利出生地或是最终将统治之地。赫丘
　　　　利在完成十二伟业后，又因尤诺施计，被卖给小亚细亚吕底亚
　　　　（Lydia）王国的王后翁法勒（Omphale）为奴，王后要求他身着
　　　　女人衣裳，在宫中做针线活儿，后来王后让赫丘利做了自己的情
　　　　人，并最终还给他自由身。

2.222　　"现在去吧"（i nunc）是在奥维德之前就颇为常见的表达，如
　　　　《埃涅阿斯纪》7.425"现在去吧，去亲自拥抱那些无用的危险"（i
　　　　nunc, in gratis offer te inrise periclis），但在奥维德处这一表达有了
　　　　讽刺的意味，诗人挪揄听众不敢承担赫丘利曾承担的苦劳（既包
　　　　括顺从女主而做的活计，也包括十二伟业）。

2.231　　"迫人的天气"（grave ... tempus）可能指夏日的炎热（与后面半
　　　　句指代相似），也可能指其他类型的坏天气。而炙热到令人"干
　　　　渴"（sitiens）的"天狼星"（Canicula）常用来代指夏日最炎热的
　　　　日子。比较提布卢斯《哀歌》1.1.27："当天狼升起，在树荫下躲
　　　　避酷暑……"（Sed Canis Gestivos ortus vitare sub umbra arbons ... ）
　　　　和1.4.41："不要拒绝与之同行，哪怕需忍受长途跋涉，哪怕天狼
　　　　星用干渴炙烤着土地……"（neu comes ire neges, quamvis via longa
　　　　paretur / et canis arenti torret arva siti ... ）奥维德在此表示，爱人要
　　　　像军人一样忍受极端天气，自然地过渡到下一段的"爱如战役"
　　　　（militia amoris）意象。

第233-466行　守护爱情需要忍受辛苦

Militiae species amor est: discedite, segnes;

Non sunt haec timidis signa tuenda viris.

235   Nox et hiems longaeque viae saevique dolores

Mollibus his castris et labor omnis inest.

Saepe feres imbrem caelesti nube solutum

Frigidus et nuda saepe iacebis humo.

Cynthius Admeti vaccas pavisse Pheraei

240   Fertur et in parva delituisse casa.

Quod Phoebum decuit, quem non decet? exue fastus,

Curam mansuri quisquis amoris habes.

Si tibi per tutum planumque negabitur ire

Atque erit opposita ianua fulta sera,

245   At tu per praeceps tecto delabere aperto,

Det quoque furtivas alta fenestra vias.

Laeta erit et causam tibi se sciet esse pericli;

Hoc dominae certi pignus amoris erit.

Saepe tua poteras, Leandre, carere puella:

250   Tranabas, animum nosset ut illa tuum.

Nec pudor ancillas, ut quaeque erit ordine prima,

Nec tibi sit servos demeruisse pudor.

Nomine quemque suo (nulla est iactura) saluta,

Iunge tuis humiles ambitiose manus.

255   Sed tamen et servo (levis est impensa) roganti

Porrige Fortunae munera parva die;

爱情是一种战役：撤退吧，懒汉们；

　　爱的旌旗无须怯懦的男子守护。

黑夜、严冬、漫漫长路、无边痛楚，　　　　　235

　　这温柔的营帐里有一切辛苦。

你要习惯时常忍受从天而降的雨滴，

　　经常冰冷着身体躺在赤裸的土地。

当阿波罗为菲莱的阿德墨托斯放牧，

　　据说也不过栖身于简陋居室。　　　　　　240

于福波斯尚且得体，对谁不合适？放下骄傲，

　　但凡谁想让爱恋久长。

若安全而平坦的路途遭到封堵，

　　若大门竟被横亘的门闩抵住，

你就径直从敞开的屋顶一跃而下，　　　　　245

　　或让高窗作你的秘密通道。

当她得知你因她涉险定会高兴，

　　这将是你得到她钟爱的保障。

莱安德，你常能远离心爱的姑娘，

　　奋泳越重洋，让她懂你的心意。　　　　　250

勿以结交女佣为耻，依各人显赫地位，

　　也勿因依靠奴仆而羞愧。

呼唤他们的名字（你不会损失什么），

　　雄心勃勃的人，请将那低贱的手握着。

可如若奴仆向你开口（花费也微薄）　　　　255

　　在幸运女神日赠点小礼有何不可；

Porrige et ancillae, qua poenas luce pependit

　　Lusa maritali Gallica veste manus.

Fac plebem, mihi crede, tuam; sit semper in illa

260　　Ianitor et thalami qui iacet ante fores.

Nec dominam iubeo pretioso munere dones；

　　Parva, sed e parvis callidus apta dato.

Dum bene dives ager, cum rami pondere nutant,

　　Afferat in calatho rustica dona puer

265　　(Rure suburbano poteris tibi dicere missa,

　　Illa vel in Sacra sint licet empta Via);

Afferat aut uvas, aut quas Amaryllis amabat,

　　At nunc castaneas non amat illa nuces.

Quin etiam turdoque licet missaque corona

270　　Te memorem dominae testificere tuae.

Turpiter his emitur spes mortis et orba senectus;

　　A, pereant, per quos munera crimen habent!

Quid tibi praecipiam teneros quoque mittere versus?

　　Ei mihi, non multum carmen honoris habet.

275　Carmina laudantur sed munera magna petuntur:

　　Dummodo sit dives, barbarus ipse placet.

Aurea sunt vere nunc saecula: plurimus auro

　　Venit honos, auro conciliatur amor.

Ipse licet venias Musis comitatus, Homere,

280　　Si nihil attuleris, ibis, Homere, foras.

也给女佣点恩惠，在高卢人付出代价

　　被新婚嫁衣戏耍的那天。

相信我，收买贫贱者为己有；包括

　　看门人和卧于她榻前的仆役。　　　　　　　　260

我没让你送女主什么贵重的礼物；

　　小礼，但要精心挑选合她心意。

当田园丰收，枝头因果实沉重而颔首，

　　让男孩仆役用篮子带去农家赠礼

（你大可说这来自你郊区的田地，　　　　　　　265

　　其实是从圣道上买来的也无妨）；

让他带去葡萄，或阿玛瑞梨曾经钟爱，

　　但现在已经不再喜爱的板栗。

甚至还可送上画眉鸟或是花冠

　　作为你心里装着女主的证明。　　　　　　　270

赠礼收买将死或老来无子之人太丑恶；

　　使之灭亡吧，礼物因之招染罪孽！

我为何教导你也送上温柔的诗句？

　　哎，我看，诗歌并不受多大崇敬。

诗行纵能赢得赞美，但厚礼更受世人追求：　　275

　　只要足够富有，再粗野亦能招人喜爱。

如今可真是金钱的时代：伴随着金子

　　厚誉到来，爱情也能用黄金收买。

哪怕你本人伴着缪斯造访，荷马啊，

　　若空手而来，连你也会被拒门外。　　　　　280

Sunt tamen et doctae, rarissima turba, puellae,

Altera non doctae turba, sed esse volunt.

Utraque laudetur per carmina; carmina lector

Commendet dulci qualiacumque sono;

285   His ergo aut illis vigilatum carmen in ipsas

Forsitan exigui muneris instar erit.

At quod eris per te facturus, et utile credis,

Id tua te facito semper amica roget.

Libertas alicui fuerit promissa tuorum;

290   Hanc tamen a domina fac petat ille tua.

Si poenam servo, si vincula saeva remittis,

Quod facturus eras, debeat illa tibi.

Utilitas tua sit, titulus donetur amicae;

Perde nihil, partes illa potentis agat.

295   Sed te, cuicumque est retinendae cura puellae,

Attonitum forma fac putet esse sua.

Sive erit in Tyriis, Tyrios laudabis amictus;

Sive erit in Cois, Coa decere puta.

Aurata est: ipso tibi sit pretiosior auro;

300   Gausapa si sumpsit, gausapa sumpta proba.

Astiterit tunicata: 'moves incendia' clama,

Sed timida, caveat frigora, voce roga.

Compositum discrimen erit: discrimina lauda;

Torserit igne comam: torte capille, place.

但也有女子受过教育，虽极其少见，

　　另一类则缺乏教养，却渴望渊博。

两类人都应受诗歌赞颂；朗诵者要用

　　甜美嗓音将无论质量如何的诗句演绎；

无论她是哪类人，通宵为之谱写的诗行　　　　285

　　或许能够将一份薄礼充当。

而你计划要做、认为有用之事，

　　确保总是让女友唤你去做。

若你的某个奴隶即将得到许诺的自由；

　　这自由要让他找你的女友央求。　　　　290

若你要赦免奴隶罪过或卸去其野蛮枷锁，

　　你本要做之事，让她欠你情面。

收益还是你的，但名分记得要给女友；

　　你毫无损失，有权的角色让她来演。

但无论你是谁，只要在意如何留住情人，　　　　295

　　要让她觉得你为她的美貌颠倒神魂。

她着提尔的织物，你就赞美提尔的衣装：

　　她穿科斯的丝绸，你就认为它最靓。

她披戴金色？你说黄金也不如她的容妆；

　　她穿羊毛衫，你就赞美羊毛衫美无双。　　　　300

她若仅穿着袍子，快叫嚣"你太燃了"，

　　但也要用胆怯的声音央求，可别受凉。

若她头发分界得体，你就赞扬这分法；

　　她用烙铁卷发，烫卷的发丝惹人夸。

305   Bracchia saltantis, vocem mirare canentis,

         Et, quod desierit, verba querentis habe.

       Ipsos concubitus, ipsum venerere licebit

         Quod iuvat, et quaedam gaudia noctis habe.

       Ut fuerit torva violentior illa Medusa,

310   Fiet amatori lenis et aequa suo.

       Tantum, ne pateas verbis simulator in illis,

         Effice, nec vultu destrue dicta tuo.

       Si latet, ars prodest; affert deprensa pudorem

         Atque adimit merito tempus in omne fidem.

315   Saepe sub autumnum, cum formosissimus annus

         Plenaque purpureo subrubet uva mero,

       Cum modo frigoribus premitur, modo solvimur aestu,

         Aere non certo corpora languor habet.

       Illa quidem valeat, sed si male firma cubarit,

320   Et vitium caeli senserit aegra sui,

       Tunc amor et pietas tua sit manifesta puellae,

         Tum sere, quod plena postmodo falce metas.

       Nec tibi morosi veniant fastidia morbi,

         Perque tuas fiant, quae sinet ipsa, manus.

325   Et videat flentem, nec taedeat oscula ferre,

         Et sicco lacrimas conbibat ore tuas.

       Multa vove, sed cuncta palam, quotiesque libebit,

         Quae referas illi, somnia laeta vide.

赞美她起舞的臂膀，夸奖她歌唱的嗓音，　　　305
　　当她停下动作，赶紧抱怨没看够。
你大可倾慕你们温存时刻的所有
　　欢愉，尽享那夜晚的快乐。
哪怕她比那凶残的美杜莎还暴戾，
　　她也会对自己的爱人温柔平静。　　　310
注意，伪装者不要因话语暴露自己，
　　也别让你的表情出卖你的言辞。
艺术隐匿方有用，揭露则带来耻辱，
　　让人永远失去他者信乎。
秋日既降，正是一年最美的季节，　　　315
　　盛满紫色酒酿的葡萄日渐暗红，
我们或感寒意僵体，或因暑气绵软，
　　气流不定，身体难逃倦意。
愿她保持康健，但若她身体欠安，
　　不幸被恶劣的天气击中而病倒，　　　320
此时你定要显露出对她的爱与虔敬，
　　此时耕耘，往后能收获充盈。
你别因她难缠的疾痛而心生厌烦，
　　凡她允许的，你要亲手做完。
让她看到你哭，为她不倦地送上亲吻，　　　325
　　任她吮饮你的泪，用她干涸的唇。
公开立下许多誓言，无论你何时愿意，
　　做点快乐的美梦为她带去。

Et veniat, quae lustret anus lectumque locumque,

330   Praeferat et tremula sulpur et ova manu.

Omnibus his inerunt gratae vestigia curae;

In tabulas multis haec via fecit iter.

Nec tamen officiis odium quaeratur ab aegra;

Sit suus in blanda sedulitate modus.

335   Neve cibo prohibe nec amari pocula suci

Porrige; rivalis misceat illa tuus.

Sed non, cui dederas a litore carbasa, vento

Utendum, medio cum potiere freto.

Dum novus errat amor, vires sibi colligat usu;

340   Si bene nutrieris, tempore firmus erit.

Quem taurum metuis, vitulum mulcere solebas;

Sub qua nunc recubas arbore, virga fuit;

Nascitur exiguus, sed opes adquirit eundo,

Quaque venit, multas accipit amnis aquas.

345   Fac tibi consuescat: nil adsuetudine maius,

Quam tu dum capias, taedia nulla fuge.

Te semper videat, tibi semper praebeat aures,

Exhibeat vultus noxque diesque tuos.

Cum tibi maior erit fiducia, posse requiri,

350   Cum procul absenti cura futurus eris,

Da requiem: requietus ager bene credita reddit,

Terraque caelestes arida sorbet aquas.

让那老妪前来，洗净她的床榻与卧房，

　　用颤抖的手奉上鸡蛋和硫黄。　　　　　　　330

凡此努力让你担忧的好意显露；

　　此法让许多人成功进入遗嘱。

但你的服务不要引得病人厌恶；

　　甜美的殷勤要有一定限度。

别阻止她吃美食，别将苦涩汤药　　　　　　　335

　　奉上；把它留给你的仇敌冲泡。

但在海岸张帆启航时必须借的风，

　　当你行至海中已不必使用。

当爱尚为青涩，让它不断壮大积攒经验；

　　若你悉心供养，它会历久弥坚。　　　　　　340

你惧怕的牛，曾是你喂养的小牛犊；

　　你栖身遮阴的大树，曾是小苗株；

源头的涓涓细流，流动中汇集势力，

　　所到之处，接纳百川。

让她习惯你的陪伴：没什么强过习惯，　　　　345

　　直到你俘获她，不要逃避任何苦。

做她眼前的常客，让她总听你倾诉；

　　让她日日夜夜都看到你的脸。

当你已有十足信心她会对你想念，

　　你若离开真会引来她的挂牵，　　　　　　　350

给她休憩：休养的田地有饱满的收成，

　　干涸的土壤贪婪吮吸着天雨。

Phyllida Demophoon praesens moderatius ussit,

　　Exarsit velis acrius illa datis;

355　Penelopen absens sollers torquebat Ulixes;

　　Phylacides aberat, Laodamia, tuus.

Sed mora tuta brevis: lentescunt tempore curae

　　Vanescitque absens et novus intrat amor.

Dum Menelaus abest, Helene, ne sola iaceret,

360　　Hospitis est tepido nocte recepta sinu.

Quis stupor hic, Menelae, fuit? tu solus abibas,

　　Isdem sub tectis hospes et uxor erant.

Accipitri timidas credis, furiose, columbas,

　　Plenum montano credis ovile lupo?

365　Nil Helene peccat, nihil hic committit adulter:

　　Quod tu, quod faceret quilibet, ille facit.

Cogis adulterium dando tempusque locumque;

　　Quid nisi consilio est usa puella tuo?

Quid faciat? vir abest, et adest non rusticus hospes,

370　　Et timet in vacuo sola cubare toro.

Viderit Atrides; Helenen ego crimine solvo:

　　Usa est humani commoditate viri.

Sed neque fulvus aper media tam saevus in ira est,

　　Fulmineo rabidos cum rotat ore canes,

375　Nec lea, cum catulis lactentibus ubera praebet,

　　Nec brevis ignaro vipera laesa pede

眼前的得摩丰只让费利斯燃起柔和爱焰，

　　他扬帆远走后，她灼烧得更加猛烈；

珀涅洛珀因聪明的尤利西斯离开痛苦不已；　　　　355

　　拉俄达弥亚，你的菲拉库斯之孙已离去。

但安全的拖延要短暂：挂念随着时间消减，

　　缺席的情人很快被忘记，新欢取而代之。

当墨涅拉俄斯不在，海伦为不独守空闺，

　　温柔的夜里去宾客的胸膛寻求温存。　　　　　360

墨涅拉俄斯，这何等愚蠢？你独自离开，

　　将宾客与妻子留在同一屋檐下。

疯子，你敢把胆小的鸽子放给鹰隼，

　　敢把满圈的羊羔交于山狼？

海伦没错，这位奸夫也无可厚非：　　　　　　　365

　　换你或任何人都会像他这么做。

是你一手铸成偷情，提供时间和场地；

　　女人还做了什么，除了听你的建议？

她能如何？丈夫远走，眼前宾客并不粗野，

　　她又惧怕独自守着寂寞空床。　　　　　　　　370

阿特柔斯之子看着办；我来洗清海伦的罪孽：

　　她不过利用了有教养的男子给的方便。

可是就连处于盛怒之中的褐皮野猪，

　　当它闪光的嘴撕扯着发狂的猎犬，

连那把奶头交给待哺幼崽的母狮，　　　　　　　375

　　还有那被脚无意间踩伤的毒蛇，

Femina quam socii deprensa paelice lecti:

Ardet et in vultu pignora mentis habet.

In ferrum flammasque ruit positoque decore

380   Fertur, ut Aonii cornibus icta dei.

Coniugis admissum violataque iura marita est

Barbara per natos Phasias ulta suos.

Altera dira parens haec est, quam cernis, hirundo:

Aspice, signatum sanguine pectus habet.

385   Hoc bene compositos, hoc firmos solvit amores;

Crimina sunt cautis ista timenda viris.

Nec mea vos uni damnat censura puellae;

Di melius! vix hoc nupta tenere potest.

Ludite, sed furto celetur culpa modesto;

390   Gloria peccati nulla petenda sui est.

Nec dederis munus, cognosse quod altera possit,

Nec sint nequitiae tempora certa tuae,

Et, ne te capiat latebris sibi femina notis,

Non uno est omnis convenienda loco;

395   Et, quotiens scribes, totas prius ipse tabellas

Inspice: plus multae, quam sibi missa, legunt.

Laesa Venus iusta arma movet telumque remittit

Et, modo quod questa est, ipse querare, facit.

Dum fuit Atrides una contentus, et illa

400   Casta fuit; vitio est improba facta viri.

都不如将情敌捉奸在床的女人凶残：

　　她燃烧着，内心的愤怒写在脸上。

她冲进铁与火，礼仪都抛诸脑后，

　　仿佛被奥尼亚神祇的牛角击中。　　　　　　　　380

丈夫的罪孽和违背婚姻誓言的仇，

　　法西丝的蛮族妻子用亲生子来报。

另一个可怕的母亲，你看到的燕子：

　　瞧啊，她的胸口沾着血污的痕迹。

这东西能彻底溶解坚如磐石的爱情；　　　　　　385

　　谨慎的丈夫应惧怕这些罪行。

我的训诫并不让你们只忠于一个女子；

　　神灵保佑！新婚妻子也很难拴住你。

玩乐吧，但罪行要用温和的欺骗掩饰：

　　别想从错误里获得任何荣耀。　　　　　　　　390

赠礼要确保别的女人无法辨认，

　　幽会不要总选固定的时间。

还别让女人在她知道的约会处抓住你，

　　要跟每个人选择不同地点碰面；

无论何时写信，都要首先将整个蜡板　　　　　　395

　　检验，许多女人读到不只给她的甜言。

受伤的维纳斯操起正义的武器，以牙还牙，

　　她刚才受的伤，也要让你尝。

当阿特柔斯之子尚且满足于一个妻子，

　　她也守贞；丈夫的过错让她变坏。　　　　　　400

Audierat laurumque manu vittasque ferentem

Pro nata Chrysen non valuisse sua;

Audierat, Lyrnesi, tuos, abducta, dolores

Bellaque per turpes longius isse moras.

405　　Haec tamen audierat; Priameida viderat ipsa:

Victor erat praedae praeda pudenda suae.

Inde Thyestiaden animo thalamoque recepit

Et male peccantem Tyndaris ulta virum.

Quae bene celaris, si qua tamen acta patebunt,

410　　Illa, licet pateant, tu tamen usque nega.

Tum neque subiectus, solito nec blandior esto:

Haec animi multum signa nocentis habent.

Sed lateri ne parce tuo; pax omnis in uno est:

Concubitu prior est infitianda Venus.

415　　Sunt quae praecipiant herbas, satureia, nocentes

Sumere; iudiciis ista venena meis.

Aut piper urticae mordacis semine miscent

Tritaque in annoso flava pyrethra mero.

Sed dea non patitur sic ad sua gaudia cogi,

420　　Colle sub umbroso quam tenet altus Eryx.

Candidus, Alcathoi qui mittitur urbe Pelasga,

Bulbus et, ex horto quae venit, herba salax

Ovaque sumantur, sumantur Hymettia mella

Quasque tulit folio pinus acuta nuces.

她听闻那手持桂枝、头着缎带的

　　克律塞斯未能如愿换回女儿；

她听闻你的痛楚，被绑的吕尔奈苏斯女子，

　　还有战争因可憎的拖怠而延期。

这些她仅听闻；她亲眼看见普里阿摩之女：　　　　405

　　胜利者羞耻地被自己的战俘俘获。

她遂将梯厄斯忒斯之子迎入床帏、交与芳心，

　　廷达瑞俄斯之女凶狠报复了丈夫的罪行。

你小心藏起的事，若不小心暴露，

　　就算暴露，也要矢口否认。　　　　　　　　　410

那时不要显得顺从或异常谄媚：

　　这些都是犯错后心虚的表征。

但你肢体别惜力；和平大计全在于此：

　　旧情往事须用一场温存让她忘记。

有人建议将香草汁这有害的草药　　　　　　　　415

　　喝下，据我判断那东西有毒。

或是将胡椒与刺人的荨麻种子混合，

　　将淡黄火烧草在陈酿老酒中磨碎。

但这位女神并不会因此乐上青云，

　　高耸的厄律克斯山荫将她供奉。　　　　　　　420

从佩拉斯加的阿尔卡图斯城摘取白色

　　洋葱，吃点来自花园的催情药草，

还可吃些鸡蛋和叙麦图斯的蜂蜜，

　　以及松树尖枝结出的坚果。

425　　Docta, quid ad magicas, Erato, deverteris artes?

　　　　Interior curru meta terenda meo est.

　　　Qui modo celabas monitu tua crimina nostro,

　　　　Flecte iter et monitu detege furta meo.

　　　Nec levitas culpanda mea est: non semper eodem

430　　Impositos vento panda carina vehit.

　　　Nam modo Threicio Borea, modo currimus Euro;

　　　　Saepe tument Zephyro lintea, saepe Noto.

　　　Aspice, ut in curru modo det fluitantia rector

　　　　Lora, modo admissos arte retentet equos.

435　　Sunt quibus ingrate timida indulgentia servit

　　　　Et, si nulla subest aemula, languet amor.

　　　Luxuriant animi rebus plerumque secundis,

　　　　Nec facile est aequa commoda mente pati.

　　　Ut levis absumptis paulatim viribus ignis

440　　Ipse latet, summo canet in igne cinis,

　　　Sed tamen extinctas admoto sulphure flammas

　　　　Invenit et lumen, quod fuit ante, redit:

　　　Sic, ubi pigra situ securaque pectora torpent,

　　　　Acribus est stimulis eliciendus amor.

445　　Fac timeat de te tepidamque recalface mentem;

　　　　Palleat indicio criminis illa tui.

　　　O quater et quotiens numero comprendere non est

　　　　Felicem, de quo laesa puella dolet!

博学的厄剌托，你为何转向魔法技艺？　　　　425

　　我的战车将圈定的是内心的领地。

那只用我的教导来隐藏自己罪孽之人，

　　换条道路吧，听我告诫揭露你的秘密。

我的轻浮亦无可厚非：并非总是同一阵

　　风儿让弯弯的小船载客前行。　　　　　430

时而是色雷斯北风，时而东风促我们疾行；

　　有时是西风，有时南风为我们张帆。

看啊，战车上的驭者是如何逸撒

　　缰绳，用技巧控制着奔腾骏马。

对有些女人，谨慎的宠爱收效甚微，　　　435

　　若无情敌，她们的爱就会消退。

丰盈顺遂时，人心往往骄傲膨胀，

　　心态平和地面对利益也非易事。

正如那能量渐弱的微小火苗销殒

　　不再，表面的灰烬逐渐发白，　　　　　440

但它能找回几近熄灭的火焰，一旦硫黄

　　加入，光亮重燃，如从前一样：

同理，当心因疏怠和安稳而疲倦，

　　要用刺激点燃更烈的爱焰。

让她对你有所惧怕，温热她冷寂的心；　　445

　　让她因目睹你的罪证而面色苍白。

噢，他四次、难以尽数多少次地感到

　　快乐，当受伤的女子因他而痛苦！

Quae, simul invitas crimen pervenit ad aures,

450　　Excidit, et miserae voxque colorque fugit.

Ille ego sim, cuius laniet furiosa capillos;

Ille ego sim, teneras cui petat ungue genas,

Quem videat lacrimans, quem torvis spectet ocellis,

Quo sine non possit vivere, posse velit.

455　　Si spatium quaeras, breve sit, quo laesa queratur,

Ne lenta vires colligat ira mora.

Candida iamdudum cingantur colla lacertis,

Inque tuos flens est accipienda sinus.

Oscula da flenti, Veneris da gaudia flenti:

460　　Pax erit; hoc uno solvitur ira modo.

Cum bene saevierit, cum certa videbitur hostis,

Tum pete concubitus foedera: mitis erit.

Illic depositis habitat Concordia telis,

Illo, crede mihi, Gratia nata loco est.

465　　Quae modo pugnarunt, iungunt sua rostra columbae,

Quarum blanditias verbaque murmur habet.

一旦罪行传入她毫不情愿的耳朵，

　　可怜的人昏厥，嗓音与血色全无。　　　　　450

我多希望她愤怒地抓扯的是我的头发；

　　多希望她用指甲攻击的是我的柔颊，

希望我是她泪眼望着、哭肿的眸子瞅着的、

　　那个她无可奈何、失去就没法活的人。

若你问让受伤的女人抱怨多久，一定要短，　　455

　　别因缓慢的拖延让怒火重燃。

立刻用双臂环抱她雪白的脖颈，

　　将梨花带雨的她拥入怀里。

给哭泣的她送上亲吻和维纳斯的愉悦：

　　和平自会到来；唯此怒火方能平息。　　　　460

当她脾气发够了，仿佛成了你的敌人，

　　这时以交欢谋求联盟：她自会温顺。

那里干戈已罢，和谐由此长驻，

　　依我看，恩爱也在那里诞生。

鸽子方才斗毕，立刻交喙相吻，　　　　　　　465

　　咕咕声中有爱的抚摸和语言。

分行注疏 ·

2.233 将爱情比作战争的说法在《恋歌》中有非常经典的表述，见
1.9.1："每位恋人都是战士，丘比特有自己的营帐"（ militat omnis
amans, et habet sua castra Cupido ）。"爱的战役"（ militia amoris ）是
拉丁爱情哀歌的常见主题。"撤退"（ discedere ）既经常出现在
军事场景的用词，也常常用在描述爱情上，例如提布卢斯《哀
歌》1.3.21："愿无人胆敢撤离不情愿的爱神"（ audeat invito ne
quis discedere Amore ）；普罗佩提乌斯《哀歌集》2.5.9："现在正
是撤退［即分手］的时候"（ nunc est discedere tempus ）。"懒汉"
（ segnis ）在传统说法中用于形容爱情，它的绵软无力与军事征
服的勇武刚强形成对比，但诗人在此却强调，爱情也是一种战
争，也不能容忍慵懒。此外，segnis 亦见《恋歌》3.7.13–14："我
那绵软的躯体……没能完成我的心愿"（ mea membra ... / segnia
propositum destituere meu ）。

2.239 "阿波罗"原文为库图斯的（Cynthius），是太阳神阿波罗的别
称（epithet），因为提洛岛的库图斯山（Cynthus）是阿波罗的
出生地。阿德墨托斯（Admetus），位于帖撒利亚地区的菲莱
城（Pherae）的国王。相传阿波罗曾被判为凡人阿德墨托斯做
了一年佣人，并在这期间爱上了他，见卡利马科斯《阿波罗颂》
（ *Hymn 2. To Apollo* ）49；提布卢斯《哀歌》2.3.11"连英俊的阿
波罗也牧养过阿德墨托斯的公牛"（ pavit et Admeti tauros formosus
Apollo ）；奥维德《变形记》2.683"爱情是你的念想，当你轻奏
着长笛"（ Dumque amor est curae, dum te tua fistula mulcet ）；也见
本诗3.19。

2.243 此处描绘的场景即哀歌中经常出现的"被拒门外的恋人"
（ exclusus amator ），相关讨论详见本诗3.69和3.581注释。

2.245　"径直"（praeceps）对应的英文是headlong, head first，在本诗1.381也出现过："我不会径直走上险路和峭崖"（non ego per praeceps et acuta cacumina vadam），但在此处作者取其字面意思"头朝下"。提布卢斯《哀歌》2.6.39"她从高窗头朝下跌落"（ab excelsa praeceps delapsa fenestra），形容诗人的爱人奈麦西斯（Nemesis）的姐妹之死。"敞开的屋顶"（tecto aperto）这一表达从字面上讲是矛盾的，因为tecto本意指"覆盖""遮蔽"，故tecto aperto字面上指"开敞的遮蔽处"，它可能指atrium（compluvium），罗马房屋的一种，屋顶有面积大约为1.5平方米的窗以方便透光，但出于防盗考虑，这种房顶经常以铁条封住，因而想要穿过防盗网跳下并不容易。"一跃而下"（delabere）也暗含了这种行为的危险性；该词在史诗中常见，如《埃涅阿斯纪》5.722"从天穹降下如同父亲安奇赛斯的面容"（visa dehinc caelo facies delapsa parentis / Anchisae）；7.620"众神的女王从天而降"（regina deum caelo delapsa）；奥维德《变形记》3.101"从高空降下"（superas delapsa per auras）。将这一充满史诗意涵的词用在这里可能对恋人跳窗约会暗含嘲讽。

2.246　furtivus在拉丁爱情哀歌中常用来指通往心上人的隐秘方式。而窗在普罗佩提乌斯笔下还可作为女子逃出被看守的闺房的通道，如《哀歌集》4.7.15–18："[卿提娅的亡魂对诗人说] 难道你忘了彻夜不寐的苏布拉欺骗，夜间在我窗下进行的诡诈伎俩，多少次我顺着从窗户挂下的绳子滑下，左右手轮换地达到你的双肩？"（iamne tibi exciderant vigilacis furta Suburae / et mea nocturnis trita fenestra dolis, / per quam demisso quotiens tibi fune pependi, / alterna veniens in tua colla manu?）（王焕生译）

2.248　certus amor与诗中出现的amor mansurus（2.242）和amor firmus（2.339–340）一样，表示长久的恋情。而在提布卢斯和普罗佩提

乌斯处都不曾出现的表达pignus amoris（爱的保障、抵押、承诺、证明）则是从维吉尔笔下原本并非用于形容爱情的用法发展来的，如《埃涅阿斯纪》5.536–538 "……色雷斯的奇修斯给了我的父亲安奇赛斯能代表自己的纪念物和爱的证明"（ ... quem Thracius olim / Anchisae genitori ... Cisseus / ferre sui dederat monimentum et pignus amoris ）；5.570–572 "……尤鲁斯骑在西顿骏马上，那是美丽的狄多给他的代表自己的纪念物和爱的证明"（ ... Iulus / Sidonio est invectus equo, quem candida Dido / esse sui dederat monimentum et pignus amoris ）；又如奥维德《拟情书》4.100 "她得到了兽皮的嘉奖，这是他爱的信物"（ illa ferae spolium pignus amoris habet ）（刘淳译）。

2.249–250　希罗（Hero）与莱安德（Leander）的故事：两人相爱，但因居住在分隔欧亚大陆的达达尼尔海峡两端，莱安德只能晚上游泳渡过海峡与爱人相会，而希罗会点亮火把为他指引道路。后来，在一个暴风雨之夜，火把被吹灭，莱安德失去方向溺水而死，伤心欲绝的希罗也投水而亡。这个故事见《恋歌》2.16.31 "追求希罗的年轻人经常游泳越过重洋"（ Saepe petens Hero iuvenis transnaverat undas ）。此处2.249提到的内容是奥维德在神话传说基础上的延伸、发挥。

2.251–254　对这几句的讨论，杜奇（Dutsch）认为诗人此处建议恋人寻求平民（plebs）的帮助，与谋求职位的古罗马政治家别无二致；关于呼唤奴仆名字的建议反映了古希腊罗马对名字神圣性的看法，即它代表了人的某种本质，叨念名字可能以隐秘的方式对此人施加影响（Dutsch, p. 89）。

2.256　幸运女神日（St. Fortune's Day）指六月二十四日。奥维德《岁时记》6.781–784记载："平民崇拜她，因为据说她的神龛的创立者也是平民，也出身卑微。她也受奴隶崇拜，因为是图利乌斯为这位多变的女神修建了旁边的神庙。"（plebs colit hanc, quia qui posuit, de plebe fuisse/ fertur et ex humili sceptra tulisse loco./ convenit et servis, serva quia Tullius ortus/ constituit dubiae templa propinqua deae.）可见对幸运女神的崇拜始于图利乌斯（Servius Tullius）国王，如他名字所示，他的生母是奴隶，故而这个崇拜在奴隶和较为贫贱的人中比较流行。

2.257-258　指七月七日，罗马人称为 Nonae Caprotinae，女人在那天要向卡普罗提那的尤诺献上祭品，以纪念罗马的女佣，她们在高卢人入侵、要求献上罗马的贵妇和处女的时候，乔装打扮成女主人替他们前去。当晚，女仆们向罗马军队发出信号，罗马人一举剿灭了高卢人，但在普鲁塔克的记载中，罗马人才是被戏耍的对象，见《希腊罗马名人传》"罗慕路斯"29，"卡米鲁斯"（Camillus）33。

2.260　　　《恋歌》1.11、2.2、2.8 等也探讨了追求者与女仆的关系。

2.261-286　这一部分讲述送礼的秘诀，其中 261-272 谈论如何用并不贵重但用心准备的小礼物赢得女子的心，273-286 则探讨是否要以诗句作为礼物相赠的问题。对于古罗马的女郎看重金钱的价值观的抱怨是拉丁哀歌的一大主题，普罗佩提乌斯有多次记述，如《哀歌集》2.16.11-12、15："卿提娅不追求尊贵，也不需要荣耀/她永远看重的只有情人的钱袋/……/难道这里任何人都可以用礼物购买爱情？"（Cynthia non sequitur fascis nec curat honores; / semper amatorum ponderat una sinus. / ... / ergo muneribus quivis mercatur amorem?）（王焕生译）

2.266　　　圣道（Sacra Via）是古罗马城最中心的一条道路，连接卡皮托山、古罗马广场，一直通往斗兽场（the Colosseum）。亦见《恋歌》1.8.99-100："要让他看到别人赠的礼物。若没人赠礼，一定要去圣道上逛逛"（munera praecipue videat, quae miseri alter. / Si dederit nemo, Sacra roganda Via est）。此处诗人谈论保持爱情的秘

诀是要让爱人感觉到情敌的威胁，哪怕没有别的情人赠礼，女子
应自己去购买礼物伪装；圣道上以商店众多而著称。

2.267-268 此句暗指《牧歌》2.52："还有板栗，我的阿玛瑞梨曾钟
爱"（Castaneasque nuces mea quas Amaryllis amabat）。阿玛瑞梨
（Amaryllis），即维吉尔笔下的牧羊人科吕东（Corydon）曾经追
求的女子，后来科吕东追求骄傲的男仆阿莱克西斯（Alexis），
答应要送他包含板栗在内的农家礼赠，奥维德通过此处的表达暗
示，如今的女子已不再满足于这样简单朴实的农家馈赠。关于罗
马日渐奢靡的风气，以及对简朴幸福的田园生活的怀念，亦见普
罗佩提乌斯《哀歌集》3.13，奥维德此处可能对此诗多有借鉴。
当然，他对田园朴素生活的怀念有多真诚是值得怀疑的，因为他
在本诗中曾多次表示相比罗马祖先古朴粗犷的生活，他更钟爱精
致的帝国时代。

2.269   画眉鸟自古希腊开始就是比较稀有珍贵的宠物，是赠予男女恋人
的常见礼物。"甚至"（quin etiam）是卢克莱修和维吉尔常用的
表达，有史诗的崇高感，但在哀歌中也不罕见。

2.271-272 指有觊觎他人财产之人专门赠礼给将死之人或老来无子者，希望
收买他们的心以获得财产。虽然诗人在此对这种行为表示谴责，
但将用礼物收买人心赢得财产的行为与用礼物博得女子欢心并
置，多少透露出这两种行为的相似之处（Hejduk, p. 106），有种
将论点自我消解的效果。

2.279   奥维德用荷马作为诗人的原型，证明清贫的诗人在利欲熏心的时
代没有权力。比较《恋歌》1.8.61"让那赠礼之人于你而言比荷
马更伟大"（qui dabit, ille tibi magno sit maior Homero）。

2.281-286 诗人指出，有两类女子会喜欢追求者赠诗，第一类人本身受过教
育，懂得欣赏，第二类人虽未受教育，但渴望学习。关于诗人作
为恋人的优势，见本诗3.547-549。

2.287-336 讨论赞美作为爱的赠礼。

2.289-291 对比哀歌中常用的"爱的奴役"意象，此处本来应该以女子的
"奴仆"形象出现的男子，暴露出自己实际上是真正的奴隶主。
对此的探讨见沙罗克（Sharrock 1994, p. 17）。詹卡认为这体现了
"贫穷恋人"这一哀歌意象的真实面目，即所谓的贫穷恋人其实
是拥有奴隶的主人（Janka, p. 237）。文学世界里的政治、经济、
权力关系与真实世界形成对比。

2.297 提尔（Tyre）是位于现在的黎巴嫩的海滨城市，以出产深紫色染
料著称，以此染料染制的织物在古罗马是奢侈品。

2.298 位于爱琴海东部的科斯岛（Cos）出产的丝绸（由形容词"科斯
的"［Cois］指代）以贴身性好、几乎透明而著称，比较贺拉斯
《讽刺诗集》1.2.101-102 "科斯丝绸于你几乎可以看穿，仿佛裸
身"（Cois tibi paene videre est / ut nudam）。

2.300 "羊毛衫"（gausapa）本是一种厚重的、旅行穿的外套，诗人将
其与金缕衣和丝绸织物并举，再次说明恋人的赞美与衣物实际的
美艳程度无关。

2.301 tunicata 指仅穿着袍子（tunica），可比较《恋歌》中科琳娜与诗人
的约会，1.5.9-13 "看啊，科琳娜来了，裹着系腰带的袍子……我
脱掉那袍子，并未损她半分娇颜"（Ecce, Corinna venit, tunica velata
recincta, / ... / deripui tunicam—nec multum rara nocebat）；3.1.15 "［科
琳娜］溜出床榻，袍子松垮"（delabique toro tunica velata soluta）等。
本诗1.529描写阿里阿德涅"衣衫不整地从梦中醒来"（e somno
tunica velata recincta）。

2.303 discrimen 指头发中间的分界，关于发型在本诗3.137-154还有详细
的讨论。

2.308 此句不太符合上下文正在讲述的如何赞美爱人这一主题。有学者
推测此句（quaedam gaudia noctis habe）可能是在流传过程中的误

抄，有学者认为应该修正为 quae dat gaudia voce notes（用嗓音告知她带给了你多少欢愉），有人则建议改为 quae clam gaudia noctis habes（偷偷地享有夜晚的欢愉）。此处选择照原文译出。

2.315–336 讲述她生病时应该如何行动。

2.317 此句的有抄本作 premimur ... solvitur，逻辑不太通顺，此处从古尔德，采取 premimur ... solvimur（Goold 1965, pp. 71–72）。

2.322 本句直译为"现在就耕耘之后能用满满的镰刀收获的东西吧"。

2.327–328 随时需要随时可以（quotiesque libebit）做某种类型的梦，呼应本诗 1.430 诗人对骗恋人钱财的女子的描述："当她索要礼物买所谓的生日蛋糕，何时需要（quotiens opus est）便是生日，如何是好？"相似的拉丁语表达传递出隐含的讯息，即男子与女子在恋情中的表演目的可能有所不同，但本质是相似的。

2.330 罗马人认为鸡蛋和硫黄可以治疗疾病，清洁礼（lustratio）被认为是一种可以驱邪的操作。据说尤维纳利斯用一百只鸡蛋清洁自己，以防灾驱邪，见《讽刺诗集》6.517–521。其实早在荷马的记述中，硫黄就是常见的清洁工具了，如《伊利亚特》16.228 和《奥德赛》22.481。而鸡蛋在西方远古时期就被认为是孕育生命的"小宇宙"（俄耳普斯和毕达哥拉斯学派都将其视作神圣），是生殖与幸运的象征。

2.332 有人通过殷勤照顾病危之人成功获得遗产，比较本卷 2.271。

2.349–372 适度拉开距离，引发她的思念，但切不可分开太久。

2.353 得摩丰是忒修斯和费德拉的儿子，他参加了攻陷特洛伊的木马之战，而费利斯是他的情人，是色雷斯国王西同（Sithon）的女儿。得摩丰在从特洛伊回家的路上路过色雷斯，答应要回来娶费利斯为妻，但没有能按规定时间返回，费利斯无奈之下上吊自杀，得摩丰后来也死于她的诅咒。《拟情书》第 2 篇是费利斯给得摩丰的信。本诗 3.37–38、3.459–460 以及《情伤疗方》591–606 均提及这一故事，均强调了得摩丰的背信和费利斯的悲惨。

2.355　珀涅洛珀致尤利西斯的信见《拟情书》第1篇。诗人在此处将尤利西斯远离家乡征战和漂泊的二十年视作让妻子维持恋火的方式，足见尤利西斯的聪明（sollers）（Hejduk, p. 110）。

2.356　拉俄达弥亚（Laodamia）的丈夫普罗忒西拉俄斯（Protesilaus）是菲拉库斯（Phylacus）之孙，他是第一个涉足特洛伊土地的人，也是第一位战死于特洛伊的希腊人。拉俄达弥亚请求神允许她与丈夫晤面三小时，得到了神的同意。当丈夫被带走、第二次死去时，拉俄达弥亚便自杀了。一说她在悲伤中把篝火看成丈夫，投火而死。在本诗3.17—18中，这一故事是女子忠贞于婚姻的例证，相关讨论见该部分注疏。这一故事也见《恋歌》2.18.38："拉俄达弥亚，丈夫之死的陪伴者。"（Et comes extincto Laodamia viro.）《拟情书》第13篇是以拉俄达弥亚的口吻书写的。

2.359—360　"宾客"指帕里斯。在荷马笔下的世界，主人有招待宾客的神圣义务，但在古罗马贵族圈中，招待宾客却是非常琐碎的事务（Hejduk, p. 110）。"独守空闺"（sola iaceret，直译"一个人躺着"）包含着明显的情爱意涵。

2.361　相似观点也见《情伤疗方》773—774："墨涅拉俄斯，你痛苦什么？你不带伴侣只身前往克里特，/长久地远离你的新娘。"（Quid, Menelae, doles? ibas sine coniuge Creten, / Et poteras nupta lentus abesse tua.）奥维德想象帕里斯在墨涅拉俄斯家做客时与海伦的对话，见《拟情书》第16篇、第17篇。

2.363　这类捕猎的意象经常在描写战争的史诗中出现，而此时用在了猎艳偷情上，但讽刺的是，被比作"鹰隼"和"山狼"的帕里斯其实在战场上以武力不足著称，虽然这又与他在情场和卧房的骁勇无敌形成对比（Hejduk, p. 111）。

2.365　此句用nil ... nihil的结构强调海伦和帕里斯无罪，"nil peccat ...

committit"的表达是法庭常用的，而"奸夫无可厚非"（nihil hic committit adulter）的说法用了矛盾修辞法。

2.367 cogis意为"你强迫"，强调失职愚蠢的丈夫才是妻子偷情的始作俑者。

2.371 "看着办"（viderit）是惯用表达，一般用于将责任甩给他者，在本诗3.671也出现过。这里用于表示墨涅拉俄斯（"阿特柔斯之子"）应为海伦的通奸负主要责任。

2.372 洛布本将此句中"有教养的男子"理解为情人帕里斯，但詹卡很有说服力地论证，这是以反讽的方式称呼前文形容为"疯狂"（furiose）和"愚蠢"（stupor）的墨涅拉俄斯，在这种情况，vir取"丈夫"之意。这一解读的理由是，"方便"（commoditas）一词在古罗马喜剧中经常用于表示讽刺含义，而奥维德在《拟情书》16.312中也借海伦之口将其用于墨涅拉俄斯，"我是被那人提供的方便所迫"（cogimur ipsius commoditate frui）（Janka, p. 291）。

2.373-386 讨论被爱人背叛的女子的愤怒。

2.374 "闪光的嘴"（fulmineo ... ore）指野猪那极具威胁性的獠牙。奥维德《岁时记》2.231-232也有相似描写，"正如被狗群从树林中远远驱赶的野猪用闪光的嘴驱散了迅捷的狗"（sicut aper longe silvis latratibus actus / fulmineo celeres dissipat ore canes）。

2.375 指正在哺乳的母狮会对伤害自己幼崽的行为极为愤怒。这种比喻在荷马笔下就曾出现，如《伊利亚特》17.134-136。

2.380 奥尼亚神祇的牛角，指酒神巴科斯，他常以带角的形象出现；之所以称其为奥尼亚神，是因为巴科斯的母亲来自忒拜，位于奥尼亚地区。

2.381-382 "冲进铁与火"指抓起复仇的武器，这是一个充满史诗感的用法。Phasias指美狄亚，她来自法丝河畔的科尔奇斯，因为家乡远在黑海之畔，她总被称作蛮族女子。为报复丈夫伊阿宋的始乱终弃，杀死自己与他生的两个孩子作为报复。比较本诗1.335。

2.383-384 这里指普洛克涅（Procne），潘狄翁（Pandion）的女儿，忒柔斯（Tereus）的妻子。忒柔斯藏匿、强暴并致残了普洛克涅的妹妹菲罗墨拉（Philomela）。最终，和美狄亚一样，普洛克涅杀死孩子来报复不忠的丈夫，后来变成一只燕子。关于这个故事，见《变形记》6.412-674。

2.387 诗人刚刚叙述了被女子捉奸的可怕之处，立刻话锋一转，声称自己并不主张从一而终，真正的目的是告诫男子要将爱情好好藏匿。

2.395 关于用"蜡板"情书传情，本诗中多处有论述，例如1.437-440。

2.396 因为用于书写的蜡板会擦掉文字反复利用，作者告诫读者，要避免让她读到你写给之前的情人的话，比较本诗3.496，以及《恋歌》1.11.14"剩下的都由我充满爱意的手迹镌刻"（Cetera fert blanda cera notata manu）。

2.398-399 此处的阿特柔斯之子指迈锡尼国王阿伽门农，他的妻子是克吕泰墨涅斯特拉。2.371曾用阿特柔斯之子指墨涅拉俄斯。奥维德戏谑地并置阿特柔斯的两个儿子和他们的妻子（即廷达瑞俄斯的两个女儿，克吕泰墨涅斯特拉和海伦）的故事。阿伽门农当年出征特洛伊时，大军集结准备出发，却没有合适的海风，遂将长女伊菲革尼亚（Iphigenia）献祭给生气的狩猎女神阿尔忒弥斯（Artemis，即狄安娜）。克吕泰墨涅斯特拉因女儿惨遭献祭而怀恨在心，在阿伽门农远征特洛伊时，与情夫一起统治迈锡尼，后设计谋杀了阿伽门农和他的情妇卡珊德拉（Cassandra）。本诗2.400-408将她的怒火归结于阿伽门农的不忠。

2.401-404 特洛伊的克律塞斯（Chryses），特洛伊城的阿波罗祭司，阿伽门农俘获他的女儿克律塞伊斯（Chryseis）之后，贪恋她的美貌，没有答应克律塞斯赎回女儿的请求。阿波罗听到祭司的请求，在

希腊军中降下瘟疫，逼迫阿伽门农交还了克律塞伊斯。为补偿自
己的损失，阿伽门农抢走原本属于阿喀琉斯的女俘布里塞伊斯
（她本是吕尔奈苏斯［Lyrnessus］城的王妃，丈夫战死后她被阿
喀琉斯抢走），导致阿喀琉斯愤怒地退出战斗，延长了特洛伊攻
城之战。这一故事亦见《情伤疗方》467-484和777-784。注意反
复在句首出现的"她听闻"（audierat），其引导的对句描述阿伽
门农的错误，不断积攒着丈夫对妻子欠下的债。

2.405-406　卡珊德拉相传是特洛伊国王普里阿摩的女儿，赫克托尔的妹妹，
阿波罗追求她，愿以通晓未来的能力作为交换，她先是答应，获
得能力之后又反悔不从，阿波罗盛怒之下诅咒她虽有预知未来
的能力，却永远没人相信，于是虽然她做出特洛伊城将陷落的
预言，却无人听从。比较《恋歌》1.9.37-38"最强的领袖，阿
特柔斯之子，据说看到普里阿摩那像迈那得斯一样披散着头发
的女儿时，怔住了"（Summa ducum, Atrides, visa Priameide fertur /
Maenadis effusis obstipuisse comis）。关于这个故事可见埃斯库罗
斯的戏剧《阿伽门农》。特洛伊陷落之后，卡珊德拉作为战利品
被分给了阿伽门农，后者因喜爱她而将她带回迈锡尼宫中，最终
和她一起被克吕泰墨涅斯特拉与情夫谋杀。

2.406　　阿伽门农本是战争的胜利者（victor），卡珊德拉是战利品
（praeda），但在爱情中，阿伽门农却成了臣服于卡珊德拉裙下爱
的战利品（praeda），讽刺意味甚浓。

2.407　　指梯厄斯忒斯与女儿乱伦生出的儿子埃吉斯托斯（Aegisthus）。
他杀死了阿特柔斯以报复其对自己父亲犯下的罪。比较本诗
1.327、330，《情伤疗方》161-168。阿特柔斯和梯厄斯忒斯是两
兄弟。当年梯厄斯忒斯觊觎阿特柔斯的迈锡尼王位，还勾引阿特
柔斯之妻；后阿特柔斯假意邀请梯厄斯忒斯回到迈锡尼和解，却
煮了其儿子的肉给他吃。梯厄斯忒斯逃走后，与自己唯一的女儿

乱伦生下埃吉斯托斯，终于有一天成功复仇，杀死了阿特柔斯，并放逐了他的两个儿子阿伽门农和墨涅拉俄斯。

此句中的 inde（"遂"，"因此"）既指时间上的承接，也指因果关系。在这里，诗人修改了正统的传说（克吕泰涅斯特拉在得知阿伽门农不忠的罪行之前自己就有了婚外情），将克吕泰涅斯特拉不忠的缘由归结于阿伽门农的错误。

2.408　廷达瑞俄斯，斯巴达国王，这里他的女儿指克吕泰涅斯特拉。

2.410　对自己的其他恋爱关系矢口否认的例子，见《恋歌》2.7。

2.415-422 在强调要坚决否认被揭发的秘密之后，诗人顺便讨论了各种类型的催情药。

2.415　此处的"香草"（satureia）是对有壮阳功能的兰科植物及其制作的汁液的统称。

2.417　诗人警告读者，切勿用胡椒与荨麻种子混合制成会带来疼痛的催情药。此处提到的胡椒对于情欲的催化作用，后世不理解详情。

2.418　诗人警告，此句提到的药物也是有害且无效的。火烧草（pyrethra）是一种产于北非的植物，罗马人只进口其根部，据说一旦碰到人的皮肤，它会使其产生红斑甚至溃疡症状（Janka, p. 320）。

2.420　厄律克斯山（Eryx），位于西西里西北部，那里有一处有名的供奉维纳斯的神殿。

2.421　此处指希腊的墨伽拉城，阿尔卡图斯（Alcathous）是佩洛普斯之子，建造了墨伽拉的城墙。佩拉斯加原意指前希腊时期该地区的人，于是"佩拉斯加的"（Pelasgus）这一形容词在此指"希腊的"，是为了将墨伽拉城与西西里岛上的同名城镇区分开来。

2.422　"催情药草"（herba salax）即芝麻菜（eruca sativa），又叫芸芥（英文为 rocket），还被誉为"维纳斯的植物"。罗马人认为用其制成汁水或香料，有催情作用；有现代人也得出结论，"芸芥沙拉对催情确有效果"（Douglas, p. 151）。从远古开始，洋葱和鸡蛋就被人认为是常见的具有壮阳效果的食物。

2.423　叙麦图斯（Hymettus）指雅典附近的山脉，那里产出的蜂蜜至今有名。

2.426　与刚刚提到的爱的疗方不同，诗人即将介绍的爱艺不会流于浅表，而是深刻的。诗人反复用战车圈地来隐喻自己的教授爱艺的过程。

2.427–430　这四句回应诗人可能面临的两种指责，即轻浮和结构松散。

2.431　北风之神波瑞阿斯是四大风神之一，它也是冬天之神，从北方色雷斯寒冷的群山呼啸而来，带来阵阵寒风。

2.436　强调情敌的重要性是拉丁爱情哀歌的常见写法，如普罗佩提乌斯《哀歌集》4.5.39–40"［老妪对女主的教导］你总是装作自己的脖子上有新近的咬伤，/他会以为那时由于另外的爱情搏击"（semper habe morsus circa tua colla recentis, / litibus alternis quos putet esse datos）；《恋歌》1.8.95–104"注意不要让他没有对手、安全无虞地恋爱……"（Ne securus amet nullo rivale, caveto ... ）

2.437　"骄傲膨胀"（动词luxuriant）指及其愉悦的精神状态可能为人带来的过度放纵的危险。如本诗1.359–360提到的"芳心易被俘获，正是她极其愉悦之时，/如同庄稼在沃土中恣意抖擞"。

2.439–444　这三个对句里，诗人以即将熄灭的火遇到硫黄就能重燃作类比，描述因为安稳和倦怠而日渐式微的恋爱，也需要故意以嫉妒之火重新点燃。相似的表达见本诗3.597–598。

2.447–448　这句可能对贺拉斯有名的描述段落进行了反讽，贺拉斯强调的是忠诚之爱的永恒，见《颂诗集》1.13.17–20："三倍以及更多的幸福属于那些被牢不可破的纽带缚住的人，这份爱不会因凶恶的争吵而分裂，在生命结束之前不会销殒。"（felices ter et amplius, / quos irrupta tenet copula nec malis / divulsus querimoniis / suprema

citius solvet amor die. ）但奥维德却反其道而行之，转而歌颂故意
用自己的风流韵事惹女友伤心，从而重燃爱焰。

2.451-452　两句都用 ille ego sim（希望我是那人）开头，表示强调。此句再
次提到了爱情中的暴力元素（当然在这一场景中，妒火引发的
愤怒恋人尚能掌控）。关于拉丁爱情诗中的暴力，见2.169-172
注解。

2.455　　　"若你问"这一句式假想出学生对老师的教导提问，教师给予回
答，是教谕诗和庭辩修辞常见句式。

2.457　　　在女友因嫉妒而发火时，男子应主动以拥抱求和。"雪白"
（candida）肤色在古代世界是理想美貌的元素，例如维吉尔《农
事诗》4.337对水仙宁芙的描写"闪亮的长发散披于雪白脖颈"
（caesariem effusae nitidam per candida colla）；又如普罗佩提乌斯
《哀歌集》3.17.29-30"歌颂你那白皙的颈脖悬挂着常春藤，/巴
萨瑞斯头缠吕底亚式发带"（candida laxatis onerato colla corymbis /
cinget Bassaricas Lydia mitra comas）（王焕生译）。

2.459-464　诗人在叙述了恋人因为嫉妒而短暂吵闹之后，迅速歌颂恋人在床
笫中实现的和平。奥维德在此通过运用立法中的观念，如"敌
人"（hostis）、"联盟"（foedera）以及奥古斯都时期官方意识形
态常用的"和谐"（Concordia）、"恩惠"（Gratia）的拟人形式
（personification），诗人通过爱欲化似乎在玷污和讽刺奥古斯都治
下的"罗马和平"（Pax Romana）（Janka, pp. 341-342）。

2.463　　　"那里"（illic）是表示地点的副词，指发生卧房里发生的欢合。
"和谐"（Concordia）女神在罗马共和国时期就受到尊崇，在帝国
时期更受崇拜，她象征着奥古斯都和利维娅那前所未有的和谐婚
姻。奥维德在《岁时记》6.631中曾带着政治宣传的口吻描述她，
"和谐女神，利维娅为你献上了一座宏伟的神龛，把它送给她亲
爱的丈夫"（te quoque magnifica Concordia dedicat aede / Livia, quam

caro praestitit ipsa viro）。但是，此处将这位女神置于爱欲的场景，显然难脱嘲讽之嫌。

2.465–466 鸽子在争斗之后可以立刻咕咕求爱，诗人以此说明恋人通过肢体接触可以迅速摆脱争吵状态。鸽子在古代被视作爱欲之鸟，栖息于维纳斯的神龛之中。诗句中的"方才"（modo）和意义相反的动词"争斗"（pugnarunt）与"联结"（iugunt），都展现出恋人状态的改变可以非常迅速。

第467-746行　维系爱情的法宝

Prima fuit rerum confusa sine ordine moles,

　　Unaque erat facies sidera, terra, fretum.

Mox caelum impositum terris, humus aequore cincta est,

470　　Inque suas partes cessit inane chaos;

Silva feras, volucres aer accepit habendas;

　　In liquida, pisces, delituistis aqua.

Tum genus humanum solis errabat in agris

　　Idque merae vires et rude corpus erat.

475　　Silva domus fuerat, cibus herba, cubilia frondes,

　　Iamque diu nulli cognitus alter erat.

Blanda truces animos fertur mollisse voluptas:

　　Constiterant uno femina virque loco.

Quid facerent, ipsi nullo didicere magistro;

480　　Arte Venus nulla dulce peregit opus.

Ales habet quod amet; cum quo sua gaudia iungat,

　　Invenit in media femina piscis aqua;

Cerva parem sequitur, serpens serpente tenetur,

　　Haeret adulterio cum cane nexa canis;

485　　Laeta salitur ovis, tauro quoque laeta iuvenca est;

　　Sustinet immundum sima capella marem.

In furias agitantur equae spatioque remota

　　Per loca dividuos amne sequuntur equos.

Ergo age et iratae medicamina fortia praebe;

490　　Illa feri requiem sola doloris habent,

原初，世间万物混杂，毫无秩序，

　　星辰、大地、海洋一般模样。

不久天穹覆盖大地，陆地被水包围，

　　空洞的混乱退入自己的位置；　　　　　　　470

森林纳入野兽，天空迎来飞鸟；

　　鱼儿啊，你们遁入清澈水流。

接着人类在孤单的大地上游荡，

　　他们力量纯粹，身躯粗野。

以森林为家，草本为食，树叶为榻，　　　　　475

　　很长时间人们互不相识。

据说是诱人的欲望软化了强悍的精神：

　　男人和女人曾到同一处所。

他们所做之事，无师自通；

　　维纳斯并无技巧地完成乐事。　　　　　　　480

鸟儿拥有所爱；自己乐于交合的，

　　雌鱼在水中央遇见；

雌鹿追逐伴侣，蛇被蛇缠绕，

　　母犬与公犬在偷腥时搂抱；

母羊愉快交配，母牛与公牛欢合；　　　　　　485

　　扁鼻的母山羊忍受肮脏的雄性。

母马发情性起，穿越遥远地域

　　追逐那河流阻隔的公马。

因此快把烈药给那发怒的女人吧；

　　它们就足以平息狂野的怒气，　　　　　　　490

Illa Machaonios superant medicamina sucos;

His, ubi peccaris, restituendus eris.

Haec ego cum canerem, subito manifestus Apollo

Movit inauratae pollice fila lyrae.

495   In manibus laurus, sacris induta capillis

Laurus erat (vates ille videndus adit).

Is mihi 'lascivi' dixit 'praeceptor Amoris,

Duc age discipulos ad mea templa tuos,

Est ubi diversum fama celebrata per orbem

500   Littera, cognosci quae sibi quemque iubet.

Qui sibi notus erit, solus sapienter amabit

Atque opus ad vires exiget omne suas.

Cui faciem natura dedit, spectetur ab illa;

Cui color est, umero saepe patente cubet;

505   Qui sermone placet, taciturna silentia vitet;

Qui canit arte, canat; qui bibit arte, bibat.

Sed neque declament medio sermone diserti

Nec sua non sanus scripta poeta legat.'

Sic monuit Phoebus: Phoebo parete monenti;

510   Certa dei sacro est huius in ore fides.

Ad propiora vocor; quisquis sapienter amabit,

Vincet et e nostra, quod petet, arte feret.

Credita non semper sulci cum fenore reddunt,

Nec semper dubias adiuvat aura rates.

这种药水胜过马卡翁的药剂；

　　你曾犯错之处能因此得以弥补。

我正吟唱着，阿波罗突然出现

　　拇指弹触着他金色竖琴的弦。

他手持月桂，神圣的发缕佩戴　　　　　　　495

　　桂冠（那显眼的先知走来）。

他对我说道："轻浮之爱的导师，

　　快将你的信徒引向我的殿宇，

那里有句普天之下人尽皆知

　　的话，训导各人被自己认识。　　　　　　500

认识自我之人，方能智慧地爱，

　　方能依据自身能力行事。

天生貌美的，就让他接受女人的目光；

　　肤色好的，让他常袒露肩膀地卧躺；

那言辞迷人的，让他避免无言的沉默；　　　505

　　唱功好的就唱歌；善喝酒的就饮酒。

但雄辩者切勿从中间开始一段演讲，

　　也别让疯癫诗人诵读写好的诗行。"

福波斯如此警告，请遵照他的劝诫；

　　这神灵的圣口所言定能兑现。　　　　　　510

我受召唤言归正传；凡谁能智慧地爱，

　　终能胜利，从我处巧取所寻之物。

犁出的沟壑并不是总能带来收获，

　　风也不是总帮助迷航的船舶。

515 Quod iuvat, exiguum, plus est, quod laedat amantes:

Proponant animo multa ferenda suo.

Quot lepores in Atho, quot apes pascuntur in Hybla,

Caerula quot bacas Palladis arbor habet,

Litore quot conchae, tot sunt in amore dolores;

520 Quae patimur, multo spicula felle madent.

Dicta erit isse foras, quam tu fortasse videbis:

Isse foras et te falsa videre puta.

Clausa tibi fuerit promissa ianua nocte:

Perfer et immunda ponere corpus humo.

525 Forsitan et vultu mendax ancilla superbo

Dicet 'quid nostras obsidet iste fores?'

Postibus et durae supplex blandire puellae

Et capiti demptas in fore pone rosas.

Cum volet, accedes; cum te vitabit, abibis:

530 Dedecet ingenuos taedia ferre sui.

'Effugere hunc non est' quare tibi possit amica

Dicere? non omni tempore sensus obest.

Nec maledicta puta nec verbera ferre puellae

Turpe nec ad teneros oscula ferre pedes.

535 Quid moror in parvis? animus maioribus instat;

Magna canam: toto pectore, vulgus, ades.

Ardua molimur, sed nulla nisi ardua virtus;

Difficilis nostra poscitur arte labor.

对恋爱者而言，益事少，痛苦多：　　　　　　515
　　让心灵准备接受万千考验吧。

阿托斯有多少野兔，叙布拉有多少蜜蜂，
　　帕拉斯天青蓝的树上结了多少野莓，

海岸有多少贝壳，爱情里就有多少苦痛；
　　我们所忍受的箭矢，浸染在毒液中。　　　　520

据人说她不在家，可你碰巧看见她：
　　姑且信她真出去了，是你看错了。

在约好的夜晚她却对你房门紧闭：
　　忍一忍，委身躺于肮脏的土地。

或许那一脸骄傲的骗人侍女还会　　　　　　525
　　质问："那家伙为何围堵我们家门？"

以恳求的态度奉承门枋和残酷的侍女
　　并摘下头上的玫瑰放于门上。

若她要你，就出击，若她躲你，就离去：
　　有教养的人招人厌烦是不合身份的。　　　530

"真躲不开这家伙"，为何让女友这样
　　讲呢？常识并非总是坏事。

也不要认为忍受女子的责骂
　　或亲吻她的纤足让你掉价。

缘何为小事逗留？精神为更宏伟之事准备；　　535
　　我歌唱伟大，凡人们，请倾耳听好。

我愿完成艰险，若无艰险何来荣誉；
　　我的艺术要求艰苦的努力。

Rivalem patienter habe: victoria tecum

540   Stabit, eris magni victor in Arce Iovis.

Haec tibi non hominem sed quercus crede Pelasgas

Dicere; nil istis ars mea maius habet.

Innuet illa: feras; scribet: ne tange tabellas;

Unde volet, veniat, quoque libebit, eat.

545   Hoc in legitima praestant uxore mariti,

Cum, tener, ad partes tu quoque, Somne, venis.

Hac ego, confiteor, non sum perfectus in arte;

Quid faciam? monitis sum minor ipse meis.

Mene palam nostrae det quisquam signa puellae

550   Et patiar nec me quolibet ira ferat?

Oscula vir dederat, memini, suus; oscula questus

Sum data: barbaria noster abundat amor.

Non semel hoc vitium nocuit mihi; doctior ille,

Quo veniunt alii conciliante viri.

555   Sed melius nescisse fuit: sine furta tegantur,

Ne fugiat fasso victus ab ore pudor.

Quo magis, o iuvenes, deprendere parcite vestras;

Peccent, peccantes verba dedisse putent.

Crescit amor prensis: ubi par fortuna duorum est,

560   In causa damni perstat uterque sui.

Fabula narratur toto notissima caelo,

Mulciberis capti Marsque Venusque dolis.

耐心忍受情敌，胜利终将属于你，

　　莅临伟大尤庇特圣殿的胜者。　　　　　　　540

相信这并非出自凡人，而是佩拉斯加橡树

　　所言；这是我艺术之最高教义。

她眉目传情，忍了；她鸿雁传书：别碰蜡板；

　　让她行动由己，来去自由。

丈夫给合法妻子这样的自由，　　　　　　　　545

　　而你，温柔梦乡，来为此助力。

我得承认，自己并不精通此艺；

　　我该如何？尚不能知行合一。

若谁公然对我的女友传情示好，

　　我该忍住不让怒火左右方向？　　　　　　550

我记得她丈夫曾给她香吻；我怨恨

　　那吻：我的爱情充满野蛮残忍。

这样的罪伤我不止一次；那更老练的，

　　甚至促成别的男人前来分享。

但更好是不知情：容许她掩藏起这偷盗，　　　555

　　以免她坦诚的脸上被征服的羞耻都难找。

更重要的是，年轻人啊，别去揭穿女友；

　　让她们犯错，让她们觉得已瞒天过海。

揭穿反而助长爱火：当两人休戚与共，

　　各自就在造成错误的路上越走越远。　　　　560

有个最有名的故事，闻名于整个天宇，

　　马尔斯和维纳斯受俘于穆尔奇贝尔之计。

Mars pater insano Veneris turbatus amore

De duce terribili factus amator erat.

565 Nec Venus oranti (neque enim dea mollior ulla est)

Rustica Gradivo difficilisque fuit.

A, quotiens lasciva pedes risisse mariti

Dicitur et duras igne vel arte manus!

Marte palam simul est Vulcanum imitata, decebat,

570 Multaque cum forma gratia mixta fuit.

Sed bene concubitus primo celare solebant;

Plena verecundi culpa pudoris erat.

Indicio Solis (quis Solem fallere possit?)

Cognita Vulcano coniugis acta suae.

575 Quam mala, Sol, exempla moves! pete munus ab ipsa:

Et tibi, si taceas, quod dare possit habet.

Mulciber obscuros lectum circaque superque

Disponit laqueos; lumina fallit opus.

Fingit iter Lemnon; veniunt ad foedus amantes;

580 Impliciti laqueis nudus uterque iacent.

Convocat ille deos; praebent spectacula capti;

Vix lacrimas Venerem continuisse putant;

Non vultus texisse suos, non denique possunt

Partibus obscenis opposuisse manus.

585 Hic aliquis ridens 'in me, fortissime Mauors,

Si tibi sunt oneri, vincula transfer' ait.

对维纳斯疯狂的爱让父亲马尔斯意乱情迷，

　　从可怕的战士变身恋爱的男子。

维纳斯（没女神比她温柔）并不脸红，　　　　　565

　　也没让马尔斯的请求落空。

啊，听说多少次放荡的她嘲笑丈夫的跛足

　　和那因烈火和磨炼而粗硬的双手！

她在马尔斯面前模仿伏尔甘，多迷人，

　　当她的美貌叠加上无穷的魅力。　　　　　570

但起初他们还惯于将奸情好好藏匿；

　　羞耻心盈满了他们罪恶的温存。

因太阳神的证据（谁能骗过太阳呢？）

　　伏尔甘知道了妻子的行径。

太阳，你立了个多坏的先例！向她索礼吧：　　575

　　若你缄口，凡她所有都会倾囊相予。

穆尔奇贝尔将床榻的上方与周边

　　布好暗网；这装置将眼睛蒙骗。

他假装前往莱姆诺斯；情人果然前来相会；

　　被绳网捆绑的两个人赤条条躺着。　　　　580

那人召集众神；被缚的一对蔚为奇观；

　　据说维纳斯忍不住泪湿衣衫；

他们没法遮住脸庞，甚至没办法

　　用手将下流的部位遮挡。

此时有人笑道："最强壮的马尔斯啊，　　　　585

　　若这链锁于你太沉，请转交与我吧。"

Vix precibus, Neptune, tuis captiva resolvit

　　Corpora; Mars Thracen occupat, illa Paphon.

Hoc tibi perfecto, Vulcane, quod ante tegebant,

590　　Liberius faciunt, et pudor omnis abest.

Saepe tamen demens stulte fecisse fateris,

　　Teque ferunt artis paenituisse tuae.

Hoc vetiti vos este; vetat deprensa Dione

　　Insidias illas, quas tulit ipsa, dare.

595　　Nec vos rivali laqueos disponite nec vos

　　Excipite arcana verba notata manu.

Ista viri captent, si iam captanda putabunt,

　　Quos faciet iustos ignis et unda viros.

En iterum testor: nihil hic nisi lege remissum

600　　Luditur; in nostris instita nulla iocis.

Quis Cereris ritus ausit vulgare profanis

　　Magnaque Threicia sacra reperta Samo?

Exigua est virtus praestare silentia rebus;

　　At contra gravis est culpa tacenda loqui.

605　　O bene, quod frustra captatis arbore pomis

　　Garrulus in media Tantalus aret aqua!

Praecipue Cytherea iubet sua sacra taceri;

　　Admoneo, veniat nequis ad illa loquax.

Condita si non sunt Veneris mysteria cistis

610　　Nec cava vesanis ictibus aera sonant,

涅普图努斯，因你的祈求他才勉强释放被缚的

　　身体；马尔斯逃往色雷斯，维纳斯去帕佛斯。

此事之后，伏尔甘啊，他们过去掩藏的，

　　现在肆无忌惮，羞耻荡然无存。　　　　　　　590

你经常承认是你发疯做了蠢事，

　　也后悔自己当时使出的诡计。

你们得以此为戒；被缚的狄俄涅不许

　　设置那些让她中招的埋伏。

你们也别为情敌设下绳网，也别　　　　　　　595

　　去查清隐秘的字迹写就的情书。

这些让丈夫们去做，若他们认为值得捕捉，

　　作为火水之礼成就的合法夫君。

让我重申啊：我的游戏为律法允许；

　　我讲的幽欢里没有长裙女子。　　　　　　　600

谁胆敢将刻瑞斯的圣礼公然示与大众，

　　还有萨莫色雷斯人发明的庄严教仪？

对事情保持沉默不过是很小的美德；

　　但讲出应恪守的秘密却是很大罪过。

噢，多么徒劳地伸手够着树上的苹果　　　　　605

　　多嘴的坦塔罗斯在水中央口干舌燥！

库忒拉尤其要求其仪式天机勿露；

　　我警告，但凡聒噪之人切勿进入。

纵使维纳斯的秘仪没有藏于箱箧中，

　　被疯子敲击的空洞黄铜也未鸣奏，　　　　　610

At tamen inter nos medio versantur in usu,

    Sed sic, inter nos ut latuisse velint.

Ipsa Venus pubem, quotiens velamina ponit,

    Protegitur laeva semireducta manu.

615   In medio passimque coit pecus: hoc quoque viso

    Avertit vultus nempe puella suos.

Conveniunt thalami furtis et ianua nostris

    Parsque sub iniecta veste pudenda latet,

Et, si non tenebras, at quiddam nubis opacae

620   Quaerimus atque aliquid luce patente minus.

Tum quoque, cum solem nondum prohibebat et imbrem

    Tegula sed quercus tecta cibumque dabat,

In nemore atque antris, non sub Iove, iuncta voluptas:

    Tanta rudi populo cura pudoris erat.

625   At nunc nocturnis titulos imponimus actis,

    Atque emitur magno nil nisi posse loqui.

Scilicet excuties omnes, ubi quaeque, puellas,

    Cuilibet ut dicas 'haec quoque nostra fuit'?

Ne desint, quas tu digitis ostendere possis,

630   Ut quamque attigeris, fabula turpis erit?

Parva queror: fingunt quidam, quae vera negarent,

    Et nulli non se concubuisse ferunt.

Corpora si nequeunt, quae possunt, nomina tangunt,

    Famaque non tacto corpore crimen habet.

但这在我们中间就是这样操作，

　　这秘密应在我们之间得以保守。

就连维纳斯本人，每当她轻解罗裳，

　　也半弯腰将羞涩处用左手遮挡。

牲畜交配随处可见：目睹此状　　　　　　615

　　女子自然转头移开目光。

卧室与闭锁的房门适于我们的行为，

　　用衣物藏匿起羞涩的部位，

哪怕不是十足的黑暗，我们也得将暗处

　　寻找，比光天化日更隐蔽之地。　　　620

当屋檐还不曾遮挡艳阳和雨露，

　　当橡树给人荫蔽又提供食物，

在树丛山洞而非天神注视下欢合，

　　朴实的先民已有如此羞耻美德。

但如今我们视夜间活动为丰功伟绩，　　625

　　花费重金只为能显摆吹嘘。

你将遍尝世间所有女子，以便能

　　对任何人讲"她也曾经是我的"？

以便到处都有你能指着炫耀的女子，

　　以便凡你染指者，都有狗血故事？　　630

叹琐事：有人造谣，若是真的准会否认，

　　说没有女子不曾与自己共享欢愉。

若无法占有身体，他们就尽力损毁名誉，

　　身体未遭玷污，谣言却已为其定罪。

635　　I nunc, claude fores, custos odiose puellae,

　　　　　Et centum duris postibus obde seras:

　　　　Quid tuti superest, cum nominis extat adulter

　　　　　Et credi, quod non contigit esse, cupit?

　　　　Nos etiam veros parce profitemur amores,

640　　　Tectaque sunt solida mystica furta fide.

　　　　Parcite praecipue vitia exprobrare puellis,

　　　　　Utile quae multis dissimulasse fuit.

　　　　Nec suus Andromedae color est obiectus ab illo,

　　　　　Mobilis in gemino cui pede pinna fuit;

645　　Omnibus Andromache visa est spatiosior aequo,

　　　　　Unus, qui modicam diceret, Hector erat.

　　　　Quod male fers, assuesce, feres bene: multa vetustas

　　　　　Leniet, incipiens omnia sentit amor.

　　　　Dum novus in viridi coalescit cortice ramus,

650　　　Concutiat tenerum quaelibet aura, cadet;

　　　　Mox etiam ventis spatio durata resistet

　　　　　Firmaque adoptivas arbor habebit opes.

　　　　Eximit ipsa dies omnes e corpore mendas,

　　　　　Quodque fuit vitium, desinit esse mora:

655　　Ferre novae nares taurorum terga recusant;

　　　　　Assiduo domitas tempore fallit odor.

　　　　Nominibus mollire licet mala: fusca vocetur,

　　　　　Nigrior Illyrica cui pice sanguis erit;

这就去锁上房门吧，女子的可恶看守，　　　　635

　　为坚实的门框加上一百道栓锁：

还有什么安全呢，当偷情的名声流传，

　　意欲让人相信根本不曾发生之事？

对真正发生的恋情我也只做偶尔讲述，

　　用稳固的善意掩藏秘密的约会。　　　　640

特别注意不要批评女子的缺陷，

　　许多人发现伪装粉饰管用。

安德罗墨达的肤色并未被那人嫌弃，

　　那双足有迅捷羽翼的珀尔修斯；

所有人眼里安德罗玛刻都比常人壮硕，　　　　645

　　唯独赫克托尔说她体型适中。

看不惯的多忍忍就会习惯，时间会将许多

　　软化，初始的爱恋对一切都感知敏锐。

当新接的枝条刚在绿色树皮里生长，

　　一阵微风都能让它折断掉落；　　　　650

不久，随时间长壮的枝条就能抵御大风，

　　坚实的树木甚至长出嫁接的硕果。

岁月本身足以带走身体中的一切瑕疵，

　　曾经的缺憾，假以时日便无足轻重：

有的人刚开始无法忍受牛皮的气息；　　　　655

　　天长日久，气味骗过习惯的口鼻。

称谓能掩盖缺点：称她为小麦色吧，

　　如果她的血比伊利里亚的焦油还黑；

Si paeta est, Veneri similis; si rava, Minervae;

660 　　Sit gracilis, macie quae male viva sua est;

Dic habilem, quaecumque brevis, quae turgida, plenam;

Et lateat vitium proximitate boni.

Nec quotus annus eat nec quo sit nata require

Consule, quae rigidus munera censor habet,

665 　　Praecipue si flore caret meliusque peractum

Tempus et albentes iam legit illa comas.

Utilis, o iuvenes, aut haec aut serior aetas:

Iste feret segetes, iste serendus ager.

[Dum vires annique sinunt, tolerate labores:

670 　　Iam veniet tacito curva senecta pede.

Aut mare remigiis aut vomere findite terras

Aut fera belligeras addite in arma manus

Aut latus et vires operamque afferte puellis:

Hoc quoque militia est, hoc quoque quaerit opes.]

675 　　Adde quod est illis operum prudentia maior,

Solus et artifices qui facit usus adest.

Illae munditiis annorum damna rependunt

Et faciunt cura ne videantur anus,

Utque velis, Venerem iungunt per mille figuras:

680 　　Invenit plures nulla tabella modos.

Illis sentitur non irritata voluptas;

Quod iuvat, ex aequo femina virque ferant.

她斜眼，像维纳斯；浅黄眸，像弥涅耳瓦；

　　赞她轻盈，那瘦得已气若游丝的；　　　　　　660

矮小的就说玲珑，肥大的就说丰满。

　　要用最相邻的美德来掩盖缺憾。

别问她生在哪一年，或出生时谁是

　　执政官，此乃严谨监察官之职，

特别对那些缺乏光泽、韶华已逝、　　　　　　665

　　头顶已生华发的女子更是如此。

年轻人啊，此等甚至更老的年纪大有裨益：

　　这方田地能结硕果，这方沃土应得耕耘。

[当你的精力和年岁尚好，忍受劳作吧：

　　不久佝偻的迟暮会步履无声地来临。　　　　670

以船桨劈裂海水、用耕犁开垦土地，

　　或以好战的双手加入残酷的战斗，

或是将力量、精力和辛苦用于侍奉女子：

　　这亦是战斗，这也需劳作。]

再加上她们对业务更为娴熟，　　　　　　　675

　　拥有经验，唯此铸就技艺。

年龄的劣势她们用精致来弥补，

　　小心确保年龄不显露，

如你所愿，她们会以千种姿态施展爱艺：

　　方式之多，胜过秘籍。　　　　　　　　680

她们无须过多激发就能感受到欢愉；

　　多好的事，男女享受均等。

Odi concubitus, qui non utrumque resolvunt:

　　Hoc est cur pueri tangar amore minus;

685　Odi, quae praebet, quia sit praebere necesse,

　　Siccaque de lana cogitat ipsa sua.

Quae datur officio, non est mihi grata voluptas:

　　Officium faciat nulla puella mihi.

Me voces audire iuvat sua gaudia fassas,

690　Utque morer meme sustineamque roget;

Aspiciam dominae victos amentis ocellos;

　　Langueat et tangi se vetet illa diu.

Haec bona non primae tribuit natura iuventae,

　　Quae cito post septem lustra venire solent.

695　Qui properent, nova musta bibant; mihi fundat avitum

　　Consulibus priscis condita testa merum.

Nec platanus, nisi sera, potest obsistere Phoebo

　　Et laedunt nudos prata novella pedes.

Scilicet Hermionen Helenae praeponere posses

700　Et melior Gorge quam sua mater erat!

At Venerem quicumque voles attingere seram,

　　Si modo duraris, praemia digna feres.

Conscius, ecce, duos accepit lectus amantes:

　　Ad thalami clausas, Musa, resiste fores.

705　Sponte sua sine te celeberrima verba loquentur,

　　Nec manus in lecto laeva iacebit iners;

我讨厌双方不能同时满足的爱情：

　　因此男孩子的爱让我觉得乏味；

我讨厌投怀送抱是出于必须的女子，　　　　　　685

　　性致干瘪，还想着自己的纺锤。

源于义务的欢愉于我而言乐趣全无：

　　任何女人都不要对我履行义务。

我希望听到她那诉说着快乐的声音，

　　听她求我缓一缓、放慢攻势；　　　　　　690

我想看到狂乱的女主被征服的眸眼；

　　看她浑身酥软、好一阵不让触碰。

大自然没有把这优点赋予初出的少女，

　　通常得七个五年之后才会很快获取。

着急者可饮用新酒；请给我先祖的陈酿，　　695

　　在久远的执政官年代烧制的瓶里罐装。

悬铃木除非成熟，无法抵御福波斯的照耀，

　　新生的草地将赤裸的双足戳伤。

显然你认为赫耳弥俄涅胜过海伦、

　　戈尔贡比她的母亲更美！　　　　　　700

无论谁愿意追求一份成熟的爱情，

　　只要坚持，必将回报丰盈。

看吧，那知情的床榻迎来一对情人：

　　缪斯啊，别靠近卧室紧闭的门。

没有你，他们也会有千言万语要说，　　　　705

　　左手在床上也不会无所事事；

Invenient digiti quod agant in partibus illis,

　　In quibus occulte spicula tingit Amor.

Fecit in Andromache prius hoc fortissimus Hector

710　　Nec solum bellis utilis ille fuit;

Fecit et in capta Lyrneside magnus Achilles,

　　Cum premeret mollem lassus ab hoste torum.

Illis te manibus tangi, Brisei, sinebas,

　　Imbutae Phrygia quae nece semper erant.

715　　An fuit hoc ipsum quod te, lasciva, iuvaret,

　　Ad tua victrices membra venire manus?

Crede mihi, non est Veneris properanda voluptas

　　Sed sensim tarda prolicienda mora.

Cum loca reppereris, quae tangi femina gaudet,

720　　Non obstet, tangas quo minus illa, pudor:

Aspicies oculos tremulo fulgore micantes,

　　Ut sol a liquida saepe refulget aqua;

Accedent questus, accedet amabile murmur

　　Et dulces gemitus aptaque verba ioco.

725　　Sed neque tu dominam velis maioribus usus

　　Desere, nec cursus anteat illa tuos;

Ad metam properate simul: tum plena voluptas,

　　Cum pariter victi femina virque iacent.

Hic tibi servandus tenor est, cum libera dantur

730　　Otia, furtivum nec timor urget opus.

手指会在那些部位找到事情做，

　　那阿摩尔偷沾过箭矢的地方。

最勇武的赫克托尔曾这样伺候安德罗玛刻

　　他可不只在战场上叱咤；　　　　　　　　　710

伟大的阿喀琉斯对吕尔奈苏斯女俘也一样，

　　当斗敌疲惫的他躺在柔软的床上。

布里塞伊斯啊，你任由那双手触碰，

　　总是浸满弗里吉亚人鲜血的手掌。

风流的女人啊，你渴望的就是这个吧，　　　　715

　　让胜利者的双手抚遍你的身体？

相信我，维纳斯的愉悦可急不得，

　　而要缓缓地由迟到的拖延引出。

当你找到女人欢喜被触碰的地方，

　　别让羞涩妨碍你的动作：　　　　　　　　　720

你会看到她眼里闪着颤抖的光亮，

　　好似阳光反射在平静的水上；

接着会有嗔怨，会有爱意满满的低语，

　　有适宜这游戏的情话和甜蜜呻吟。

但是张满风帆的你可别把女主　　　　　　　　725

　　抛下，也别让她跑到你前面；

要一同加速企及目标：此时快乐圆满，

　　当同样被征服的男女一起瘫软。

此乃你必须遵循的要旨，当你有自由

　　闲暇，也无恐惧催促完成幽欢。　　　　　　730

Cum mora non tuta est, totis incumbere remis

Utile et admisso subdere calcar equo.

Finis adest operi: palmam date, grata iuventus,

Sertaque odoratae myrtea ferte comae.

735　Quantus apud Danaos Podalirius arte medendi,

Aeacides dextra, pectore Nestor erat,

Quantus erat Calchas extis, Telamonius armis,

Automedon curru, tantus amator ego.

Me vatem celebrate, viri, mihi dicite laudes;

740　Cantetur toto nomen in orbe meum.

Arma dedi vobis; dederat Vulcanus Achilli:

Vincite muneribus, vicit ut ille, datis.

Sed quicumque meo superarit Amazona ferro,

Inscribat spoliis NASO MAGISTER ERAT.

745　Ecce, rogant tenerae sibi dem praecepta puellae:

Vos eritis chartae proxima cura meae.

而当拖延不安全时，最好划起所有船桨，

　　踢踏马刺激励你奔跑的骏马。

作品尾声已到：感恩的年轻人，给我赞礼吧，

　　为我芬芳的发缕戴上香桃木花环。

如波达利里俄斯医治达那奥斯人的医术、　　　　735

　　埃阿科斯后裔的右手、涅斯托耳的谋略、

卡尔卡斯的献祭预言、忒拉蒙之子操持武器、

　　奥托墨冬的御术，我就是如此精于爱情。

尊我为先知吧，男子们，将我称颂；

　　让我的大名在全世界被歌咏。　　　　　　　740

我已将你们武装；如伏尔甘给阿喀琉斯的一样：

　　像他一般，用得到的礼物去征服吧。

但不管谁用我的宝剑战胜了阿玛宗人，

　　让他在战利品上镌刻"纳索曾是我的老师"。

看吧，年轻女子们在央求我给她们指导：　　　745

　　这将是我诗作的下一个目标。

分行注疏

2.467-488 这一段被部分学者认为是离题表述,作者精简地描述了从世界起源到原始人类出现的过程(可与卢克莱修《物性论》第五卷的432-508、925-972、1011-1027进行对比),以宇宙洪荒的空间广度和时间纵深来论证肉体之爱对人类文明的重要意义。

2.467 宇宙伊始处于混沌状态的表述最早可以追溯到赫西俄德《神谱》115-120。

2.473-480 在本段的第二部分,诗人描绘出颇具个人特色的人类进化史。他的笔下,人类首先是原始时期的游牧个体,接着是人类的性欲促成了文明的形成。这一段与卢克莱修《物性论》5.925-1010相似度很高,但与卢克莱修不同,奥维德将欲望独立于婚姻和家庭加以讨论,并认为它是人类文明的几乎唯一一推动力。可比较诗人在《岁时记》4.91-114中对爱情创造文化的力量之讴歌。

2.479 指原始人的爱情粗犷质朴,并不需要恋爱导师的指导。

2.481-488 本段的第三部分,诗人用九个动物界的例子类比人类,说明爱的疯狂是如何被交欢所平息。

2.484 古罗马语境下的"偷情"(adulterium)有玷污、造假之意,指与已婚女性发生不正当关系,而这位女性的子嗣对其父的财产有继承权。将这一充满法律意涵的词用在狗身上略显怪异,可能暗讽奥古斯都时代经常讨论的偷情问题在罗马的大街小巷都可以看到。

2.487-488 马儿在古代被认为是情欲很强的动物,本诗中多次提到;关于发情的马儿的讨论,见本诗1.280和2.182注释。

2.489-492 这两个对句是作者在之前大段的离题表述之后,以"因此"(ergo)引导出结论(conclusio),即用要用药物治疗因为嫉妒而发怒的女人,将这种愤怒与动物因发情产生的癫狂(furor amoris)比较。

2.491　　马卡翁（Machaon）与后文2.735提到的波达利里俄斯（Podalirius）都是掌管医疗的希腊神阿斯克勒庇俄斯（Asclepius）之子、特洛伊之战中希腊的军医，见荷马《伊利亚特》2.731-732，同时见图5。马卡翁治好了墨涅拉俄斯和菲洛克忒忒斯（Philoctetes）的

图5　阿斯克勒庇俄斯与世界卫生组织标志

古希腊掌管医疗的神，执一根权杖，上有蛇缠绕。阿斯克勒庇俄斯权杖
至今仍是世界上通用的表示医疗、健康的符号，见世界卫生组织的标志

病。关于爱的草药的讨论，见本诗2.415-424。

2.493-534　这一部分是阿波罗的突然干预，以及诗人对其指示的回应。

2.494　　一位神明突然现身并敦促诗人转换诗歌风格，这是唤回（revocatio）的手法，自卡利马科斯以来的一种诗歌程式，例如维吉尔《牧歌》6.3-5："当我正歌唱着国王与征战，库图斯揪住我的耳朵命令道：'提提鲁，牧人理应牧养壮硕的羊儿，歌咏轻盈的歌谣。'"（Cum canerem reges et proelia, Cynthius aurem / vellit, et admonuit: "Pastorem, Tityre, pinguis / pascere oportet ovis, deductum dicere carmen.")此处，诗人借阿波罗之口进行主题的转换，而阿波罗正好是前文提到的马卡翁的祖父。

2.495–496 月桂一向与阿波罗这位神祇相关，德尔菲神庙的原址之一可能最早是个月桂树神谕场所。关于阿波罗追逐达佛涅（Daphne），后者为拒绝他不惜变身月桂树的故事，见《变形记》1.452–566。

2.497–508 阿波罗对诗人的训诫。

2.497–500 呼应前文1.16诗人骄傲的宣告"praeceptor Amoris"（"我乃爱神之师"），此处也借阿波罗表明自己不是仅宣扬"下流之爱"的导师。诗人却将阿波罗在德尔菲的神殿上有名的镌刻"认识你自己"（γνωθι σαυτόν / nosce te ipsum）用在情爱的追求上，试图用这一哲理深厚的话来说明，人应该先认识自己，才能遇到合适的美好恋情。

2.503–508 教导各人依据各自优势行事，与本诗第三卷对女子教导的宗旨一致。

2.508 此句可能带有诗人的自我调侃。

2.517 阿托斯山（Athos）在其他地方并未因野兔众多而被提及，此处这种说法可能指其所在的卡尔喀狄刻（Chalkidice）半岛地区以森林繁茂著称。阿托斯山在奥维德《女容良方》29–30也出现了："哪怕陡峭的阿托斯/藏匿她们，巍峨的阿托斯也将拥有精致女子。"（licet arduus illas / celet Athos, cultas altus habebit Athos.）（谢佩芸、常无名译）叙布拉（Hybla）是位于西西里岛上的古城，比较本诗3.150。

2.518 帕拉斯天青蓝的树，即橄榄树，它被认为是雅典娜和雅典城的圣树，其枝条编织的花环象征和平，被用于献给奥林匹克运动员。

2.521 指女友对恋人谎称自己不在家，以躲避恋人。

2.522 诗人教导恋人宁愿不信任眼睛看到的事实，也要去相信女友编的谎言。这所谓的"智慧地爱"（sapienter amabit）（2.511），实在讽刺。

2.523　　"被拒门外的恋人"（exclusus amator）是拉丁爱情哀歌的常见意象，见本诗3.69和3.581注释。相似写法也见提布卢斯《哀歌》1.2.5-14 "而我的女郎有了个残酷的看守，厚重的大门被坚硬的门栓关上……"（nam posita est nostrae custodia saeva puellae, clauditur et dura ianua firma sera ...）；普罗佩提乌斯《哀歌集》2.23.12 "许多人白费心血，仅得见紧闭的屋门！"（a pereant, si quos ianua clausa iuvat!）（王焕生译）；《情伤疗方》505-506 "她叫你前去：在约好的夜晚前去；你去了，却发现大门紧闭：忍受吧"（Dexerit, ut venias: pacta tibi nocte venito; / Veneris, et fuerit ianua clausa: feres）；《恋歌》2.1.17-20 "我的女友关上了大门！……尤庇特，原谅我！……那关上的大门比你的闪电更有力量"（Clausit amica fores! ... Iuppiter, ignoscas! ... clausa tuo maius ianua fulmen habet）。

2.526　　"围堵"（obsidet）是一个军事意涵浓郁的用词，暗通"爱如战役"（militia amoris）的意象，但此处的反讽效果明显，因为男追求者现在（表面上）处于完全无力、匍匐在地的卑微状态。

2.527　　这与前文提到的要与女主身边的奴仆交好的建议一致，如2.251-260。

2.531　　追求者对着紧闭的大门讲话是拉丁哀歌的常见程式，见本诗3.581及其注释。

2.532　　洛布本将此处的sensus解读为常识，即communis sensus。

2.535-600　讲述应对情敌要有耐心，此乃爱的艺术之核心。

2.540　　"尤庇特圣殿"指位于卡皮托山的伟大至上的尤庇特（Jupiter Optimus Maximus）之神殿，那里藏有最好的战利品（spolia optima），古罗马胜利将军的凯旋式结束于这一神殿，暗指"你"

获得胜利后将像将军一样风光地凯旋。

2.541　　比较2.150和2.421。指佩拉斯加的尤庇特的多多那神谕，接着上
　　　　　一句再次以最高神灵的名义为自己的教义赢得正当性。

2.543　　诗人教导丈夫应默许妻子或女友与别人暗送秋波，对她的行踪睁
　　　　　一只眼闭一只眼。在宴会等场合"点头"或是写暗语来传递情
　　　　　愫很常见，见本诗1.137-138、1.569-572及其注释。本句后半段
　　　　　提到的用蜡板写信传情也是常见做法，本诗多次提到，如1.437-
　　　　　440、2.395-396、3.495-496等。

2.545　　此句读来有教唆婚外情的嫌疑，但诗人曾多次声明，自己针对的
　　　　　读者是女性释奴（libertinae），如本诗3.615。

2.546　　指默许的丈夫佯装睡着，《恋歌》2.19.57便是一例："我要一个好
　　　　　说话的皮条客丈夫有何用？"（Quid mihi cum facili, quid cum lenone
　　　　　marito?）

2.548　　后半句直译为"我做不到自己提出的建议"。

2.551　　"我记得"（memini）又是一个"亚历山大里亚脚注"，详见本诗
　　　　　2.169-172注解。此处指向的是《恋歌》1.4的情节。

2.554　　conciliare指将某人或某物带到一个地方，有时候作"当红娘"
　　　　　甚至"拉皮条"（英文为to pander）的委婉说法，例如《情伤
　　　　　疗方》524："啊，我甚至扮演皮条客的角色。"（En, etiam partes
　　　　　conciliantis ago.）而按照奥古斯都的婚姻法，丈夫成为妻子婚外
　　　　　情的同谋是严重的罪（称为lenocinium）。

2.555　　诗人在此列举出面对女友偷情的三种态度，最好不知情，其次是
　　　　　默许，最次是妒火中烧。

2.556　　此处不同的抄本有异读，洛布本采取ficto fassus ab ore pudor（［以
　　　　　免］坦诚的羞耻心从那佯装的脸上［逃逸］），此处从詹卡，取
　　　　　fasso victus ab ore pudor。

2.559　　"休戚与共"原文直译为"两人分享相同的命运"（par fortuna

duorum est）。

2.561–592　维纳斯与马尔斯偷情被抓的故事，荷马《奥德赛》8.266–369曾经讲述，也见奥维德《变形记》4.169–189。

2.562　穆尔奇贝尔（Mulciber）即伏尔甘（Vulcan），即希腊的赫菲斯托斯（Hephaestus），维纳斯的丈夫，主管火与冶炼，长相不英俊，而且跛脚。

2.563　称马尔斯为父亲是因为他是罗马建城者罗慕路斯之父，故而也被称为所有罗马人的父亲。

2.565　"脸红"原文为rustica，指乡野的羞涩，如本诗1.607–608"走远些，乡野的羞涩"（fuge rustice longe / hinc pudor）。

2.566　马尔斯又叫Mars Gravidus、gravidus pater、rex gradivus。gravidus来源于动词gradior，行军、行走之意，可能因为行军的战士经常结队经过战神马尔斯的在阿皮乌斯大道上的庙宇。此处用如此庄重的称谓指代偷情的战神，显得滑稽。

2.573　太阳神的背叛是这个故事中有名的段落，荷马的《奥德赛》8.282开始的段落讲述了这一故事，而奥维德在此明确谴责太阳神的告密行径。

2.579　莱姆诺斯（Lemnos）是火神伏尔甘最喜欢居留的地方，相传是因为那里的居民在他从奥林匹斯山上坠落之后为他提供了款待，此处也有伏尔甘崇拜的传统。

2.582　此句直译为"据说维纳斯几乎止不住眼泪"。

2.585　Mauors指马尔斯，源于"qui magna vorteret"（扭转强大事物之人），用在此处更显讽刺。荷马笔下说这话的人是喜欢打趣的墨丘利（即赫尔墨斯，见《奥德赛》8.339–342），他本人后来也与维纳斯有奸情。此处，说这句话的人以"给我"（in me）开头，表示强调。

2.588　帕佛斯（Paphos）是塞浦路斯沿海的一座城市，尊奉维纳斯。见本诗3.188。

2.593　狄俄涅（Dione）在一些地方被认为是维纳斯的母亲，但有时也指维纳斯本人。

2.598　火与水是家庭生活的象征，也是代表净化的符号，故而在新婚妻子第一次走进夫家时，仪式要求丈夫为其献上火与水。句中动词faciet采用单数，是因为强调主语不是"火与水"（ignis et unda）等物件，而是献上这些物件的行为。

2.599–600　原句直译为"除了律法所允许的，没有什么出现在我的游戏中"。

2.600　"长裙"（instita）比较本诗1.31–34及其注释："还有你，修长的裙摆，遮住纤足一半。我要歌唱无虞的欢爱和准许的偷腥，我的诗作无罪，我的吟唱清白。"

2.601–602　刻瑞斯对应希腊掌管农业的女神得墨忒耳。厄琉息斯秘仪（Eleusinian mysteries）是自前希腊时期就在雅典附近的厄琉西斯流行的庆祝活动，用于祭祀得墨忒耳和她的女儿珀耳塞福涅（Persephone），仪式分秋天和春天两次，秋季的活动反映珀耳塞福涅被冥王哈得斯绑架并与她成婚，春季则表现珀耳塞福涅返回大地并与狄俄尼索斯结婚。从遁入地底到再获新生的轮回，也代表了农作物生长的轮回。厄琉息斯秘仪对参加者要求严格，要求其必须经过专门考验、净罪、培训，并对神秘仪式的内容严格保密。

萨莫色雷斯（Samothrace）是以崇拜卡比里（Cabiri或Cabeiri）著称的岛屿，对卡比里的崇拜是从前希腊民族承袭下来的，在希腊与得墨忒耳的崇拜融合，发展出与生殖崇拜相关的一系列秘密礼仪。卡比里指锻造之神伏尔甘的一对双胞胎儿子，在纪念得墨忒耳、赫卡特等女神的仪式中担任首领。

2.606　坦塔罗斯曾是尤庇特的宠儿，作为一个凡人参加众神会议和宴会，终因得罪众神被打入地狱，一说他向人间泄露了尤庇特的决定。他受到的惩罚是被困于水中央，口干舌燥，刚要低头喝水，水就退去；头顶有水果，刚要伸手摘取，树枝就抬高，让他永远摘不到。他的名字也成为英文动词tantalize的词源。亦见《恋歌》2.2.43–44："坦塔罗斯在水中寻水，抓取着逃遁的果子，这是他聒噪的长舌带给他的后果。"（quaerit aquas in quis et poma fugacia captat / Tantalus—hoc illi garrula lingua dedit.）

2.607　库忒拉指维纳斯。前文泛谈的保守秘密，此处被用在了为恋情保密上。比较提布卢斯《哀歌》1.2.34 "维纳斯希望她的秘密得到掩盖"（celari vult sua furta Venus），奥维德进一步夸大了为恋情保密这一传统。

2.609　维纳斯的秘仪（Veneris mysteria）在此首次用作指代两性关系。箱箧（cista）此处指一种圆柱形的箱子，在得墨忒耳、狄俄尼索斯、伊西斯等神祇的崇拜秘仪中常见，用来盛放圣物（称orgia或mysteria）；比较卡图卢斯《歌集》64.259 "有些端着篮子，里面盛着神秘的圣物，外人渴盼知悉玄奥却无从知悉的圣物"（pars obscura cavis celebrabant orgia cistis, / orgia, quae frustra cupiunt audire profani）（李永毅译）；提布卢斯《哀歌》1.7.48 "……轻便的箱箧了解那神圣的秘密"（... levis occultis conscia cista sacris）；阿普列乌斯（Apuleius）《变形记》11.11 "另一位拿着装满秘密的箱箧，里面隐藏着圣洁非凡的物件"（ferebatur ab alio cista secretorum capax penitus celans operta magnificae religionis）。

2.610　"空洞黄铜"指对库柏勒和巴科斯等的崇拜中经常用到的锐钹。比较本诗1.537–538讲酒神带走阿里阿德涅的故事："霎时锐钹响彻整个/海岸，狂热的手击打着鼓点。"这两句的意思是，虽然"维纳斯的秘密"没有公开可见、有声的表征，但它仍是"我们之间"需要保守的秘密。

2.614   维纳斯雕像最常见的姿势，最早见普拉克西泰莱斯（Praxiteles）
的雕塑作品 "克尼多斯的阿佛罗狄忒"（Aphrodite of Knidos，公
元前4世纪），维纳斯右手遮住下身，左手放于瓮上；而后世的
作品将两手姿势做了改动，变为左手遮挡下身，右手放于胸脯。
对维纳斯的相似描写，亦见阿普列尤斯《变形记》2.17 : "[形容
一位名为佛提斯（Photis）的女子] ……她脱掉衣服，放下头发，
怀着欢快的放荡，摇身一变成了美丽的维纳斯从海浪中升起的样
子，她甚至还将玫瑰般的手置于羞涩部位前，故意遮住，而非
将其隐藏。"（ ... laciniis cunctis suis renudata crinibusque dissolutis ad
hilarem lasciviam, in speciem Veneris quae marinos fluctus subit pulchre
reformata, paulisper etiam glabellum feminal rosea palmula potius
obumbrans de industria quam tegens verecundia.）可见维纳斯这一姿
势流传甚广。

2.625   "丰功伟绩" 原文为 tituli，原指石头上铭刻的文字，用于标明某
人的姓名或功绩，著名的例子是尤利乌斯·恺撒庆功的游行中那
句有名的 "veni, vidi, vici"（我来了，我看到了，我征服了）。

2.630   "狗血故事"（fabula turpis）直译为 "糟糕、恶俗的故事"。

2.631   "叹琐事" 指自己之前说的那些不过是小事情，后面要讲的才是
真正恶劣的行径。

2.633-634 在道德律令严苛的奥古斯都时代，仅仅是坏名声、谣言（fama）
就能为人定罪，律法甚至鼓励追求未果的恋人在法庭上编造针
对女子的指控（Janka, p. 443）。此句围绕 "corpora tangere"（玷
污身体，tangere 可表示发生肉体关系的委婉语）与 "nomina
tangere"（损毁名誉）的对比展开。

2.640   本句点出这一段的关键，即 "掩藏" 的重要性。此处用到了押头
韵（sunt solida 与 furta fide）、插入法（hyperbaton，即在原本在语
法上连用的词之间加入其他的词语，tecta ... furta, solida ... fide）

等修辞手法。

2.641-662 讲如何对待女子的缺陷。

2.643-644 关于珀尔修斯和安德罗墨达的故事，见本诗1.53注解。珀尔修斯
在前去割掉美杜莎头颅之前，墨丘利借给了他自己的带翅膀的
鞋，故有本句的说法。关于安德罗墨达的种族和肤色问题：古代
作家大多认为她来自厄提俄皮亚，但这一地区具体指哪里却鲜有
共识，从位于北非的埃及南部库施王国（Kush）到如今的以色列
的说法都有（亦见本诗1.53注疏）。

2.645-646 本诗中多次提到安德罗玛刻的爱情生活，如2.709-710、3.519-
522、3.777-778。

2.649-652 嫁接术在古罗马不仅是园艺的技能，也获得了文化意义，被多位
作家提及。例如维吉尔《牧歌》第二卷有对嫁接的长篇讨论；西
塞罗在《论共和国》2.34.1中，用文明的枝条嫁接于质朴的主干，
比喻希腊对罗马的影响，等等。更多讨论见洛（Lowe, pp. 461-
488）。

2.654 此处因mora位于句末，无法根据格律来确定长短音，故它既可
以作主格（"阻碍"），也可以作夺格（"因为延迟"），此处译文
采纳后一种。

2.657 作者在3.191形容安德罗墨达为"黝黑的"（fusca）。相似的建
议也见于柏拉图《理想国》474d，卢克莱修《物性论》4.1160-
1170，贺拉斯《讽刺诗集》1.3.38-53；对此这一策略的反转（以
便于摆脱恋爱状态）的讨论见《情伤疗方》325-330。

2.658 伊利里亚（Illyria）为罗马行省，位于巴尔干半岛西部，因出产
地下焦油（pix fossilis）而著称。

2.659 "斜眼"在文本中用的paeta，意为"斜着看的"，常用来形容维
纳斯慵懒的神情。

2.663 罗马人在很长一段时间里采取用执政官纪年的方式指称年份，

例如他们会说，恺撒遇刺的年份是恺撒任执政官的第五年、马克·安东尼任执政官的第一年。

2.664　监察官是罗马共和时期最重要的官员之一，其职责之一是统计公民名单，当然公民只包括拥有一定财产的男子，女人、小孩子都不在此列。

2.669–674　这六行诗句放在此处显得格格不入，可能是传抄时误放了位置，梅尔维尔和肯尼猜测它们可能本来位于2.702之后。

2.694　"七个五年"原文直译为"七个清洁礼"，"清洁礼"（lustrum）指由罗马监察官执行的清洁礼，一种祭祀活动，每五年举行一次，此处引申为五年的时间。

2.699　scilicet为副词，表示"显然""毫无疑问"，经常表示反讽的语气。赫耳弥俄涅是海伦和墨涅拉俄斯唯一的女儿，虽也相貌出众，但与海伦相比当然更逊一筹。

2.700　戈耳革（Gorge）的母亲是阿尔泰亚（Althaea），她的父亲俄纽斯（Oeneus）曾与之乱伦，放在此处较为牵强。一说Gorge此处其实指女妖戈尔贡（Gorgon），头发为无数条毒蛇，凡是被她看到的人都会变成石头。主要用来指美杜莎。此处译文采取后一种解读。

2.706　"左手"（manus ... laeva）在许多秘仪中均被认作是不洁的，故有此句的说法。

2.711　指布里塞伊斯，她嫁给了吕尔奈苏斯国王的儿子（故有了诗中的称谓），阿喀琉斯攻陷该国之后掳走了她。后来在《伊利亚特》的开篇，阿喀琉斯被迫将布里塞伊斯交给阿伽门农，也引发了他的怒火，拒绝加入战斗，这成为故事矛盾爆发的导火索。

2.714　比较本诗1.54："弗里吉亚男人为抢海伦远赴希腊"（Raptaque sit Phrygio Graia puella viro）。

2.734　香桃木（myrtle）是维纳斯最爱的树，其花被尊为她的圣花，在地中海世界常见，新娘常佩戴香桃木花叶编织的婚冠。

2.735　波达利里俄斯是特洛伊战争中的军医。达那奥斯人是《伊利亚特》里对希腊人的一种称谓。

2.736　埃阿科斯后裔，包括佩琉斯和其子阿喀琉斯，此处指后者。荷马史诗中这种称呼阿喀琉斯的方式常见。涅斯托耳（Nestor）是《伊利亚特》中充满智慧的老人。

2.737　卡尔卡斯（Calchas）是帮助希腊人赢得特洛伊战争的预言家，《伊利亚特》开篇，他告诉希腊联军，他们必须归还克律塞伊斯给其父、阿波罗的祭司，以平息神灵的怒火、停止瘟疫，但这引发了阿伽门农的不满，进而点燃了阿伽门农和阿喀琉斯的争吵。忒拉蒙之子，即大埃阿斯（Ajax）。

2.738　比较本诗1.5。

2.741　《伊利亚特》中，阿喀琉斯将铠甲和武器借给帕特洛克罗斯，后者被赫克托尔所杀，并失去了阿喀琉斯的武器和甲胄，于是在阿喀琉斯的母亲忒提斯的恳求下，伏尔甘为阿喀琉斯锻造了一块著名的盾牌，《伊利亚特》18.468-61对它的描述成为文学史上"图像化再现"（ekphrasis）手法的著名案例。

2.743　传说中的阿玛宗人（Amazon）由著名的女战士组成。

图6　伏尔甘为阿喀琉斯锻造的盾牌

Angelo Monticelli, *Shield of Achilles*, c. 1820

第三卷
给女子的爱艺

第1-310行　女子需要爱艺武装；梳妆打扮与举手投足的注意事项

1　　Arma dedi Danais in Amazonas; arma supersunt

　　　　Quae tibi dem et turmae, Penthesilea, tuae.

　　　Ite in bella pares; vincant, quibus alma Dione

　　　　Faverit et toto qui volat orbe puer.

5　　Non erat armatis aequum concurrere nudas;

　　　　Sic etiam vobis vincere turpe, viri.

　　　Dixerit e multis aliquis 'quid virus in angues

　　　　Adicis et rabidae tradis ovile lupae?'

　　　Parcite paucarum diffundere crimen in omnes;

10　　　Spectetur meritis quaeque puella suis.

　　　Si minor Atrides Helenen, Helenesque sororem

　　　　Quo premat Atrides crimine maior habet,

　　　Si scelere Oeclides Talaioniae Eriphylae

　　　　Vivus et in vivis ad Styga venit equis,

15　　Est pia Penelope lustris errante duobus

　　　　Et totidem lustris bella gerente viro.

　　　Respice Phylaciden, et quae comes isse marito

　　　　Fertur et ante annos occubuisse suos.

　　　Fata Pheretiadae coniunx Pagasaea redemit

20　　　Proque viro est uxor funere lata viri.

　　　'Accipe me, Capaneu: cineres miscebimur' inquit

　　　　Iphias in medios desiluitque rogos.

　　　Ipsa quoque et cultu est et nomine femina Virtus:

　　　　Non mirum, populo si placet illa suo.

我刚给了达那奥斯人武器对付阿玛宗女人；　　　　1

　　彭忒西勒亚，我将武装你和你的女骑兵。

平等地上阵；让他们征服吧，但凡温柔的

　　狄俄涅和满世界飞翔的男孩眷顾之人。

让赤手空拳的对抗全副武装的实在不公；　　　　5

　　男人们，如此征服对你们也不光荣。

有人恐怕会问，"你为何给蟒蛇添加毒液，

　　为何把羊群交给穷凶的母狼？"

可别把少数人的罪责推及所有人；

　　让每个女子都以各自价值受对待。　　　　10

若阿特柔斯的小儿子对海伦的指控合理、

　　阿特柔斯的大儿子对海伦的姊妹也一样，

若俄伊克勒斯之子因塔拉俄斯之女厄里费勒的罪恶

　　驾着马车活生生地见了冥河，

可珀涅洛珀在丈夫在外游荡的十年　　　　15

　　和征战远方的十年都将贞洁坚守。

想想菲拉库斯的后裔，和他那位

　　据说过早结束自己性命的伴侣。

来自帕伽塞的配偶救赎斐瑞斯之子的命运，

　　丈夫的葬礼祭奠了替夫而死的妻子。　　　　20

"拥抱我吧，卡帕纽斯：我们的灰烬将融为一体"

　　伊菲斯的女儿在呼喊中跃进火里。

连美德自身也以女性外形和称谓示人：

　　她愉悦自己的追随者也不足为奇。

25   Nec tamen hae mentes nostra poscuntur ab arte;

    Conveniunt cumbae vela minora meae.

Nil nisi lascivi per me discuntur amores:

    Femina praecipiam quo sit amanda modo.

Femina nec flammas nec saevos discutit arcus;

30   Parcius haec video tela nocere viris.

Saepe viri fallunt, tenerae non saepe puellae

    Paucaque, si quaeras, crimina fraudis habent.

Phasida, iam matrem, fallax dimisit Iason;

    Venit in Aesonios altera nupta sinus.

35   Quantum in te, Theseu, volucres Ariadna marinas

    Pavit in ignoto sola relicta loco.

Quaere, Novem cur una Viae dicatur, et audi

    Depositis silvas Phyllida flesse comis.

Et famam pietatis habet, tamen hospes et ensem

40   Praebuit et causam mortis, Elissa, tuae.

Quid vos perdiderit, dicam: nescistis amare;

    Defuit ars vobis: arte perennat amor.

Nunc quoque nescirent! sed me Cytherea docere

    Iussit et ante oculos constitit ipsa meos.

45   Tum mihi 'quid miserae' dixit 'meruere puellae?

    Traditur armatis vulgus inerme viris.

Illos artifices gemini fecere libelli;

    Haec quoque pars monitis erudienda tuis.

但我的艺术并不为感召这样伟大的灵魂；　　　　　　25

　　我的小舟适宜更小的船帆。

我的教诲里除了轻浮的爱恋再无其他：

　　我将教导女人惹人爱怜的方法。

女人既不挥舞火焰又不操持残忍的弓矢；

　　我更少见到这些武器伤害男子。　　　　　　　　30

男子经常欺瞒，而温柔的女子则不然，

　　且若你问起，她们欺骗之罪轻微。

诡诈的伊阿宋背弃法西丝女子，她已是母亲；

　　另一位新娘来依偎于埃宋之子的胸襟。

忒修斯啊，你可在意，阿里阿德涅惧怕海鸟　　　　35

　　当她被遗弃在无人问津的荒岛。

去问问，为何有个地方叫"九路"，再听听

　　树林都为费利斯哭泣，缤纷落英。

而你，那位以虔敬闻名的客人，既给了你剑匕，

　　埃利萨，也给了你寻死的动机。　　　　　　　　40

让我说是什么毁了你们：你们不懂如何爱；

　　你们缺少爱艺：是技艺让爱情而长久。

但愿他们至今仍不知道！但库忒拉命我教导，

　　她本人就现身在我的眼前。

她对我说："可怜的女子缘何遭受如此待遇？　　　45

　　手无寸铁的一群交于全副武装的男人手里。

两本小书让他们成了恋爱专家；

　　女子这边也必须由你教导。

Probra Therapnaeae qui dixerat ante maritae,

50　　　Mox cecinit laudes prosperiore lyra.

Si bene te novi (cultas ne laede puellas),

　　　Gratia, dum vives, ista petenda tibi est.'

Dixit et e myrto (myrto nam vincta capillos

　　　Constiterat) folium granaque pauca dedit.

55　Sensimus acceptis numen quoque: purior aether

　　　Fulsit, et e toto pectore cessit onus.

Dum facit ingenium, petite hinc praecepta, puellae,

　　　Quas pudor et leges et sua iura sinunt.

Venturae memores iam nunc estote senectae:

60　　　Sic nullum vobis tempus abibit iners.

Dum licet et veros etiam nunc editis annos,

　　　Ludite: eunt anni more fluentis aquae.

Nec, quae praeteriit, iterum revocabitur unda

　　　Nec, quae praeteriit, hora redire potest.

65　Utendum est aetate: cito pede labitur aetas

　　　Nec bona tam sequitur, quam bona prima fuit.

Hos ego, qui canent, frutices violaria vidi;

　　　Hac mihi de spina grata corona data est.

Tempus erit, quo tu, quae nunc excludis amantes,

70　　　Frigida deserta nocte iacebis anus,

Nec tua frangetur nocturna ianua rixa,

　　　Sparsa nec invenies limina mane rosa.

那个先前谴责忒剌普涅来的妻子之人，

　　不久又以更美妙的七弦琴将她歌颂。　　　　50

凭我对你的了解（不要伤害精致女子），

　　在你有生之年，定要追求她们的恩赐。"

她言毕将香桃木（香桃木花冠围绕头发，

　　她伫立）上的枝叶和些许莓果交予我。

接过恩赐的我也感到其中神力：更纯的天宇　　55

　　闪耀着，整个胸膛的重负统统退去。

趁着我的才情仍在，女子们，认真听讲吧，

　　只要贞洁、律法、各自权益允许。

现在就请把即将到来的老年铭记：

　　这样你们的时光才不会虚掷。　　　　　60

趁着你还能大方承认年龄的年纪，

　　玩乐吧，年华如同流水消逝。

一旦逝去，浪花无法再召回，

　　一旦逝去，时间不能复返。

时间必须好好利用：时光流逝步履如飞，　　65

　　之后的一切，都不如最初的美好。

我见过，如今灰白的，曾是紫罗兰花床；

　　那茎干曾给我美丽的花冠。

终有一天，如今将爱人拒之门外的你，

　　会成寒冷的老妪躺在寂寞的夜里，　　　70

夜里追求者的斗殴不会撞坏你的家门，

　　清晨的门槛上也找不到散落的玫瑰。

Quam cito, me miserum, laxantur corpora rugis

Et perit, in nitido qui fuit ore, color,

75　Quasque fuisse tibi canas a virgine iures

Sparguntur subito per caput omne comae!

Anguibus exuitur tenui cum pelle vetustas,

Nec faciunt cervos cornua iacta senes;

Nostra sine auxilio fugiunt bona: carpite florem,

80　Qui, nisi carptus erit, turpiter ipse cadet.

Adde quod et partus faciunt breviora iuventae

Tempora: continua messe senescit ager.

Latmius Endymion non est tibi, Luna, rubori,

Nec Cephalus roseae praeda pudenda deae;

85　Ut Veneri, quem luget adhuc, donetur Adonis,

Unde habet Aenean Harmoniamque suos?

Ite per exemplum, genus o mortale, dearum,

Gaudia nec cupidis vestra negate viris.

Ut iam decipiant, quid perditis? omnia constant;

90　Mille licet sumant, deperit inde nihil.

Conteritur ferrum, silices tenuantur ab usu;

Sufficit et damni pars caret illa metu.

Quis vetet apposito lumen de lumine sumi

Quisve cavo vastas in mare servet aquas?

95　Et tamen ulla uiro mulier 'non expedit' inquit?

Quid nisi quam sumes, dic mihi, perdis aquam?

多么迅猛，可怜啊，身体因皱纹而松弛，

　　曾经鲜亮的脸上，颜色销殒，

那些你发誓自少女时代就有的几根白发　　　　　75

　　突然间就爬满了整个脑袋！

蛇蜕甲后重获嫩皮就摆脱衰老，

　　鹿儿卸掉角就不再老迈；

我们的美好逝去却没有补救：花开堪摘，

　　花若无人采，香消玉殒只可待。　　　　　80

加上生儿育女让青春时光更加短促：

　　田地因不断的收割而愈发苍老。

卢娜啊，拉特摩斯山的恩底弥翁没让你脸红，

　　刻法洛斯也非令玫瑰色女神羞耻的战利品；

至今让女神哀恸的阿多尼斯虽是献给维纳斯的，　　85

　　可埃涅阿斯和哈耳摩尼亚是从何而来呢？

遵循女神的范例吧，凡间女子们，

　　别拒绝将快乐给予欲求的男人。

就算他们始乱终弃，你们有何损失？一切如故，

　　哪怕千帆阅尽，此间无物销殒。　　　　　90

因为使用，铁器磨损，石板变薄；

　　那东西却岿然不动，不惧损失丝毫。

谁会不让灯从旁边的灯借火点亮呢？

　　谁又会囤积辽阔汪洋里浩瀚的水？

可还会有女人对男人说“不太方便”？　　　　　95

　　你损失几何，告诉我，除了沐浴之水？

Nec vos prostituit mea vox, sed vana timere

    Damna vetat: damnis munera vestra carent.

Sed me flaminibus venti maioris iturum,

100   Dum sumus in portu, provehat aura levis.

Ordior a cultu: cultis bene Liber ab uvis

    Provenit, et culto stat seges alta solo.

Forma dei munus; forma quota quaeque superbit?

    Pars vestrum tali munere magna caret.

105   Cura dabit faciem; facies neglecta peribit,

    Idaliae similis sit licet illa deae.

Corpora si veteres non sic coluere puellae,

    Nec veteres cultos sic habuere viros.

Si fuit Andromache tunicas induta valentes,

110   Quid mirum? duri militis uxor erat.

Scilicet Aiaci coniunx ornata venires,

    Cui tegumen septem terga fuere boum!

Simplicitas rudis ante fuit; nunc aurea Roma est

    Et domiti magnas possidet orbis opes.

115   Aspice quae nunc sunt Capitolia, quaeque fuerunt:

    Alterius dices illa fuisse Iovis.

Curia consilio nunc est dignissima tanto,

    De stipula Tatio regna tenente fuit.

Quae nunc sub Phoebo ducibusque Palatia fulgent,

120   Quid nisi araturis pascua bubus erant?

我的忠告并非让你们人尽可夫，但畏惧莫须有的

　　损失大可不必：你们馈赠本无甚损失。

尽管我注定将由更强的大风吹拂奋进，

　　趁我尚在海港，让微风推我往前。　　　　　　　100

我从打扮说起：酒神的琼浆从精心耕种的葡萄

　　获取，唯有耕耘让作物伫立高高。

美貌是神灵的赠礼；几人能因貌美自傲？

　　大多数人缺少这份神明的瑰宝。

梳妆带来靓容；疏于打理的面庞会荒芜，　　　　105

　　哪怕它跟伊达利翁的爱神一般面目。

若说过去的女子不如此保养自己的身体，

　　过去的女子也没有如此精致的爱侣。

若是安德罗玛刻当时身着粗制的长袍，

　　谁会讶异？毕竟她是耐劳军士之妻。　　　　　110

作为伴侣，你当然会盛装走向埃阿斯，

　　七张牛皮就是你丈夫的外衣！

未经雕琢的质朴属于从前；现在金色罗马

　　坐拥已征服之世界的浩繁财富。

看看现在卡皮托，和它从前的模样：　　　　　　115

　　你会说她简直属于另一个尤庇特。

如今的元老院最为庄严，匹配如此智慧之团体，

　　塔提乌斯当政时却仅由茅草建起。

帕拉丁山如今在福波斯与领袖统治下闪耀光芒，

　　当年不就是属于耕犁的牛儿游牧的地方？　　　120

Prisca iuvent alios, ego me nunc denique natum

Gratulor: haec aetas moribus apta meis,

Non quia nunc terrae lentum subducitur aurum

Lectaque diverso litore concha venit,

125 Nec quia decrescunt effosso marmore montes,

Nec quia caeruleae mole fugantur aquae,

Sed quia cultus adest nec nostros mansit in annos

Rusticitas priscis illa superstes avis.

Vos quoque nec caris aures onerate lapillis,

130 Quos legit in viridi decolor Indus aqua,

Nec prodite graves insuto vestibus auro:

Per quas nos petitis, saepe fugatis, opes.

Munditiis capimur: non sint sine lege capilli;

Admotae formam dantque negantque manus.

135 Nec genus ornatus unum est: quod quamque decebit,

Eligat et speculum consulat ante suum.

Longa probat facies capitis discrimina puri:

Sic erat ornatis Laodamia comis.

Exiguum summa nodum sibi fronte relinqui,

140 Ut pateant aures, ora rotunda volunt.

Alterius crines umero iactentur utroque:

Talis es assumpta, Phoebe canore, lyra.

Altera succinctae religetur more Dianae,

Ut solet, attonitas cum petit illa feras.

让别人喜欢从前吧，我还是庆幸自己

　　生在今日：这个时代才适合我的心性，

不是因为如今坚硬的金子被人从地里掘出，

　　珍珠从各地海岸采集于一处，

不是因为山峦因开采大理石而缩减，　　　　125

　　也不是因为湛蓝海水被突堤拦住，

而是因为文化繁盛，因为在我们的年代

　　那乡野气未能比古老的祖先更长命。

同样，你们也别用昂贵的宝石压坠双耳，

　　它们采自失色的印地碧绿的海水，　　　130

也不要身着沉重的镶金衣物上街：

　　你们追求我们用的矫饰常令人避之不及。

我们被清爽吸引：头发别凌乱无序；

　　妆饰之手能增添或减损美丽。

装扮并非只有一种：适合各人的，　　　　　135

　　让她选择，并在各自镜前端详。

椭圆脸蛋适合将无装饰的头发两边分开：

　　拉俄达弥亚便是这样的发式。

在前额顶部留出一个小发髻，

　　以露出耳朵，适合圆脸女子。　　　　　　140

另一位女子请将长发垂洒于双肩：

　　如精通音乐的福波斯拨起琴弦。

让另一女子像紧束衣物的狄安娜般扎起头发，

　　正如她每次追猎惊慌的野兽。

145　　Huic decet inflatos laxe iacuisse capillos,

　　　　Illa sit astrictis impedienda comis.

　　　Hanc placet ornari testudine Cyllenaea,

　　　　Sustineat similes fluctibus illa sinus.

　　　Sed neque ramosa numerabis in ilice glandes,

150　　　Nec quot apes Hybla nec quot in Alpe ferae,

　　　Nec mihi tot positus numero comprendere fas est:

　　　　Adicit ornatus proxima quaeque dies.

　　　Et neglecta decet multas coma: saepe iacere

　　　　Hesternam credas, illa repexa modo est.

155　　Ars casum simulet: sic capta vidit ut urbe

　　　　Alcides Iolen, 'hanc ego' dixit 'amo.'

　　　Talem te Bacchus Satyris clamantibus 'euhoe'

　　　　Sustulit in currus, Cnosi relicta, suos.

　　　O quantum indulget vestro natura decori,

160　　　Quarum sunt multis damna pianda modis!

　　　Nos male detegimur, raptique aetate capilli,

　　　　Ut Borea frondes excutiente, cadunt.

　　　Femina canitiem Germanis inficit herbis,

　　　　Et melior vero quaeritur arte color;

165　　Femina procedit densissima crinibus emptis

　　　　Proque suis alios efficit aere suos.

　　　Nec rubor est emisse: palam venire videmus

　　　　Herculis ante oculos virgineumque chorum.

这位适合飘逸的秀发自然散开，　　　　　　　　　145

　　那位的头发则让她紧梳起来。

这一位因戴上库勒涅的玳瑁而艳丽生光，

　　那一位则由她发卷如海浪。

但是正如你不会细数多枝的栎树上有多少橡子、

　　叙布拉有多少蜜蜂、阿尔卑斯有多少野兽，　　150

让我尽数发型的种类也不符合法则：

　　每天都有新的打扮问世。

甚至许多人适合不加打理的头发：经常你以为

　　昨日流行的披发，现在又重新梳了起来。

让艺术模拟偶然：正如城市沦陷之时瞥见　　　　155

　　伊俄勒的阿尔凯乌斯后裔所说："我就爱她。"

就这样，萨梯里们叫嚷着"哟吼"，巴科斯将你

　　抱上他的战车，遭抛弃的克诺索斯女子。

噢，自然是多么眷顾你们的容颜，

　　它的不足可用多少种方式弥补！　　　　　　　160

我们被无情揭顶，时光擒住的须发，

　　如同北风席卷的草叶般落下。

女人则以日耳曼草木浸染灰发，

　　求得更好的颜色全靠技法；

顶着买来的浓密头发出门的女子　　　　　　　　165

　　花几个铜子儿就把他人的据为己有。

也不必为购买而脸红：可见它们公开

　　在赫丘利和缪斯的合唱队眼前贩卖。

Quid de veste loquar? nec vos, segmenta, requiro

170　　Nec quae de Tyrio murice, lana, rubes.

Cum tot prodierint pretio leviore colores,

Quis furor est census corpore ferre suos?

Aeris, ecce, color, tum cum sine nubibus aer

Nec tepidus pluvias concitat Auster aquas;

175　　Ecce tibi similis, quae quondam Phrixon et Hellen

Diceris Inois eripuisse dolis.

Hic undas imitatur, habet quoque nomen ab undis:

Crediderim Nymphas hac ego veste tegi;

Ille crocum simulat (croceo velatur amictu,

180　　Roscida luciferos cum dea iungit equos),

Hic Paphias myrtos, hic purpureas amethystos

Albentesve rosas Threiciamve gruem.

Nec glandes, Amarylli, tuae nec amygdala desunt,

Et sua velleribus nomina cera dedit.

185　　Quot nova terra parit flores, cum vere tepenti

Vitis agit gemmas pigraque fugit hiems,

Lana tot aut plures sucos bibit: elige certos,

Nam non conveniens omnibus omnis erit.

Pulla decent niveas: Briseida pulla decebant;

190　　Cum rapta est, pulla tum quoque veste fuit.

Alba decent fuscas: albis, Cephei, placebas;

Sic tibi vestitae pressa Seriphos erat.

关于衣装我该对你们讲什么？我无须荷叶边饰，

　　也不要你，羊毛，由提尔的紫贝染制。　　　　170

当市面上更低价格的颜色比比皆是，

　　为了容貌倾家荡产是怎样的疯子？

看那天青色，正如一片天空万里无云，

　　温暖的南风也未激起湿润的雨；

看，这颜色似你，曾将佛里克索斯和赫勒　　　175

　　从那传说中伊诺的诡计中救走。

这种颜色效仿海水，也从海水得名：

　　我愿相信水仙宁芙就穿着这衣衫；

那种颜色就像番红花（身着番红花色衫裙，

　　露水沾湿的女神将背负晨光的马匹赶驱），　　　180

有的像帕佛斯的香桃木，有的像紫水晶，

　　淡灰的蔷薇或是色雷斯的鹤羽。

阿玛瑞梨，你的栗子和杏仁也没有缺席，

　　还有把自己的名字给了羊毛的蜡油。

如新生的大地开出的花朵般繁多，当春日回暖，　　　185

　　藤蔓抽出新芽，慵懒的冬天逃离，

羊毛饱吸如此繁多的色彩：好好选择，

　　因为不是每种都对所有人适用。

深色适合雪白之人：布里塞伊斯宜着深色；

　　甚至当她被掠走时都身穿深色衣物。　　　190

浅色适合黝黑者：刻甫斯之女，着浅色使你貌美；

　　如此着装的你让塞里福斯岛饱受压迫。

Quam paene admonui, ne trux caper iret in alas

　　Neve forent duris aspera crura pilis!

195　　Sed non Caucasea doceo de rupe puellas

　　Quaeque bibant undas, Myse Caice, tuas.

Quid si praecipiam ne fuscet inertia dentes

　　Oraque succepta mane laventur aqua?

Scitis et inducta candorem quaerere creta;

200　　Sanguine quae vero non rubet, arte rubet.

Arte supercilii confinia nuda repletis

　　Parvaque sinceras velat aluta genas.

Nec pudor est oculos tenui signare favilla

　　Vel prope te nato, lucide Cydne, croco.

205　　Est mihi, quo dixi vestrae medicamina formae,

　　Parvus, sed cura grande, libellus, opus.

Hinc quoque praesidium laesae petitote figurae;

　　Non est pro vestris ars mea rebus iners.

Non tamen expositas mensa deprendat amator

210　　Pyxidas: ars faciem dissimulata iuvat.

Quem non offendat toto faex illita vultu,

　　Cum fluit in tepidos pondere lapsa sinus?

Oesypa quid redolent, quamvis mittatur Athenis

　　Demptus ab immundo vellere sucus ovis?

215　　Nec coram mixtas cervae sumpsisse medullas

　　Nec coram dentes defricuisse probem.

我几乎已告诫，不要让你腋下充满山羊骚气，

　　也别让双腿因扎人的毛发而粗粝！

但我不会教导那些来自高加索悬崖的女子，　　　　195

　　和汲取你河水之人，密细亚的卡伊库斯。

何必要我讲授不能因懒惰让牙齿发黑、

　　早晨要用清水洗脸的道理？

你们都知晓如何抹脂粉获得肤色的亮白；

　　不能真的满面红光，就用技艺装出来。　　　　200

用技艺填补你们眉间裸露的分界，

　　遮掩无瑕脸颊只需小小软皮贴。

用纤细的灰线描画双眼也不应让人羞愧，

　　或清澈的库德努斯河出产的番红花汁。

我曾谈过为你们带来美貌的妆容之术，　　　　205

　　那是本小书，但费了很大心力。

从中你可为受损的容颜寻求疗愈保护；

　　为汝等正事吾之艺术从不偷懒驻足。

但别让爱人看到桌上摆放的胭脂小罐，

　　伪装起来的艺术才好妆点脸蛋。　　　　210

脸上涂满的脂粉谁不嫌弃厌恶，

　　当它重得流到你温暖的胸脯？

羊毛脂气味有多浓烈，尽管从雅典运来，

　　这从肮脏羊毛收集的汁液？

我不建议在公开场合涂抹混好的鹿髓，　　　　215

　　更不能大庭广众之下清理牙齿。

Ista dabunt formam, sed erunt deformia visu,

    Multaque, dum fiunt turpia, facta placent.

Quae nunc nomen habent operosi signa Myronis,

220   Pondus iners quondam duraque massa fuit.

Anulus ut fiat, primo colliditur aurum;

    Quas geritis vestes, sordida lana fuit.

Cum fieret, lapis asper erat; nunc, nobile signum,

    Nuda Venus madidas exprimit imbre comas.

225 Tu quoque dum coleris, nos te dormire putemus:

    Aptius a summa conspiciere manu.

Cur mihi nota tuo causa est candoris in ore?

    Claude forem thalami: quid rude prodis opus?

Multa viros nescire decet; pars maxima rerum

230   Offendat, si non interiora tegas.

Aurea quae splendent ornato signa theatro

    Inspice, contemnes: brattea ligna tegit.

Sed neque ad illa licet populo, nisi facta, venire,

    Nec nisi summotis forma paranda viris.

235 At non pectendos coram praebere capillos,

    Ut iaceant fusi per tua terga, veto.

Illo praecipue ne sis morosa caveto

    Tempore nec lapsas saepe resolve comas.

Tuta sit ornatrix: odi, quae sauciat ora

240   Unguibus et rapta brachia figit acu.

此类东西带来美貌，但并不雅观，

　　多少事情过程丑陋，成品悦人。

辛勤的米隆所铸雕塑如今声名在外，

　　曾几何时只是无生命的硬冷石块。　　　　　　220

欲想铸就耳环，先得敲打金子；

　　你们所着衣裙，曾是污秽羊毛。

制作中的石头粗粝不堪；现在却是知名雕塑，

　　裸身的维纳斯在海水里按卷湿润发丝。

你亦然，梳妆时让我们以为你在休憩：　　　　225

　　点睛之笔完成再示人更为合适。

为什么向我揭示你脸上缘何光泽照人？

　　关上卧室房门：为何暴露未完的作品？

男子蒙在鼓里反而合适；大多数事物

　　恐引人厌恶，若非藏起个中内幕。　　　　　　230

装潢精美的剧院里闪耀的金制雕塑，

　　细看你会鄙夷：不过金箔包裹着山木。

但人们是不许靠近的，除非已经建完，

　　若非男人都已清退，切勿梳妆打扮。

但我不反对在众人面前梳理秀发，　　　　　　235

　　让散开的发丝在你的后背垂洒。

此时你须特别注意，切勿暴躁难安抚，

　　也别把些微松散的头发拆了再耙梳。

让梳发女仆安好：我恨那用指甲伤人脸颊、

　　抓起发簪就刺人手臂的女子。　　　　　　　240

Devovet, et tangit, dominae caput illa simulque

Plorat in invisas sanguinulenta comas.

Quae male crinita est, custodem in limine ponat

Orneturve Bonae semper in aede Deae.

245　　Dictus eram subito cuidam venisse puellae:

Turbida perversas induit illa comas.

Hostibus eveniat tam foedi causa pudoris

Inque nurus Parthas dedecus illud eat!

Turpe pecus mutilum, turpis sine gramine campus

250　　Et sine fronde frutex et sine crine caput.

Non mihi venistis, Semele Ledeve, docendae,

Perque fretum falso, Sidoni, vecta bove

Aut Helene, quam non stulte, Menelae, reposcis,

Tu quoque non stulte, Troice raptor, habes.

255　　Turba docenda venit pulchrae turpesque puellae,

Pluraque sunt semper deteriora bonis.

Formosae non artis opem praeceptaque quaerunt;

Est illis sua dos, forma sine arte potens.

Cum mare compositum est, securus navita cessat;

260　　Cum tumet, auxiliis assidet ille suis.

Rara tamen menda facies caret: occule mendas,

Quaque potes, vitium corporis abde tui.

Si brevis es, sedeas, ne stans videare sedere,

Inque tuo iaceas quantulacumque toro;

那女仆咒骂着女主的脑袋，捧着它的同时，

　　鲜血浸染的她将泪水洒进仇视的发丝。

头发不好的女子，请在门口安排看守，

　　或是常去善良女神的庙宇里梳妆。

曾经有位姑娘突然听闻我将到来：　　　　　　　245

　　慌乱之中她竟将假发戴歪。

愿这奇耻大辱降于我们仇敌头上，

　　愿这般羞辱让帕提亚姑娘承受！

无犄角的牛羊和不长草的平原丑陋不堪，

　　无枝叶的灌木和没头发的脑袋亦然。　　　　250

你们无须找我拜师学艺了，塞墨勒或勒达，

　　还有西顿女人，被伪装的公牛驮着越海峡，

或是海伦，墨涅拉俄斯，你要求归还她不愚蠢，

　　而你，特洛伊来的劫掠者，占有她也不鲁钝。

前来找我学艺的这群女孩有美有丑，　　　　　255

　　有缺点的永远比完美无瑕的多。

美貌者不用寻求技艺的帮助或指导意见；

　　她们自带嫁妆，无须技艺的强大玉颜。

当海面风平浪静，无虞的水手可以退下；

　　当风波又起，他就急需自己的帮手。　　　　260

毫无瑕疵的脸蛋是极少的：藏起不足，

　　尽你可能，将身体的缺点弥补。

若你身材娇小就坐着，以免站立看着却像端坐，

　　将无论多么玲珑的身体躺进你的卧榻；

265   Hic quoque, ne possit fieri mensura cubantis,
           Iniecta lateant fac tibi veste pedes.
       Quae nimium gracilis, pleno velamina filo
           Sumat, et ex umeris laxus amictus eat.
       Pallida purpureis tangat sua corpora virgis,
270   Nigrior ad Pharii confuge piscis opem.
       Pes malus in nivea semper celetur aluta,
           Arida nec vinclis crura resolve suis.
       Conveniunt tenues scapulis analemptrides altis,
           Angustum circa fascia pectus eat.
275   Exiguo signet gestu, quodcumque loquetur,
           Cui digiti pingues et scaber unguis erit.
       Cui gravis oris odor, numquam ieiuna loquatur,
           Et semper spatio distet ab ore viri.
       Si niger aut ingens aut non erit ordine natus
280   Dens tibi, ridendo maxima damna feres.
       Quis credat? discunt etiam ridere puellae,
           Quaeritur aque illis hac quoque parte decor.
       Sint modici rictus parvaeque utrimque lacunae,
           Et summos dentes ima labella tegant,
285   Nec sua perpetuo contendant ilia risu,
           Sed leve nescio quid femineumque sonet.
       Est quae perverso distorqueat ora cachinno;
           Risu concussa est altera, flere putes;

此时，为避免躺卧之时身高被衡量，　　　　　265

　　用散落的衣裙遮住你的脚。

特别瘦弱的，就穿上密线缝制的衣衫，

　　并让宽松的衣裳自肩部垂降。

肤色惨白的要用紫色条纹妆点身体，

　　更黝黑的就寻求法鲁斯鱼类的帮助。　　　270

丑足要永远藏于雪白软皮制成的鞋内，

　　不要将起皱的脚踝从凉鞋绑带松开。

窄小的垫肩适合凸出的肩胛骨，

　　前胸扁小的要用乳罩绑住。

让她无论说什么，手势尽量节制，　　　　　275

　　若她手指粗大、指甲糙鄙。

那口气重的，就别在饥饿时讲话，

　　应永远与男子的脸保持距离。

若你生来牙齿发黑、巨大或是参差不齐，

　　大笑会给你最沉重的打击。　　　　　　　280

谁会相信呢？女人还得学怎么笑，

　　连这方面她们都得追求美观。

张嘴和两边笑窝都要大小适度，

　　要让唇底遮住齿顶。

不要用持续的大笑弄僵两侧身体，　　　　　285

　　笑声要莫名轻柔、充满女人味。

有人因为扭曲的狂笑拧歪了脸；

　　有人笑得地动山摇，好似哭泣；

Illa sonat raucum quiddam atque inamabile: ridet,

290　　　Ut rudit a scabra turpis asella mola.

Quo non ars penetrat? discunt lacrimare decenter

　　　Quoque volunt plorant tempore quoque modo.

Quid cum legitima fraudatur littera voce

　　　Blaesaque fit iusso lingua coacta sono?

295　　　In vitio decor est quaedam male reddere verba;

　　　Discunt posse minus, quam potuere, loqui.

Omnibus his, quoniam prosunt, impendite curam;

　　　Discite femineo corpora ferre gradu:

Est et in incessu pars non contempta decoris;

300　　　Allicit ignotos ille fugatque viros.

Haec movet arte latus tunicisque fluentibus auras

　　　Accipit, expensos fertque superba pedes;

Illa velut coniunx Umbri rubicunda mariti

　　　Ambulat, ingentes varica fertque gradus.

305　　　Sed sit, ut in multis, modus hic quoque: rusticus alter

　　　Motus, concesso mollior alter erit.

Pars umeri tamen ima tui, pars summa lacerti

　　　Nuda sit, a laeva conspicienda manu.

Hoc vos praecipue, niveae, decet; hoc ubi vidi,

310　　　Oscula ferre umero qua patet usque libet.

有人笑声实在喧嚷恼人：她一大笑，

　　如同推糙磨的丑母驴在嚎叫。　　　　　290

哪有艺术不抵之境？她们学着优雅流泪

　　能随时以想要的方式啼哭。

什么，有人剥夺了字母应有的发音，

　　舌头听从指挥、刻意打结？

误读某些词语，缺陷之中亦有某种得体；　　295

　　她们学着用比过去更差的方式说话。

对这类大有裨益之事要多加注意；

　　学着以女性优雅的步履控制身体：

步履之中甚至也有不可小觑的美；

　　能吸引或吓跑不相识的男子。　　　　　300

这人优雅地操持身体，飞扬的衣衫迎接微风，

　　高傲地掌控着娇贵的步点；

那人则像翁布里亚老夫那晒红的老婆

　　一样走路，分开腿踏着巨大的步伐。

但如很多事一样，此处也需适度：一人动作　305

　　乡野，另一人又过分娇柔。

但要让你肩膀底部和手臂顶端

　　裸露，须能从左边欣赏。

这尤其适合你们肤色雪白的；每当我见状，

　　都不由得亲吻那裸露的肩膀。　　　　　310

分行注疏

3.1–2　　第三卷开篇呼应了前文，如2.741–746。以 arma 开头让本诗似乎拥有了史诗的气氛，比较维吉尔《埃涅阿斯纪》1.1 "我歌唱的是战争和一个人的故事"（arma virumque cano）和奥维德在《恋歌》1.1–4中的戏仿："我正准备用庄重的格律将武器和残酷的战争/讲述，那是适合这韵脚的内容。/第二行与第一行一样长——据说丘比特笑了，/偷走了一个音步。"（arma gravi numero violentaque bella parabam, edere, materia conveniente modis. / par erat inferior versus—risisse Cupido / dicitur atque unum surripuisse pedem.）将恋爱比作战争早在萨福（Sappho）的作品中就曾出现，在普罗佩提乌斯作品中也有，如《哀歌集》3.8.31–34 "当达那奥斯人获胜，赫克托尔顽强抵抗时，/他［帕里斯］却在海伦的怀抱里进行最伟大的战争。/我愿意或与你或为了你与对手永远地/手持武器，与你和解不合我的心意"（dum vincunt Danai, dum restat barbarus Hector, / ille Helenae in gremio maxima bella gerit. / aut tecum aut pro te mihi cum rivalibus arma / semper erunt: in te pax mihi nulla placet）；4.8.88 "……我们在卧榻上重新解除了武装"（... et toto solvimus arma toro）（王焕生译）。但奥维德在此卷中反复使用过去诗歌中这一零星出现的说法，发展了这一类比（Gibson 2009, pp. 85–86）。

　　　　　人，指参加特洛伊战争的希腊人。源于达那奥斯，希腊城邦阿尔戈斯的国王之先祖。彭忒西勒亚（Penthesilea），阿玛宗女战士的首领，相传阿喀琉斯曾在不知道她是女子的情况下在战场上将其杀害；当她的头盔被取下后，阿喀琉斯爱上了已经死去的她。见普罗佩提乌斯《哀歌集》3.11.13–16："迈奥提亚的潘特西勒娅以强悍闻名，/勇敢地对达那奥斯人的舰队骑马射箭；/但是在她的黄金头盔暴露她的前额后，/她那妖媚的容貌征服了获胜的男子。"（ausa ferox ab equo quondam oppugnare sagittis / Maeotis Danaum Penthesilea ratis; / aurea cui postquam nudavit cassida frontem, / Vicit victorem candida forma virum.）Turma指骑兵，古代作品经常把阿玛宗人描绘成战马上的民族。

3.3　　狄俄涅在荷马笔下是阿佛罗狄忒的母亲，而奥维德笔下她则就是爱神维纳斯本人。

3.7　　虚拟式完成时dixerit表示未来可能出现的行为。

3.11-22　　奥维德给出一串名单，他先用两组对句提及了三个不忠诚的女子，在用四组对句描绘了四位守贞的女子，以此为女子辩护。

3.11-12　　阿特柔斯的小儿子（minor Atrides）指墨涅拉俄斯，斯巴达国王，海伦的丈夫。阿特柔斯的大儿子（Atrides maior）即阿伽门农，在特洛伊战争得胜之后带着情人卡珊德拉返乡时，被自己的妻子、海伦的姊妹克吕泰涅斯特拉所杀。

3.13-14　　俄伊克勒斯之子（Oeclides）指安菲阿剌俄斯（Amphiaraus），他是俄伊克勒斯（Oecles）和许佩耳墨斯特拉之子，阿尔戈斯的君主，七位进攻忒拜的英雄之一，相传有预言能力的他预知到自己将在忒拜战争中死去，但他的妻子厄里费勒（Eriphyle）收受了贿赂，想办法劝说丈夫参战。最终安菲阿剌俄斯驾着马车从忒拜逃离的时候被大地吞没而死。

3.15-16　　罗马监察官执行的清洁礼（lustrum）祭祀活动，五年举办一次，此处引申为五年时间，亦见本诗2.694。特洛伊战争进行了十年，尤利西斯又在海上漂泊了十年才得以返乡，二十年间珀涅洛珀都保持贞洁，还在幕后操持着国家。

3.17-18　　菲拉库斯的后裔（Phylaciden）指普罗忒西拉俄斯，是第一位在特洛伊战争中死去的希腊将领，根据预言，第一个踏上特洛伊土地的阿开亚人（即希腊人）必定牺牲，普罗忒西拉俄斯第一个从船上跳下，踏上了特洛伊的土地，结果被赫克托尔杀死。他的妻子拉俄达弥亚听闻他的死讯之后，随即自杀。

3.19-20 斐瑞斯（Pheres）之子（Pheretiadae）指阿德墨托斯，他蒙受阿波罗恩赐，可以让一个人替自己去死。帕伽塞女人（Pagasaea）指阿德墨托斯之妻阿尔克斯提斯（Alcestis），她来自希腊北部地区帖撒利亚的小城帕伽塞，她同意代替患病的丈夫赴死。

3.21-22 卡帕纽斯（Capaneus）在忒拜战争中死去的英雄，阿尔戈斯的王，攻打忒拜的七将之一，传说他曾夸口说，即使尤庇特也不能阻止他攻上忒拜城，当他真的爬上了忒拜城墙时，受尤庇特雷电击中而死。伊菲斯（Iphis）的女儿埃瓦德奈（Evadne），卡帕纽斯之妻，在得知丈夫死讯之后跳入火堆自杀而亡，她被后世奉为忠贞于丈夫的典型。

3.23 cultus为本卷关键词之一，具有多层含义与各种译法（谢佩芸，常无名，第287—289页）；此处指装饰、外形。Virtue指古罗马的勇武美德，虽然源于vir男子一词，但它的词性却是阴性，因此也以女性的形象受到崇拜。荣誉（Honos）和美德（Virtus）两位神祇共同代表了军事勇武及其回报，追随者为其建有神庙。

3.25-27 正当读者以为诗人在提倡例如贞洁等传统的女性道德时，诗人话锋一转，声明自己教诲的是轻浮的爱恋（lascivi amores），比较本诗2.497，阿波罗称诗人为"轻浮之爱的导师"（lascivi ... praeceptor Amoris）。

3.31 奥维德曾在第一卷告诉男子，女人最会欺瞒（1.645-646），但在此处，诗人列举了四位被男人抛弃的女性，她们也曾出现在奥维德其他作品中。《拟情书》第2、7、10、12篇分别是费利斯致得摩丰、狄多致埃涅阿斯、阿里阿德涅致忒修斯以及美狄亚致伊阿宋的信，美狄亚还是奥维德失传的剧作《美狄亚》的主角。

3.33-34 Phasida指法西丝河，位于黑海东南边的科尔奇斯，即美狄亚的家乡。埃宋是伊阿宋的父亲。一般观点认为，美狄亚因杀死自己

的孩子和佩利阿斯（Pelias）等罪行是应受谴责的，但诗人在此
处声称，伊阿宋对美狄亚始乱终弃，因而美狄亚是值得同情的。

3.35-36　忒修斯及其子得摩丰均被诗人归为女子应避免的情人类型，见
3.457-460。关于阿里阿德涅被忒修斯抛弃之后的恐惧，亦见卡
图卢斯《歌集》64.152-153："因你的缘故，我将被野兽和猛禽
分食，/尸体没有泥土遮盖，也没有坟安息！"（pro quo dilaceranda
feris dabor alitibusque / praeda; neque iniacta tumulabor mortua terra.）
（李永毅译）

3.37-38　得摩丰娶了色雷斯公主费利斯为妻，之后只身航行回乡，承诺会
返回。费利斯九次前往他们分别的海滩均未等到丈夫，于是自
杀。据传费利斯的墓前长出了树，每年秋天以落叶哀悼她的亡
故。得摩丰的行为与后句埃涅阿斯对狄多的背弃相呼应。

3.39　客人即埃涅阿斯，他在特洛伊陷落后漂流到狄多所在的迦太基，
受到热情招待的同时也让狄多坠入爱河。最终埃涅阿斯按照神的
旨意离开，踏上建立罗马之路，遭抛弃的狄多最终自杀。在目前
的语境下，虔敬（pietas）指对受到的款待予以回报的义务。诗人
此处可能在回应维吉尔《埃涅阿斯纪》4.393-394"但虔敬的埃涅
阿斯，尽管希望缓解她的痛楚"（At pius Aeneas, quamquam lenire
dolentem / solando cupit）；此句发生在埃涅阿斯与狄多争吵之后，
他们的争论最终落脚到主客各自有何义务（Gibson 2009, p. 102）。

3.40　埃利萨（Elissa）是迦太基女王狄多的原名，一般在主格时使用
Dido，其他格则使用Elissa指代。《拟情书》7.197-198："［狄多
希望自己的墓志铭如此书写］埃涅阿斯是她的死因，也提供了利
刃，/狄多自己亲手给出致命的一击。"（praebuit Aeneas et causam
mortis et ensem. / ipsa sua Dido concidit usa manu.）（刘淳译）这句
话在《岁时记》3.549-550得以重复。奥维德通过《拟情书》此
处的书写，暗示自己讲的故事（而非维吉尔的故事）才是狄多和

埃涅阿斯故事的终极版本。

3.41　诗人话锋一转，声称造成女性恋爱悲剧的不是男人的背信弃义，而是女子自己缺乏爱的艺术，故需要向恋爱导师（praeceptor amoris）学习。

3.43　库忒拉，维纳斯的出生地，借指维纳斯。此处诗人暗示，若非维纳斯下令，自己恐怕不会主动教导女性爱艺。

3.46　此句与3.5-6呼应。"一群"（vulgus），口吻既可同情，亦可轻蔑。inermis＝in（表否定的）＋arma（武器）。

3.47　这里的维纳斯与诗人早先的自我称颂（1.1-2和2.1-4）相呼应。artifex指能对某项技艺熟练运用的人。

3.48　神会从凡人出寻求教导（monita，通常与神灵相关），颇为讽刺。

3.49　忒剌普涅（Therapne）位于斯巴达境内，相传是海伦的埋葬地。相传公元前6世纪的希腊诗人斯泰西科鲁斯（Stesichorus）因为写诗指责海伦引发了特洛伊战争而被海伦弄瞎了眼（这也是神的旨意），后因完成一篇悔作（palinode）而视力复原。维纳斯以此为例劝诫诗人放弃本诗前两卷中表现出来的与女性对抗的态度，在第三卷中予以弥补。

3.51　此处从吉布森意见（Gibson, p. 107），并未像肯尼等编者一样将cultas ne laude puellas放在括号中作为插入语，而将其放在正文中。

3.53　香桃木是一种常绿灌木，结白色果实，是维纳斯的圣树。奥维德常以nam引导的置于括号中的句子表达重复。如本诗2.131、2.135、2.573。此处诗人故意将nam后置，以打造括号内外的myrto相连的效果。关于维纳斯将自己的圣物交给诗人、给予他灵感的表述，也见《岁时记》4.15-17："受感动的女神用库忒拉香桃木轻轻触碰我的头，说道：'完成已经开始的工作吧。'我感受神力，忽然明晓了日子的由来。"（mota Cytheriaca leviter mea tempora myrto / contigit et 'coeptum perfice' dixit 'opus'. / sensimus, et causae subito patuere dierum.）

3.55–56　此处指与顿悟（epiphany）相伴的奇迹般的光亮。

3.57–82　诗人强调青春的时光应该用来恋爱。在第二卷中诗人曾简短地
　　　　对男子表达相似观点（2.107–122），《恋歌》1.8中，老鸨（lena）
　　　　也对女子有相似的教导。

3.57　　评注者多认为动词facit的主语是维纳斯（"趁着她仍启发着我的
　　　　才情"），但笔者同意吉布森的说法（Gibson, p. 110），将facit理
　　　　解为修饰ingenium的不及物动词，故有上述译法。相似用法见
　　　　《岁时记》2.123："我的才智失效，任务远超我的能力。"（deficit
　　　　ingenium, maioraque viribus urgent.）

3.58　　leges指奥古斯都在公元前18年的立法《尤利乌斯婚姻法》，禁止
　　　　婚外性行为，不过我们并不清楚该法令实际在多大程度得以实施。

3.59–60　关于"老年"：诗人在本诗第三卷中总是将自己的教导对象称为
　　　　puellae，意味着是年轻女子，而非年龄更为不明确的mulieres或
　　　　是feminae（当然在2.667–702作者也强调年老的女子也能找到幸
　　　　福）。而在前两卷中，诗人既用了"男人"（vir）又用了"年轻
　　　　人"（iuvenis）称呼自己教导的男子，并不过分强调其年龄。
　　　　estote是esse的未来祈使形式，表示一般意义上的祈使命令，用
　　　　于此也可能主要为了满足韵律的要求。"铭记"（memor）经常
　　　　用于训诫或教化，也常用于表示应铭记生命的短促，如贺拉斯
　　　　《讽刺诗集》2.6.97："活着一定要记住生命是多么短促。"（vive
　　　　memor quam sis aevi brevis.）而iners指"漫无目的的""虚度的"，
　　　　也可指"缺乏技艺［ars］的"，在此处可能有双关。

3.61　　dum licet是奥维德很喜欢用的句式，常用于句首，且句子当中
　　　　会出现祈使的表达。相关分析见麦基翁对《恋歌》1.9.33–34的
　　　　注疏（McKeown, p. 273）。监察官的职责是记录罗马公民的年
　　　　龄，见西塞罗《论法律》3.7："监察官应记录人口的年龄、子

嗣、家庭和财产等……"（Censoris populi aevitates, suboles, familias pecuniasque censento ...）诗人在此处暗示，年龄较大的女子可能隐瞒年龄。

3.63–64　iterum为副词，"再一次"，诗人对它的使用可见2.127–128注解。诗人用了"时间如流水"这个常见的意象，但通过重复为其注入新的活力，其讽刺之处在于，语言可以重复，时光却不可以。

3.69　被爱人拒之门外的男性追求者（exclusus amator）是拉丁爱情诗传统中常出现的形象（见本诗3.581、3.587–588）。前文使用了针对复数者的祈使动词（petite、estote、ludite），而此处突然转为对单数的"你"讲话，体现了谈话对象的私人化、个体化。此外，excludis amantes的说法似乎意味着诗人并非以恋爱导师的身份，而是在以追求者的口吻说话，祈求获得女子垂青。

3.70　贺拉斯和普罗佩提乌斯都曾在诗中预言，将追求者拒之门外的女子总有一天也会被迫成为被拒之门外的恋人。按照长短音韵律推断，此句中的frigida（寒冷的）修饰anus（老迈的女人），这一搭配打破了读者的一般期待（frigida ... nocte，寒冷的夜；deserta ... anus，寂寞的老妪）。anus后置在句末表示强调，诗人的论述跳过了中年，从青年直接进入老年，以此敦促女子要及时行乐。此处对老妪的强调主要是服务于劝诫目的，并非如拉丁文学传统中对年老女性的歧视和中伤的说法；里克林对此有专门研究（Richlin, 1984; Richlin, 1992, pp. 109–116）。

3.71　追求者在晚餐喝醉之后来到女友门前，吵嚷着要进去，若是被拒绝，就在门口斗殴或是撞坏房门，诗人在3.567评价这是不成熟的行为。没能进门的男子还在门上留下花环（见本诗2.528），表明心迹，然而清晨花瓣已散落一地。比较提布卢斯《哀歌》1.1.73–74"现在让我追求轻浮的爱情，撞坏门枋并不羞耻，加入斗殴乐趣十足"（nunc levis est tractanda venus, dum frangere postes / non pudet et rixas inseruisse iuvat）；普罗佩提乌斯《哀歌集》1.16.5-6 "[门楣讲话] 现在我却得忍受夜间醉汉们的殴击，/常常被卑劣的双手打击得啜泣"（nunc ego, nocturnis potorum saucia rixis, / pulsata indignis saepe queror manibus）；2.19.5 "在你的窗前也不会出现口角和争吵"（nulla neque ante tuas orietur rixa fenestras）（王焕生译）；《情伤疗方》31-32 "让门枋被夜间的斗殴砸坏，让花环覆盖那有装饰的大门"（Effice nocturna frangatur ianua rixa, / Et tegat ornatas multa corona fores）。

3.73-74　年龄增长也带来了身体的衰老。me miserum 是惯用表达（poor me!），经常用来感叹他人遭受的痛苦。奥维德尤其喜欢这个表达（在他的所有作品中共出现45次），相比之下，它在提布卢斯作品中从未出现，在普罗佩提乌斯作品中仅有两处。闪光的（nitidus），是青春的表现。

3.75　诗人想象出一位年轻就有几丝白发的少女。

3.77　exuo（蜕皮、卸掉）+ anguibus（从蛇身上）（表示分离的与格），这个动词的主语是抽象名词 vetustas（老迈）（源于形容词 vetus），而 pellis（皮肤）则是跟 exuo 有直接意义连接的具象名词。

3.78　鹿的年轻和长寿在古代有许多谚语式的表达，如西塞罗《图斯库路姆论辩集》（Tusculanae Disputationes）3.69 ："因为它给与牡鹿和乌鸦长久的生命（这对它们无所影响）[却] 给人类如此短暂的一生（这对我们影响巨大）。"（顾枝鹰译）

3.81　名词 partus 源于动词 pario，parere 即 "生育"。

3.82　再次出现农耕相关的意象，表明恋爱是可以操控的人类行为。奥维德常将恋爱与农耕做比较（Leach, 1964）。

3.83-100　教导女性，接受男子的爱不会有任何损失。此处奥维德抛出一个新论点，既然女神都与凡人男子恋爱，那么诗人的女听众也应效仿。既然恋爱是一种交换关系，那么女人并不会有何损失。

3.83　　卢娜（Luna）是月亮女神，与希腊神话中的塞勒涅（Selene）、阿耳忒弥斯相同，也常与福柏、狄安娜（Diana）和赫卡忒（Hecate）混用。一般认为她很容易脸红，如维吉尔《农事诗》1.430-431："但若是她的脸上漾出一片贞女的红晕，/就会有风吹起；风起时，总是金色的福柏脸红时"（at si virgineum suffiderit ore ruborem, / ventus erit; vento semper rubet aurea Phoebe）。相传她爱上了恩底弥翁（Endymion）这位俊朗青年，而这场恋情让这位女神忘记了脸红，她使后者在小亚细亚的拉特摩斯山（Mt. Latmus）陷入没有死亡的永恒沉睡中，以便能亲吻这个美丽的少年。卢娜、奥罗拉和维纳斯这三位喜欢在恋爱中主动出击的女神经常被放到一起讨论。

3.84　　刻法洛斯（Cephalus）是一位英俊的雅典男子，得到曙光女神奥罗拉钟爱，女神将他带到奥林匹斯山与自己一同生活。曙光是玫瑰色的，可与荷马笔下"玫瑰色手指的黎明"（rosy-fingered dawn）比较。"战利品"指女神爱上（不情愿的）凡间男子，将其抢走或占有，对比凡间男子垂涎凡人女子（即接受本卷教导的对象）的状态。

3.85-86　　维纳斯爱上的阿多尼斯是米拉与其父王客倪剌斯乱伦所生之子，阿多尼斯从没药树中出生，一生下来就美貌无比，让维纳斯坠入爱河，后在狩猎中被野猪撞伤致死。这段爱情没有产生子嗣，但维纳斯通过其他恋情生了埃涅阿斯（与特洛伊英雄安奇赛斯［Anchises］所生之子，罗马人的祖先）和哈耳摩尼亚（Harmonia，与战神马尔斯所生之女）。恋爱导师以此说明，既然女神们都不为爱欲而脸红，凡人女子便更不该拒绝追求者。

　　　　3.85有异读，有抄本作"ut taceam de te, quem nunc quoque luget, Adoni, / unde habet Aenean Harmoniamque Venus?"（哪怕我对你，她至今哀悼的阿多尼斯，保持沉默/维纳斯又是从哪里得到的埃

涅阿斯和哈耳摩尼亚呢？）虽然这一版本似乎表意更清晰，但大多数现代编纂者都选择了目前译文选择的版本，认为 ut taceam de te 可能是对更为难懂的 donetur 的页边注解。

3.89 decipio 即"欺骗"，比较本卷3.31的 saepe viri fallunt。虽然诗人在前文号称会帮助女性战胜三心二意的男子，但此处却鼓励女性，哪怕要被欺骗也无妨，因为女人将爱情馈赠给男子并无损失。本句为 ut 引导的让步从句，ut iam 的组合营造出一种事实感。omnia constant 的表述则有着典型的卢克莱修风格，如《物性论》1.588、2.337均出现了这一表达；也可比较《变形记》15.257–258："（普罗泰哥拉斯）尽管东西可能从这里转移到那里，但总量是不变的。"（cum sint huc forsitan illa, / haec translata illuc, summa tamen omnia constant.）

3.90 比较卢克莱修《物性论》2.296关于物质不灭的论述："因为没有东西增加，也没有东西从中减少。"（nam neque adaugescit quicquam neque deperit inde.）

3.95–96 女人若接受男人求爱，最后损失的只有供他冲淋的水。可比较《恋歌》3.7.83–84："[讲诗人有次表现不佳，无法满足女友]为了防止女佣知道事情没能发生，她放水洗澡以掩盖我的耻辱。"（neve suae possent intactam scire ministrae, / dedecus hoc sumpta dissimulavit aqua.）aquam sumere 是温存后洗澡清洁的委婉语。在此句中，作者巧妙地继续了前一个对句里"水"这个意象。ulla（任何），用在否定的场景中，期待否定的回答。

3.97 prostituo＝pro（在前面）＋ sto（站立），即"使站在某人前"，即"为妓"。诗人在此处试图拒斥将女性与商品做类比，但并不太令人信服，类似奥维德笔下的帕里斯对海伦的说辞，见《拟情书》16.343–344："从前被劫走的许多人中，又有哪一位靠武力救回？/相信我，那样的事只带来虚幻的恐惧。"（tot prius abductis ecqua est repetita per arma? / crede mihi: vanos res habet ista metus.)（刘淳译）

3.99　　　"更强的大风"指诗人之后会给出更为高级的建议，即本卷499行开始的内容。

3.101–134　精致、有教养的年代与质朴粗鲁的古代不同，爱情也需要好的品味和财力投入。这"厚今薄古"的态度与《埃涅阿斯纪》8.306–369形成对比。此处开始讨论的cultus、cura等主题可结合《女容良方》阅读。奥维德对cultus（对身体的料理、对梳妆打扮的看重、对精致生活的追求等）的强调，一反哀歌传统中提布卢斯和普罗佩提乌斯等人对装扮的反对。

3.101　　Liber指酒神巴科斯，他让人自由（liber）。在技艺与天然的对抗之中，农业生产方面的意象经常出现，例如昆体良《论演说家的教育》2.19.2–3、9.4.5等等。

3.104　　"pars vestrum ... magna"（你们中的大多数），意思是诗人的女性听众中很少有人相貌完美到无须接受建议。

3.106　　伊达利翁（Idalium），塞浦路斯岛上的一座城，维纳斯的圣地。此处意为，哪怕女子跟爱神本人一样漂亮，如果不经营打理自己的面容，也会香消玉殒。

3.107–108　诗人一改传统，不再把过去质朴装扮的古人视作今人学习的对象。

3.109　　诗人此处用valentes（源于valeo，保持强壮），引申为"粗制的""粗蛮的"，该词用来形容着装非常罕见。赫克托尔是典型的战士，特别是与精致打扮、沉迷爱情与美色的帕里斯形成对比。

3.111　　scilicet即"当然，自然"，在此时为反讽之意。埃阿斯之妻忒克墨萨（Tecmessa）不会以妆容引诱古朴的丈夫，而哀歌女子则应像科琳娜般吸引爱人，比较《恋歌》1.5.9–10："看啊，科琳娜来了，裹着系腰带的袍子，边分的头发覆盖雪白的脖颈。"

（Ecce, Corinna venit tunica velata recincta, / candida dividua colla tegente coma.）诗人可能在刻意反驳贺拉斯，他笔下的战俘忒克墨萨用美貌俘获了主人的心，见《颂诗集》2.4.5–6："被俘的忒克墨萨的美貌曾俘获忒拉蒙之子埃阿斯，她的主人。"（movit Aiacem Telamone natum / forma captivae dominum Tecmessae.）奥维德也在《恋歌》2.8.11–14对贺拉斯的改编中刻意省略了忒克墨萨（McKeown, p. 161–162）。

3.112　埃阿斯的巨型牛皮盾（clipeus septemplex）在《伊利亚特》中多次出现（如7.219–223），《恋歌》1.7.7和《变形记》13.2均有"七层牛皮盾的主人埃阿斯"（clipei dominus septemplicis Aiax）的表述。此处奥维德描述，这位英雄也将牛皮穿在身上，故而成了质朴（simplicitas）年代的代表人物。见学者围绕《变形记》5.400展开对simplicitas的讨论（Hinds, pp. 81–82）；以及麦基翁对《恋歌》1.11.10和1.12.27的注解（McKeown, pp. 314, 335）。

3.113　接下来的部分，诗人从着装的区别进而讲到现在恢宏的罗马城与"劫掠萨宾女人"时的古朴小城之区别，也从对于古老的希腊文化的拒绝讲到远古的罗马城和如今现代大都市的对比。在奥维德笔下，不同于过去诗人的想象（认为现在的罗马物质贫乏但精神富有），当今的罗马不仅物质丰裕（3.123–126），而且文化繁荣（3.127–128）。诗人关注三个地标，即卡皮托山、元老院（Curia）和帕拉丁山。奥古斯都时代有许多明显的地标建筑，具有政治意义（Favro, pp. 193–195）。吉布森比较了之前的诗人对古老和现代罗马城的对比描写，如维吉尔《埃涅阿斯纪》8.97–368，提布卢斯《哀歌》2.5.23–38和55–60对埃涅阿斯时期的罗马的牧歌式描写，以及普罗佩提乌斯《哀歌集》4.1.1–38、4.2.1–10、4.4.1–14、4.9等描写，认为虽然奥维德在此处的刻画与前人有相似之处，但这些前辈诗人均塑造出了"现在的罗马"与"古老的罗马"的某种连续性，这种连续性背后是奥古斯都时期的意识形态，即罗马可以同时拥有远古以来的美德与现在的征服带来的繁荣。但是，奥维德却将过去古朴的罗马与现在的都市割裂开了，他对后者的歌颂是以贬低前者为代价的，这种写法暴露了前辈诗人笔下和奥古斯都治下"两个罗马"之间隐秘的紧张关系（Gibson 2009, pp. 134–135）。

3.114　　一座城市或因自然资源丰富受称赞，如维吉尔《农事诗》中的赞美意大利原则（laudes Italiae），或如此处一样，因占有全世界的财富而受称赞。后一种说法早期见修昔底德笔下的伯利克里葬礼演说，在希腊化时期的作家中流行（Labate, pp. 51–64）。这一说法对当时的罗马人来说非常恰当，因为他们在这一时期逐渐开始将自己的城市视作大都会般的首都（Favro, pp. 116–119）。这也是《爱的艺术》第一卷对罗马最为核心的赞美。也见《恋歌》1.15.26："罗马，已征服的寰宇之都"（Roma triumphati ... caput orbis）。比较奥古斯都对自己的评价（奥古斯都《功德录》"序言"）："他将全世界置于罗马人民的统治之下。"（orbem terrarum imperio populi Romani subiecit.）

3.115　　巨大恢宏的尤庇特神庙（Jupiter Capitolinus）为奥古斯都所修缮重建，位于罗马市中心。此处是诗歌中复数表示单数（poetic plural）。

3.116　　诗人在此暗示，罗马在社会经济上的繁荣改写了传统的神学，连万神之神尤庇特都不是从前的样子了。比较《埃涅阿斯纪》中的虔诚描述8.347–354："从这里他又把埃涅阿斯领到塔尔佩亚的小峰，也就是卡匹托山，现在是一派黄金屋顶，而当初却是灌木荆棘丛生的地方。即使在当初，这个地方也是令人生畏的，乡民走来看到这里的树木和石头都吓得发抖，脸色苍白。厄凡德尔解释道：'这座树木盖顶的小山上住着一位天神，但是不能肯定是哪位天神，阿尔卡迪亚人说他们常看见尤庇特在这山上，右手摇晃

着黑风盾，掀起乌云.'"（杨周翰译）

3.117　位于古罗马广场的元老院是奥古斯都在公元前29年竣工（尤利乌斯·恺撒当政时开始修建，公元前44年起取代从前的元老院建筑）。

3.118　奥维德想象元老院在塔提乌斯（Tatius）这位与罗马第一任国王罗慕路斯共治罗马的萨宾国王任内的模样，而实际上元老院这一建筑是在塔提乌斯之后罗马第三任国王图鲁斯·荷斯提里乌斯（Tullus Hostilius）任期内修建的。此处奥维德改编了普罗佩提乌斯《哀歌集》2.32.52 "这样的风习［女子不犯过失］在萨图尔努斯治下存在过"（hic mos Saturno regna tenente fuit）（王焕生译），来说明自己并不认为塔提乌斯当政的时代是黄金时代。也可比较《拟情书》4.132："［虔敬］即便在萨图尔努斯时代已属粗鄙。"（[pietas] rustica Saturno regna tenente fuit.）（刘淳译）茅草搭起说明建筑本身结构的原始性，这一句与奥古斯都时期宣扬的官方意识形态基本一致（除了不具有官方宣扬的对过去的田园牧歌式的怀想之外）。比较维特鲁威5.2.1："首先，元老院必须按照市镇或城市的威严来建造。"（maxime quidem curia in primis est facienda ad dignitatem municipii sive civitatis.）

3.119　太阳神福波斯（即阿波罗）是奥古斯都的保护神，阿波罗在帕拉丁山上的神庙建成于公元前28年，上有巨大的神像，是奥古斯都改造罗马建筑景观的顶峰之作。

3.120　bubus是bos公牛的复数夺格形式。这个对句表达的意思可比较维吉尔《埃涅阿斯纪》8.359-361，提布卢斯《哀歌》2.5.25，普罗佩提乌斯《哀歌集》4.1.3-4、3.9.49-50，但不同于奥维德此处的用意，这些段落都试图强调帕拉丁山保留了过去的古朴（simplicitas）。

3.121　这里的"别人"（alios）可以指维吉尔、提布卢斯和普罗佩提乌

斯。诗人感叹自己生活的时代才是黄金时代（3.113），与赫西俄

德对于自己并未生在黄金时代的著名哀叹形成对比。

3.122　　比较《恋歌》3.4.37-38："因伴侣的婚外情而受伤的丈夫太过

粗鄙，/ 不谙这座城的习俗。"（rusticus est nimium, quem laedit

adultera coniunx, / et notos mores non satis Urbis habet.）

3.123-124　concha 一般指贝壳，此处指珍珠。subduco 指从某物"底下"

（sub-）开采出来（duco）。采矿在古代被认为是道德败坏的标志，

也是人类离开黄金时代的表现，例如卡图卢斯《歌集》66.49-

50 "愿第一个在地下寻找矿藏、第一个 / 打造出坚硬铁器的人死

无全尸！"（... pereat, / Et qui principio sub terra quaerere venas / Instit

ac ferri stringere duritiem!）（李永毅译）；贺拉斯《颂诗集》3.3.49-

50 "她若能坚决鄙视大地藏匿的黄金，（不被人发现其实是它最好

的命运）……"（aurum irrepertum et sic melius situm, cum terra celat,

spernere fortior ...）（李永毅译）；奥维德《变形记》1.138-143 对矿

物开采及其显示出的人类的贪婪有过生动的描绘，"人们不仅要

求丰饶的土地交出应交的五谷和粮食，而且还深入大地的腑脏，

把创世主深深埋藏在幽暗的地府中的宝贝据了出来，这些宝贝又

引诱着人们去为非作歹。铁这件凶物出现了，黄金比铁还凶。战

争出现了，战争用铁也用黄金，它在其血腥的手中挥舞着叮当的

兵器"（nec tantum segetes alimentaque debita dives / poscebatur humus,

sed itum est in viscera terrae, quasque recondiderat Stygiisque admoverat

umbris, / effodiuntur opes, inritamenta malorum./ iamque nocens ferrum

ferroque nocentius aurum / prodierat, prodit bellum, quod pugnat utroque, /

sanguineaque manu crepitantia concutit arma）（杨周翰译）；曼尼利乌

斯（Marcus Manilius，公元1世纪）《星经》（Astronomica）1.75 "那

时黄金尚且安居在无人问津的山里"（tumque in desertis habitabat

montibus aurum）；马尔提阿利斯《铭辞》12.62.4 "[那时]土地没

有被撕裂直至神灵栖居的地心，而是将宝藏自己保留"（scissa nec ad Manes, sed sibi dives humus）。进口珍贵的宝石一向被认为是奢侈而遭谴责，如普林尼《博物志》37.12，但其实罗马的卡皮托山上的建筑也有宝石装饰，见《岁时记》1.203"他们用树叶装饰那如今用珍宝装饰的卡皮托"（frondibus ornabant quae nunc Capitolia gemmis）；又如本诗3.451描绘的维纳斯金碧辉煌的庙宇（e templis multo radiantibus auro）。哀歌诗人也经常控诉自己心爱的姑娘喜欢来自东方的昂贵珍珠，与"贫穷诗人"的意象有关联，比如本诗3.129，以及提布卢斯《哀歌》2.4.27–30"噢，毁灭吧，那些收集绿宝石的人，还有那些用提尔的紫色染料熏染白色羊皮的人。还有那些在姑娘心中播下贪婪的科斯的衣裳和来自红色海洋的明亮珍珠"（o pereat, quicumque legit viridesque smaragdos / et niveam Tyrio murice tingit ovem. / addit avaritiae causas et Coa puellis / vestis et e rubro lucida concha mari）等。当然，诗人如此表述的目的并非控诉上述采矿和建工等行为，他钟爱当代胜过古朴的过去，是因为今人比古人更会装扮和打理自己。

3.125　关于"大理石"，一种有名的说法是，奥古斯都接手的是一座砖砌的城市，最终留下的则是一座大理石之城（marmoream [urbem] se relinquere, quam latericiam accepisset，苏维托尼乌斯《罗马十二帝王传》"神圣的奥古斯都传"28.3）。

3.126　动词fugare是第一次在传世拉丁语书写中被用于形容"水"，在此对于在海中建堤提出批评。

3.127　cultus是本卷的重要主题，不易译，关于其意义的讨论见《女容良方》"序言"部分和本卷3.101–134及注释，相关解释见谢佩芸、常无名。诗人在此为cultus赋予非常正面的含义，与传统道德捍卫者的观点形成对比。比较瓦莱利乌斯·马克西姆《名事名言录》9.1.3："那个时代的人们没有预见到对不合习俗的妆容锲而不舍的追求会导致什么。"（non enim providerunt saeculi illius viri ad quem cultum tenderet insoliti coetus [sc. mulierum] pertinax studium.）

3.128　　与贺拉斯《颂诗集》3.6.46-48的关于社会道德逐渐败坏的传统论述形成对比："父母的时代已经比祖辈更糟，却诞下/更邪恶的我们，很快，我们的子嗣/又将出现，罪孽更可怕。"（aetas parentum, peior avis, tulit / nos nequiores, mox daturos / progeniem vitiosiorem.）（李永毅译）但与贺拉斯这一宣扬上古朴素道德更为优越的观念不同，贺拉斯的诗学观念却宣扬更为现代和晚近的诗学技巧之优越性。巴尔基耶西指出，奥维德将贺拉斯上述的两种矛盾的观点契合了起来（Barchiesi, p. 237 n. 29）。

3.129　　lapillus石块，此处引申表示珍贵的宝石。动词"压坠"（onerare）暗含了作者的批判，与3.131的graves类似。

3.130　　"印地"，具体指代的地理位置并不明确（见1.53和2.644注解），但暗含对富裕东方的向往。此句从普罗佩提乌斯处"舶来"了半句，《哀歌集》4.3.10："还有被东方之水焚烧皮肤黝黑的印度人。"（ustus et Eoa decolor Indus aqua.）

3.132　　奥维德对过度装饰提出批评。本卷中的nos（我们）多用来指男子，如本卷3.161、3.225、3.518、3.529和3.673。说明作为恋爱导师的男性诗人与哀歌中常见的扮演说教角色的老妪（lena）不同，他既是导师，又是女子的潜在追求者。

3.133　　诗人将munditiae（清爽、优雅）与luxuria（奢华）对比，肯定前者而反对后者，但同时也拒绝simplicitas（朴素，3.113）。

3.134　　这里指化妆师（ornatrices）之手。

3.135-168　谈论关于发型的注意事项。

3.135　　装扮不止一种的表述，可比较维吉尔《农事诗》2.83-85："此外，坚固的榆树并不止有一种类型，柳树、荷花乃至伊达山上的柏树也是如此，橄榄也不会都生作一个模样。"（Praeterea genus haud unum nec fortibus ulmis / nec salici lotoque neque Idaeis cyparissis, / nec pigues unam in faciem nascuntur livae.）奥维德此句对于妆容的描述充满城市风味，与维吉尔对树木种类的列举形成对比。

3.137　　discrimen指头发中间的分界。purus即"单纯""无装饰的"，有些女人喜欢在头发上佩戴珠宝配饰（discriminalia）以保持发型，与此处奥维德建议的风格相反。利维娅在奥古斯都时期的画像里大都以圆髻发型（nodus，见3.139）示人，但在公元14年之后变成了此处提到的中间分叉的发型，见Bartman, *Portraits of Livia: Imaging the Imperial Woman in Augustan Rome. Cambridge: Cambridge University Press, 1999, pp. 114−117*和Wood, *Imperial Women: A Study in Public Images, 40 BC − AD 68. Brill: Leiden, 1999, pp. 116−124*，其中有图片展示。这可能意味着中分梳至脑后成髻的发型在《爱的艺术》第三卷发表时正流行，见图7。

图7　利维娅的两种发型

3.138　拉俄达弥亚是普罗忒西拉俄斯之妻，在丈夫奔赴特洛伊战场后
　　　　便拒绝梳理头发。关于她忠于爱情的故事，见本卷3.17–18注解，
　　　　也见《拟情书》第13篇便是她写给丈夫的信，关于梳头的问题，
　　　　见13.31–32："待梳理的长发，我无心打理，/华衣覆体也不再让
　　　　我喜悦。"（nec mihi pectendos cura est praebere capillos, / nec libet
　　　　aurata corpora veste tegi.）（刘淳译）

3.142　掌管音乐和诗歌的阿波罗在古代艺术中的形象一般是一位看似中
　　　　性的漂亮男子，一头长发。

3.144　狄安娜是阿波罗的姐姐，是掌管狩猎的贞洁女神。cum+动词现
　　　　在时，此处表示"每当"（cum whenever）。

3.147　testudo指乌龟，也引申为龟壳制成的竖琴；此处诗人可能建议
　　　　女子将头发梳成龟壳或是竖琴形状，或是戴上龟壳制成的发夹。
　　　　Cyllenaeus指库勒涅山（Mt. Cyllene），墨丘利的出生地，位于希
　　　　腊伯罗奔尼撒半岛。

3.149　glans指橡子。有些老橡树每棵每年都要出产超过十万枚橡子。

3.150　叙布拉是西西里的一座小城，位于埃特纳山（Mt. Aetna）的坡
　　　　上，盛产蜂蜜。亦见本诗2.517。

3.151　fas指神意所允许的范围。诗人故意用这个具有宗教意涵的词夸
　　　　张地表述"尽数发型种类"的难度。numerus既可指数量，也可
　　　　指诗歌的节奏，此处说明自己既无法用数字精确表示发型种类，
　　　　也无法用诗的节奏和韵律表达。

3.156　阿尔凯乌斯（Alceus）的后裔指赫丘利，在神话中赫丘利是尤
　　　　庇特和安菲特律翁之妻阿尔克墨涅所生，他名义上的父亲还
　　　　是阿尔凯乌斯之子安菲特律翁，故有这一称谓。赫丘利在远征
　　　　俄卡利亚（Oechalia）国王欧律托斯时，爱上了他的女儿伊俄
　　　　勒（Iole）。赫丘利的妻子得伊阿尼拉（Deianeira）因嫉妒，将
　　　　用马人涅索斯（Nessus）的血浸染的紧身衣送给他，赫丘利穿

上这件衣服后中毒，身如火烧而死。他死后升入奥林匹斯山成神。

3.157–158　酒神巴科斯将被忒修斯抛弃的阿里阿德涅从海滩上救起，见本诗 1.527–564.

3.159–160　奥维德对戴假发、染发等行为的宽容，可对比普罗佩提乌斯关于染发更为正统的态度，见《哀歌集》2.18b.25–28："所有的形象都以自然本色最优美：/比利时颜料会损害罗马人的脸面。/愿无数的磨难在地下等待这些少女，/她们以不相宜的伪饰变化头发！"（ut natura dedit, sic omnis recta figura est: / turpis Romano Belgicus ore color. / illi sub terris fiant mala multa puellae, / quae mentita suas uertit inepta comas! ）

3.160　pianda是动词pio（弥补）的未来被动分词（future passive participle），此处用于表示适当性（"可弥补的"）而非"必须被弥补"。

3.161　detego即"掀掉屋顶"。nos即"我们"，此处指男子，意为男子面对秃顶没有补救的办法，因为男子不能佩戴假发。

3.163　inficio是由in+facio构成，即"浸入""染色"。canities即"灰色头发"，canus即"灰色"。"日耳曼"（Germanis）指多瑙河以北和莱茵河以东的区域。

3.165–166　这一个对句所描述的场景颇有些喜剧效果，但诗人的口吻算不上批判。

3.167　rubor即"脸红"，拉丁作家通常批评戴假发等装扮行为，但奥维德在此反其道而行之。

3.168　赫丘利和缪斯的圣殿位于弗拉米尼乌斯竞技场附近，内有这些神祇的雕像。假发以及它代表的人造美是为诗人和他笔下的神所容忍的。此处用"贞女的"（virgineus）代指缪斯，她们通常被认为是处女，但俄耳普斯是缪斯卡利俄佩（Calliope）的儿子。

3.169–192　这一部分继讨论完发型之后，讲述衣装的要领，这是装扮保养（cultus）的第二个方面。诗人主张要仿造出自然的美学效果，并在叙述中多次运用直接呼语（apostrophe，也见3.169–170、3.175、3.183），注重结构的平衡（hic ... ille; ecce ... ecce, nec ... nec）和速度的均匀（每个对句介绍一至四种颜色），并充分展示了其叙事能力（用一个诗学或是神话故事介绍一种颜色）。传统的哀歌诗人虽然承认美丽的衣装为女子带来更大的吸引力，但一般都倾向于批评科斯的丝绸和提尔的染料，认为它们带来的是贪婪和轻浮。这种对丝绸类着装的拒斥反映了传统男性的道德观念（Gibson, p. 162）。

3.169　segmentum指衣物边上缝制的带褶皱的荷叶边，是女性过度装饰的表征。诗人主张适度与多元。

3.170　提尔位于今天的黎巴嫩境内，以出产昂贵的紫色染料著称。诗人并不建议追求这种贵重的染料制作的衣物，而主张用经济实惠的方式达到美丽的效果。murex是产出紫色染料的贝壳。

3.174　pluvius（湿润的，下雨的）源于动词pluit（降雨）。Auster即南风，在拉丁文学中往往与风暴有关联。

3.175　佛里克索斯（Phrixus）和赫勒（Helle）兄妹俩为继母伊诺（Ino）所嫉恨，差点儿被害死，多亏他们的生母云神涅斐勒（Nephele）从海上救起兄妹俩。此处的"你"可能指涅斐勒，预示颜色为多云的天灰色，与前面描绘的晴天之湛蓝形成对比。

3.177　此处指海蓝色（cumatilis）的织物。

3.178　crediderim是完成时虚拟，表示未来可能出现的行为。

3.179　番红花是一种贵重的金色草木，乃是重要的香料和染料。

3.180　"露水沾湿的女神"（roscida ... dea）指晨曦女神奥罗拉。

3.181　奥维德用诗歌刻意雕琢的技艺模仿织物的人造色彩：本行有三个希腊语词汇，且罕见地以四音节的希腊词结尾，在拉丁文学中属第一次。帕佛斯是塞浦路斯岛上的城市，维纳斯在此有座著名神庙，亦见本诗2.588。香桃木乃是维纳斯的圣物。

3.182 色雷斯的鹤羽（Threiciam gruem）指一种灰白的颜色。此处用法可能有爱欲的暗指，因为鹤羽曾出现在一些古代的壮阳配方中（见普林尼《博物志》30.141、32.139）。

3.183 阿玛瑞梨是希腊和拉丁田园诗中常见的女牧羊人，此处引用了维吉尔《牧歌》2.52"[一位牧羊人提起自己心爱的阿玛瑞梨最喜欢栗子]还有板栗，我的阿玛瑞梨所钟爱"（Castaneasque nuces mea quas Amaryllis amabat）。亦见本诗2.267-268及其注释。此处指栗子的深棕色和杏仁的浅棕色。

3.184 指蜡油的淡黄色。拉丁语有两个形容词表示"蜡色的"（即浅黄色），分别是cereus和cerinus，因此诗人在此说它们将名字（nomina，因是两种颜色而用了复数）给了羊毛（用作染色和制衣）。此处用了迂言法以避免使用技术名词。

3.189–192 关于颜色与肤色的搭配，奥维德教导说，深色衣服适合皮肤白皙的，浅色则适合黝黑的。

3.189–190 布里塞伊斯是阿喀琉斯在战争中抢得的公主，后被阿伽门农夺走，引发阿喀琉斯的愤怒（《伊利亚特》第一卷）。她的深色衣服本是哀悼故国沦陷所着，但在奥维德这里成了搭配肤色的合理做法。这两句运用了首语重复修辞法和叠叙法（polyptoton，多次用到同一词语的不同形式，即decent ... decebant）等修辞手法。

3.191–192 国王刻甫斯之女，指安德罗墨达，被拴在悬崖之上受海怪袭击，后被珀尔修斯救起，二人成婚。塞里福斯岛（Seriphos）是珀尔修斯的家乡，他与安德罗墨达一起返回，对自己的继父波吕得克忒斯（Polydectes）实施了复仇。奥维德再次将神话旅程变成了讨论时尚的案例。

3.193-208 讲个人卫生和化妆等问题。

3.193   运用了推辞法（praeterito），即通过声明无须讨论某话题而提及
        该话题的手法。paene admonui 的表达说明，诸如身体气味等话题
        是不适宜在哀歌中讨论的。山羊（caper）在古代被认为代表了
        难闻的体味。

3.195   连接黑海和里海的高加索（Caucasea）山脉，被认为是未开化的
        野蛮地区。密细亚（Mysia，Mysus 是其形容词）位于小亚细亚
        西北部（今天的土耳其），其居民被认为是野蛮人的代表。卡伊
        库斯（Caicus）则是那里的一条河。

3.197-198 诗人仍在试图选择合适的话题展开讨论，此处再次运用了推辞
        法。发黑的牙齿是老姬和老歌伎等文学形象常具有的元素。

3.199-208 讲述化妆术的重要性。这一段的论述在"反化妆"话语盛行
        的古代显得相当大胆、独树一帜。古代一般认为妆容是不自
        然的、带来虚假的美貌，如色诺芬（Xenophon，公元前427—
        前355年）《经济论》（*Oeconomicus*）10.2.9，普劳图斯《凶宅》
        （*Mostellaria*）258-277等；认为它目的在于色诱，因而与通奸者
        和商女有关，如吕西亚斯（Lysias，公元前445—前380年）1.14，
        尤维纳利斯《讽刺诗集》6.461-472等；与奢侈和柔软（mollitia）
        相关，如小塞内加（Lucius Annaeus Seneca the Younger，公元
        前4—公元65年）《书信集》（*Epistulae*）114.9："当繁荣将奢靡
        广为传播后，人们开始更热切地关注身体的装扮保养。"（Ubi
        luxuriam late felicitas fudit, cultus primum corporum esse diligentior
        incipit.）奥维德之前的哀歌诗人也以相似理由反对化妆，如普罗
        佩提乌斯《哀歌集》1.2整首、1.15.5-6"［轻浮的卿提娅］用双
        手细心地梳理昨日散乱的头发，/久久悠闲地为自己着装打扮"
        （et potes hesternos manibus componere crinis / et longa faciem quaerere
        desidia）；2.18.23-24"你现在甚至无理智地模仿着色的不列颠

人，/用外来的颜料涂染自己的头发戏要？"（nunc etiam infectos demens imitare Britannos, / ludis et externo tincta nitore caput?）；3.24.7–8"多少次把你与玫瑰色的埃奥拉相媲美，/虽然你光洁的容彩是借助于粉黛"（et color est totiens roseo collatus Eoo, / cum tibi quaesitus candor in ore foret）（王焕生译）；提布卢斯《哀歌》1.8.15"尽管脸庞没有打扮保养，她仍是让人愉悦的"（ille placet, quanvis inculto venerit ore）。当然，奥维德对化妆术的赞美是基于它能够达到"模仿自然"的效果，并非推崇人造效果本身。此外，化妆术与诗人的诗学技艺也紧密相连，而奥维德拒绝前辈哀歌诗人的"反化妆"这一立场，本身就凸显了自己诗艺的创新性（Gibson 2009, pp. 33–34, 175–176）。

3.199 　"你们都知晓"（scitis et）可能暗示化妆术在古罗马是女子皆知的技能。反化妆的传统书写也用类似的词汇，如普罗佩提乌斯《哀歌集》3.24.7–8（原文与译文见前段）。

3.200 　关于自然的红光满面的描写，见《恋歌》2.5.33–42, 3.3.5–6："过去，她的肌肤在白皙中浸染着玫瑰的红润：/而今红光泛在她雪白的脸颊。"（candida, candorem roseo suffusa rubore, / ante fuit: niveo lucet in ore rubor.）奥维德对于化妆之技艺对美貌的改进作用态度是积极正面的，这与反化妆传统将人工改造后的"假美"和天然的"真美"置于对立状态不同；后一种认识，见普罗佩提乌斯《哀歌集》1.2.19："虚假的姿容"（falso ... candore）；2.18b.28（原文与译文见3.159–160注释）。

3.201 　双眉相连（英文为unibrow）在古代被认为是女子很美的眉形。甚至相传奥古斯都都也拥有这样的眉型，见苏维托尼乌斯《罗马十二帝王传》"神圣的奥古斯都传"79.2："他双眉相连"（supercilia coniuncta）。著名的庞贝墙画（*House of Terentius Neo*, VII. 2.6）中的女子亦是如此。人们常用灰土等描画眉毛，见图8。

图8 女子双眉相连，庞贝古城墙画

3.202 遮盖住脸颊（让它呈现出）无瑕疵（sincerus）的模样。aluta指柔软的皮革制成的美容贴，常用于遮盖脸上的瑕疵，又称作splenium。和本卷3.114和3.174一样，此句也是黄金句（golden line），即诗句由两个形容词、两个实词和一个动词组成，动词位于中间，第一个形容词修饰第一个实词，第二个形容词修饰第二个实词。

3.204 原文直译为："或是用清澈的库德努斯河啊，你附近出产的番红花。该河位于小亚细亚东南，出产最好的藏红花。"（见普林尼《博物志》21.31）库德努斯河（Cydnus）以清澈著称，见提布卢斯《哀歌》1.7.13："或是让我歌唱你，库德努斯河，沉默的浪缓慢地流，/天蓝的河淌过平静的水。"（an te, Cydne, canam, tactis qui leniter undis / caeruleus placidis per vade serpis aquis.）古代人用番红花的花蕊制成昂贵的黄色香料。

3.205–206　奥维德在《女容良方》中列举了用于女性妆容的诸多配方，此
　　　　　诗仅有一百行传世，但原作可能有两倍于此的长度。中译文见
　　　　　谢佩芸、常无名的译注。第206行的语序错综复杂，使用了包括
　　　　　并置（apposition）（libellus ... opus）、对举（opposition）（parvus
　　　　　... grande）等手法。cura是表示具体解释的夺格（ablative of
　　　　　specification），与grande连用，表示"就其耗费的心力来说是体
　　　　　量巨大的"。此处作者刻意通过引用过去已经发表的作品等方式
　　　　　彰显自己，使用了印章诗（sphragis）手法。奥维德对于化妆术
　　　　　的教导与前辈普罗佩提乌斯的反化妆立场形成对比，除上文已列
　　　　　举的例子之外，还可比较《哀歌集》1.2.7"相信我，你的容貌无
　　　　　须任何药剂"（crede mihi, non ulla tuae est medicina figurae）（王焕
　　　　　生译）。

3.207　　　peto此处采取未来祈使的形式，暗示以某种条件作为前提，意为
　　　　　"若你容颜受损"。

3.208　　　此句用到的修辞手法包括矛盾修辞法（ars ... iners，后者可以看
　　　　　作前者的反义词Ars-less）、代词的平衡（vestris ... mea）和反语
　　　　　法（litotes）（non ... iners）。

3.209–234　化妆、变美的过程本身是丑陋的，一定要掩藏起来。卢克莱修
　　　　　《物性论》4.1174–1191描写漂亮女人化妆的丑陋过程被突然闯入
　　　　　的男子看到的后果，"她其实也干这些事，我们都知道，跟丑陋
　　　　　的女人一样，她为可怜的自己喷洒着恶臭的气息，当她的女仆
　　　　　偷偷躲远了咯咯笑她。而那被拒门外的哭泣的情人，却常常把
　　　　　鲜花和花环堆满她的门槛……如果他被允许进门，一旦闻到一
　　　　　丝气息，他就必定会寻个借口马上离开……我们的维纳斯们不
　　　　　是不知道这些，因此就更辛勤地把所有的努力藏在幕后，不让
　　　　　她们想用爱的牢牢锁住留在身边的人看见"（nempe eadem facit
　　　　　et, scimus facere, omnia turpi / et miseram taetris se suffit odoribus

ipsa / at lacrimans exclusus amator limina saepe / floribus et sertis
operit ... / quem si iam admissum venientem offenderit aura / una modo,
causas abeundi quaerat honestas / ... / nec Veneres nostras hoc fallit; quo
magis ipsae / omnia summo opere hos vitae postscaenia celant / quos
retinere volunt adstrictosque esse in amore）。尤维纳利斯《讽刺诗
集》6.461–473也讽刺过女子在未妆扮的自然状态下的丑态。vitae
postscaenia（舞台幕后的状态）是一个颇为流行的主题。奥维德
对于化妆完成前一定不可示人的强调也承认了这一说法，其背后
的逻辑与卢克莱修和尤维纳利斯类似，但奥维德对女人化妆却并
无讽刺挖苦之意。

3.210   ars dissimulata，比较3.155 ars casum simulet和2.313 si latet, ars podest
等说法。

3.211   offendat为可能性小的将来条件句（future less vivid）中的表示可
能性的虚拟式（potential subjunctive）。faex通常指红酒的残渣，
此处指化妆品的液体和固体残留物，该词为英文feces（粪便）的
来源。

3.213–214 不管物品的源头是有多么有文化，也不能改变它的气味。
oesypum即"羊毛脂"（英文lanolin）是从未清洗的羊毛上刮下的
油脂制成，味道浓烈，是一种化妆品原料，雅典城所在的阿提卡
地区出产。

3.215   鹿的骨髓（medulla）是药物和化妆品的常用原料，用于治疗耳
部感染、溃烂甚至皮肤疼痛与色斑等各种疾病（见普林尼《博物
志》28.185和241）。

3.216   古代人的牙膏（dentifricium）的原材料包括鹿角粉、狗牙、狼
头、兔头甚至老鼠和猪腿骨的灰烬等，据说可以用来治疗牙疼，
甚至让牙齿更为坚固紧致（见普林尼《博物志》28.178）；卡图
卢斯《歌集》37.20攻击一个人的刷牙方式，堪称经典："尿液刷

洗的牙齿让你成了一株奇葩"（et dens Hibera defricatus urina）（李永毅译）。

3.217　visu是目的动名词的夺格，用于具体解释（supine ablative of specification），即"看上去"。

3.218　利用叠叙法将同一个词的不同变形放在一起（fiunt, facta）用来强调美容过程和美容结果的反差。

3.219　米隆（Myron）是公元前5世纪著名的希腊雕塑家，他的许多作品在奥维德生活时期的罗马展览。古罗马精英阶层对希腊雕塑感兴趣，常在罗马举办雕塑展（Zanker, pp. 239–263）。

3.221　anulus gerere即"佩戴耳环"，哀歌诗人笔下的女郎经常佩戴金耳环，如《恋歌》1.4.26，或是打扮得珠光宝气，如普罗佩提乌斯《哀歌集》4.7.9"火焰烧坏了他常戴的绿宝石"（et solitum digito beryllon adederat ignis）（王焕生译）；提布卢斯《哀歌》1.6.25–26"经常，我想起我是如何触碰她的娇手，如同检查她的珍宝和徽记"（saepe, velut gemmas eius signumque probarem, / per causam memini me tetigisse manum）。

3.224　维纳斯诞生于海面（Venus Anadyomene直译为"维纳斯从海中升起"）是古希腊艺术经常表现的主题，即维纳斯在海上泡沫之后，卷曲着自己的头发。这也是阿佩莱斯（Apelles）流传于罗马的一幅画作之主题，本卷401行提到；对这一场景的描绘也见《恋歌》1.14.33–34："我可把它们跟那画作里裸身的狄俄涅用湿润的手握住的发丝相比。"（illis contulerim, quas quondam nuda Dione / pingitur umenti sustinuisse manu.）但是，此处的signum可能指雕塑或是更小的印章戒指（signet ring），因为lapis既可以指用于雕塑的石块，也可指宝石（如提布卢斯《哀歌》1.6.25–26，见上一条注疏），但nunc, nobile signum的说法更大概率指向某一个知名的雕塑作品。

3.225　coleris用了被动语态，凸显女性身体的客体属性。在本诗前两卷中，诗人鼓励男子将异性看作自己审美的对象和改造的材料，而第三卷中女子则须将自己作为这样的对象（Myerowitz, pp. 112–128，特别是pp. 127–128）。关于这句的建议和卢克莱修观点的联系，见3.209–234注。

3.226　summa manu也可用来指艺术家的点睛之笔（finishing touch），亦见《哀怨集》1.7.27–28：“［讲自己已经烧毁了自己的作品《变形记》，并且认为它并未达到完善的状态］然而，不知它们未经最后润色的人，/无法耐心地阅读这些诗行。”（nec tamen illa legi poterunt patienter ab ullo, / nesciet his summam si quis abesse manum.）（刘津瑜译）相似的表达还有manus extrema。

3.227　此时诗人不再以导师身份，而是以恋人姿态说话。candoris in ore暗中指向普罗佩提乌斯对卿提娅借助粉黛美容行为的批评（《哀歌集》3.24.8，本诗3.199行引用，见注疏）。

3.231　此处采纳的splendent在许多抄本里作pendent（悬挂、竖立），但一些学者认为splendent更能体现镀金雕塑吸引眼球的特点。看似“黄金制成的”（aureus）其实是“镀金的”（auratus）。关于古罗马剧场用金箔（brattea）或是镀金装饰制作布景，亦见瓦莱利乌斯·马克西姆《名事名言录》2.4.6“克劳迪乌斯·普尔凯尔为舞台增加了各种色彩，舞台过去只有颜色空洞的绘画。C.安东尼乌斯进而把他们制成银色，佩特莱乌斯做成了金色，Q.卡图卢斯用象牙把它们装潢”（Claudius Pulcher sacenam varietate colorum adumbravit, vacuis ante pictura tabulis extentam. quam totam argento C. Antonius, auro Petreius, ebore Q. Catulus praetexuit）；普林尼《博物志》36.115描绘并批评了庞培剧场等场所里奢侈的青铜造像、舞台布景等；关于镀金雕塑，见尤维纳利斯《讽刺诗集》13.150–152。

3.233 更有甚者如《恋歌》中的女主科琳娜，在女仆完成对自己的梳妆之前都不会看一眼镜中的自己（2.17.10：nec nisi compositam se prius illa videt.）。

3.234 "清退"（submovere）一般用于执法吏（lictor）为行政官员开道时清理人群的行动，如李维《罗马史》3.48.3："'去，'他说，'执法吏，把人群赶走，为长官开路……'"（"I," inquit, "lictor, submove turbam et da viam domino ..."）此处用此词表示清理围观的男子，颇有喜剧效果。

3.235–250 虽然不能暴露化妆过程，但诗人建议头发姣好的女子可以在公共场合梳头。将梳头作为一种与爱欲表达相关的活动，可追溯到《伊利亚特》14.169–186，特别是175–177，讲尤诺为吸引尤庇特而梳妆。

3.235–236 non ... veto（不反对）被分隔在这一对句的首尾两端，让读者的好奇心保持到最后。

3.237–238 caveto（确保、注意）（未来祈使）+ ne引导的从句，指"注意不要"，与普通祈使形式resolve ...并置。morosa指"难以取悦的"。lapsas ... comas指有些松散的头发，lapsas一词在版本传抄过程中有疑义，但大多数现代编纂者认为lapsas最为合适，因为它与哀歌女郎的怒火和暴躁联系较为紧密。

3.239–240 Ornatrix专指为女主梳头和化妆的女仆，也可以指理发师。这类生活奢侈之人才能拥有的奴仆在更早的哀歌中也有出现，如本诗1.367–374；《恋歌》1.11.1–2, 2.7；这类女仆多为奴隶或释奴（Evans, pp. 117–118, pp. 151–152. nn. 59–61）；ornatrix在铭文中多有出现，但在文学作品中第一次出现是在《恋歌》1.14.16（McKeown, p. 371）。acus指针或发簪，罗马的发簪往往很锋利，最长的有十几厘米。拉丁爱情哀歌中的理发女仆与发型护理等主题与罗马帝国扩张是有关联的（Nandini）。关于拉丁哀歌中对

　　　　　针对奴隶的暴力的刻画，如提布卢斯《哀歌》1.5.5-6 "烧制烙
　　　　　铁和枷锁，让他们［指奴隶］不敢再妄言，压制那疯狂的言语"
　　　　　（ure ferum et torque, libeat ne dicere quicquam / magnificum post haec;
　　　　　horrida verba doma）；普罗佩提乌斯《哀歌集》3.15.13-18（见本
　　　　　诗1.313注释）；4.7.41-46卿提娅的亡魂控诉给她下毒的奴隶，要
　　　　　求诗人对他们施以酷刑；《恋歌》1.6.19-20、2.7.21-22；以及本
　　　　　诗2.291-292。

3.244　　善良女神（Bona Dea / Diva）是古罗马宗教的神祇（本诗3.637也
　　　　　提到），专司健康与疗愈、女性贞洁与生殖，保护罗马国家与人
　　　　　民等。她的庙宇在阿文丁山（Aventine Hill）上，传说进入庙宇
　　　　　之中的男子会眼瞎，所以诗人建议头发不好的女子梳头时进入其
　　　　　中躲避，这条建议有种夸张的戏剧效果。

3.245　　奥维德后来在《情伤疗方》341-348中建议男子可以突然造访女
　　　　　友，目睹她未经修饰的丑态，以便快速摆脱爱情。

3.247-248 比较本诗1.177-212。此时奥古斯都的孙子盖尤斯·恺撒正在征
　　　　　战罗马东边的敌人帕提亚人（今天伊朗境内），帕提亚人的骑兵
　　　　　会转过身体向后方的敌军射箭，故而诗人表示将假发戴反这样的
　　　　　耻辱适合帕提亚姑娘。hostis指军事上的仇敌，此处诗人再次将
　　　　　爱欲与史诗元素混合，比较本卷3.1。

3.249-250 这两行由四个意象直接构成，省去了动词（est）。诗人用重复、
　　　　　头韵（turpe ... turpis; sine gramine ... sine fronde ... sine crine; gramine
　　　　　campus ... fronde; frutex ... crine caput）等方式凸显了女性脱发
　　　　　带来的令人憎恶的后果。mutilus（英文mutilated词源）指残缺
　　　　　的、无角的（即丑陋的象征），比较贺拉斯《讽刺诗集》1.5.59-
　　　　　61："'天！如果/额头的另一只角没剪掉，你该多威武！都残废
　　　　　了，你还能吓唬我呢！'因为小丑的/左鬓让一道狰狞的疤痕破
　　　　　了相。"（"O, tua cornu / ni foret exsecto frons," inquit, "quid faceres,

cum / sic mutilus minitaris?" at illi foeda cicatrix / saetosam laevi frontem turpaverat oris.)（李永毅译）

3.251-290　讲如何掩盖身体的瑕疵。带着厌女倾向的讽刺书写常列举女性的瑕疵，如卢克莱修《物性论》4.1160-1169，但奥维德对于技艺（ars）的强调远超对天性（natura）的依赖，因而也对大多数相貌平庸甚至有缺陷的女性更为友好。当然，奥维德对女性身体缺陷的列举也与传统对爱人魅力的列举形成对照，产生了一定的喜剧效果（Gibson 2009, p. 198）。

3.251　　塞墨勒是忒拜王卡德摩斯和哈耳摩尼亚之女，受尤庇特宠幸后生下酒神狄俄尼索斯。勒达本为斯巴达王后，廷达瑞俄斯之妻，被变成天鹅的尤庇特临幸后生下两个蛋，各孵出两个孩子，第一个蛋里的孩子波卢克斯和海伦为尤庇特所生，另一个蛋中的卡斯托尔和克吕泰墨斯特拉则是勒达的丈夫廷达瑞俄斯的孩子。此处列举的希腊女英雄都相貌惊人，故不需要恋爱导师的指导。

3.252　　Sidoni，指西顿女人，即欧罗巴（Europa）。西顿是腓尼基（Phoenicia）的一个城镇（今黎巴嫩）。欧罗巴是腓尼基王阿革诺耳之女，为尤庇特所爱。当她与女伴在海滨游戏时，尤庇特化为一头白牛，把欧罗巴带到海的对岸，这片土地就叫作欧罗巴。

3.253-254　诗人在此将特洛伊战争爆发的原因完全归结于男女情爱。

3.259-260　这两句用了一个短小的比喻，以风平浪静时悠然享受闲暇的水手比喻美貌过人、无须技艺的女子，而风浪兴起时忙乱的水手则好似需要用技艺弥补瑕疵的众人。

3.259　　navita是一种带着诗歌风格的古旧用法（散文中一般以nauta指水手）。用componere形容海洋是奥古斯都时代诗人的首创，如《埃涅阿斯纪》1.135"但让浪涛平息则更佳"（sed motos praestat componere fluctus）。"无虞的"（securus）构词为se（远离）+ curus

（担忧），与3.105 "cura dabit faciem" 呼应，cura表示打理、关注、努力等。

3.260　tumere形容海洋也是一种诗歌里的风格化用法。assidere指"坐在某人（一般是病痛者或哀悼者）旁边"，往往有"提供帮助"的意思，但奥维德是首位明确使用该词直接表示"提供帮助"之意者，但在此处，assidere保留了一定的原意。

3.261　奥维德此处犯了连音（kakemphaton）的错误，通过将-men与men-并置，以及重复刺耳的ra-ra音，故意以写作中的瑕疵（menda）来应和文中写到的脸蛋的瑕疵（一般用vitium多于menda）。对于连音错误的讨论见昆体良《论演说家的教育》9.4.41："前一个词最后的音与下一个词最前面的音不应该重复。"此时诗人开始论述各人如何根据各自的特点，寻找可以隐藏自己外形缺点的方法。

3.263　尽管奥维德号称自己对各类女性都有兴趣，但他很少赞扬身材矮小的女人。矮小在古代常被认作不美的，甚至还成为被取笑的对象。

3.264　故意用一个很长的词quantulacumque（无论有多么娇小）来表示玲珑，讽刺效果明显。

3.265　cubo即"躺卧"，cubantis是它的动名词的属格，因与mensura连用而用属格，"测量仰卧之人"。

3.267　pleno ... filo表示质量的夺格，"线缝制得很厚实的"。gracilis指苗条的，符合美貌的标准。

3.268　laxus即"宽松的"，女性穿着宽松的衣服常会受男子青睐，因为有很多眼睛看不到的东西可供想象，例如《拟情书》16.249："［帕里斯对海伦说］我记得，你松散的衣服曾把胸脯露出。"（Prodita sunt, memini, tunica tua pectora laxa.）（刘淳译）

3.269　pallida指不健康的卡白肤色，与健康的白皙niveus（3.189）和

candidus（3.199）形成对比。按理说，深色条纹的衣服只会更凸显卡白的肤色，故有学者认为此行语意上不太讲得通。"带条纹的衣服"（vestes virgatae）一般用于形容野蛮人的装束，例如《埃涅阿斯纪》8.659–660"[形容高卢人]发丝是金色的，衣服也是金色，带条纹的衣服发着光，奶一样白的脖颈拴着金子"（aurea caesaries ollis atque aurea vestis, / virgatis lucent sagulis, tum lactea colla / auro innectuntur）；普罗佩提乌斯《哀歌集》4.10.43"[进犯意大利的高卢人首领]当他穿着条纹式灯笼裤在阵前投掷时"（illi virgatis iaculanti ante agmina bracis）（王焕生译）。

3.270　niger是形容深色皮肤的贬损意义较重的词，更为褒义的用词一般为fuscus（见本诗3.191）。法鲁斯（Pharus）鱼类指鳄鱼，古代认为鳄鱼粪便可以美白皮肤，但肤色黝黑竟然用一种埃及秘方治疗，颇为讽刺。

3.271　aluta，罗马人用明矾（alumen）软化皮革，用于制鞋（比较3.202）。

3.272　女子的美腿经常得到赞扬；1.153–156奥维德曾讨论到男子可以如何找机会一睹女子的美腿。aridus即"起皱的"。女子的crus，此处特指脚踝（或小腿，可用来指膝盖到脚面的任一位置），在奥维德之外很少被用到。女子的脚经常在文学作品中受到称颂，如荷马《奥德赛》5.333"卡德摩斯的女儿，美足的伊诺"；《恋歌》3.2.25–28"但你的袍子垂地太长，拾起来啊——要不我用手指掀起来了！你这恶毒的衣服，遮住了如此美好的小腿"（sed nimium demissa iacent tibi pallia terra. / collige—vel digitis en ego tollo meis! / invida vestis eras, quae tam bona crura tegebas）。

3.274　其他拉丁文献中对乳罩（fascia）的讨论显示，乳罩主要用于让过大的胸部显得更小，例如《情伤疗方》337–338"[讨论如何通过放大爱人的缺点来迅速结束爱恋]……她的丰乳堆满了前胸？就别让乳罩遮住这丑态"（... omne papillae / pectus habent? vitium fascia nulla tegat）；马尔提阿利斯《铭辞》14.66 "你或可用牛皮捆住前胸，因为皮肤无法包裹你的双乳"（taurino poteras pectus constringere tergo: / nam pellis mammas non capit ista tuas）和14.134 "乳罩，请压住我女主人那丰盈的乳房，好让我的手能将其拿捏"（Fascia, crescentes dominae compesce papillas, / ut sit quod capiat nostra tegatque manus）；圣哲罗姆（St. Jerome，公元342—420年）《书信集》（Epistulae）117.7 "你的双乳用乳罩绑缚，前胸由卷曲的带子绑得更窄小"（papillae fasciolis conprimuntur et crispanti cingulo angustius pectus artatur）。一般认为古代男性对女子小胸有着偏好，但这一观点也与一些视觉材料有矛盾之处（Gerber）。

3.275   signet 即 "用手势说明"，罗马人说话时手势非常丰富。关于手势的文化意义和重要性，见昆体良《论演说家的教育》11.3.85-120，里面为罗马演说家如何使用手势提出了非常详细的建议。手势对于古罗马演说家非常重要，日益受到研究者关注（Aldrete）。

3.277   因为饥饿时口中气味会更重。口臭问题不曾出现在之前的哀歌诗人笔下，但它是罗马喜剧喜欢取笑的对象，如普劳图斯《商人》（Mercator）574-575："一个饥肠辘辘的老人，浑身污秽，散发着羊腥味的你去与女人亲吻？"（ieiunitatis plenus, anima foetida, / senex hircosus tu osculere mulierem?）（王焕生译）

3.278   诗人的建议是让这类女子永远与男子保持距离，这无疑具有一定的喜剧效果，与其他作者对此提出的嚼食草药等建议不同，后一种建议见维吉尔《农事诗》2.134-135。

3.279   巨大无比（ingens）是夸张的用词。关于爱人牙齿的问题同样不曾在之前的哀歌中受讨论，而在讽刺文学中常见。这一建议在

《情伤疗方》339被狠狠逆转了："如果她牙齿丑陋，就讲点能让她哈哈大笑的故事。"（si mala dentata est, narra, quod rideat, illi.）

3.282　aque illis 即"并通过它们"（此处 -que 很罕见地与介词相连）；hac parte 表示地点（不加介词）的夺格，"在这方面"。

3.283　lacuna 指凹陷处，在整个拉丁传世文学中仅有此处指酒窝，是诗人为了满足韵律，用来替代 gelasinus 的迂言法。

3.284　奥维德说的这句话到底是什么意思？仅就字面来说其实不甚清楚。正如诗人在本诗第三卷中提及的诸多技术化的教导一样，读上去十分漂亮，但今天的读者很难确定它到底指什么。

3.285　此句为拉丁语诗歌中的黄金句，解释见3.202注释。

3.286　与有关女性女人味的建议相反，奥维德建议男子应该避免显得太过优雅（如本诗1.505-524）。

3.287　... perverso distorqueat ... 此句运用了换位修饰法（hypallage），即某词在语法结构上跟一个词连用，在意思上却修饰另一个词。此处，perverso 在语法上应修饰 cachinno（狂笑），但在意思上却是修饰 ora（扭曲的脸），这种写法塑造出一种变形的效果，与文意对应。

3.288　传世抄本上的几种写法要么不符合韵脚（cum risu usa），要么语意不合上下文（cum risu laeta）。risu concussa 是一种解决方案，目前为许多学者所接受，因为 concussa 既可以形容猛烈的大笑，也常形容凶猛的哭泣。但是，也有反对意见，认为 concussa 在古文书学的意义上不可能出现（即抄本传抄过程中很难将 concussa 错抄成现有抄本里的版本），转而建议 risu tota est（Watt, p. 97）。但吉布森认为后一种建议并没有此处应有的负面含义，不可取（Gibson 2009, p. 213）。

3.290　a mola 指在磨盘上。古代的磨盘经常由动物来提供动力。rudit（低嚎）与 ridet（大笑）双关，说明从笑到嚎仅一线之隔。这是对《女容良方》58的化用："[关于原料的生产]驱缓驴推糙磨把它们碾碎。"（lenta iube scabra grangat asella mola.）（谢佩芸、常无名译）

3.291-310　讲述如何运用嗓音（包括如何哭泣）以及如何走路。

3.291　诗人也曾教导男子如何哭泣，见本诗1.659-662。decenter（合适地）与这段反复出现的decor "合式""得体"呼应。

3.292　plorare是比lacrimare更为情绪化的哭泣，但quo ... modo则体现出女人在两种哭泣的同时都对自己的身体有十足的掌控。

3.293　quid cum的意思可大致表述为"至于……时……又如何"（what about when ... ）。fraudo即"剥夺"＋表示分隔的夺格（ablative of seperation）。

3.295　"缺陷里也有美"（in vitio decor est）的说法亦见《恋歌》3.1.10："[谈论哀歌双行体的长短句形式]但在韵脚中，缺陷也是美的来源"（at pedibus vitium causa decoris erat）；老塞内加《论辩》2.2.12评价奥维德的诗歌："除了在诗歌中，他很少放纵地使用语言，而在诗歌中，他没有无视自己的缺陷，而是沉醉其中。"（Verbis minime licenter usus est nisi in carminibus, in quibus non ignoravit vitia sua sed amavit.）

3.298　gradus（步伐），源于动词gradior（走路）。

3.299　incessus此处作名词，来源于动词incedo（前进）。可比较卡图卢斯《歌集》42.8："步态丑陋，笑容如戏子般谄媚"（turpe incedere mimice ac moleste）（李永毅译）。将动作姿态和人格品行联系在一起，与西塞罗在《论义务》中对贵族男性举手投足的"合式"之重要性的讨论相似。此句中的et指"甚至"。

3.300　ignotos指罗马城里有太多艳遇的机会认识"不相识的"男人。"吸引或吓跑"（allicit ... fugatque）：奥维德常用两个意思相反的动词放在一起，如3.132和3.134，1.545的fugiuntque petuntque，《恋歌》2.9.50的dasque negasque，《拟情书》7.170的dantque negantque，《哀怨集》的abeunt redeuntque ... dantque negantque，《变形记》的15.309 datque capitque，等等。

3.301　此句完全由"长短短"（dactyl）音步组成，且单词该重读的地方和节奏上的重读之处完全吻合，形式符合内容，用过度雕琢的节律呼应诗人批评的人为痕迹太过明显的步履。

3.303　翁布里亚（Umbria）是意大利一个以农业为主要产业的区域，所以在此处与缺乏教化、举止粗鲁联系在一起。rubicunda形容因为室外劳作而晒红的肤色，与3.200提到的红光满面（sanguine ... rubet）不同。maritus（丈夫）与coniunx（妻子）一词一样，在《爱的艺术》中都暗含贬义，可与2.153比较。

3.305　此处对"中道""适度"（moderation）原则的提倡，非常吻合西塞罗《论义务》1.130："在此事上，如许多事情一样，中庸是最好的。"（in quo, sicut in plerisque rebus, mediocritas optima est.）吉布森认为，在一首关于爱情的诗中讨论适度原则，颇为自相矛盾，但对适度原则的提倡其实是《爱的艺术》第三卷的重要主题；这一原则一方面体现了爱情教谕诗（erotic didactic）这一体裁本身位于史诗和哀歌之间的中间位置（middle position）；同时，放置于罗马当时的道德和立法背景之中，适度原则的表现之一就是奥维德将自己笔下的哀歌女郎（puella）视作既非贵妇亦非商女，而是二者的某种调和，这就打破了奥古斯都婚姻法里对女子的明确二元划分（Gibson 2009, pp. 34, 221）。

3.306　concesso是concedo（允许）的过去分词作名词用（substantive participle），且为比较级，意为"比起被允许的（东西）"。alter ... alter ...（一个……另一个……）指前文所说的，3.301-302谈到的人过于娇柔，3.303-304则过于乡野。

3.307　肩膀和手臂顶端往往在恋人赤身裸体的时候受到赞美，例如

《恋歌》1.5.19，或是贺拉斯对酒席上看见的装扮，见《颂诗集》
1.13.9-10："我炽热难耐，无论看见/酒席的争斗玷污了你白皙
的肩膀……"（Uror, seu tibi candidos / turparunt umeros immodicae
mero ...）（李永毅译）一般来说，这些身体部位在公众场合都
是用衣服遮住的，如《变形记》1.500-503："[描述阿波罗垂涎
达芙妮的美貌]他赞叹于她的纤指和玉手，一直裸露到肩的手
臂，遮住的部分，他只觉得更美。"（laudat digitosque manusque /
bracchiaque et nudos media plus parte lacertos: / si qua latent, meliora
putat.）可见奥维德此处的建议是相当大胆的。

3.308   "能从左边欣赏"，这体现了诗人的个人偏好。

3.310   奥维德经常用个人经验为自己的教导提供权威性，如本卷3.67和
3.487。

第311-524行 让音乐、艺术为你服务；哪些男子和情绪需要避免

311   Monstra maris Sirenes erant, quae voce canora

         Quamlibet admissas detinuere rates;

       His sua Sisyphides auditis paene resolvit

         Corpora (nam sociis inlita cera fuit).

315   Res est blanda canor: discant cantare puellae

         (Pro facie multis vox sua lena fuit)

       Et modo marmoreis referant audita theatris

         Et modo Niliacis carmina lusa modis;

       Nec plectrum dextra, citharam tenuisse sinistra

320   Nesciat arbitrio femina docta meo.

       Saxa ferasque lyra movit Rhodopeius Orpheus,

         Tartareosque lacus tergeminumque canem;

       Saxa tuo cantu, vindex iustissime matris,

         Fecerunt muros officiosa novos.

325   Quamvis mutus erat, voci favisse putatur

         Piscis Arioniae, fabula nota, lyrae.

       Disce etiam duplici genialia nablia palma

         Verrere: conveniunt dulcibus illa iocis.

       Sit tibi Callimachi, sit Coi nota poetae,

330   Sit quoque vinosi Teia Musa senis;

       Nota sit et Sappho (quid enim lascivius illa?)

         Cuive pater vafri luditur arte Getae.

       Et teneri possis carmen legisse Properti

         Sive aliquid Galli sive, Tibulle, tuum

塞壬实为海妖，其歌声绮丽曼妙，　　　　　311
　　再疾行的船只被她俘获也难遁逃；
听闻其声，西叙福斯之子几乎挣脱
　　被缚的身体（同伴之耳已由蜡封牢）。

歌唱多么撩人：女子们都去学习唱歌吧　　315
　　（多少人曾用歌喉而非脸蛋引诱爱人哪）
让她们时而浅吟从大理石剧场听来的歌谣，
　　时而低唱尼罗河畔风格的曲调；
右手如何执起琴拨，左手怎样轻拂竖琴，
　　受我教导的女子不能不懂这些。　　　320
罗多普的俄耳普斯以琴声感化顽石、野兽，
　　打动塔尔塔罗斯的冥湖和三头狗；
为母复仇的最公正之人，听闻你的歌声，
　　尽职的石块将新的城墙筑构。

尽管鱼类无言，相传它们都爱聆听　　　325
　　阿里翁的琴声，据那有名的传说。
学会用双手弹拨欢快的腓尼基竖琴吧：
　　它适合宴会游戏这类快乐的场合。
你要知道卡利马科斯和科斯岛诗人的缪斯
　　及嗜酒老人那来自忒欧斯的灵感源泉；　330
你还得知道萨福（谁比她更放纵多情？）
　　或是那位父亲被狡诈的盖塔诓骗之人。
你应能读懂温柔的普罗佩提乌斯的诗句
　　或伽卢斯的，或你的作品，提布卢斯，

335 Dictaque Varroni fulvis insignia villis

Vellera germanae, Phrixe, querenda tuae

Et profugum Aenean, altae primordia Romae,

Quo nullum Latio clarius extat opus.

Forsitan et nostrum nomen miscebitur istis

340 Nec mea Lethaeis scripta dabuntur aquis

Atque aliquis dicet 'nostri lege culta magistri

Carmina, quis partes instruit ille duas,

Deve tener libris titulus quos signat AMORVM

Elige quod docili molliter ore legas,

345 Vel tibi composita cantetur EPISTVLA voce;

Ignotum hoc aliis ille novavit opus.'

O ita, Phoebe, velis, ita vos, pia numina vatum,

Insignis cornu Bacche novemque deae!

Quis dubitet, quin scire velim saltare puellam,

350 Ut moveat posito bracchia iussa mero?

Artifices lateris, scaenae spectacula, amantur:

Tantum mobilitas illa decoris habet.

Parva monere pudet, talorum dicere iactus

Ut sciat et vires, tessera missa, tuas

355 Et modo tres iactet numeros, modo cogitet, apte

Quam subeat partem callida quamque vocet,

Cautaque non stulte latronum proelia ludat,

Unus cum gemino calculus hoste perit

还有瓦罗讲述的那以金色发丝著称的　　　　335

　　羊毛，佛里克索斯，你妹妹必因它悲戚，

还有流浪的埃涅阿斯，伟大罗马的先祖，

　　拉丁姆没有作品比它更能名流千古。

也许终有一天我的名字也能加入它们

　　我的诗句不会被抛入冥河勒忒，　　　　340

有人会说："读读我们导师那有涵养的

　　诗歌，他教导爱情的对阵双方，

或从那温柔标题列为《恋歌》的书卷中

　　遴选佳句，以熟练的唇齿柔声朗诵，

或让《拟情书》被人以娴熟嗓音为你吟唱；　　345

　　那人发明了这前人不知的全新文体。"

噢，去吧，福波斯，成全吧，庇佑诗人的尽责神灵们，

　　以犄角著称的巴科斯，还有九位女神！

谁会怀疑我愿让女子通晓舞蹈，

　　美酒摆好后愿她按令舞动臂膀？　　　　350

演员乃台上奇观，因摇曳身姿倍受宠爱：

　　那举手投足都有相当的风采。

教导小事让我脸红，扔掷骰子的游戏

　　她应知晓，还有你，六面色子的魔力，

让她时而掷三，时而细想，最好　　　　355

　　何时继续押注，何时聪明地收回，

让她谨慎而聪明地玩迷你士兵游戏，

　　当一个棋子被相同的对手吃掉，

Bellatorque suo prensus sine compare bellat

360   Aemulus et coeptum saepe recurrit iter.

Reticuloque pilae leves fundantur aperto

Nec, nisi quam tolles, ulla movenda pila est.

Est genus in totidem tenui ratione redactum

Scriptula, quot menses lubricus annus habet;

365   Parva tabella capit ternos utrimque lapillos,

In qua vicisse est continuasse suos.

Mille facesse iocos; turpe est nescire puellam

Ludere: ludendo saepe paratur amor.

Sed minimus labor est sapienter iactibus uti;

370   Maius opus mores composuisse suos.

Tum sumus incauti studioque aperimur in ipso

Nudaque per lusus pectora nostra patent.

Ira subit, deforme malum, lucrique cupido

Iurgiaque et rixae sollicitusque dolor;

375   Crimina dicuntur, resonat clamoribus aether,

Invocat iratos et sibi quisque deos.

Nulla fides tabulae: quae non per vota petuntur?

Et lacrimis vidi saepe madere genas.

Iuppiter a vobis tam turpia crimina pellat,

380   In quibus est ulli cura placere viro!

Hos ignava iocos tribuit natura puellis;

Materia ludunt uberiore viri.

没有同伴的兵士被困后继续战斗，

　　而对手则常要重走来时的路。　　　　　　　360

让平滑的球从开口的网袋中倒出，

　　除你拾起的球外，不得触碰其他。

有种游戏棋盘以精密的方式分成十二部分，

　　数量正如流逝的一年拥有的月份；

小小木板上交战双方各有三枚棋子，　　　　　365

　　将己方棋子相连即为胜利。

编造出千百种玩法吧；糟糕的是女子不懂如何

　　玩乐：爱情常在游戏中酝酿获得。

但其实明智地投掷只是最微不足道的任务；

　　更重要的是控制自己的举手投足。　　　　　370

我们疏忽大意，在激情澎湃时暴露自己，

　　在游戏之中敞露心绪。

愤怒悄然出现，丑陋的恶，对利的渴求、

　　争吵、斗殴和无边的痛苦；

指责声此起彼伏，空气里弥漫争端，　　　　　375

　　人人为自己呼喊着愤怒的神明。

赌桌上无诚信：什么毒誓发不出来？

　　我还经常见人脸颊被泪水沾湿。

愿尤庇特让你们远离这些罪恶，

　　但凡想让任何男人开心的女子！　　　　　　380

这些是慵懒的天性赋予女子的游戏；

　　男子则有更为丰富的玩法。

　　　　Sunt illis celeresque pilae iaculumque trochique

　　　　　　Armaque et in gyros ire coactus equus.

385　　Nec vos Campus habet nec vos gelidissima Virgo

　　　　　　Nec Tuscus placida devehit amnis aqua.

　　　　At licet et prodest Pompeias ire per umbras,

　　　　　　Virginis aetheriis cum caput ardet equis.

　　　　Visite laurigero sacrata Palatia Phoebo

390　　　　(Ille Paraetonias mersit in alta rates)

　　　　Quaeque soror coniunxque ducis monimenta pararunt

　　　　　　Navalique gener cinctus honore caput,

　　　　Visite turicremas vaccae Memphitidos aras,

　　　　　　Visite conspicuis terna theatra locis.

395　　Spectentur tepido maculosae sanguine harenae

　　　　　　Metaque ferventi circumeunda rota.

　　　　Quod latet, ignotum est; ignoti nulla cupido:

　　　　　　Fructus abest, facies cum bona teste caret.

　　　　Tu licet et Thamyran superes et Amoebea cantu,

400　　　　Non erit ignotae gratia magna lyrae.

　　　　Si Venerem Cous nusquam posuisset Apelles,

　　　　　　Mersa sub aequoreis illa lateret aquis.

　　　　Quid petitur sacris, nisi tantum fama, poetis?

　　　　　　Hoc votum nostri summa laboris habet.

405　　Cura deum fuerunt olim regumque poetae,

　　　　　　Praemiaque antiqui magna tulere chori,

他们有飞快的球类、标枪、圆环、

　　武器和受训绕圈的赛马。

练习场、最冷的维尔戈渠都无你们的身影，　　385

　　图斯奇亚平静的河水没载你们顺流而下。

但在庞培柱廊的浓荫里散步大有裨益，

　　当头顶被处女座的天马烤得发热。

去探访帕拉丁，头戴月桂的福波斯的圣地

　　（他将帕莱托尼翁的船只沉入深海里），　　390

去参观领袖的姐姐和伴侣一起修筑的纪念碑，

　　还有头上满戴海军荣耀的女婿，

去拜谒孟菲斯母牛香火焚熏的圣坛，

　　去三大剧场找到显眼座位。

去看看那因温热鲜血而撒上的沙粒　　395

　　和必须由发热的车轮环绕的锥塔。

隐匿的便寂寞无名；无名的则无人渴求：

　　美丽容颜缺少了观众，何来收益？

纵使你的歌喉胜过塔米里斯和阿摩埃贝乌斯，

　　鲜为人知的竖琴里也不会有多少乐子。　　400

若科斯岛的阿佩莱斯不曾描绘维纳斯，

　　女神将一直湮没于海水之下。

神圣的诗人追寻什么，除了青史留名？

　　为这愿望我们不遗余力。

从前，诗人深受神明与君王宠幸，　　405

　　过去的歌队曾获重礼赏赐，

Sanctaque maiestas et erat venerabile nomen

   Vatibus, et largae saepe dabantur opes.

Ennius emeruit, Calabris in montibus ortus,

410   Contiguus poni, Scipio magne, tibi.

Nunc hederae sine honore iacent operataque doctis

   Cura vigil Musis nomen inertis habet.

Sed famae vigilare iuvat: quis nosset Homerum,

   Ilias aeternum si latuisset opus?

415   Quis Danaen nosset, si semper clausa fuisset

   Inque sua turri perlatuisset anus?

Utilis est vobis, formosae, turba, puellae;

   Saepe vagos ultra limina ferte pedes.

Ad multas lupa tendit oves, praedetur ut unam,

420   Et Iovis in multas devolat ales aves:

Se quoque det populo mulier speciosa videndam;

   Quem trahat, e multis forsitan unus erit.

Omnibus illa locis maneat studiosa placendi

   Et curam tota mente decoris agat.

425   Casus ubique valet: semper tibi pendeat hamus;

   Quo minime credas gurgite, piscis erit;

Saepe canes frustra nemorosis montibus errant

   Inque plagam nullo cervus agente venit.

Quid minus Andromedae fuerat sperare revinctae

430   Quam lacrimas ulli posse placere suas?

那时诗人们庄严圣洁、声名尊贵，

　　常被给予丰厚的赏馈。

恩尼乌斯，崛起于卡拉布利阿山间，

　　足以与你比肩，伟大的西庇阿。　　　　　　　410

如今常春藤委地，毫无荣耀，彻夜的思虑

　　勤于服务博学的缪斯却赢得慵懒之名。

但为名声彻夜努力终有回报：谁会知道荷马，

　　若永恒之作《伊利亚特》藏匿不表？

谁会知晓达娜厄，若她永远深居闺里　　　　　415

　　久藏高塔之中直到成为迟暮老妪？

美丽的女人们，人群于你们有益；

　　常迈着漫游的步子走出家门吧。

母狼瞄准一群羊儿只为猎得一只，

　　尤庇特的老鹰朝着众多小鸟俯冲：　　　　　420

好看的女人也应将自己献给人群观赏；

　　众人里或有一位对她心生向往。

急切地引人注意的女子应在各处出没，

　　还应心无旁骛地关注外表。

机会随处都可降临：钓钩要随时备好；　　　　425

　　你料想不到的池里会有鱼儿将钩咬；

猎犬常漫游在林密的山间却一无所获，

　　雄鹿却在无人追逐时自投罗网。

被缚的安德罗墨达能期待什么，

　　除了她的眼泪能被谁认可？　　　　　　　　430

Funere saepe viri vir quaeritur: ire solutis

    Crinibus et fletus non tenuisse decet.

Sed vitate viros cultum formamque professos

    Quique suas ponunt in statione comas:

435   Quae vobis dicunt, dixerunt mille puellis;

    Errat et in nulla sede moratur Amor.

Femina quid faciat, cum sit vir levior ipsa

    Forsitan et plures possit habere viros?

Vix mihi credetis, sed credite (Troia maneret,

440   Praeceptis Priami si foret usa sui):

Sunt qui mendaci specie grassentur amoris

    Perque aditus tales lucra pudenda petant.

Nec coma vos fallat liquido nitidissima nardo

    Nec brevis in rugas lingula pressa suas,

445   Nec toga decipiat filo tenuissima, nec si

    Anulus in digitis alter et alter erit.

Forsitan ex horum numero cultissimus ille

    Fur sit et uratur vestis amore tuae.

'Redde meum' clamant spoliatae saepe puellae,

450   'Redde meum' toto voce boante foro.

Has, Venus, e templis multo radiantibus auro

    Lenta vides lites Appiadesque tuae.

Sunt quoque non dubia quaedam mala nomina fama:

    Deceptae multi crimen amantis habent.

丈夫的葬礼常是物色新夫的时机：披头散发、

　　难以自持地梨花带雨也是养眼的。

但要避开声称追求精致生活和考究容貌、

　　头发梳得一丝不乱的男人：

他们对你们讲的话，曾对一千个女子讲过；　　　435

　　他们的爱情四处游荡、全无定所。

女人能如何，当男人比她更娇弱，

　　他的男友数量恐怕比她还多？

你恐怕不信，但请相信我（特洛伊能屹立不倒，

　　若听从了普里阿摩的忠告）：　　　440

有些骗人的家伙打着爱的名号四处潜行寻猎，

　　靠近女人只为攫取恬不知耻的收益。

别被他那涂了甘松油、锃亮无比的头发欺骗，

　　还有那塞进褶缝里的短鞋舌，

别被他们缝得无比精美的长袍收买，也别　　　445

　　为他手指上一枚又一枚戒指心动。

兴许那些最为考究的男人里

　　会有觊觎你衣物的贼。

"还我东西！"被抢的女子常这样高喊着，

　　"还我东西！"大声的叫喊在广场响彻。　　　450

此种争端，维纳斯，从那金碧辉煌的庙宇里

　　你和你的阿皮乌斯宁芙们漫不经心地看着。

还有些人有着毋庸置疑的坏名声：

　　许多人遭到受骗的爱人指控。

455　　Discite ab alterius vestris timuisse querelis,

　　　　　Ianua fallaci ne sit aperta viro.

　　　Parcite, Cecropides, iuranti credere Theseo:

　　　　　Quos faciet testes, fecit et ante deos.

　　　Et tibi, Demophoon Thesei criminis heres,

460　　　Phyllide decepta nulla relicta fides.

　　　Si bene promittent, totidem promittite verbis;

　　　　　Si dederint, et vos gaudia pacta date.

　　　Illa potest vigiles flammas extinguere Vestae

　　　　　Et rapere e templis, Inachi, sacra tuis

465　　Et dare mixta viro tritis aconita cicutis,

　　　　　Accepto Venerem munere si qua negat.

　　　Fert animus propius consistere: supprime habenas,

　　　　　Musa, nec admissis excutiare rotis.

　　　Verba vadum temptent abiegnis scripta tabellis;

470　　　Accipiat missas apta ministra notas.

　　　Inspice, quodque leges, ex ipsis collige verbis

　　　　　Fingat an ex animo sollicitusque roget.

　　　Postque brevem rescribe moram: mora semper amantes

　　　　　Incitat, exiguum si modo tempus habet.

475　　Sed neque te facilem iuveni promitte roganti

　　　　　Nec tamen e duro, quod petit ille, nega:

　　　Fac timeat speretque simul, quotiensque remittes,

　　　　　Spesque magis veniat certa minorque metus.

从别人的哀怨中学着为自己担忧吧，　　　　　455
　　别让大门对虚情假意的男人敞开。
刻克罗普斯的后人们，别信发誓的忒修斯：
　　他能让天神作证，正如他从前所为。
还有你，得摩丰，忒修斯罪恶的继承者，
　　费利斯被骗之后你已信用扫地。　　　　　460
若他们慨然许诺，你也以言语作同样的保证；
　　若他们给了好处，你就施予相应的乐子。
那种女人能把维斯塔不眠的火焰熄灭，
　　从伊娜客斯，你的庙宇里掠走圣物，
她能交给男人混合着乌头的碎毒堇，　　　　　465
　　若她收了礼物却拒绝维纳斯的欢愉。
心灵引领我离题更近：紧攥缰绳吧，
　　缪斯，别在获准的车轮上颠簸。
用杉木板上书写的文字去试试水；
　　让合适的女佣接收送来的信件。　　　　　470
检视你所读的东西，从语词本身辨别
　　他是在佯装还是发自内心地焦虑请求。
在简短的拖延之后回信：拖延总是让爱人
　　心神不宁，如果等待时间够短。
但你既不要轻易答应年轻男子的诉求，　　　　475
　　也不要拒绝他苦苦乞请的事：
让他既恐惧又期待，而依你回信的次数，
　　让期待渐强渐稳，恐惧渐弱。

Munda sed e medio consuetaque verba, puellae,

480　　　Scribite: sermonis publica forma placet.

A, quotiens dubius scriptis exarsit amator

Et nocuit formae barbara lingua bonae!

Sed quoniam, quamvis vittae careatis honore,

Est vobis vestros fallere cura viros,

485　　　Ancillae puerive manu perarate tabellas,

486　　　Pignora nec puero credite vestra novo.

489　　　Perfidus ille quidem, qui talia pignora servat,

490　　　Sed tamen Aetnaei fulminis instar habent.

487　　　Vidi ego fallentes isto terrore puellas

488　　　Servitium miseras tempus in omne pati.

491　　　Iudice me fraus est concessa repellere fraudem,

Armaque in armatos sumere iura sinunt.

Ducere consuescat multas manus una figuras

(A, pereant, per quos ista monenda mihi!),

495　　　Nec nisi deletis tutum rescribere ceris,

Ne teneat geminas una tabella manus.

Femina dicatur scribenti semper amator:

'Illa' sit in vestris, qui fuit 'ille', notis.

Si licet a parvis animum ad maiora referre

500　　　Plenaque curvato pandere vela sinu,

Pertinet ad faciem rabidos compescere mores:

Candida pax homines, trux decet ira feras.

使用精致但常用的语词吧，女郎们，

　　朴实无华的语言让人快乐。　　　　　　　　480

啊，多少次，信件让陷入怀疑的爱人燃烧，

　　粗鲁的语言伤害了精美的外表！

尽管你们并无象征贞洁的发带，

　　但你们也想着把男人坑害，

要借女仆或年轻男奴之手镌刻蜡信，　　　　485

　　别将你们的誓言交予新来的奴隶。　　　　486

那人着实可憎，私藏起这类誓言，　　　　　489

　　好比拥有了埃特纳山的雷霆。　　　　　　490

我曾见到犯错的女子陷入恐惧　　　　　　　487

　　可怜地忍受无边的奴役。　　　　　　　　488

依我之见，以欺诈对付欺诈可以允许，　　　491

　　拿起武器对抗武装者受律法认可。

同一只手要习惯于书写多种字迹

　　（啊，消亡吧，让我需如此教导之人！）

回信并不安全，除非蜡已抹去，　　　　　　495

　　以免一块蜡板包含两种字迹。

书写时，总是要将爱人唤作女性，

　　在信里用"她"替代原本的"他"。

若可以将精神从小事转回大事，

　　张起那饱满的风帆，　　　　　　　　　　500

狂暴的习性适宜用脸上的表情来控制：

　　貌美的和平适合人，凶残的怒火属于兽。

Ora tument ira, nigrescunt sanguine venae,

Lumina Gorgoneo saevius igne micant.

505 'I procul hinc,' dixit 'non es mihi, tibia, tanti',

Ut vidit vultus Pallas in amne suos.

Vos quoque si media speculum spectetis in ira,

Cognoscat faciem vix satis ulla suam.

Nec minus in vultu damnosa superbia vestro:

510 Comibus est oculis alliciendus Amor.

Odimus immodicos (experto credite) fastus:

Saepe tacens odii semina vultus habet.

Spectantem specta; ridenti mollia ride;

Innuet, acceptas tu quoque redde notas.

515 Sic ubi prolusit, rudibus puer ille relictis

Spicula de pharetra promit acuta sua.

Odimus et maestas; Tecmessam diligat Aiax,

Nos, hilarem populum, femina laeta capit.

Numquam ego te, Andromache, nec te, Tecmessa, rogarem

520 Ut mea de vobis altera amica foret.

Credere vix videor, cum cogar credere partu,

Vos ego cum vestris concubuisse viris.

Scilicet Aiaci mulier maestissima dixit

'Lux mea' quaeque solent verba iuvare viros!

怒火使脸庞发胀，血管因血流而变黑，

　　眼睛闪烁的火焰比戈尔贡还要凶恶。

"走开，"她道，"双管笛，你于我不值钱，"　　　　505

　　当帕拉斯在河里看到自己的脸。

你们若在发怒时看看镜中的模样，

　　也很难认出自己的面庞。

同样需摒弃的是你们脸上的骄傲：

　　爱神应由柔情的双眼引导。　　　　510

我憎恨过分的（相信有经验之人吧）傲慢：

　　沉默的面容常酝酿出仇恨的种子。

对注视者回以目光；对微笑者还以温柔的笑；

　　若有人示意，你也以会意的点头回报。

经过如此训练，那男孩摒弃练习的木剑　　　　515

　　将他锋利的箭矢拔出箭套。

我们也憎恶幽怨的女人；由埃阿斯去爱忒克墨萨，

　　我们这欢乐的一群，被快乐的女人俘获。

我永不会问你，安德罗玛刻或你，忒克墨萨，

　　你们中任何一位是否愿做我的女友。　　　　520

我很难相信，尽管后代子嗣即是铁证，

　　你们曾与丈夫同床共枕。

那最幽怨的女人当然曾对埃阿斯说出

　　"亲爱的"这种惯于取悦丈夫的言语！

分行注疏

3.311-328　讨论唱歌和弹奏乐器对于女子吸引爱人的作用。不同于古希腊，罗马一贯认为弹琴奏乐包含堕落（decadence）倾向，因而并不适宜于出身高贵的女子；例如撒路斯提乌斯（Gaius Sallutius Crispus，公元前86—前35年）《喀提林阴谋》（*Bellum Catilinae*）25.2形容一位女子"擅长优雅的舞蹈，超过必要和道德的限度，还会许多其他代表奢靡的东西"（saltare elegantius, quam necesse est probae, multa alia, quae instrumenta luxuriae sunt），而奥维德对此的看法具有反传统的特征。

3.311　　　塞壬，荷马《奥德赛》第十二卷中著名的一半鸟一半女人的怪物，通过曼妙的歌声引诱行船路过的水手，传说不知情的水手若被她们吸引，就再也无法见到妻儿。塞壬对男子的魅惑兼具情欲和音乐上的吸引，故为诗人所援引。尤利西斯用蜡封住同伴的耳朵，而他自己为了既能享受塞壬的歌声又不致遭受毁灭，就将自己绑在桅杆上，成功渡过此水域。

3.313-314　尤利西斯之父一般认为是拉厄尔特斯（Laertes），但有种说法是西叙福斯（Sisyphus），故有西叙福斯之子一说。"身体"（corpora）以复数作单数意，自奥维德开始此用法较为常见。

3.315　　　res est从奥维德开始是一种常见的引出道德教化（sententia）的表达。

3.317-318　庞培剧场其实是由普通石头修成，但常被认为是由大理石制成。奥古斯都有句名言："我继承了一座砖砌的城市，留下了一座大理石的城市"（marmoream [urbem] se relinquere, quam litericiam accepisset），见苏维托尼乌斯《罗马十二帝王传》"神圣的奥古斯都传"28.3。《爱的艺术》中不时提到的"大理石之城"可以看作对奥古斯都打造的罗马城的赞美，但同时，诗人建议男女把这些城市的地标当作恋爱的场所，也显出一种玩世不恭。

Niliacis carmina lusa modis 指埃及风格或是亚历山大里亚风格的音乐，一般被认为较为轻浮（故用 lusa 一词）。

3.319 sininister 即"左边"，此处指"以左手"，相传掌管音乐的阿波罗一般左手执琴，故有此说（《变形记》11.167–169）。plectrum 指用来弹奏带弦乐器的琴拨，有时也用来代指竖琴本身。严格说来，此处的竖琴是基萨拉琴（也就是今天的吉他 guitar 的词源，见本诗 1.11），它是一种箱式竖琴；而另一种 lyra 则是一种梨形或碗状的竖琴，有些区别，但具体使用时二者经常混用，见本诗 3.321 和 326。

3.321–322 罗多普山脉（Rhodope，形容词 Rhodopeius）位于色雷斯地区，跨越今天的希腊和保加利亚。相传这是俄耳普斯的出生地。俄耳普斯是传说中能用歌声打动动物、植物、石头的歌手，他的音乐拥有打动自然和冥府的力量。在他的妻子欧律狄刻（Eurydice）去世之后，他用歌声感化了冥府诸神，使其答应让她还魂人间，但后来因俄耳普斯在返回人世路上触犯"不能回头"的禁忌而遗憾地再次与妻子永远诀别（这一故事见《农事诗》4.453–527，《变形记》10.1–85）。Tartareosque lacus 暗指俄耳普斯用歌声打动了冥河摆渡人卡隆（Charon），使其允许自己进入地府。tergeminum canem 指把守地府的拥有三头的巨犬。

3.323–324 安菲翁（Amphion）是尤庇特与安提佩俄（Antiope）之子，安提佩俄后沦为残酷的狄耳刻（Dirce）的女奴，后来安菲翁和孪生兄弟泽托斯为母报仇，把狄耳刻捆在牛角上撞死；对此，奥维德曾在本诗 1.655 评价"二者皆为正义"（iustus uterque fuit），尽力洗清安菲翁此举的血腥之处。墨丘利赠给安菲翁一把竖琴，使其成为一位神奇的音乐家，能奏起竖琴以挪动石块，后来据说以弹琴的方式建成了忒拜的城墙。

3.325–326 阿里翁（Arion）为酒神颂歌的创始人。据传说，阿里翁去西西里参加音乐比赛，归来时水手们想谋财害命，将其绑架。阿里翁在被戕害之前唱了最后一首歌便跃入海中，却被一只海豚救起；奥维德《岁时记》2.83亦有叙述："哪片海不识，哪块地不知阿里翁？"（quod mare non novit, quae nescit Ariona tellus?）（王晨译）

3.327–328 奥维德的韵脚也在配合这两句描述的欢快场景：这一对句完全采用"长短短"，包含 duplici genialia nablia palma 这一交叉语序（两端的 duplici 与 palma 搭配，中间的 genialia 与 nablia 搭配），并且仅在3.327就出现了七次i音和七次a音，快速的元音重复带来欢快的效果。

3.329–348 谈论如何颂诗，这一部分对于理解奥维德对自己在文学史上的位置很重要。

3.329 卡利马科斯是公元前3世纪的希腊诗人，所写的学识渊博、语言精美的诗句（包括爱情诗）影响了奥古斯都时代的拉丁语诗人，可惜其诗作大部分已佚失。科斯岛的斐利塔斯（Philetas of Cos）是生活在公元前300年左右的希腊诗人，作品几乎完全佚失，但在奥维德所处的时代其作品应该广为流传，并影响了拉丁语诗歌的创作。奥维德的前辈普罗佩提乌斯就曾表示，自己深受卡利马科斯和斐利塔斯影响，见《哀歌集》3.1.1–2："卡利马科斯的阴魂，菲利塔斯的魄影，/ 请你们允许我进入你们的圣林！"（Callimachi Manes et Coi sacra Philitae, / in vestrum, quaeso, me sinite ire nemus!）（王焕生译）

3.330 小亚细亚海岸的忒欧斯（Teos）城（形容词为 Teius），是公元前5世纪的诗人阿那克里翁（Anacreon）的家乡，他经常以年老的爱人自居，诗句多描绘饮酒与双性的情欲。所以经常和萨福一起被提及。其实这两句里三个 sit 的主语都是缪斯，为增加表达的多样性，译文对本行做了一些差异化处理。

3.331　萨福是生活在公元前600年左右的希腊女诗人，来自莱斯波斯岛，
　　　　因其描写（双性）情欲的诗歌而著称，因其高超的艺术成就和对
　　　　后世诗歌的深远影响被尊称为"第十位缪斯"。

3.332　指古罗马喜剧作家米南德（Menander）。罗马喜剧的常见桥段是
　　　　年迈的父亲被儿子联合奴隶一起诓骗，成功赢得邻居家的女孩。
　　　　盖塔（Geta）是常见的奴隶名。

3.334　伽卢斯是古罗马诗人（约公元前70—约前26年），写了四卷本献
　　　　给吕克丽丝（Lycoris，见本诗3.537）的诗歌，一般认为他是真
　　　　正意义上的第一位古罗马哀歌诗人。他曾是奥古斯都手下的一名
　　　　将军，在本诗3.390提及的帕莱托尼翁（Paraetonium）一役中战胜
　　　　马克·安东尼，后一度担任埃及行政长官，但由于脾气暴烈（见
　　　　苏维托尼乌斯《罗马十二帝王传》"神圣的奥古斯都传"66.2）
　　　　遭到流放，最终自杀。他的诗作仅有数行存世。

　　　　提布卢斯，伽卢斯之后最重要的拉丁哀歌诗人，曾写作两卷诗歌
　　　　分别献给黛丽娅和奈麦西斯（见本诗3.536）两位女郎（puellae）
　　　　以及一位少年（puer）马拉图斯（Marathus）。奥维德在《恋歌》
　　　　3.9中曾赞美他的诗歌，并哀悼他的早逝。

　　　　值得注意的是，在这一段定义奥维德自己在拉丁哀歌传统中位置
　　　　的论述中，诗人仅留给伽卢斯和提布卢斯半句篇幅，给了普罗佩
　　　　提乌斯一句，而用了数倍的篇幅讲述自己的作品。

3.335—336　瓦罗（Varro Atacinus）是古罗马诗人（公元前82—约前35年），
　　　　创作了《阿尔戈航海家》（*Argonautae*），是将罗得岛的阿波罗
　　　　尼乌斯（Apollonius of Rhodes）的同名作品用英雄体进行的翻
　　　　译，讲述了伊阿宋率众人寻取金羊毛的故事。作为自己爱情诗篇
　　　　的铺垫，奥维德没有讲述瓦罗的爱情诗，而选取了他更为有名
　　　　（insignia）的史诗。

　　　　villus即"一丛毛发"，词源与vellus"羊毛"有联系（vellus又是

从vello"摘取"而来）。vellera是整个句子的主语。白云女神涅
斐勒送给自己的孩子佛里克索斯和赫勒一头公羊，它有着金色的
毛发，还会飞翔。后两兄妹为逃避继母迫害骑着金羊飞走，赫勒
不幸在海峡上空掉落而亡，这也是今天联结地中海与黑海的赫勒
斯蓬特海峡名字的由来（Hellespont意为"赫勒的海"）。奥维德
在此想象的不是目睹妹妹坠亡的佛里克索斯的悲痛，而是赫勒为
自己的死感到悲伤。

3.337　altus即"伟岸的、高大的、崇高的"，比较《埃涅阿斯纪》
　　　　1.7"伟岸罗马的城墙"（altae moenia Romae）。profugus即"流浪
　　　　的"，形容维吉尔史诗的主人公埃涅阿斯，他在特洛伊陷落之后
　　　　率部逃往意大利，战胜了意大利当地的部落，为未来罗马的建立
　　　　奠基。《埃涅阿斯纪》1.2曾用fato profugus（被命运驱赶而逃亡）
　　　　来形容他，此处被奥维德化用。

3.338　拉丁姆即意大利被罗马人占据的部分，有时也泛指意大利，它是
　　　　维吉尔的《埃涅阿斯纪》第七至第十二卷的主体部分发生的地
　　　　点。普罗佩提乌斯也曾在其《哀歌集》第二卷的结尾将自己放置
　　　　在希腊罗马文学传统中（见2.34.65-94）。

3.340　冥河，即勒忒河（Lethe），又称遗忘之河，据说亡灵排队等待
　　　　来世时都必须饮其水，以忘却此生的一切（见《埃涅阿斯纪》
　　　　6.714-715，普罗佩提乌斯《哀歌集》2.34.92）。此处的用法可能
　　　　指诗人希望自己的诗歌不会被遗忘，但也可能另有所指。当时，
　　　　糟糕的诗歌被扔进水中或火里是惯常做法，如提布卢斯《哀歌》
　　　　1.9.49-50"愿火神用烈焰烧毁它［指诗作］，愿河流用流水冲
　　　　洗它"（illa velim rapida Vulcanus carmina flamma / torreat et liquida
　　　　deleat amnis aqua）；《恋歌》3.1.57-58"……但她将其［诗篇］/撕
　　　　碎，扔进凶蛮的水里"（... at illa / rumpit et adposita barbara mersat
　　　　aqua）。奥维德此处的说法可能是对这种意象的改写。

3.341-342　诗人开始以一位假想的匿名读者的口吻列举自己的作品，这位读者首先提到的作品就是《爱的艺术》。

3.343　此行在保存本诗最完整的几个抄本中都存在谬误，tener为学者米勒（Müller）的推想，既符合语法又合文意，受到广泛接受。

3.345-346　ille（那人）即奥维德自己。此处诗人声称自己诗才的创新方式与其他罗马诗人都不同，罗马诗人往往喜欢强调自己是第一个模仿某个希腊模板进行创作的罗马人，如卢克莱修《物性论》5.336-337 "……如今我被发现是第一个能够用祖国的语音将其歌咏之人"（... et hanc primus cum primis ipse repertus / nunc ego sum in patrias qui possim vertere voces）；贺拉斯《颂诗集》3.30.13-14 "我……率先引入了艾奥里亚的诗歌，/调节了拉丁语的韵律"（princeps Aeolium carmen ad Italos / deduxisse modos）（李永毅译）；普罗佩提乌斯3.1.1-4 "卡利马科斯的阴魂，菲利塔斯的魄影，/请你们允许我进入你们的圣林！/我第一个前来作司祭，从洁净的泉源/给意大利的典仪配以希腊歌舞"（Callimachi Manes et Coi sacra Philitae, / in vestrum, queso, me sinite ire nemus!/ primus ego ingredior puro de fonte sacerdos/ Itala per Graios orgia ferre choros）（王焕生译）。关于《拟情书》的创新性，见Jacobson, pp. 319-322; Knox, pp. 14-18。

3.347　同时呼唤阿波罗、巴科斯、缪斯等神祇是拉丁诗歌中常见的做法。pia numina即 "尽职尽责的神灵们"，暗示诗人的崇拜让神灵不得不满足自己的心愿。

3.349-380　这一部分讲舞蹈、赌博、游戏。

3.351-352　artifex指 "艺术家" "匠人" "演员"。独舞演员经常演绎传说中的段落，伴着音乐、歌咏、拟剧等艺术形式。spectacula是artifices的同位语。latus指身体侧面，往往带有性的暗示，故此处台上演员的舞姿不仅有美学的，还暗含情欲的意涵。舞蹈一般被认为不适合有地位的罗马女人从事。

3.353　parva monere pudet是诗人经常用到的表达，表面声称话题不合时宜，但实际会以极大的热情予以讨论。talus指距骨制作的骰子（knucklebone），有四面，两头圆，常被用作四面的骰子。此处诗人开始了对游戏、赌博复杂规则的描述，能用优雅的哀歌完成这样技术化的描写，令人赞叹。

3.355-356　modo ... modo ... 即"时而……时而……"。tres（三）可能指三枚骰子，也可能指一枚骰子的点数，这个游戏的规则我们并不清楚。cogito即"思索"，引导间接问题从句"［direct question］quam subeat partem"（直译为"［棋盘上］哪一个位置应该跟进"）。voco此处指"唤回"（行进中的棋子）。callidus此处为形容词作副词用。

3.357-360　latronum此处指小士兵游戏（ludus latrunculorum），因为游戏名称的长短音组合不符合哀歌韵律，故作者选择用迂言法指代。该游戏由两名玩家参与，方形棋盘上有价值相同的黑色和白色棋子（分别由不同玩家操纵）沿直线走动。latro（属格为latronis）意为卫兵、雇佣军、匪徒。战斗（proelium）属这一段出现的军事词汇（其他还有hoste［敌人］、bellator［战士］、compar［对手］），共同勾勒出"爱如战役"（militia amoris）这一意象。aemulus（对手）可能指bellator（被困的士兵"作为对手"），也可能指这位士兵的对手，即一枚敌方的棋子。

3.361-362　此处描述的是一种不为人知、除此处以外无人提及的游戏，玩家需要将一个袋子里的球——拾起，并且过程中不能触碰到别的球。

3.363-364　有的抄本写的是spicula，但scriptula可能性更大，因为它可能指向一种叫作duodecim scripta（十二印记）的游戏，两人参与，每位玩家有十五个棋子，投掷三枚骰子决定走的步数。因为

duodecim（十二）这个词有连着三个短音，故无法用在哀歌双行体中，于是奥维德在3.364采用了迂言法表述。

3.365-366 奥维德在《哀怨集》中再次提到这个游戏，见2.481-482："小棋盘如何布阵三小石，/自成一条线便获胜。"（parva sit ut ternis instructa tabella lapillis, / in qua vicisse est continuasse suos.）（刘津瑜译）

3.367 facesso＝facio（做）＋esso，指非常急切、心甘情愿地做某事。

3.369-370 minimus labor est（……只是最简单的任务）是奥维德教谕诗中常见的写法，如本诗1.37、1.453；《情伤疗方》"你唯一的任务是忍受开端"（et labor est unus tempora prima pati）。这个表达可能是在模仿维吉尔，如《农事诗》3.182"战马最早的任务是观摩（战士的）精气神和武器"（primus equi labor est animos atque arma videre）；《埃涅阿斯纪》6.129"［形容从冥府返回］这可困难，这可费力"（hoc opus, hic labor est）（关于此句的详细讨论见1.453注疏）。

maius opus是另一个维吉尔式的表达，见《埃涅阿斯纪》7.44-45："呈现于我面前的事功更为伟大，我开启更宏伟的作品。"（maior rerum mihi nascitur ordo, / maius opus moveo.）但是在此处，史诗的严肃表达却被奥维德用在一连串关于棋牌游戏的充满技术细节的论述之后。诗人强调，游戏真正的危险并不在于可能输钱，而在于可能让人失去对自己的理性掌控。

3.373 诗人从言语斗争、行为上的纷争，最后讲到身体性的后果。lucrum即利益，因为罗马人常以赌博形式参与1.353-366提到的游戏。deforme是中性形容词，deforme malum与ira是同位语。

3.377 诗人自己也曾教导恋人要学会发誓，哪怕是伪誓，例如本诗1.633和1.657。

3.381 natura即"自然"，也可指女子的天性。女子不被允许参加战神广场上的体育活动，但可以在附近散步。古希腊罗马人一般认

为，自然对男女力量的分配不均是由于自然的懒惰（见柏拉图
《普罗泰戈拉篇》[Protagoras]320d–322a）。普罗佩提乌斯建议
女子应像在斯巴达一样获准与男子一同锻炼，《哀歌集》3.14.1–
2"斯巴达啊，你的许多锻炼法规令人惊异，/不过其中最大的是
女性锻炼的好处"（王焕生译）；相比之下，奥维德此处对女性
慵懒天性的看法显得更为保守。

3.383–384　连续四个que用于表示男子可以做的事情，后两句连续三个nec
表示女子不可做之事，两个对句形成鲜明反差。iaculum（标
枪）词源为动词iacio（投掷）。关于古代球类运动的讨论，见
利里（Leary, pp. 98–104）。在奥维德笔下，战神广场北侧与南
侧适合不同的活动（前者为男人的体育活动场所，后者则为
猎艳场所，且视点从前者转移到后者）。这与贺拉斯不同，贺
拉斯始终把注意力集中在广场北侧充满爱国主义与男性风采
的活动，见《颂诗集》1.8.3–12；3.7.25–28"虽然没人驾驭
奔马能如他娴熟，/战神广场的赛道上他总是万众瞩目，/在
台伯河里顺流游泳，/他也无敌手，迅疾如风"（quamvis non
alius flectere equum sciens / aeque conspicitur gramine Martio, /
nec quisquam citus aeque / Tusco denatat alveo）（李永毅译）。奥
维德在流放时也曾回忆起这一视野的转变，如《哀怨集》
2.485–486"[形容教谕诗的作者们]看啊，有人歌咏球的样
式和玩法，/这位传授游泳之术，那位传授滚圈之法"（ecce
canit formas-alius iactusque pilarum, / hic artem nandi praecipit,
ille trochi）；3.12.19–22"[罗马男人在春天]时而用马，时而佩
带轻装武器竞赛，/时而是球戏，时而圆箍快速旋转/时而青年们
涂满光滑的油，/在维尔戈水渠清洗疲惫的四肢"（nunc est lusus
equi, levibus nunc luditur armis, / nunc pila, nunc celeri vertitu orbe
trochus; / nunc ubi perfusa est oleo labente iuventus, / defessos artus

Virgine tinguit aqua)（刘津瑜译）;《黑海书简》1.8.37-38 "现在是对着美丽果园的战神广场上的青草，/池塘、运河以及维尔戈水道"（gramina nunc Campi pulchros spectantis in hortos / stagnaque et euripi Virgineusque liquor)（石晨叶译）。

3.385　　此处的"练习场"（Campus）指战神广场，既有男子体育锻炼的地方（3.382-386），也有后文建议女子可以前往的地方（3.387-396）。Virgo在此处指维尔戈水渠（aqueduct Virgo），亦可译为"处女水渠"，是由阿格里帕在公元前19年架设的（卡西乌斯·狄奥［Cassius Dio］《罗马史》54.11），为罗马最早的位于战神广场西侧的公共浴场提供水源，而它又与3.388的处女座（Virgo）呼应，后者指阿斯特莱（Astraea）这位代表正义的贞洁女神，她是黄金时代最后一位离开的神祇，化身天上的处女座；对此的相关论述见《变形记》1.149-150 "虔敬匍倒、被战胜，最后一个天神阿斯特莱离开了浸染死亡的大地"（victa iacet pietas, et virgo caede madentis / ultima caelestum terras Astraea reliquit);《牧歌》4.6;《农事诗》2.473-474等。

在维尔戈水渠沐浴被认为是一种彰显男性风采的活动，可比较马尔提阿利斯《讽刺诗集》11.47.5-6。它的水以冰冷著称，至今仍供养着罗马城中著名的特莱维喷泉（Trevi Fountain），即许愿池所在地。以下关于水渠名称由来的解释参考刘津瑜注疏：Virgo为"处女"之意，水道之所以得名有不同说法，一说是有位少女向饥渴的罗马士兵指出水源，见弗隆提努斯（Frontinus）《论罗马城的水道》（Frontinus de Aquaductu urbis Romae）1.10，但也可能是因为水质清净、清凉，即本诗3.385所形容的gelidissima Virgo；老普林尼的解释是这个水道的水不与其他水流混合，因之得名（《博物志》31.42：iuxta est Herculaneus rivus, quem refugiens Virginis nomen obtinuit)；卡西奥多罗斯（Cassiodorus, Variae, 7.6）

称这个水道从未被污染过，没有泥土杂质，永远纯净。但是，水道也有可能得名于维斯塔贞女，因为水道启用的六月九日是灶神节（Vestalia）（Green, 2005, p. 251）。

3.386 　在台伯河里游泳同样是一种属于男性的活动，比较贺拉斯《颂诗集》3.7.27–28。台伯河之所以被称为"图斯奇亚河"（Tuscus amnis）是因为它是图斯奇亚地区东侧的边界，故而拉丁诗歌中习惯这样指称它。形容其流水"平静"（placidus）是因为台伯河水以流速缓慢著称。

3.387–388 　庞培于公元前55年在自己的名字命名的剧场旁修建了大理石打造的庞培柱廊，奥维德曾在本诗1.68鼓励男子在七月骄阳似火时在同样的浓荫下寻找爱人，七月底的太阳处在狮子座。天马（aetheriis equis）指为太阳神拉车的马，而太阳在八月正好运行到处女座的位置。吉布森认为，奥维德之所以对两性给出的出行建议时间有差，并非因为希望男女错过，而是为将此处热得发烫的处女座与3.385提到的最冰冷的处女渠形成对比，而后者也暗指斯巴达式的贞洁（Gibson 2009, p. 260）。辛普森认为此处用星座来代指一年中的不同时间，是诗人有意想让读者联想到奥古斯都于公元前10年在战神广场北边建起的宏伟的时钟塔（horologium Augusti）（Simpson, pp. 478–484）。

3.389 　帕拉丁山是罗马最为高贵的贵族家族生活的核心地带，也是奥古斯都的宅邸所在地，阿波罗的神庙是其中最主要的建筑（Galinsky 1996, pp. 213–224）。奥古斯都认为是阿波罗的帮助让他赢得了亚克兴战役的胜利。在这场战役中，奥古斯都的部队击沉了数百艘敌舰，而安东尼和克丽奥佩特拉（Cleopatra）设法和残余的数十艘船一起逃走了。普罗佩提乌斯曾在《哀歌集》2.31中讲自己约会迟到是因为去观看了帕拉丁阿波罗神庙于公元前28年举行的开放庆典，而奥维德将这一带有柱廊的阿波罗神庙视作哀歌女子（puellae）应经常造访的地方、谈情说爱的场所（本诗1.73–74和《恋歌》2.2.3–4也有类似记述），构成了对奥古斯都治下政治秩序的戏谑态度。

3.390　　Paraetonium是埃及亚历山大里亚以西的一个海港，其形容词也可用来代指埃及，如《恋歌》2.13.7。奥维德和许多其他诗人一样，常将安东尼和克丽奥佩特拉的军队称作埃及人，以此遮盖屋大维和安东尼之间的战争是罗马内战这一残酷事实。

3.391　　soror ducis（领袖的姐姐）指奥古斯都的姐姐屋大维娅，她是马克·安东尼的第四任妻子（公元前40—前32年）。公元前27年之后，奥古斯都以她的名义修建了一座豪华的公共长廊屋大维娅廊柱，位于战神广场的南端。coniunx ducis（领袖的伴侣）指利维娅，奥古斯都之妻。公元前7年，奥古斯都以她的名义在帕拉丁山东北方向修建了一座气派的公共长廊（Porticus Liviae）。

3.392　　gener（女婿）指阿格里帕（约公元前63—前12年），是奥古斯都的女儿大尤利娅的丈夫（婚姻持续时间：公元前21—前12年），在当年屋大维战胜安东尼的制胜一役亚克兴战役中担任屋大维的海军领袖。navali ... honore指corona rostrata，即装饰着船头（rostra）图案的王冠，奥古斯都在阿格里帕率领舰队于公元前36年击败庞培带领的海盗后，授予了他这一王冠；在维吉尔的《埃涅阿斯纪》8.682–684，埃涅阿斯的盾牌描绘了亚克兴海战场景，里面曾提到这一细节。公元前25年，阿格里帕在战神广场修建阿尔戈英雄长廊（porticus Argonautarum），其中描绘的伊阿宋和阿尔戈英雄的航海壮举实为歌颂他自己海战成就而作。

3.393　　Memphitis即"孟菲斯"，埃及城市。ara即"圣坛"，指伊西斯之庙（Temple of Isis），奥维德曾建议男子也造访（1.77–78）。更详细的介绍见3.635注疏。伊西斯这位外来神祇需要一个充满异域风情的形容词（turicremas ... aras），turicremus（香火焚熏的）是卢克莱修发明的（《物性论》2.353），此前仅有维吉尔使用过一次，见《埃涅阿斯纪》4.453-454。vaccae（牛）是伊西斯崇拜常见的标志，故常有把伊西斯视作伊俄的说法，此说法认为，阿尔戈斯国王伊那科斯的女儿伊俄，遭尤庇特强暴之后被愤怒的尤诺变成一头牛，经历了漫长的游走终于到达埃及，诞下一子，并变回人形，作为埃及女神伊西斯受崇拜。比较本诗1.77。

相传，公元前28年，奥古斯都禁止在罗马城内（pomerium）崇拜埃及神祇（卡西乌斯·狄奥《罗马史》53.2.4），这常被认为是奥古斯都反对伊西斯崇拜的证据，但与三巨头中另外两位一样，奥古斯都曾经在公元前43年下令建造一座伊西斯神庙（卡西乌斯·狄奥《罗马史》47.15.4），虽然他并不允许自己的名字与伊西斯崇拜产生关联。因此，将伊西斯神庙与其他奥古斯都时代的纪念建筑并置究竟有多大的挑衅性，值得怀疑（Gibson 2009, p. 262）。

3.394　三大剧场指与战神广场南端相邻的庞培、巴尔布斯（Balbus）和马尔凯鲁斯三座剧场（Zanker, p. 140）。

3.395　harena（沙粒）用于平整角斗场中因厮杀而不平的地面，并吸收血迹。吸收了鲜血的沙土会变成黏稠的糊状，还需要男孩前去耙整场地。这样的场景竟是精致的女子喜欢欣赏的，恐令现代人讶异。奥古斯都似乎曾要求男女观众在角斗表演场中分开列席（Rawson, p. 86）。

3.396　meta指古罗马竞技场中在赛道的两端设置的锥形标志，参与竞技的马车绕着它转弯折返。据普林尼《博物志》36.102，大竞技场是当时世界上最美丽的建筑之一，可容纳多达14万名观众，且男女混坐（比较3.634，1.135-62建议男子要好好利用在大竞技场观看竞比的机会）。ferveo即"发热"，指车轮铁铸的边缘因为驰骋而发烫。

3.398　　fructus源于动词fruor（享受），此处指好处、收益。诗人将美丽的容颜看作一种交易。

3.399　　塔米里斯（Thamyris）是传说中来自色雷斯的诗人，阿波罗之孙，传说他曾狂妄地要同缪斯们竞赛，惹恼了诸女神，被剥夺了视力与歌喉。比较荷马《伊利亚特》2.595–600。普罗佩提乌斯将他作为失明的例子，《哀歌集》2.22a.19–20"即使歌手塔米拉斯的命运降临于我，/嫉妒者啊，对丽质我永远不会盲然"（me licet et Thamyrae cantoris fata sequantur, / nunquam ad formosas, invide, caecus ero）（王焕生译）；《恋歌》3.7.62。阿摩埃贝乌斯（Amoebeus）是雅典的七弦琴演奏家与歌手，擅长音乐，因拒绝与其美丽的妻子发生性爱关系而出名。licet此处表让步，"纵使，哪怕"。

3.401　　科斯岛位于小亚细亚海岸附近，是公元前4世纪著名艺术家阿佩莱斯的故乡。奥古斯都曾将他描绘维纳斯的画作（见本诗3.224）从科斯岛带回罗马，献给神圣尤利乌斯（Divus Iulius）神庙，因为奥古斯都所在的尤利乌斯家族号称是维纳斯之子埃涅阿斯的后人。普罗佩提乌斯《哀歌集》3.9.11也曾提到此画。对于维纳斯诞生于海面的描述，也见《恋歌》1.14.33–34（见3.224注）；《黑海书简》4.1.29–30"就像维纳斯仍然是科斯岛工匠的辛劳与荣耀/这护着被海水潮气打湿的秀发之神"（Ut Venus artificis labor est et gloria Coi, / aequoreo madidas quae premit imbre comas）（石晨叶译）；《哀怨集》2.527–528"湿漉漉的维纳斯用手指捋干湿发，/无法为她出生的海水所蔽体"（sic madidos siccat digitis Venus uda capillos / et modo maternis tecta videtur aquis）（刘津瑜译）。诗人在此处的写法既强调了美要公之于众才可流芳百世，也突出了诗人用语言构建现实的能力。

3.402　　aequoreus即"海的"，因为维纳斯（阿佛洛狄特，源于古希腊语

"泡沫")诞生于海中。

3.405–432　对名声的渴求是诗人和女子皆有的。

3.405　　　deum是deus的复数属格，cura deum指"神明关照之人""神眷顾
　　　　　的对象"，一般用于形容特别优秀的人物，例如《埃涅阿斯纪》
　　　　　1.678形容埃涅阿斯的儿子阿斯卡尼乌斯（Ascanius），3.476形容
　　　　　埃涅阿斯之父安奇赛斯；本诗1.512形容阿多尼斯。

3.406　　　在公元前5—前4世纪的古希腊歌队竞赛或戏剧节上，获胜的歌
　　　　　队和剧作家获得（fero, ferre, tuli）奖励（praemium）、名声和荣
　　　　　耀。奥维德强调这是过去的诗人拥有的机会，其实奥古斯都时代
　　　　　的诗人也曾获重奖，如维吉尔的朋友瓦里乌斯·鲁弗斯（Varius
　　　　　Rufus）就曾在公元前29年举办的庆祝亚克兴战役胜利的戏剧节
　　　　　中，凭借创作的悲剧《梯厄斯忒斯》（Thyestes）获得了100万个
　　　　　赛斯特斯银币（sesterces）的丰厚奖金。

3.407　　　maiestas（庄严）（名词）源自形容词比较级maior（更伟大的），
　　　　　指属于某个地位或职级的尊严，例如西塞罗《反皮索》24"执政
　　　　　官的称谓、名望、尊荣和威严都是巨大的"（magnum nomen est,
　　　　　magna species, magna dignitas, magna maiestas consulis）；苏维托
　　　　　尼乌斯《罗马十二帝王传》"维斯帕芗传"7.2"作为一位意料
　　　　　之外的、新上任的元首，[维斯帕芗]缺乏权威感和一种威严"
　　　　　（auctoritas et quasi maiestas quaedam ut scilicet inopinato et adhuc novo
　　　　　principi deerat）。在此，maiestas一词首次用于形容诗人。sancta
　　　　　即"神圣的"，指诗人的庄严受神明钟爱。

3.408　　　vates指预言家、（受神明启示的）诗人，此处是表示所属的与格
　　　　　（dative of possession）。此处vates也保持了"职能"这一意涵，因
　　　　　为奥古斯都时代的诗人常用该词强调自己承担的某种公共角色，
　　　　　如贺拉斯《书信集》2.1.119开始的部分用vates指代诗人，强调其
　　　　　教化民众的公共职能；而venerabilis也常用于形容地位或职级。

3.409　　恩尼乌斯（公元前239—前169年）自称"罗马的荷马"，所著的史诗《编年纪》（*Annales*）讲述了从埃涅阿斯到公元前2世纪的罗马史，但仅600多行存世；他还创作了一首名为《西庇阿》的诗篇。在两部作品中，诗人都歌颂了西庇阿。卡拉布利阿山（Calabria）是位于南意大利的乡间地区，故属落后地区，这与后来他靠诗才赢得的社会地位形成反差。

3.410　　西庇阿（公元前236—前184年）曾在第二次布匿战争中的扎马战役（Battle of Zama）中打败汉尼拔的军队。西庇阿家族在罗马城外的阿皮乌斯大道旁有一座显眼的墓地，墓前有三座雕塑，相传分别是西庇阿、其兄弟卢奇乌斯（Lucius Asiaticus）和恩尼乌斯。

3.411-412　hederae指诗人头上佩戴的常春藤编织的王冠，象征其诗学成就或灵感。iaceo指扔在地上，受忽略，或是价值低下的样子。vigil指夜晚不眠的，常用来形容恋爱中的人（如1.735：vigilatae ... noctes）以及爱情诗人（2.285：vigilatum carmen）。operatus源于opus（工作），这里指勤勉的、热心从事某事。缪斯是诗人灵感的源泉，以博学（doctis）著称，故诗人需要彻夜（vigil）努力和专注。此处刻画出的努力工作的诗人与传统认为的慵懒诗人形成对比，但奥维德对诗人湮没无名的哀叹其实与奥古斯都时代文学的蓬勃发展之现实是矛盾的，也与奥维德自己对名声的追求不符（比较《恋歌》1.15、3.12.7-14，本诗2.733-744，《情伤疗方》361-396）。

3.413-414　奥维德再次改变常见说法（即众多英雄若非因为荷马的诗歌，便不会青史留名），转而表示，荷马不会名垂千古，若其史诗藏匿不表。奥维德自己对永恒名声的追求，见《恋歌》1.15.7-8"我追求恒久的声名"（mihi fama perennis quaeritur）；其最为经典的表述见《变形记》结尾15.871-879。

3.415　　达娜厄是阿尔戈斯王阿克里西俄斯（Acrisius）的女儿，有预言曾说她注定要生下杀死自己外祖父的儿子，因而国王将达娜厄囚禁在铜塔（一说是王宫的铜制地下室）中，但她被化作金雨的尤庇特强暴，诞下的儿子珀尔修斯后来果然杀死了外祖父阿克里西俄斯。诗人用这个例子（exemplum）劝说女子走出家门，但讽刺的是，达娜厄正是在被关于铜塔之中时找到了情人（尤庇特）。诗人曾在《恋歌》2.19.27-28用同一个例子讲相反的道理，强调对关在家里的女子（puellae）严加看管可以让追求者的爱火烧得更旺："如果铜塔从未关住达娜厄，她就不会被尤庇特变成人母。"（si numquam Danaen habuisset aenea turris, / non esset Danae de Iove facta parens.）

3.416　perlateo（per［彻底地］+ lateo［隐匿]），这一复合动词很少见，只在此处出现。诗人曾在3.59-80阐述年龄增长为女性带来的问题。诗人故意与贺拉斯写的关于达娜厄的颂歌背道而驰："青铜的高塔，坚固的房门……本足以防御……若非尤庇特和维纳斯暗笑"（inclusam Danaen turris aenea / robustaeque fores ... / ... munierant satis si non ... / ... Iuppiter et Venus / risissent)（《颂诗集》3.16.1-5)。

3.418　vagus 即"漫游的"，此处既指女性的自由，也可指浪荡的娼妓行为，因为在公共场合游荡在古罗马暗示娼妓行为。奥维德此处意在鼓励女性采取主动。

3.419　lupa 即"母狼"，也指"性欲旺盛的女子""妓女"。此处的用法把女子描绘得非常积极，甚至有攻击性。然而事实上，女性的主动权与男子相比又显然是极为有限的。她们最多只能在人群前展示风采，并希望以此获取男子的注意，见下文注解。

3.421-422　speciosus 即"漂亮的""好看的"，源于动词specio"观赏"，暗示一切行为都是表演，一切表演都是为了吸引注意力。fortisan 即"或许"（fors sit an），诗人的说法表明，女性吸引男性的成功率并不高，这与男子的境况形成反差（1.269-270)。

3.425　　hamus即"鱼钩"，捕鱼这一意象在诗人对男子的教导中也时常出现（如1.47-48、1.393、1.763-764）。此处诗人鼓励女子也成为"猎艳"高手。

3.426　　credas为表示可能性的虚拟语气（potential subjunctive）。

3.427　　动词erro、errare（游荡），经常用在痴狂的恋人身上，例如本诗3.437、1.731，又如维吉尔《牧歌》6.52。猎犬这一与狩猎相关的意象暗示通过《爱的艺术》的教导，读者可以猎到满意的对象。狩猎意象在本诗中经常出现，例如1.45-48、1.89、1.253、1.263、1.270、1.391-394、1.766、2.2、3.554、3.591、3.662、3.669-670以及本诗接近尾声时讲的普罗克里斯（Procris）的故事（3.683-746）。将寻找恋爱对象比作狩猎的隐含假设是恋爱与狩猎这类技艺（techne）一样，是有规则可循的。这样的类比在教谕诗中很常见（Labate, pp. 167-169；C. M. C. Green）。

3.429-430　关于安德罗墨达的故事，见本诗1.53注解。她的母亲声称自己的女儿比海中女神更美，因此海王涅普图努斯要求将安德罗墨达献祭给自己。这位公主被绑在悬崖上，几乎被海怪杀死之时，被正好路过的英雄珀尔修斯救下。Andromedae是表示所属的与格（dative of possession）。

3.431-432　funere（葬礼上）是表示时间的夺格（ablative of time when）。关于披头散发也是有魅力的论述，比较诗人之前对披散头发的赞美（3.153-154）。此处，奥维德将死亡与欲望并置，运用叠叙法（polyptoton）（viri vir），调笑说前一任丈夫的葬礼正好为寻找下一任丈夫提供了契机，暗示爱的对象是可以轻易更换的，与本诗3.19-22讲述的女子忠贞于夫君、与其一道赴死的故事截然相反。希腊化时期的希腊诗人常提及的婚礼变葬礼的桥段（也见《拟情书》11.101-104、21.157-172；塔西佗《编年史》14.63），在此处被诗人故意颠倒。

　　　　　　在罗马贵族的葬礼上，常有职业哭丧人（mourner）受聘出场。
　　　　　　诗人在此处表示，女性也应该抓住契机，为悲痛情感的表达创造
　　　　　　艺术效果，吸引新的爱人。

3.433-466　这一部分强调，女子要远离娘气十足的男人，他们喜欢撒谎、欺
　　　　　　骗和偷盗。

3.433　　　在《爱的艺术》中，cultus用在男子身上只有负面含义，如3.447、
　　　　　　3.681、1.511。

3.436　　　这类男子的爱情居无定所，不过诗人之前曾形容爱神（或爱情）
　　　　　　天生就喜欢四处游荡，难以停留在一处，见2.18和3.4。

3.437-438　衣着华丽的纨绔子弟往往缺乏男性气概，甚至可能喜欢男人。

3.439-440　条件句，foret usa＝esset usa（动词为utor［利用］＋与格名词）。
　　　　　　括号里这一句在所有的抄本里都有问题，有学者认为此处指特洛
　　　　　　伊国王普里阿摩本人，他曾同意归还海伦给希腊联军，进而结束
　　　　　　战争，但这一提案被帕里斯否决；也有学者认为此处指普里阿摩
　　　　　　的女儿卡珊德拉，她预言了特洛伊城的陷落，但没有人听信。诗
　　　　　　人以此自比，劝说读者听从自己的忠告。

3.441　　　虽然诗人在此告诫女子要学会鉴别骗人的男子，但在第一卷中他
　　　　　　曾教导男人如何欺骗（1.611-618）。

3.442　　　aditus动名词，"靠近"，词源是adeo、ire（走）。lucra pudenda
　　　　　　即"让人羞耻的利益"，诗人也曾教导女子，不可用爱情交换金
　　　　　　钱。虽然诗人奉行爱情中的"互惠"原则（如3.97-98、3.463-
　　　　　　466），但直接以获取经济利益为目的的爱情是不被认可的（如
　　　　　　3.805-806）。这一说法与拉丁哀歌中常见的贫穷诗人（pauper
　　　　　　poeta）有联系，因为诗人跟水手和商人相比往往相对清贫。

3.443　　　nitidus即"发光的""油亮的""油腻的"，形容男性时往往有负
　　　　　　面含义。

3.444　　　凡是愿意花精力把短鞋舌折进（premo）鞋子的褶皱（ruga）里

的人，都过度关注鞋子了。昆体良曾为演说家给出了相似的建议，演说家若给予托袈、鞋子和头发过多或过少的关注，都会引来批评（《论演说家的教育》11.3.137）。

3.445　精致轻薄的衣物往往让男子失去应有的男性气概。nardum，名为甘松的植物，其芳香的油脂在古代常作香水。

3.446　古罗马的男子佩戴一枚戒指意味着有财富，佩戴多枚戒指则是轻浮的象征。

3.448　直译为"有个贼因对你衣服的爱而燃烧"。

3.452　Appias（属格 Appiadis）指一位水仙宁芙，也指她位于维纳斯神庙前的雕像（此处用复数，可能因为不止一座雕像），该神庙位于罗马城的司法中心恺撒广场。比较本诗1.79-83。形容词lentus在此作副词。

3.453　普罗佩提乌斯曾在《哀歌集》1.13中指名道姓地指出这是伽卢斯对待女性的态度。奥维德此处则选择不将具体人名道出。

3.454　此句传世抄本作deceptae a multi …（被许多人欺骗的女子……），放在此处意思不妥。希尔伯格（Hilberg）认为可能是传抄过程中产生了讹误，应作deceptae multi crimen amantis habent（许多人遭到受骗爱人的指控），此处的完成时被动分词deceptae发生的动作可在它修饰的名词之前。

3.455-456 诗人用神话传说故事教导女子，这种写法学习了普罗佩提乌斯对女性的忠告，提醒她们提防被以伊阿宋和尤利西斯为代表的男子欺骗，《哀歌集》2.21.11-16："从前远乡的伊阿宋曾这样欺骗科尔克斯女子/她被赶出王宫，他被克瑞乌萨俘获。/卡吕普索也曾这样被杜利基昂人抛弃：眼看着自己的钟情人扬起风帆。/请竖起你们的耳朵，过分轻信的姑娘们，/以免心地善良地无意中被人抛弃！"（Colchida sic hospes quondam decepit Iason: / eiecta est [tenuit namque Creusa] domo. / sic a Dulichio iuvene est elusa Calypso: / vidit amatorem pandere vela suum. / a nimium faciles aurem praebere puellae, / discite desertae non temere esse bonae!)（王焕生译）

3.457　　刻克罗普斯的后裔（Cecropis）指传说中雅典的第一位国王刻克罗普斯的女性后裔，这里引申指希腊女子们。这一句里的 Theseo 一词最后两个元音合并（synizesis）。忒修斯欺骗、辜负了多位女子，例如在回雅典的路上，他抛弃了阿里阿德涅（参考本卷第35行以及1.527–564）。

3.459　　得摩丰是忒修斯的儿子，他抛弃了色雷斯的费利斯。讽刺的是，奥维德也教导男子不要害怕违背誓言（本诗1.631–636）。忒修斯和得摩丰常成对出现，比如普罗佩提乌斯2.24.43–44和本卷3.35–38。

3.461–462　totidem是不可变格的名词，指"同样多的东西"，verbis指"用言语"，暗示男女在爱情中都要学会用空话承诺；gaudium指"快乐"，往往与恋爱中身体上的欢愉有关。如果男子给予了物质上的好处（礼物），女性就应大方"献身"；而不给礼物、骗走美色的男人则好比叛国贼。不过在本诗1.443–454中，诗人曾鼓励男子用承诺的礼物来骗取女子的爱情。

3.463　　维斯塔（Vesta）是罗马灶神，维斯塔贞女要以生命捍卫古罗马广场里的圣火长燃不熄，圣火象征着永恒的罗马本身。熄灭维斯塔圣火是叛国罪。诗人在这里用极其夸张的说法将这一罪名与收礼物却拒绝给予爱情的女子对比。

3.464　　Inachis指阿尔戈斯国王伊那科斯的女性后裔，此处指伊俄，她作为伊西斯受到宗教崇拜。抢劫庙宇也是一种极度恶劣的罪行。

3.465　　aconitum是一种乌头属植物，有剧毒；cicuta也是一种有毒的植物。普罗佩提乌斯曾以相似的癫狂将恋人的不忠比喻为谋杀：《哀歌集》2.17.1–2："虚假地允诺度夜晚，用谎言欺骗情人/这有如让自己的双手被鲜血玷污！"（Mentiri noctem, promissis ducere amantem, / hoc erit infectas sanguine habere manus!）（王焕生译）。奥维德曾在《变形记》1.146-147中也提到投毒这一罪行在堕落的黄铜和黑铁时代很常见："夫望妻死，妻愿夫亡；邪恶的后母调制着可怕的乌头。"（imminet exitio vir coniugis, illa mariti; / lurida terribiles miscent aconite novercae.）动词tero、terere即"研磨"，常用于表示制备药材。

3.466　　诗人再次将爱情的一项基本准则定义为交换、互惠。

3.467-498　　讲述用信件交流的秘诀。在哀歌传统中，通过佣人给恋人送信传情、寻求约会是一种惯常写法。例如提布卢斯《哀歌》2.6.45-46 "老妪弗利奈对可怜的我视而不见，当她用前胸藏着蜡信偷偷往返"（lena vetat miserum Phryne furtimque tabellas / occulto portans itque reditque sinu）；普罗佩提乌斯《哀歌集》2.20.33 "请不要再谦卑地在书信中哀恳我"（ne tu supplicibus me sis venerata tabellis）；3.23等；奥维德《恋歌》1.11与12；2.2.3-6："昨日我看见女郎在日光下散步……她多么动人，我立即送上信笺相邀，她以颤抖的字迹回复'并不方便'"（hesterna vidi spatiantem luce puellam / ... / protinus, ut placuit, misi scriptoque rogavi; / rescripsit trepida "non licet" illa manu）；2.19.41 "狡猾的女仆往来传递的什么蜡信"（quas ferat et referat sollers ancilla talellas）；3.14.31 "我为何要这么多次看见收发蜡信？"（Cur totiens video mitti recipique tabellas?）；普劳图斯《赶驴》761-767；马尔提阿利斯《铭辞》11.64。这部分建议可与本诗1.437-486给男子的关于写情书的建议对照阅读。

3.467　　propius副词，比较级，即"更近"。短语animus ferre是拉丁语散文中常见的搭配，不过奥维德将其作为自己长篇史诗《变形记》的开头，说明对它情有独钟："我的心引领我讲述变换的形态如何化作新体"（in nova fert animus mutatas dicere formas / corpora）。比较卢坎（Lucan）《内战纪》（*de Bello Civili*）1.67："心灵引领我阐述这些重要事件的原因。"（fert animus causas tantarum expromere rerum.）此外，supprimere是奥维德很喜欢使用的动词，但在其他诗人处较为鲜见。

3.468　　在前文（3.463-466）略显疯狂的叙述之后，诗人呼吁自己应控制自己诗歌的马车，转入正题。

3.469-470 诗人在第一卷曾建议男子寄出信件，在此与前文呼应，教导女性如何接收信件，说明男性在恋爱中扮演主动角色，而女性则更为被动。

3.475　　不仅回信的时间需要精心计算，甚至回复得正面与否也得有一定的含糊暧昧性。爱情鄙视轻易得到的，喜欢有挑战性的，这是传统智慧。

3.476　　e duro 即"坚持不懈地"。

3.477-478 在信件往来中，恋爱再次成为一种男女合作完成的游戏，连难以捉摸情绪和细腻的心思也是可以拿捏管控的。

3.479　　e medio 即"普通的""常用的""日常的"。关于对《爱的艺术》本身的温和（e medio）风格的讨论见Gibson 2009, pp. 34-35。munda 即"精致的"，指女子的语言风格应与外表匹配，比较本卷3.133。

3.481-482 barbarus 指"外国的""生涩的""错误的"，这里指文法学家常说的犯语言拼写等低级错误的。此处，语言（lingua）与身体（forma）的关联十分明显，用语的精致与外表体面同样重要。

3.483　　vittae 是出身自由、德性端正的贵妇佩戴的细窄发带，束于头上，详见本诗1.31注疏。没有matron地位的女子不允许佩戴这样的发带，如提布卢斯《哀歌》1.6.67-68，奥维德《黑海书简》3.3.51-52（译文见1.31和1.32注疏）。诗人在这里表示，这类女人虽然没有matron的地位，也致力于欺骗丈夫或情人（viri）。

3.485　peraro指"犁地"，此处指"镌刻"，因为蜡板需要用尖笔（stylus）书写。连这种书写方式产生的字迹都可能被识别出自谁之手，正如奥维德《黑海书简》2.10.1-4所言。奥维德传世作品中有六次用到这个词，其中五次都与写信有关（Gibson 2009, p. 296）。

3.486　虽然可以借值得信赖的奴隶之手写信（以免字迹被认出），但这一敏感的任务不可交给新买来的奴隶。pignus原意指"印记"，指忠贞爱情的证明，此处为手书的蜡信。相似的表述亦见提布卢斯《哀歌》3.19.17"疯狂的我在做什么傻事？唉，我交出了我的钤印"（quid facio demens? eheu mea pignora cedo）；普罗佩提乌斯《哀歌集》3.20.15-17"应该首先订立协约，要符合法律规定，/为我的新的爱情制定明确的法律。/让阿摩尔亲自钤押自己的印记作担保"（haec Amor ipse suo constringit pignora signo）。

3.487　有些抄本将fallentes（犯错的）作pallentes（因恐惧而面色发白的）。如今学者的普遍共识是3.487-488应与3.489-490调换，因为应先为读者解释terror，即让女主恐惧的究竟是什么，否则就显得突兀。

3.488　servitium amoris（爱的奴役）是拉丁爱情哀歌中常见的写法，利用古罗马无处不在的主奴关系作为隐喻，将传统男尊女卑的性别关系调转。此处的讽刺意味在于，被奴役的不再是宣称痴情的男子，而是高高在上的"女主宰"，现实生活中的奴隶反而奴役起了主人。

3.489　servo、servare指"私藏起来（供今后使用）"，servus qui servat（私藏东西的奴仆）在词形上充满讽刺。

3.490　instar是不可变位的名词，"等价物"+属格，指奴隶一旦掌握了女主人的告白情书（即前文提到的pignus），就仿佛有了尤庇特的雷霆一样的利器，随时可能勒索女主人。埃特纳山是西西里岛上的火山，是铸就尤庇特雷霆的库克洛佩斯（Cyclopes）的居所。

3.491 iudice me是独立夺格（ablative absolute），意为"由我判断、依我之见"；concedo即"允许"+动词不定式（infinitive）。

3.492 比较本卷开头3.3与3.5。

3.493 figura原指信件的排版样式或语言风格，奥维德在此处引申表示字迹。

3.494 诅咒对象为勒索主人的奴隶，因为奴隶不可信赖，故女子最好自己学会多种不同字迹，而非让奴隶代笔。

3.495-496 比较本诗2.395-396，诗人也曾告诫不忠的男子，要记得把蜡板上写给别的女子的字迹抹掉，再写新的情书。

3.497-498 为了保密而调换信件中的性别代词，奥维德此处的建议在古代文学中鲜有他例，不过西塞罗曾有过相似说法，为掩盖通信对象的身份，他准备伪造自己和通信对象的姓名（me Laelium, te Furium faciam），见《致阿提库库斯书》（*Epistulae ad Atticum*）2.19.5（Brunelle, p. 91）。

3.504 戈尔贡即美杜莎，被她注视的人会变成石头；lumina既可指光，也可指眼睛。

3.505-506 non es mihi ... tanti直译"对我来说你不值高价"。帕拉斯指密涅耳瓦，即雅典娜，她发明了双管笛，即通常所称阿夫洛斯管（Aulos），因为需要很大力气才能吹奏，故而会让面容扭曲，女神因此摒弃了这种乐器。诗人教导女子向女神学习，在意自己的面容；tanti在此是表示价值的属格（genitive of value），在《变形记》6.386讲到马尔叙阿斯（Marsyas）捡起雅典娜扔掉的长笛，奥维德可能模仿了自己此处的表达："'啊，我悔改，啊！'他叫道：'笛子于我不值价！'"（"a! piget, a! non est" clamabat "tibia tanti!"）；《岁时记》6.701："（雅典娜）'这技能于我不值价；再见了，我的双管笛。'她说道。"（"ars mihi non tanti est; valeas, mea tibia" dixi.）

3.507　在古代道德教化的论述中，注视镜中的自己是治疗愤怒的方式。

3.511　fastus 即"傲慢"为复数，表示傲慢的例子很多。

3.513　mollis 本是形容词，"温柔的""柔软的"，在此是副词性的宾格（adverbial accusative），即形容词作宾语，还带有副词属性。

3.514　innuet = si innuet，si 被省略了；innuo（给出信号）是英文 innuendo（暗示、影射）的词源。

3.516　再次出现拉丁哀歌中常见的"爱如战役"（militia amoris）的写法，爱情描写中出现战争元素的例子还见本卷3.1、3.247、3.357–360、3.527–530、3.559；ille puer（那男孩）指小爱神丘比特。诗人此处的意思是，之前讲述的恋爱要领只是在为真正的战斗做的准备和热身。

3.517–518　从此处开始讲述第三种需要避免的东西，即阴郁的状态。埃阿斯的名字（Ajax）与古希腊语中表示哀叹的 αἰαῖ 有联系（Gibson, p. 306）（英文 alas 也源于此），一定程度上暗示他与忒克墨萨的相似性；埃阿斯杀死忒克墨萨的父亲，后娶她为妻；关于这对情侣的描写也见本诗3.111。同样表示"爱"，但 diligere 与 amare 相比往往"爱"的激情更少；关于该词的用法，见麦基翁对《恋歌》1.4.3的解释（McKeown, p. 80）。

3.519–520　忒克墨萨与安德罗玛刻在此处被诗人降格为哀歌女郎（elegiac puella），奥维德此处的写法与安德罗玛刻在文学作品中失去丈夫、被流放的传统形象形成鲜明对比，奥维德保留了她们幽怨、悲伤的特质，却转而戏谑说自己因此不会与她们恋爱；对于安德罗玛刻的传统刻画，见恩尼乌斯的《安德罗玛刻》（*Andromacha*）中她的呼号："噢，父亲啊，祖国啊，噢，普里阿摩之家啊！"（o pater, o patria, o Priami domus!）《埃涅阿斯纪》里

她的阴郁成为3.294-505的框架，对她悲哀状态的描写见3.306-
336和3.482。普罗佩提乌斯《哀歌集》2.20.1-2："你为什么哭泣
得比被带走的布律塞伊斯还忧伤？／你为什么哭泣得比被俘的安
德罗马克还沉重？"（Quid fles abducta gravius Briseide? Quid fles /
anxia captiva tristis Andromacha?）（王焕生译）

3.521-522　忒克墨萨与埃阿斯生了欧律萨刻斯（Eurysaces），而安德罗玛刻与
赫克托尔生下了阿斯梯阿那克斯（Astyanax）。诗人在此表示，因
为这两位女子以幽怨著称，故难以想象她们会跟丈夫有床笫之欢，
尽管诗人前文曾多次以赫克托尔和安德罗玛刻作为欢爱的模范。

3.523-524　mea lux原意指"我的光亮"，是情侣之间会讲的亲密用语，此处
也可译作"亲爱的"，相同的用法亦见《恋歌》1.4.25（McKeown,
p. 88）；《哀怨集》3.3.52奥维德对妻子这么讲；亦见卡图卢斯《歌
集》68.132与160；普罗佩提乌斯《哀歌集》2.14.29、2.28.59和
2.29.1；提布卢斯《哀歌》3.9.15和3.18.1等。在此处，诗人讽刺
说，忒克墨萨这位悲情的女性很难会对丈夫说出这种耳鬓厮磨时
讲的甜蜜言语。

第525-812行　何种爱人最理想；女性如何为爱情保鲜；尾声

525　Quis vetat a magnis ad res exempla minores

　　　　Sumere nec nomen pertimuisse ducis?

　　Dux bonus huic centum commisit vite regendos,

　　　　Huic equites, illi signa tuenda dedit:

　　Vos quoque, de nobis quem quisque erit aptus ad usum,

530　　　Inspicite et certo ponite quemque loco.

　　Munera det dives; ius qui profitebitur, adsit;

　　　　Facundus causam nempe clientis agat.

　　Carmina qui facimus, mittamus carmina tantum:

　　　　Hic chorus ante alios aptus amare sumus.

535　Nos facimus placitae late praeconia formae:

　　　　Nomen habet Nemesis, Cynthia nomen habet,

　　Vesper et Eoae novere Lycorida terrae,

　　　　Et multi, quae sit nostra Corinna, rogant.

　　Adde quod insidiae sacris a vatibus absunt

540　　　Et facit ad mores ars quoque nostra suos.

　　Nec nos ambitio nec amor nos tangit habendi;

　　　　Contempto colitur lectus et umbra foro.

　　Sed facile haeremus validoque perurimur aestu

　　　　Et nimium certa scimus amare fide.

545　Scilicet ingenium placida mollitur ab arte

　　　　Et studio mores convenienter eunt.

　　Vatibus Aoniis faciles estote, puellae:

　　　　Numen inest illis Pieridesque favent.

谁不准我用伟大当作琐碎之事的模范？　　　　525

　　谁会惧怕领袖的称谓？

优秀的领袖任命此人凭着藤杖统治百人军团、

　　那人负责骑兵，那人得到可畏的军旗：

你们亦然，考虑适宜我们各人的用途，

　　将各人放在合适之处。　　　　530

让富有的人赠礼；从事法律的在法庭上出力；

　　雄辩之人自然要为门客辩护。

吾等写诗之人，就将诗篇赠送：

　　对于爱情我们诗人比别人更加精通。

我们四处称颂爱人那动人的美貌：　　　　535

　　奈麦西斯大名鼎鼎，卿提娅远近闻名，

东西方的土地无不知晓吕克丽丝的名声，

　　众人皆来询问我的科琳娜是哪位佳丽。

此外神圣的预言者从不欺瞒，

　　我们的技艺符合自身品格。　　　　540

我等不曾被野心和对占有的痴迷俘获；

　　经营着卧榻和荫凉，鄙视广场。

但我们轻易就坠入爱情，被烈焰灼伤，

　　懂得恋爱要带着坚定信仰。

无疑诗才被柔顺的技艺抚平，　　　　545

　　性情随钻研之艺日渐和谐。

女子们，善待奥尼亚的先知吧：

　　他们拥有神性并深得缪斯宠爱。

Est deus in nobis et sunt commercia caeli;

550   Sedibus aetheriis spiritus ille venit.

A doctis pretium scelus est sperare poetis;

Me miserum! scelus hoc nulla puella timet.

Dissimulate tamen, nec prima fronte rapaces

Este: novus viso casse resistet amans.

555   Sed neque vector equum, qui nuper sensit habenas,

Comparibus frenis artificemque reget,

Nec, stabiles animos annis viridemque iuventam

Ut capias, idem limes agendus erit.

Hic rudis et castris nunc primum notus Amoris,

560   Qui tetigit thalamos praeda novella tuos,

Te solam norit, tibi semper inhaereat uni;

Cingenda est altis saepibus ista seges.

Effuge rivalem: vinces, dum sola tenebis;

Non bene cum sociis regna Venusque manent.

565   Ille vetus miles sensim et sapienter amabit

Multaque tironi non patienda feret;

Nec franget postes nec saevis ignibus uret

Nec dominae teneras appetet ungue genas

Nec scindet tunicasve suas tunicasve puellae,

570   Nec raptus flendi causa capillus erit.

Ista decent pueros aetate et amore calentes;

Hic fera composita vulnera mente feret.

我们内有神祇，通晓天上的交易；

　　那创造的灵感源自天宇。　　　　　　　　　550

期待从博学的诗人处获得回报实乃罪孽；

　　可怜的我啊！此罪竟无女子惧怯。

但请学会伪装，不要把贪婪写在脸上：

　　一旦目睹罗网，新恋人会怯步彷徨。

但对待新试缰绳的坐骑和有经验的老马，　　　555

　　骑手不会运用同样的辔头，

同理，年长沉稳的灵魂和青葱的少年，

　　皆你所愿，也要用不同的方法获取。

这初入爱情营帐的愣头青，

　　刚步入你闺房的新猎物，　　　　　　　　560

让他将你视作唯一，时时只把你簇拥；

　　好比作物须由高高的栅栏围住。

避免竞争对手：只要独占你就会征服；

　　政权和爱情有了分享者都不能长久。

那老兵会爱得缓慢而有智慧，　　　　　　　565

　　能忍耐许多新手所不能忍的事；

他不会撞坏或用野蛮的火焰点燃门栓，

　　不会用指甲瞄准女主人柔嫩的脸蛋。

不会撕破自己或是女友的衣衫，

　　被抓掉的发绺也不会让他眼泪潸然。　　　570

这些适合年纪尚轻而爱火炽热的男孩；

　　年长者能以淡然心境忍受狂野的伤痛。

Ignibus heu lentis uretur, ut umida faena,

　　Ut modo montanis silva recisa iugis.

575　Certior hic amor est, brevis at fecundior ille:

　　Quae fugiunt, celeri carpite poma manu.

Omnia tradantur (portas reseravimus hosti)

　　Et sit in infida proditione fides.

Quod datur ex facili, longum male nutrit amorem:

580　Miscenda est laetis rara repulsa iocis.

Ante fores iaceat, 'crudelis ianua' dicat

　　Multaque summisse, multa minanter agat.

Dulcia non ferimus: suco renovemur amaro;

　　Saepe perit ventis obruta cumba suis.

585　Hoc est, uxores quod non patiatur amari:

　　Conveniunt illas, cum voluere, viri.

Adde forem, et duro dicat tibi ianitor ore

　　'Non potes', exclusum te quoque tanget amor.

Ponite iam gladios hebetes, pugnetur acutis;

590　Nec dubito, telis quin petar ipse meis.

Dum cadit in laqueos, captus quoque nuper, amator

　　Solum se thalamos speret habere tuos;

Postmodo rivalem partitaque foedera lecti

　　Sentiat: has artes tolle, senescet amor.

595　Tum bene fortis equus reserato carcere currit,

　　Cum, quos praetereat quosque sequatur, habet.

唉，他会被迟缓的火焰灼烧，如湿润的稻草，

　　如刚从山岭上伐来的木材。

这样的爱更为坚定，年轻人的爱热烈却短暂：　　575

　　易逝的果实要用迅捷的手摘取。

交出所有吧（我们已向敌人敞开大门）

　　让忠诚在不忠的背叛中长留。

那些轻易给予的爱情长远看来难结硕果：

　　让你们快乐的游戏混杂着偶尔的拒绝。　　580

让他扑倒在你门前高喊"残忍的大门啊"

　　时常卑微恭顺，时常又叫嚣威胁。

我们不能忍受甜美：用苦汁让我们感受新鲜；

　　小舟常在风向温和时倾覆。

正是这一点让妻子无法享受爱情：　　585

　　只要愿意，丈夫随时可以临幸。

加一道门，让守门人口吻严厉地对你说

　　"你不可以"，爱意自会席卷被拒的你。

把钝锋的宝剑扔在一旁，用开刃的刀剑比试：

　　毫无疑问，我将被自己的武器攻击。　　590

对那坠入罗网、刚刚被缚的爱人，

　　让他以为自己独占你的闺房；

不久要让他感觉有竞争者分享你的床榻：

　　若抛弃这技艺，爱情就会老去。

只有栅栏落下强壮的马儿才迅猛奔跑，　　595

　　当它有追随和赶超的对手。

Quamlibet extinctos iniuria suscitat ignes:

En ego, confiteor, non nisi laesus amo.

Causa tamen nimium non sit manifesta doloris,

600　　　Pluraque sollicitus, quam sciet, esse putet.

Incitat et ficti tristis custodia servi

Et nimium duri cura molesta viri.

Quae venit ex tuto, minus est accepta voluptas;

Ut sis liberior Thaide, finge metus.

605　　　Cum melius foribus possis, admitte fenestra

Inque tuo vultu signa timentis habe;

Callida prosiliat dicatque ancilla 'perimus';

Tu iuvenem trepidum quolibet abde loco.

Admiscenda tamen Venus est secura timori,

610　　　Ne tanti noctes non putet esse tuas.

Qua vafer eludi possit ratione maritus

Quaque vigil custos, praeteriturus eram.

Nupta virum timeat, rata sit custodia nuptae:

Hoc decet, hoc leges duxque pudorque iubent.

615　　　Te quoque servari, modo quam vindicta redemit,

Quis ferat? ut fallas, ad mea sacra veni.

Tot licet observent, adsit modo certa voluntas,

Quot fuerant Argo lumina, verba dabis.

Scilicet obstabit custos ne scribere possis,

620　　　Sumendae detur cum tibi tempus aquae,

火焰不管多几近熄灭都能由伤害重燃：

　　噢，连我都得坦白，若非受伤，我不会爱。

然而，痛苦的缘由不要过分展露，

　　所知以外的东西让焦急的他想象。　　　　　　　600

激励他的是虚构的仆人严厉的监控

　　和苛刻的丈夫那恼人的关怀。

那些能安全来去的欢爱没那么受欢迎；

　　哪怕你比塔伊斯还放荡，也要装作恐惧。

尽管从门进来更简单，要用窗户迎他进入，　　　605

　　你的脸上还要写满惊恐的神色；

让聪明的女仆跑进来哀叹“我们死定了”；

　　把那惊惧的少年随便藏在哪个地方。

而必须混杂恐惧的爱情还得安全牢靠，

　　以免他认为与你共度春宵一文不值。　　　　　610

利用什么计策能将狡猾的丈夫

　　和警惕的守卫蒙骗，我本打算略过。

妻子应惧怕丈夫，看管妻子理所应当：

　　合情合理，由法律、领袖和羞耻心规定。

可你，这刚获得自由之人也被严加看守，　　　　615

　　谁能忍受？来听我的神圣教导以学会伪装。

纵使他的监视（只要你的意念够坚定）

　　如阿尔戈的眼睛般密集，你也会骗过他。

看守显然会阻止你书写信笺，

　　当你的沐浴时间到来，　　　　　　　　　　620

Conscia cum possit scriptas portare tabellas,

　　Quas tegat in tepido fascia lata sinu,

Cum possit sura chartas celare ligatas

　　Et vincto blandas sub pede ferre notas!

625　　Caverit haec custos, pro charta conscia tergum

　　Praebeat inque suo corpore verba ferat.

Tuta quoque est fallitque oculos e lacte recenti

　　Littera: carbonis pulvere tange, leges;

Fallet et umiduli quae fiet acumine lini,

630　　Et feret occultas pura tabella notas.

Affuit Acrisio servandae cura puellae;

　　Hunc tamen illa suo crimine fecit avum.

Quid faciat custos, cum sint tot in Urbe theatra,

　　Cum spectet iunctos illa libenter equos;

635　　Cum sedeat Phariae sistris operata iuvencae,

　　Quoque sui comites ire vetantur, eat;

Cum fuget a templis oculos Bona Diva virorum,

　　Praeterquam si quos illa venire iubet;

Cum custode foris tunicas servante puellae

640　　Celent furtivos balnea multa iocos;

Cum, quotiens opus est, fallax aegrotet amica

　　Et cedat lecto quamlibet aegra suo;

Nomine cum doceat quid agamus adultera clavis,

　　Quasque petas, non det ianua sola vias?

当你的同谋能将写好的蜡板携带

　　放于温暖的胸脯以宽阔乳罩掩盖，

当纸莎草页能在小腿上绑紧藏匿，

　　甜美的文字能藏在穿鞋的足底！

若看守识破了这些，就让同谋以背代纸，　　　　625

　　提供她的身体为你传递信息。

新鲜牛奶书写的文字也安全，能骗过人眼，

　　以煤粉触碰，便可读取；

那用湿润的亚麻茎书写的东西也能骗人，

　　空白的平板携带着隐藏的文字。　　　　　　630

阿克里西俄斯为看守女儿费尽辛苦；

　　女儿仍因她的罪恶让他当上外公。

看守能怎么办，当罗马城这么多剧场林立，

　　当她喜爱观赏那套着缰绳的马儿竞比；

当她端坐着摆弄西斯铃向法鲁斯母牛进贡，　　635

　　当她专去男同伴不能去的地方；

当她进入善良女神的庙宇以逃避男人的监视，

　　除了那些她下令允许进入的男子；

当看守在室外看管着女子的外衣，

　　众多浴场却掩藏着隐秘的游戏；　　　　　　640

每当有需要，狡猾的闺蜜就会生病，

　　而不管病得多重，她总能让出卧房；

当偷腥钥匙以其名教导我们如何行动，

　　而且你所求之事，门不是唯一通道？

645   Fallitur et multo custodis cura Lyaeo,

        Illa vel Hispano lecta sit uva iugo.

    Sunt quoque quae faciant altos medicamina somnos

        Victaque Lethaea lumina nocte premant.

    Nec male deliciis odiosum conscia tardis

650   Detinet et longa iungitur ipsa mora.

    Quid iuvat ambages praeceptaque parva movere,

        Cum minimo custos munere possit emi?

    Munera, crede mihi, capiunt hominesque deosque:

        Placatur donis Iuppiter ipse datis.

655   (Quid sapiens faciet? stultus quoque munere gaudet:

        Ipse quoque accepto munere mutus erit.)

    Sed semel est custos longum redimendus in aevum;

        Saepe dabit, dederit quas semel ille manus.

    Questus eram, memini, metuendos esse sodales;

660   Non tangit solos ista querela viros.

    Credula si fueris, aliae tua gaudia carpent

        Et lepus hic aliis exagitatus erit:

    Haec quoque, quae praebet lectum studiosa locumque,

        Crede mihi, mecum non semel illa fuit.

665   Nec nimium vobis formosa ancilla ministret:

        Saepe vicem dominae praebuit illa mihi.

    Quo feror insanus? quid aperto pectore in hostem

        Mittor et indicio prodor ab ipse meo?

看守的注意也会被大量美酒动摇，   645
　　哪怕是西班牙山里的葡萄酿造。
还有些药物能带来沉沉的睡眠，
　　将被征服的眼推入冥河般的夜。
让同谋用缓慢的欢愉将可憎的看守
　　占用，把他长久留在她的身边。   650
迂回曲折地介绍琐碎的教义有何作用，
　　当微薄的礼物就可把看守收买？
相信我，礼物能将人和神都俘获：
　　礼物送好了，尤庇特都能息怒。
（智者能如何？当愚者因礼物而欢喜：   655
　　收礼之后，他也会缄口不语。）
但对看守的长久收买要一蹴而就；
　　他曾出手相助，就会经常出手。
我记得，我曾哀叹连好友也必须提防；
　　这怨叹可不止与男子有关。   660
若你太过轻信，其他女人就会收割你的快乐，
　　这野兔会被他人惊扰：
就连那位急切地为你提供床榻和场地的女士，
　　相信我，已跟我温存过不止一次。
别让特别漂亮的侍女为你服务：   665
　　在我这里她常代替女主的角色。
我被癫狂地带往何方？为何我袒露胸膛
　　撞向敌人，被自己的忠告所伤？

Non avis aucupibus monstrat, qua parte petatur,

670   Non docet infestos currere cerva canes.

Viderit utilitas; ego coepta fideliter edam:

Lemniasin gladios in mea fata dabo.

Efficite (et facile est) ut nos credamus amari:

Prona venit cupidis in sua vota fides.

675   Spectet amabilius iuvenem et suspiret ab imo

Femina, tam sero cur veniatque roget;

Accedant lacrimae, dolor et de paelice fictus,

Et laniet digitis illius ora suis.

Iamdudum persuasus erit; miserebitur ultro

680   Et dicet 'cura carpitur ista mei.'

Praecipue si cultus erit speculoque placebit,

Posse suo tangi credet amore deas.

Sed te, quaecumque es, moderate iniuria turbet,

Nec sis audita paelice mentis inops,

685   Nec cito credideris: quantum cito credere laedat,

Exemplum vobis non leve Procris erit.

Est prope purpureos colles florentis Hymetti

Fons sacer et viridi caespite mollis humus;

Silva nemus non alta facit; tegit arbutus herbam;

690   Ros maris et lauri nigraque myrtus olent;

Nec densum foliis buxum fragilesque myricae

Nec tenues cytisi cultaque pinus abest.

鸟儿不会指引捕鸟人前往何处狩猎，

　　麋鹿不会教导敌犬如何奔跑。　　　　　　　670

效用自会出现；让我忠实地完成已开启的使命：

　　给莱姆诺斯女子刀剑结果我性命也在所不惜。

让我们相信（这很简单）自己是被爱着的：

　　欲求热切之人容易相信自己愿望已成真。

让女子柔情万种地望着那青年，深深叹息，　　675

　　问他为何来得如此之晚；

加上些眼泪和佯装因情敌而生的悲痛，

　　还要用指甲撕抓他的脸。

他至此已然相信；他会主动怜悯，

　　说：“她因担心我而发狂。”　　　　　　　680

特别若他还举止精致、仪表堂堂，

　　会相信女神都能因爱他倾倒。

但你无论面对何种不公，都得保持温和淡定，

　　哪怕听闻有了情敌，也不能失去理性，

此外，不可轻信：轻信带来的伤害，　　　　685

　　普罗克里斯会是你们沉重的先例。

在开满鲜花的叙麦图斯那缤纷的山丘上

　　有一口圣泉，葱茏草皮铺满柔软地面；

林中没有参天大树；野莓荫蔽着草本；

　　迷迭香、月桂与香桃木芳香弥漫；　　　　690

这里不缺树叶厚实的黄杨和脆弱的柽柳、

　　娇嫩的金雀儿灌木和栽培好的松树。

Lenibus impulsae Zephyris auraque salubri

    Tot generum frondes herbaque summa tremit.

695   Grata quies Cephalo: famulis canibusque relictis

    Lassus in hac iuvenis saepe resedit humo

'Quae' que 'meos releves aestus,' cantare solebat

    'Accipienda sinu, mobilis aura, veni.'

Coniugis ad timidas aliquis male sedulus aures

700   Auditos memori rettulit ore sonos.

Procris, ut accepit nomen, quasi paelicis, Aurae,

    Excidit et subito muta dolore fuit.

Palluit, ut serae lectis de vite racemis

    Pallescunt frondes, quas nova laesit hiems,

705   Quaeque suos curvant matura Cydonia ramos

    Cornaque adhuc nostris non satis apta cibis.

Ut rediit animus, tenues a pectore vestes

    Rumpit et indignas sauciat ungue genas;

Nec mora, per medias passis furibunda capillis

710   Evolat, ut thyrso concita Baccha, vias.

Ut prope perventum, comites in valle relinquit,

    Ipsa nemus tacito clam pede fortis init.

Quid tibi mentis erat, cum sic male sana lateres,

    Procri? quis attoniti pectoris ardor erat?

715   Iamiam venturam, quaecumque erat Aura, putabas

    Scilicet atque oculis probra videnda tuis!

受温柔的西风与和煦的微风吹拂

　　种类繁盛的叶片和草尖微微颤动。

刻法洛斯喜欢安静：离开了猎犬与仆役， 695

　　这位疲惫的年轻人常到此处休憩。

"那舒缓我心中热火的，"他经常这样歌唱

　　"温柔的阿奥拉，快来我这欢迎的胸膛。"

有热切之人故意向妻子提心吊胆的耳朵

　　带去了刻意收集的道听途说。 700

普罗克里斯，一听到阿奥拉这好似情妇的名字，

　　猛地晕倒，突然的痛苦让她一言不发。

她脸色惨白，如同藤蔓丛中的晚叶

　　因被初冬的凛冽所伤而发白，

如同那成熟的榅桲，压弯了枝头， 705

　　如茱萸未熟透的浆果，不宜入口。

当她恢复了神智，就将轻衫从胸前

　　拉扯，将无辜的脸庞用指甲抓伤；

没有耽误，狂怒的她披头散发地穿越街巷，

　　如同巴科斯追随者受了神杖激励。 710

当她到达之后，便将随行同伴留在山谷，

　　悄悄踏着沉默的步伐勇敢地走进森林。

你脑中究竟在想什么，当你好端端这样躲着，

　　普罗克里斯？什么火焰燃在你恐惧的胸中？

她就要来了，不管阿奥拉是谁，你这样想着， 715

　　自然而然，还有即将亲眼看到的罪恶！

Nunc venisse piget (neque enim deprendere velles),

　　Nunc iuvat: incertus pectora versat amor.

Credere quae iubeant, locus est et nomen et index

720　　Et quia mens semper, quod timet, esse putat.

Vidit ut oppressa vestigia corporis herba,

　　Pulsantur trepidi corde micante sinus.

Iamque dies medius tenues contraxerat umbras,

　　Inque pari spatio vesper et ortus erant:

725　Ecce, redit Cephalus silvis, Cyllenia proles,

　　Oraque fontana fervida pulsat aqua.

Anxia, Procri, lates; solitas iacet ille per herbas

　　Et 'Zephyri molles auraque' dixit 'ades.'

Ut patuit miserae iucundus nominis error,

730　　Et mens et rediit verus in ora color;

Surgit et oppositas agitato corpore frondes

　　Movit in amplexus uxor itura viri.

Ille feram vidisse ratus iuvenaliter artus

　　Corripit; in dextra tela fuere manu—

735　Quid facis, infelix? non est fera: supprime tela—

　　Me miserum! iaculo fixa puella tuo est.

'Ei mihi,' conclamat 'fixisti pectus amicum:

　　Hic locus a Cephalo vulnera semper habet.

Ante diem morior sed nulla paelice laesa:

740　　Hoc faciet positae te mihi, terra, levem.

时而后悔来到此处（你也不愿抓住那奸情）

　　时而庆幸：扑朔的爱火左右着你的心。

使你相信的是这地方、那名字和告密者，

　　还因心灵总信自己惧怕之事。　　　　　　　　　　720

当她看到草地上被身体压出的痕迹，

　　恐惧的胸膛随跳动的心儿颤动。

这时，正午的太阳缩短了飘忽的影子，

　　午后与清晨此时正平分秋色：

看哪，刻法洛斯从林中返回，墨丘利之子，　　　　725

　　将泉水洒上滚烫的脸颊。

普罗克里斯，你焦急地躲着；他躺在熟悉的草坪，

　　说道，"温柔的西风和微风啊，来吧。"

可怜的女子发现犯了有关名字的甜美谬误，

　　理智与正常的神色又回到她脸上。　　　　　　730

她站起，身体颤抖地将前方的草叶

　　推开，妻子迎向丈夫的拥抱。

那男子以为看到野兽，以年轻人的敏捷

　　迅速起身；武器已握在右手——

你在做甚，不幸的人儿？这不是野兽：停住箭矢——　735

　　我的天哪！女子已被你的箭头射中。

"噢，"她喊叫道，"你射中了友人的胸膛：

　　这个地方常因刻法洛斯而伤。

我不到时日而死，却不是被情敌所害：

　　大地啊，这将让你轻轻把我覆盖。　　　　　　740

Nomine suspectas iam spiritus exit in auras;

Labor, io! cara lumina conde manu.'

Ille sinu dominae morientia corpora maesto

Sustinet et lacrimis vulnera saeva lavat;

745   Exit et incauto paulatim pectore lapsus

Excipitur miseri spiritus ore viri.

Sed repetamus opus: mihi nudis rebus eundum est,

Ut tangat portus fessa carina suos.

Sollicite expectas, dum te in convivia ducam,

750   Et quaeris monitus hac quoque parte meos.

Sera veni positaque decens incede lucerna:

Grata mora venies, maxima lena mora est.

Etsi turpis eris, formosa videbere potis,

Et latebras vitiis nox dabit ipsa tuis.

755   Carpe cibos digitis (est quiddam gestus edendi),

Ora nec immunda tota perungue manu;

Neve domi praesume dapes, sed desine citra

Quam capis: es paulo, quam potes esse, minus.

Priamides Helenen avide si spectet edentem,

760   Oderit et dicat 'stulta rapina mea est.'

Aptius est deceatque magis potare puellas:

Cum Veneris puero non male, Bacche, facis.

Hoc quoque, qua patiens caput est animusque pedesque

Constant nec, quae sunt singula, bina vides.

如今我灵魂出窍融进微风，那我曾怀疑的名字；

　　哎，我沉入死亡！请用我爱的手合上我的眼。"

那人把妻子将死的躯体抱到悲伤的胸口，

　　用眼泪清洗那残忍的伤痕；

灵魂一点点从她那轻信的胸口流出，　　　　　745

　　被那可怜的丈夫用亲吻接住。

但我们得重寻正题：我必须把事情讲明，

　　才好让疲惫的小舟抵靠港湾。

你焦急地盼我引导你去那晚宴，

　　寻求我在这方面的教导。　　　　　750

晚些到达，华灯初上再优雅地进入：

　　你诱人的延迟，是最大的鸨母。

哪怕你样貌丑陋，在醉酒之人眼里也俊俏，

　　何况夜色还会为你的瑕疵提供藏身之处。

用手指拿取食物（饮食的姿态颇为重要），　　　　　755

　　别用你的脏手抹得满脸油污；

也别提前在家里吃饭，而要在饱腹前

　　就停手：比你的食量少吃一点儿。

若普里阿摩之子看到海伦狼吞虎咽，

　　定会嫌弃地说："我夺取的女人好蠢。"　　　　　760

而女人饮酒则更为正经、合适：

　　你跟维纳斯之子搭配不错，巴科斯。

但也得控制酒量，脑筋要能经受，精神与步伐

　　坚实稳定，别把一个看成俩。

765　　　Turpe iacens mulier multo madefacta Lyaeo:

　　　　　Digna est concubitus quoslibet illa pati.

　　　　Nec somnis posita tutum succumbere mensa:

　　　　　Per somnos fieri multa pudenda solent.

　　　　Ulteriora pudet docuisse, sed alma Dione

770　　　'Praecipue nostrum est, quod pudet,' inquit 'opus.'

　　　　Nota sibi sit quaeque; modos a corpore certos

　　　　　Sumite: non omnes una figura decet.

　　　　Quae facie praesignis erit, resupina iaceto;

　　　　　Spectentur tergo, quis sua terga placent.

775　　　Milanion umeris Atalantes crura ferebat:

　　　　　Si bona sunt, hoc sunt aspicienda modo.

　　　　Parva vehatur equo: quod erat longissima, numquam

　　　　　Thebais Hectoreo nupta resedit equo.

　　　　Strata premat genibus paulum cervice reflexa

780　　　Femina per longum conspicienda latus.

　　　　Cui femur est iuvenale, carent quoque pectora menda,

　　　　　Stet vir, in obliquo fusa sit ipsa toro.

　　　　Nec tibi turpe puta crinem, ut Phylleia mater,

　　　　　Solvere, et effusis colla reflecte comis.

785　　　Tu quoque, cui rugis uterum Lucina notavit,

　　　　　Ut celer aversis utere Parthus equis.

　　　　Mille ioci Veneris; simplex minimique laboris,

　　　　　Cum iacet in dextrum semisupina latus.

浸在红酒里烂醉的女人实在不雅： 765

　　她遭受什么暴行都是自找。

桌椅摆就之后坠入睡梦也不安全：

　　许多羞耻之事往往发生在睡着之后。

继续教导让我脸红，但温柔滋养的狄俄涅说：

　　"那让人羞愧的，恰恰是我们的任务啊。" 770

让各人了解自己；根据身体选择姿势：

　　没有一个姿势适合所有人。

那脸蛋儿漂亮的，就脸朝上平躺；

　　那后背美艳的，就以背示人。

弥拉尼翁把阿塔兰塔的双腿放在他的肩头： 775

　　若你有美腿，它们也应这样被观赏。

让娇小的女子被马驮：因身材高大，

　　忒拜新娘从未骑在赫克托尔身上。

让她以膝盖压住被单，脖颈稍向后仰，

　　若她修长的侧翼引人注目。 780

谁的大腿年轻有力，胸脯完美无瑕，

　　就让男子站着，她斜躺在床上。

别认为如菲利斯母亲般披散头发不雅，

　　发缕飘散，让脖子后仰。

而若卢客娜曾在你的腹部留下皱纹， 785

　　你就像帕提亚人一样倒骑马儿。

维纳斯的游戏有千百种；最简单又不费力的，

　　便是女子朝右边半躺着。

Sed neque Phoebei tripodes nec corniger Ammon

790　　　Vera magis vobis quam mea Musa canet;

Si qua fides, arti, quam longo fecimus usu,

Credite: praestabunt carmina nostra fidem.

Sentiat ex imis Venerem resoluta medullis

Femina, et ex aequo res iuvet illa duos.

795　　　Nec blandae voces iucundaque murmura cessent

Nec taceant mediis improba verba iocis.

Tu quoque, cui Veneris sensum natura negavit,

Dulcia mendaci gaudia finge sono.

(Infelix, cui torpet hebes locus ille, puella,

800　　　Quo pariter debent femina virque frui.)

Tantum, cum finges, ne sis manifesta, caveto:

Effice per motum luminaque ipsa fidem.

Quid iuvet, et voces et anhelitus arguat oris;

A pudet! arcanas pars habet ista notas.

805　　　Gaudia post Veneris quae poscet munus amantem,

Illa suas nolet pondus habere preces.

Nec lucem in thalamos totis admitte fenestris:

Aptius in vestro corpore multa latent.

Lusus habet finem: cycnis descendere tempus,

810　　　Duxerunt collo qui iuga nostra suo.

Ut quondam iuvenes, ita nunc, mea turba, puellae

Inscribant spoliis NASO MAGISTER ERAT.

但三脚的福波斯和有角的阿蒙神都不会

　　比我的缪斯之歌唱带给你们更多真理； 790

若我多年经验总结成的技艺值得信赖，

　　请相信它吧：我的诗歌信守承诺。

愿那放松的女子从骨髓深处感受到爱情，

　　也愿此事让双方同样欢愉。

诱人的言语和甜美的呢喃不要停， 795

　　在游戏中间荤话也不能沉默。

而你，天生无法感受到爱情的快活，

　　要用欺骗的声音装出甜美的欢欣。

（可怜啊，那地方麻木无感的女子，

　　那里本应给男女带来相同的快乐） 800

只是要小心，你的伪装不要被揭穿：

　　要用动作甚至眼神谋得信赖。

让口中嗓音和喘气诉说你的快意；

　　多可耻！那部位有它隐秘的语言。

在维纳斯的欢愉之后找爱人索礼， 805

　　她是不希望自己的祈祷有分量。

卧室不要窗户大开、迎进光亮：

　　遮住大部分身体更为适当。

游戏到了尾声：是时候从天鹅背上下来了，

　　是它们的脖颈引领了我的战车。 810

正如之前的青年一样，现在让我的女学生们

　　也在战利品上镌刻“纳索曾是我们的老师”。

分行注疏

3.525–526 指女子对待爱人应像军事领袖安排工作一样，根据每个男人的特点加以利用（这就意味着一位女子可能会有多位情人）。

3.525 从伟大的事情出发讨论琐碎的事情，类似表述也见昆体良《论演说家的教育》5.11.9"从宏伟到琐碎"（ex maioribus ad minora）；琐碎与宏大之事相互印证说明在教谕诗中较为常见，如卢克莱修《物性论》2.123"小事可为大事提供范例，指明痕迹"（dumtaxat rerum magnarum parva potest res / exemplare dare et vestigia notitiai）；维吉尔《农事诗》4.176"如果可以把小事与大事类比"（si parva licet componere magnis）。

3.526 各行省的军队指挥官负责任命百人团、骑兵领袖和鹰旗手（aquilifer）。

3.527–528 dux bonus 曾两次被贺拉斯用来形容奥古斯都（《颂诗集》4.5.5、37），但由于该说法较为常见，此处并非暗讽奥古斯都，而是指地方性的军事指挥官（Gibson 2009, p. 308）。藤杖、葡萄杖或百夫长杖（拉丁文为 vitis）是一种长约3英尺（1米）的葡萄木杆，在古罗马陆军和海军中使用，是百人团的标志。signa 指古罗马的鹰旗，为军团的标志，由鹰旗手保管。

3.531 此处强调要接受情人能提供的服务，似乎暗示着某种传统罗马婚恋关系中的友情（amicitia）原则，以取代诗人抨击的商女只想着索取礼物（munera）的模式。拉丁哀歌传统对传统基于利益交换而非感情的爱情予以抨击，但奥维德此处似乎暗示，接受了情人各类服务的女子自然应该献上自己的爱情作为交换，这样看来奥维德又偏离了哀歌传统。

3.535 praeconium（宣告）来自名词 praeco（宣告者、预言者）；praeconium laborum 指诗人对恩主的称颂，如西塞罗《为阿尔奇阿斯辩护》（Pro

Archia）20：“为他的成就所作的永恒宣告”（aeternum suorum laborum ... praeconium）。

3.536–538　奈麦西斯是提布卢斯笔下的爱人（也是古希腊复仇女神之名）。卿提娅是普罗佩提乌斯笔下的爱人（Cynthia源于希腊语“来自Cynthus［库图斯山］的女人”），即阿尔忒弥斯，亦即罗马的狄安娜。吕克丽丝是伽卢斯的爱人，伽卢斯被视作真正意义上第一位拉丁哀歌诗人。奥维德此处未将这几位哀歌前辈按时间顺序安排。科琳娜则是奥维德《恋歌》中的女主。虽然诗人在此强调这些女子因为献给她们的哀歌而拥有盛名（habet nomen），但其实除了伽卢斯的吕克丽丝基本可以确定是当时的女演员库泰丽斯（Cytheris）之外，其余几位哀歌女主角黛丽娅（Delia）、奈麦西斯、卿提娅、科琳娜都没办法确定究竟是何许人也（Paul Allen Miller, p. 6）。

奥维德在这里通过肯定哀歌前辈的成就，来证明自己为爱人提供的称颂将让她们万古流芳；而他的前辈们也曾在诗歌中向女友做出类似的承诺，如普罗佩提乌斯《哀歌集》2.25.3：“愿她的形象在我的小诗卷里最醒目”（ista meis fiet notissima forma libellis）（王焕生译）。比较《恋歌》3.9.29–30对提布卢斯的哀悼：“诗人的成就恒久……如是，奈麦西斯声名久远，黛丽娅拥有盛名。”（durant vatis opus ... / sic Nemesis longum, sic Delia nomen habebunt.）但本诗3.538行也暗地里削弱了诗人前面的观点：如果人们都不知道科琳娜是谁，科琳娜又如何可以从诗人的称颂中得到好处呢？这与《恋歌》2.17.27–30传达的观点相似：“我拥有的是快乐的诗歌而非宏大的财富，许多女孩希望通过我获得名望，我知道有一位四处宣称她是科琳娜，为达目的，有什么是她不愿给予的呢？”（sunt mihi pro magno felicia carmina censu, / et multae per me nomen habere volunt, / novi aliquam, quae se circumferat esse

Corinnam; / ut fiat, quid non illa dedisse velit?）

3.540　　　这里的suos指"我们的"。

3.541-542 哀歌诗人常常强调自己的生活方式不同于选择进入政界的人，诗
　　　　　 人选择otium（闲暇），远离野心（ambitio），因而在精神上比政
　　　　　 治家更高尚。forum指古罗马常见的公共广场，是政治生活的核
　　　　　 心，法庭审判在那里发生，商业活动也在那里展开。lectus（与
　　　　　 lego"阅读"不同源）指"床榻"，在这里象征与广场对立的私
　　　　　 人生活，一般认为与诗人怠惰的生活方式有关，但在此处被奥
　　　　　 维德讴歌。umbra即"荫凉"，指私人生活的场域。colo即"耕
　　　　　 耘""培育"，这也用来表示古罗马的门客（client）对自己与恩
　　　　　 主（patron）关系的经营，诗人在此暗示，自己在卧榻和荫凉代
　　　　　 表的私人生活中，经营着一种不同于传统政治领域的关系。

3.544　　　其实，本诗中诗人经常教导恋人并不一定要忠贞。在恋爱忠诚
　　　　　 问题上自相矛盾的说法也见《恋歌》，在1.3和2.17中强调恋爱要
　　　　　 忠贞，但又在2.4中主张与此完全相反，特别是2.4.9-10"没有一
　　　　　 种固定的美丽勾起我的爱情——有一百种原因让我一直处于恋
　　　　　 爱中"（non est certa meos quae forma invitet amores—/ centum sunt
　　　　　 causae, cur ego semper amem）和2.4.48"我充满雄心的爱情要赢得
　　　　　 她们所有人"（noster in has omnis ambitiosus amor）。

3.547　　　奥尼亚指波伊奥提亚，古希腊缪斯的家乡；奥尼亚先知指诗人。

3.548　　　皮厄罗斯（Pierus）的女儿们指缪斯。诗人之前曾让缪斯
　　　　　 （numina vatum, 3.347）成全自己的诗才，而此时奥维德转而声
　　　　　 称诗人本身就具有神灵（numina）。

3.551　　　doctis即"博学的"，曾在本诗中用来形容诗人、缪斯、女子等
　　　　　 （如3.320和3.411），但奥维德与其他哀歌诗人一样，惧怕女子在
　　　　　 恋情中只是为了获得经济利益，如提布卢斯《哀歌》1.9；普罗
　　　　　 佩提乌斯《哀歌集》2.16.11-12："卿提娅不追求富贵，也不需

要荣耀，/她永远看重的只有情人的钱袋"（Cynthia non sequitur fascis nec curat honores; / semper amatorum ponderat una sinus）（王焕生译）;《恋歌》1.10和3.8。

3.555　vector指"骑手""乘坐者"，本句主语。诗人在此处调转了常见的情爱隐喻（恋爱中的男女关系就好比男子驾驭马匹），反而把女性视作驾驭、驯服坐骑的人。habena指"缰绳"，从habeo（持有，拉住）而来。

3.556　compar即"同样的"；artifex指艺术家、擅长某种技艺之人、专家（如3.47），此处用来指代动物，是非常罕见的用法。

3.559　castra指军队营帐，再次出现以军事意象表现爱情的写法。

3.560　praeda指"猎物"，在《恋歌》和本诗第三卷中，诗人常用它形容男子，如《恋歌》1.2.19称自己为"丘比特的猎物"（tua sum nova prada, Cupido），1.7.44形容自己成为怒火的猎物（caecaque me praedam fecerat ira suam），以及2.17.5—6讲自己希望成为一位温柔美丽的女主的猎物（atque utinam dominae miti quoque praeda fuissem / formosae quoniam praeda futurus eram!）。此外，tango在这里指"到达"，当它与"卧室"（thalamus）连用时，一般都指女性，例如《变形记》10.456形容米拉（thalami iam limina tangit），《拟情书》12.57描写美狄亚（... tetigi thalamo male saucia lectum）。3.559描绘的"出入爱情营帐"的士兵般的男子，在此句中转而变成了女子的猎物，得到了女性化的刻画（Brunelle, p. 98）。

3.561　norit＝noverit，是表示劝导的虚拟式（hortative subjunctive）。

3.565　诗人在此打破了将恋爱和智慧对立起来的传统观念。诗人认同年长而有经验的老兵（本诗第三卷发表时奥维德约有四十岁，在恋人中算是年长的），给他们的建议与前一卷给穷人的建议相似，比较2.168："得忍受富人不能忍的许多艰辛"（multaque divitibus non patienda ferat）。

3.567　年轻的爱人在醉酒之后可能变得非常暴力，例如3.71和《恋歌》1.6.57–60。在此处，年轻的恋人那熊熊燃烧的爱焰还不只是隐喻，可能真的引发纵火。

3.568　domina指掌管家庭的女主人，也是哀歌中受男子（经常也是诗歌里的叙述者）膜拜的女主。罗马哀歌诗人喜欢倒置生活中常见的男尊女卑的性别关系，出现男性自称"爱的奴隶"（servitium amoris）。

3.569　撕毁自己的衣衫是悲伤的表现，而撕毁他人的则是在羞辱他人。恋人经常会以这样的方式发泄愤怒，见贺拉斯《颂诗集》1.17.28；提布卢斯《哀歌》1.10.61；普罗佩提乌斯《哀歌集》2.15.18 "你的衣裳会尝试我双手的力量"（scissa veste meas experiere manus）；3.8.8 "又撕破我的衣服，使我胸怀袒露！"（fac mea rescisso pectora nuda sinu!）（王焕生译）；奥维德《恋歌》1.7.47–48 "……将她的衣裳从上面剥至腰间"（... tunicam a summa diducere turpiter ora / ad mediam）；卢奇安（Lucianus，又译琉善，公元125—180年之后）《商女对话》（*Dialogi Meretrii*）8.1.3。

3.570　在《恋歌》1.7里，诗人曾因为抓坏了女友的头发而倍感悔恨。本诗2.169–172也曾提到此事。

3.572　诗人在3.567–571提到的伤痛都是加诸女子的，而此处则指男子在爱情中受到的伤害。

3.573　heu即 "啊！""唉！"（alas!）用来表达悲伤、感叹、失望、痛苦等情绪。奥维德此处的表述代入感很强，暗示自己既是爱情导师，也是爱人。"湿润的稻草"指年岁带来的潮湿让爱火燃烧得没那么旺盛了，但仍然能引燃。

3.576　诗人建议，无论恋人是年轻还是年老，爱情的果实都要迅速摘取，不可耽误。

3.581　"被拒门外的爱人"（exclusus amator）是哀歌传统常见的意象，

见提布卢斯《哀歌》1.2.5-14 "而我的女郎有了个残酷的看守，厚重的大门被用坚硬的门栓关上……"（nam posita est nostrae custodia saeva puellae, clauditur et dura ianua firma sera ... ）；《恋歌》1.6.73 "还有你们，残忍的门柱和僵硬的门槛/看守的坚硬门梁，还有大门，再见了！"（vos crudeles rigido cum limine postes, / duraque conservae ligna, valete, fores! ）罗马喜剧和哀歌中常见的写法是让被拒门外的爱人对着大门讲话，见普劳图斯《库尔库利奥》（Curculio）88-89；普罗佩提乌斯《哀歌集》1.16.17-44，恋人对着紧闭的大门讲话："门啊，比里面的主人还残忍的门，你为何对我默默紧闭严酷的门扉？……"（ianua vel domina penitus crudelior ipsa / quid mihi tam duris clausa taces forbus ... ）（王焕生译）此句所用的动词都是第三人称的虚拟语气，这在教化诗中较为常见，说明作者希望达到某种结果，但又未具体说明应由谁来实现（Gibson，pp. 203, 325）。奥维德教导爱人要扮演传统哀歌中常见的角色，凸显出恋爱游戏中的人为痕迹——在奥维德笔下，追求者被拒门外应是女子刻意的安排，而男子在门外的哀求和威胁也在一定程度上成了一种表演。这样的表演并非女子（puella）或是男子单方面主导的，而是双方某种心照不宣的合作。

3.583　苦涩的药物能治疗爱情的伤痛，见《恋歌》3.11.8 "苦涩的汤药常能为憔悴者带来慰藉"（saepe tulit lassis sucus amarus opem）；《情伤疗方》227-228 "病中我常饮苦涩的汤药，虽然并不情愿"（saepe bibi sucos, quamvis invitus, amaros / aeger）。

3.585　hoc est ... quod为"正是这一点"+虚拟语气，是表示特征的关系从句（relative clause of characteristic）。此句中的amari（被爱）与amarus（苦涩的）形成双关，凸显出不受限制的欢爱而让婚姻索然无味。诗人多次将自己讨论的爱情视作婚姻的对立面（如2.153-160）。有趣的是，奥古斯都曾在一次对元老院和人们的发言中诵读过监察官麦泰鲁斯（Metellus Macedonicus）的演讲（de prole augenda），这段演讲表达的对婚姻的看法与奥维德此处所讲颇为相似：婚姻是无聊的事情（molestia），脑筋正常的人都不想忍受；不同的是，这段演说鼓励罗马公民要以国家的利益为上，遵守自己的义务来忍受婚姻。因此，奥维德对婚姻的批判，甚至对奥古斯都婚姻法的指代是毋庸置疑的，但他这一态度并不意味着他是反对奥古斯都婚姻法的；相反，婚姻作为常人不愿忍受的无聊义务是当时罗马人的共识（Wallace-Hadrill, p. 182）。

3.586　cum voluere = cum voluerunt，即"每当他们愿意"；conveniunt 即"造访"。

3.587　诗人建议已婚男子通过自己为爱情设置障碍、模拟未婚爱情的场景等方式，来为爱情增加趣味和激情。此处，诗人谈话与教导的对象忽然从女子变回了男人，吉布森因此认为这揭示了本诗第三卷表面献给女子的态度的背后，其实掩藏的真正读者是男性（Gibson 2009, pp. 35–36, 327）。

3.589　继续"性别大战"（battle of the sexes）这一意象。这句暗示诗人之后的教导可能会带来真正的伤害。

3.593　foedus 指协议、联结（英文 federal 联邦的来源），foedera lecti 指夫妻或情侣之间床榻的这种联结、协议本是不可割裂的，在此处却被分割（partita）。

3.594　tolle = si tolle，即如果抛下；sentiat 即"让他感觉到"，意味着竞争对手不一定真的存在，这只是高级的恋爱玩家需要给恋人营造的感觉。

3.595　carcer 指赛马在开始比赛之前所在的笼子或马厩，当这里拦住马匹的栅栏或绳索落下，马儿才能奔跑出栏。而 tum ... cum 指"这时……当……"；quos praetereat quosque sequatur 为两个表示目的的关系从句。这一句指竞争对手的存在会提升表现的优异程度。

3.597　　quamlibet 即"无论多少"，副词。而 iniuria（in＋ius［律法、公正］）指"错误""伤害""不公平"。比较诗人给男性的相似建议2.439–444。

3.598　　en ego（啊，是我啊）表示强调。接着说confiteor（我承认），再次表明自己当恋爱导师的权威性源于自己的亲身经历。

3.604　　fingo 即"虚构""伪装"，诗人在此鼓励女主要伪造出丈夫严苛、仆人看管严厉的假象，以刺激情人，勾起他的嫉妒和征服欲，从而让爱情更加精彩。
　　　　　塔伊斯是多位希腊名妓的名字，其中一位的名字命名了公元前4世纪米南德的一部喜剧作品。普罗佩提乌斯《哀歌集》2.6.3："米南德的塔伊斯昔日也未见如此多的崇拜者，/尽管整个埃瑞克透斯人民都拿她娱悦"（turba Menandreae fuerat nec Thaidos olim / tanta, in qua populus lusit Ericthonius）（王焕生译）。诗人指出，哪怕女子本身比这类名妓还要放浪，也要装作矜持，再次强调了演技的重要性。

3.606　　timentis在这里作名词，signa timentis指惊恐之人的神色。

3.607　　此句中的perimus（我们死定了）可以暗示未来完成的动作。这一感叹在拉丁喜剧中常见。

3.609　　admiscenda timori 即"必须与恐惧混合"，爱情好似烹饪，需加入各种调料，是一种精心算计的行为，这再次呼应了本诗的主旨——爱情是可以学习的技能。

3.610　　ne non pudet 引导的目的从句，即"以免"。这里的tanti（tantus）是表示价值的属格（genetive of value），意为"价值斐然"，与3.505用法相同。

3.612　　praeteriturus eram（我本来要略去不表的）用了推辞法，以看似要忽略某事的方式来变相强调它。

3.613　　哀歌传统中经常出现的桥段——被拒之门外的情人（amator

exclusus)。这种拒绝的原因之一就是女子被监管起来，另一种常见原因是她故意不见男子，将其关在门外。

3.614　dux（领袖）可能指军事领袖，也可能指奥古斯都本人；有些抄本此处用 ius（律法）（与 lex 不同，ius 更为抽象，lex 指成文法条）。

3.615　意思是，新婚妻子（nupta）自然应该被看管起来，可是被释女奴也被严加看管，那就不合理了。诗人为了证明自己宣扬的爱情与罗马体面的有夫之妇无关，只针对不被律法限制偷欢的女人，比如艺伎、商女。此处的 vindicta 指"获释""对自由的宣告"，是通过金钱买来的（redimo，即此句中的 redemit）。

　　　古罗马的释奴过程：主人和奴隶同时来到行政官员（magistrate）面前，由第三方（罗马公民）宣布奴隶获得自由，主人若无异议，则由官员宣布奴隶获释。

3.617　licet ＋动词虚拟语气，即"纵使""尽管"。

3.618　阿尔戈在《变形记》1.625 中被描述为有一百只眼睛，被尤诺派来监视流浪中的伊俄，但被墨丘利哄骗并杀死。本句的 verba dabis 中的 verbum 意为"空言"，这一表达引申为"骗过他"。

3.619　scilicet 即"当然""自然""显然"，往往是带着讽刺的反语。此处也一样，表达的意思其实是看守在下列情况根本没办法阻止你传递信息。这里出现的 obsto ＋ne ＋动词的虚拟语气，表示"阻止做某事"。

3.620　sumo 指"使用"，此处 sumendae aquae 与 tempus 连用，指"用水（清洁）的时间"。

3.622　将包含信息的蜡板藏在胸前乳罩下可能是个颇为常见的方法，见《恋歌》3.1.55–56"我记得一次，当残酷的看守经过，可怜的我［写着诗句的信］被藏到女仆胸口"（quin ego me memini, dum custos saevus abiret, / ancillae miseram delituisse sinu）。

3.623　sura 在这里是表示地点的夺格（ablative of place where），"在小

腿处"。

3.624　vincto pede指秘密书信可以放在脚和鞋之间；vincio指"穿好""束紧"。vinculum指"凉鞋"（见3.272）。

3.625　caverit=si caverit，是可能性小的将来条件句中的完成时虚拟（perfect subjunctive in future less vivid condition），意为"如果他防备或识破了"。pro＋名词的夺格，表示"代替"。

3.627　以某种"牛奶"作为墨水书写在纸莎草或蜡板上，虽暂时看不到，可一旦撒上煤灰，文字就能显现，是古代世界传递秘密信息的方式之一。

3.629　学者一般认为此行可能在传抄时有谬误，因为acumine lini（亚麻杆）的头没法用作书写工具，也没法造墨写字。所以有学者认为可能应写作"semine lini"，即亚麻籽（油），因为黏稠的亚麻籽油在蜡板或纸莎草上书写之后，撒上煤灰也能呈现书写内容。

3.631–632　阿克里西俄斯是阿尔戈斯国王，达娜厄的父亲（见3.415），他将女儿锁在塔里，让她成了被看管的女子之典型，亦见《恋歌》2.19.27–28（译文见本诗3.415注疏）和3.4.21–22："达娜厄的卧房受铁与石保护而异常坚韧，可进去还是贞女的她却成了母亲"（in thalamum Danae ferro saxoque perennem / quae fuerat virgo tradita, mater erat）。诗人在此处将达娜厄视作神话案例（exemplum）来证明，女子可以用各种方法逃离看守，成功与情人相会。当然，此处的阿克里西俄斯可不是普通的看守，他将女儿锁起来是为了避免她生出自己的外孙，因为预言曾说他会被自己的外孙杀死。尤庇特化作一阵金雨，趁达娜厄睡觉时潜入塔中与她交合，达娜厄生珀尔修斯。suo crimine即"她自己的罪恶"，诗人在此将达娜厄与尤庇特发生关系看作她自己应负责任的事件。

3.633　从此处开始，诗人列举女子摆脱看守的八种方式。除了三大永久性剧场（见本诗3.394）之外，罗马城还有许多临时搭建的剧场，见维特鲁威（Vitruvius）《建筑十书》5.5.7。3.633–644是整部《爱的艺术》最长的一句话。

3.635　　Pharius是法鲁斯（Pharos）的形容词，法鲁斯是一个位于尼罗河三角洲的岛屿，伊西斯女神在那里有座神庙。sistrum是铜制手摇铃，由包含手柄的架子和可以晃动的金属条组成，通常称为西斯铃，见图9。伊西斯崇拜者常在长时间的冥想和祈祷中使用，通过摇晃发出撞击声。operatus即"致力于""忙于"，常用于形容从事宗教祭祀等活动的样子。哀歌女郎常被描绘为伊西斯的崇拜者，如提布卢斯《哀歌》1.3.23–32；普罗佩提乌斯《哀歌集》2.28.45–46 "她会亲自坐到你的双脚前给你献祭"（ante tuosque pedes illa ipsa operata sedebit）（王焕生译；注意此处指珀耳塞福涅，常与伊西斯混用）；2.33a.1 "重又是神圣的节日，带给我的是悲凉"（Tristia iam redeunt iterum sollemnia nobis）（王焕生译；指需要禁酒禁欲的伊西斯节）；《恋歌》2.13.17 "她经常在固定的日子端坐着敬拜你"（saepe tibi sedit certis operata diebus, / qua cingit laurus Gallica turma tuas）；3.9.33–34 "你们那神圣的礼仪有何用？那埃及的西斯铃现在能如何？"（Quid vos sacra iuvant? quid nunc Aegyptia prosunt / sistra?）伊西斯的崇拜本身强调禁欲主义，但她的神庙在拉丁爱情哀歌中常成为幽会胜地，如本诗1.77及其注解；《恋歌》2.2.25–26："别去问那裹着麻衣的伊西斯处能发生什么"（Nec tu, linigeram fieri quid possit ad Isim, / quaesieris）。

3.637　　善良女神（见本诗3.244），相传进入她在阿文丁山上的庙宇的男子会眼瞎。西塞罗《论他的家宅》（de Domo Sua）105提到并认为这是古人迷信的例子。提布卢斯《哀歌》1.6.21–24提出与奥维德相似的说法，认为当女子声称要去男子不可进的善良女神庙宇时，男子应该警觉："你要警觉，当她经常外出，或说她要去

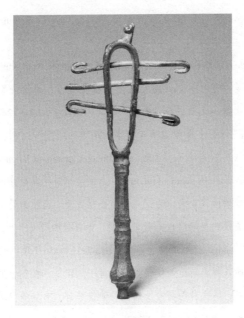

图9 西斯铃

参加善良女神那男子勿进的神仪。但若你把她托付给我，我无须担忧自己的眼睛。"（exibit cum saepe, time, seu visere dicet / sacra Bonae maribus non adeunda Deae. / tunc mihi non oculis sit timuisse meis.）西塞罗《论脏卜官的回应》（*de Haruspicum Responsis*）37 提到，男人甚至连这位女神的真名都不能获知（deae, cuius ne nomen quidem viros scire fas est）。奥维德在此处的用法暗示女神让闯入的男性眼瞎的惩罚是有选择性的，这种嘲讽的态度是这一段的主旋律。

3.639　foris 副词，即"在室外"。当女主进入罗马众多的浴场中享受沐浴（balnea），看守一般会在门口负责看管衣物，而这种沐浴可能是男女混浴，也可能是女性浴场（后一种情况下，可能有男子混入其中与女主幽会）。

3.641 aegroto 即 "生病"，源自形容词 aeger，aegra，aegrum（见3.642），即 "生病的"。

3.642 cedo＋夺格表示离开某地（ablative of place from which）。这句意思是女子可能以闺蜜生病需要探望为由，为偷情觅得机会，这在古罗马文学中颇为常见，例如《恋歌》2.2.21–22教导女主的看守："她会去探望生病（其实没病）的朋友。让她去！据你判断就认定她是病了。"（Ibit ad adfectam, quae non languebit, amicam: / visat! iudiciis aegra sit illa tuis.）尤维纳利斯《讽刺诗集》6.235–238讲母亲伪装生病，为女儿偷情提供方便。而在情爱文学中，为友人提供约会场所也是常见主题，如普劳图斯《卡西娜》（Casina）477–486；卡图卢斯《歌集》68.67–72和156称颂一位朋友，他曾为诗人和莱斯比娅提供幽会的房子。但是，在奥古斯都婚姻法规定中，当这种约会涉及淫乱、偷情等时，为其提供场所就是违法行为（McGinn, pp. 240–243）。

3.643 clavis（钥匙）与 claudo（关闭）同源。Adulterus 既有 "偷情" 又有 "造假的" 之意，所以此处既可指帮助偷腥的钥匙，又可指加配的假钥匙。这一说法在奥古斯都婚姻法的大背景下显得格外大胆，虽然诗人名义上把教导（doceat）的主语设置成了钥匙本身，而非诗人。古代许多房门要用钥匙才能从里面打开，而钥匙往往保管在很受信赖的奴隶手里，因而想要与情人幽会的女子需要配一把钥匙。提布卢斯《哀歌》1.2.15–18鼓励自己的女友想办法开门："黛丽娅，你也别害怕看守，要蒙骗他，一定要勇敢，维纳斯本人助力强者。她喜欢帮助那些尝试新门槛的年轻人，或是那将固定好门栓的大门打开的姑娘。"（tu quoque ne timide custodies, Delia, falle, / audendum est: fortes adiuvat ipsa Venus. / illa favet, seu quis iuvenis nova limina temptat, / seu reserat fixo dente puella fores.）

3.645 Lyaeus 是酒神巴科斯的别称，也可指酒。Lyaeus 指 "释放者"，源于古希腊语"Λυαιος"，来自动词"λύω"（释放），即酒神巴科斯，或就是红酒。也见本诗3.765。

3.646　vel ... lecta sit是让步从句，由此可见诗人对西班牙红酒的评价不高。普林尼《博物志》14.71则表示，西班牙的莱埃塔纳（巴塞罗那沿海地带）的酒庄以高产著称，而塔拉科、劳罗尼西亚、巴利阿里群岛则质量颇佳（Hispaniarum Laeetana copia nobilitantur, elegantia vero Tarraconensia atque Lauronensia et Baliarica ex insulis conferuntur Italiae primis）；马尔提阿利斯《铭辞》1.26.9则直接有"莱埃塔纳的糟粕"（faex Laietana）一说（Curchin, pp. 146-150）。

3.649　nec male即"不赖，不错"，运用反语法强调方法的有效性。

3.655-656　gaudet即"为……而愉悦"+名词夺格（ablative）。学者怀疑这两句不是奥维德所著，因为它从愚者（stultus）出发来推测智者（sapiens）的行为和偏好，违背了惯常原则，且连续两句出现quoque，显得笨重。因而古尔德和利里都认为应该将这两句删去（Goold 1965, p. 49；Leary 1991）。吉布森则认为这两句的逻辑也说得通：从前文看，诗人讨论了神和人都可以被礼物收买，已经讨论过伟大如尤庇特也能因为礼物息怒，此处则进一步从神到人，智者的行为与尤庇特一样，这样一来诗人就按照道德秩序在从高到低讨论（Gibson 2009, pp. 348-349）。

3.657　semel指"一劳永逸地"。一旦成为同伙，奴仆或是看守就会不断被威胁再次出手相助，奥维德在《恋歌》2.8.23-28中讲到"我"收买女仆库帕西丝作同伙和情人，并以抖出他俩的奸情为要挟，逼迫女仆不断就范（但本诗1.375-390曾建议不要与女仆发生关系，要让她安心当自己的耳目）。诗人也提到过此处状况的相反结果（3.485-488），奴隶因为知道了女主的秘密反而威胁起了女主。

3.658　dabit ... manus按照这里的语境，应理解为"屈服，满足……的心

愿"。比较《岁时记》3.688的相似用法："她已经被说服，终于
屈服于您的请求。"（evicta est, precibus vix dedit illa manus.）

3.659–682　讲女人应如何处理恋爱中的对手，告诫女人的闺蜜是不能相信
　　　　　的，朋友也会变成竞争对手。

3.659　　　诗人又一次用"memini"（我曾记得）这个"亚历山大里亚脚
　　　　　注"，对作者自己过去的作品加以引用，此处引用的是本诗
　　　　　1.739–754。相似的用法也见本诗2.169对《恋歌》1.7的引用；
　　　　　2.551对《恋歌》1.4的引用；《岁时记》3.471–476对卡图卢斯
　　　　　64.130–144的引用等（具体文本见本诗1.531注）。

3.662　　　野兔属于本诗常见的狩猎相关的意象，野兔非常善生育（据普林
　　　　　尼《博物志》8.217），常被作为礼物送给爱人。野兔在此处也可
　　　　　能代指会被别的女人抢走的男友。

3.663　　　前文提到的这种热切帮助朋友的友人（3.641），最终被揭露出热
　　　　　心行为实为背后的私利驱动。

3.667　　　feror即"被带走"，此处用动词的被动形式来强调"我"已经丧
　　　　　失对自己的理性控制。insanus在此处为形容词作副词，即"癫
　　　　　狂地"。

3.669　　　auceps指捕鸟人，avis（鸟）＋capio（捕捉）。

3.671　　　viderit是video的未来完成时，表示"〔它，即效用〕会照料自
　　　　　己"，意即诗人顾不上那么多了，只想埋头把承诺的事情做完。
　　　　　此处的效用并非指听众的，而是诗人自己的。

3.672　　　希腊岛屿莱姆诺斯的女子，相传全岛的女人都忘记了尊崇维纳
　　　　　斯，于是在维纳斯诅咒下，她们染上莫名恶臭，于是她们的丈夫
　　　　　不再亲近她们，转而喜欢色雷斯的女俘。莱姆诺斯女子于是杀死
　　　　　了所有的丈夫，因此有了"莱姆诺斯恶行"（Lemnian deed）这一
　　　　　俗语，表示让人震惊的罪行。莱姆诺斯女子后来还欢迎伊阿宋和
　　　　　阿尔戈英雄们（Argonauts）来岛上居住了一年。

3.676　veniatque roget 处的 que（连词，"和"）后置了，晚期的哀歌诗人喜欢把 -que 或 et 后置到一句的第三或第四词，如3.677后置的 et。

3.678　诗人曾在3.568批评恋爱中用指甲抓爱人的脸是不成熟的行为，但也曾在《恋歌》1.7.63–64鼓励女友这样对待自己，以惩罚自己之前对她的暴力行为："但你别犹豫——你的复仇会减轻我的痛苦——上前用指甲攻击我的脸颊。"（At tu ne dubita—minuet vindicta dolorem—/ Protinus in vultus unguibus ire meos.）

3.679　ultro 在此是副词，表示"自行决定的，自愿的"；诗人在此处讽刺男子以为自己有意识地掌控着自己在恋爱关系中的表现，殊不知，其回应都是被对方"设计"引出的。

3.680　奥维德笔下的恋爱主人公用史诗或悲剧中常见的语言来描绘自己的爱情经历，夸张和自吹的痕迹明显，此处便是一例。比较《埃涅阿斯纪》4.1："但是女王［狄多］早已被一股怜爱之情深深刺伤，用自己的生命之血在调养创伤，无名的燹火在侵蚀着她。"（at regina gravi iamdudum saucia cura / vulnus alit venis et caeco carpitur igni.）（杨周翰译）

3.681　speculoque placebit（仪表堂堂）直译为"靠着镜子就可让人愉悦"。比较《女容良方》68"［任何把这副药敷于脸上的女人］都会亮眼，镜子光滑，她更光滑"（fulgebit speculo levior illa suo）（谢佩芸、常无名译）。

3.685　cito 此处为副词；credideris 是完成时虚拟式，用于否定命令句。普罗克里斯是传说中的雅典国王厄瑞克透斯（Erechtheus）的女儿。

3.687–688　这组对句中出现了五个名词，各自又有形容词，呈现出自然的丰饶景象。叙麦图斯是位于雅典旁边的山，在古代由于出产蜂蜜和大理石而闻名。

3.689　nemus 经常与 silva 为同义词，意为森林。

3.693–694　impulsae ... frondes 即"搭配在一起"。saluber 即"健康的""和煦

的"，从 salus（健康）一词而来，放在此处形容 aura，充满了反讽。

3.695　关于刻法洛斯和普罗克里斯的故事有很多版本，往往跟婚姻中的不忠有关。赫西俄德曾描写，刻法洛斯被黎明女神奥罗拉拐走，与之结合生下法厄同。而比较流行的神话版本是，黎明女神爱上了刻法洛斯，但刻法洛斯仍爱自己的妻子普罗克里斯，拒绝了奥罗拉，于是奥罗拉建议刻法洛斯考验一下妻子是否忠诚。女神把刻法洛斯化成一个陌生人。他回到家里，用财宝引诱了普罗克里斯。这时他才向妻子说出了他的真实身份。普罗克里斯十分羞愧，逃到了克里特岛，做了阿耳忒弥斯的伴友。阿耳忒弥斯给了她百发百中的投枪和神犬（也有神话说投枪是弥诺斯所给），并把她化成一位少女，让她回家。刻法洛斯为了得到普罗克里斯（这时已是一个不相识的少女的神犬和投枪），答应了爱情，这时普罗克里斯也现出了真面目。经过这样的一报还一报，二人又重归于好。然而普罗克里斯仍惧怕丈夫同黎明女神私通，于是总在他外出狩猎时偷偷尾随，最后被丈夫误伤而死，刻法洛斯也因此被最高法庭判决驱逐出阿提卡（《希腊罗马神话词典》，第151页）。奥维德《变形记》7.665-863也记载了这个故事，与上面叙述的版本有微差。

famulus 指"仆役""随从"，一般比 servus（奴隶）地位更高。relinquo 指"离开""抛下"，奥维德笔下孤独的漫游者往往结局都很悲惨，比如阿克特翁（Actaeon）（《变形记》3.174）、那耳客索斯（Narcissus）（《变形记》3.413）、赫耳马佛罗狄托斯（Hermaphroditus）（《变形记》4.297）、费利斯（《情伤疗方》592）和这一故事中的普罗克里斯（3.711）。

3.699　将 coniugx（妻子）放在句首，强调妻子对丈夫不忠的恐惧。male 在此处是副词。

3.701　ut accepit nomen，此处的 accepit 与前文刻法洛斯的 accipienda sinu

（"欢迎的胸膛"，3.698）相呼应，奥维德此处的nomen有双关，既可指名字（普罗克里斯将Aura误解为人名），也可指名词"微风"（刻法洛斯将其作为普通名词使用）。

3.702　excidit在奥维德处常指听闻突然的消息而晕倒，如本诗1.539和2.450，《情伤疗方》348。

3.705　Cydonius是库多尼阿（位于克里特的一座城市）的形容词，此处指榅桲，一种据称发源于克里特的水果，成熟的时候呈淡黄色。

3.706　茱萸尚未成熟时呈淡绿色。这两句用水果为例形容普罗克里斯惨白的肤色。

3.708　奥维德非常善于刻画人物的悲痛，引发读者同情，比如本诗1.532；《变形记》1.508 "[阿波罗对逃跑的达芙妮]可怜的我啊！多么害怕你跌倒，或是无辜受伤"（Me miserum! ne prona cadas indignave laedi）；4.138 "[提斯柏哀哭死去的皮拉姆斯]放声痛哭，拍打着自己无辜的臂膀"（percutit indignos claro plangore lacertos）；《哀怨集》1.3.17-18 "爱我的妻子抱着哭泣的我，自身哭得更凄惨，/泪水不断滴落无辜的双颊"（uxor amans flentem flens acrius ipsa tenebat, / imbre per indignas usque cadente genas）（刘津瑜译）。

3.709　nec mora即"没有耽误""立刻"，此为惯用表达，也见普罗佩提乌斯《哀歌集》4.8.51，《埃涅阿斯纪》5.368。《变形记》8.107以同样的表达（passis furibunda capillis）形容斯库拉。

3.710　疯狂的女子经常被比作巴科斯的女追随者（Bacchants），她们披头散发，神情癫狂；故此处虽说普罗克里斯的神智（animus）已恢复，但理智（mens）尚未正常。thyrsus指巴科斯的女随从经常携带的神杖，由常春藤环绕，顶上有松果。

3.711　ut ... perventum指刚一到达，或当到达之后，是非人称被动式

（impersonal passive）。

3.712　　clam 为副词"悄悄的"，引申出英文 clandestine（秘密的）一
　　　　　词。fortis 指"勇敢的""强壮的"，一般用于形容男子，但偶尔
　　　　　也用在女性身上，比较《恋歌》3.2.32 形容狄安娜"当她追逐
　　　　　勇猛的野兽，她本人更为勇敢"（Cum sequitur fortes, fortior ipsa,
　　　　　feras）；《岁时记》2.841 形容因被国王玷污而慷慨自戕的卢克莱提
　　　　　娅（Lucretia）"我以这勇敢而贞洁的鲜血起誓"（per tibi ego hunc
　　　　　iuro fortem castumque cruorem）；贺拉斯《颂诗集》1.37.26 形容克
　　　　　丽奥佩特拉"勇敢地引领凶狠的毒蛇"（fortis et asperas / tractare
　　　　　serpentes）（李永毅译）。

3.713　　quid ... mentis 是表示部分的属格（partitive genetive），意为"有
　　　　　多少理智"，暗示会有否定的回答，比较《拟情书》7.66："你脑
　　　　　中还有多少理智？/ 马上出现的，是你撒谎的舌头发下的誓言。"
　　　　　（quid tibi mentis erit? / protinus occurrent falsae periuria linguae.）

3.714　　attonitus 指恐惧的，在本诗第三卷只有此处与 3.144 出现（attonitas ...
　　　　　feras 恐惧的野兽），故布鲁内尔（Brunelle, p. 115）认为诗人在此
　　　　　处已经暗示普罗克里斯将成为猎物。

3.715-716 scilicet 指"自然地"，用在此处讽刺了普罗克里斯丰富的想象力。
　　　　　probrum，指不光彩的行为，往往与性有关。

3.719　　iubeant 的主语有四个（三个名词 locus、nomen、index 和一个 quia
　　　　　引导的从句）。

3.723　　正午往往潜藏着危机，比如奥维德《变形记》3.144，阿克特
　　　　　翁因无意间看到沐浴的狄安娜而惨遭厄运，故事就发生在正
　　　　　午，"此时正午缩短了万物的影子"（iamque dies medius rerum
　　　　　contraxerat umbras）。

3.725　　"墨丘利之子"原文为"库勒涅之神的后裔"（Cyllenia proles）。
　　　　　库勒涅山位于阿尔卡迪亚，是刻法洛斯的父亲墨丘利的出生地。

《埃涅阿斯纪》4.258里也用Cyllenia proles代指墨丘利。

3.729　iucundus ... error即"甜美的错误",这一搭配在拉丁文学中仅此一处出现。

3.730　mens ... verus ... color运用了多重修饰法（syllepsis）,即用一个形容词同时用于形容两个或更多的名词。

3.731–732　surgit还是现在时,movit就变成完成时以强调动作已完成,诗人在动词时态上的精妙处理凸显出女子行动的迅速,也正是这种迅速让刻法洛斯迅速（而错误地）做出回应。

3.733–734　iuvenaliter是iuvenalis＋副词后缀ter,这一形式非常少见,因而在此处达到强调效果。可与奥维德对年轻人冲动行为的批判做对比（3.567–571）。动词corripio（抓起,拾起）一般暗示从休息状态迅速进入行动状态,比较《埃涅阿斯纪》3.176讲埃涅阿斯面对突然向他现身的家神"我把身体从床上拽起来"（corripio e stratis corpus）;4.572形容埃涅阿斯面对梦中现身并责备他的墨丘利"将身体从睡梦中拽起"（corripit e somno corpus）;卢克莱修3.925"当一个人突然从梦中惊醒"（correptus homo ex somno se colligit ipse）。

3.735　奥维德在短短一个对句（couplet）中使用了五个单独的句子,这在《爱的艺术》中是唯一一次,凸显了行为的快速推进带来的戏剧张力（Brunelle, p. 118）。

3.736　me miserum表示感叹,布鲁内尔（p. 118）观察到这个故事里的每个人都被形容为miser（悲惨）:普罗克里斯（3.729）、奥维德自己（3.736）、刻法洛斯（3.746）。

3.738　vulnera即"伤痕",此处普罗克里斯运用了双关,既指物理上的伤痕（被箭射中）,也指情伤（因嫉妒而伤心）。

3.740　hoc指前面所说的自己不是被情敌所害这一事实。这一句的表述使人联想到古罗马墓碑上的常见铭文STTL,即sit tibi terra levis

（愿覆盖你的泥土轻柔）。相似表达比较《恋歌》2.16.15："愿他们不安地躺卧，被不平的泥土覆压"（Solliciti iaceant terraque premantur iniqua）；3.9.68祝愿死去的提布卢斯安息："愿你骨灰之上的土并不沉重！"（Et sit humus cineri non onerosa tuo!）

3.741　spiritus源于spiro（呼吸），引申为呼吸、灵魂之意。

3.742　io（哎）在不同语境中可以表示不同情绪，如本诗2.1表示喜悦；《变形记》3.442用它表示悲伤，刻画那耳客索斯爱上自己的倒影却无法满足爱欲："'唉森林啊，'他问道，'有谁曾有过更为残酷的爱恋吗？'"（"ecquis, io silvae, credulius" inquit "amavit?"）提布卢斯《哀歌》2.4.6则用其表示恋人的苦恼："唉，我灼烧着，快把炬火拿走，残忍的女郎"（uror, io, remove, saeva puella, faces）。女主完成了古罗马葬礼的程序：合上死者双眼，接住最后的呼吸，清洗身体。而动词labor（倒下）在此处也有讽刺含义：普罗克里斯错误地把字面意义上的aura（微风）做象征义（即人名），而此时她的"倒下"（labor）则是该词的字面意义，而非引申的象征意义（犯错）（Brunelle, p. 118）。

3.743　此处sinu maesto实际指ille maestus，即悲伤的不是胸口，而是人，这种换位修饰法更凸显了前文讲述的错位造成的悲剧。

3.745-746 古代人认为人死之时，灵魂将随着最后的气息流出体外，如《埃涅阿斯记》4.684："若还有最后的气息尚在游离"（extremus si quis super halitus errat）。

3.747　诗人承认之前的大段故事是离题的。nudis rebus是独立夺格（ablative absolute），既指事情和话题本身，也暗指后面会提到的与裸露相关的讨论。

3.748　"疲惫的小舟"（fessa carina）这一意象在《情伤疗方》的结尾811也出现了："将花环挂上疲惫的小舟。"（fessae date serta carinae.）本诗第一卷结尾1.772也将自己的诗歌创作比作船舶（rates）。

3.749　　dum+虚拟语气是跟在动词expectas之后表示期盼的时间从句。

3.751-752 古罗马的晚宴（convivium）一般从下午开始，而夜色降临才会
　　　　　点灯。mora（延迟）在此句中两次出现，分别是夺格和主格，运
　　　　　用了叠叙法（在同一个句子中重复运用某词的不同格或形态）；
　　　　　lena（老鸨）是在罗马喜剧中为男女主创造情爱机会的常见角色，
　　　　　见《恋歌》1.8。

3.753-754 诗人曾教导男人不要在光线昏暗的夜间判断女子样貌（1.245-
　　　　　248），也不能在情绪激昂的酒后做判断（《情伤疗方》803-
　　　　　810）。latebra指藏身之处，在普罗克里斯的例子之后讨论这个，
　　　　　颇为讽刺。

3.755-756 罗马人吃饭不用叉子，而用手拿取，但罗马人要用纸巾（mappae
　　　　　或lintea），例如卡图卢斯《歌集》12就围绕诗人手巾被偷展开。

3.760　　rapina既可以指抢夺或窃取这一行为，也可指行为赢得的战利品。

3.761-762 酒与爱（酒神与爱神）是一对好搭档，相似说法见本诗1.231-
　　　　　232、1.244、1.525-526，《情伤疗方》805。non male运用了反语
　　　　　法，起强调作用。

3.763-764 hoc quoque这一句出现了五个"长短短格"，使得句子节奏轻快，
　　　　　此外与下一句出现了本诗较为罕见的跨行连续（enjambment）
　　　　　（animusque pedesque / constant），都达到了强调饮酒过量的危害之
　　　　　效果。

3.765　　虽然奥维德多次提到女子不应显得turpis（污秽、不洁），但在
　　　　　《情伤疗方》427-440中却表示有些男子会因此提起兴致。许多作
　　　　　家已经批判过沉迷酒精的女子（如提布卢斯《哀歌》1.9.59-64，
　　　　　尤维纳利斯《讽刺诗集》6.300-305），同时认为强奸醉酒的（特
　　　　　别是阶层低下的）女人是可以容忍的行为。Lyaeus指"释放者"，
　　　　　源于古希腊语"Λυαιος"，来自动词"λύω"（释放），即酒神巴
　　　　　科斯，或就是红酒。也见本诗3.645。

3.768   沉入睡梦的女子可能遭受性侵害，例如《岁时记》1.415–450讲
         述的普里阿普斯对宁芙罗提斯（Lotis）的侵犯；普罗佩提乌斯
         《哀歌集》1.3里诗人则叙述自己不敢侵犯睡梦中的卿提娅，只敢
         偷偷欣赏她的美貌。

3.769–788 继列举了关于发型（3.135–158）和服饰（3.169–192）的建议之
         后，诗人开始讨论女人应在男女亲密时摆出何种姿势更能凸显
         优势、掩藏瑕疵。他的技术化讨论中列举了一些神话传说中的人
         物，产生颇为喜剧的效果。

3.769   ulterior表示"更进一步"，相似表达见《岁时记》5.532（pudor
         est ulteriora loqui）；《拟情书》15.133（ulteriora pudet narrare）。关
         于诗人即将探讨的话题不合时宜的例子，见3.353和3.804。
         alma源于动词alo，"滋养"；狄俄涅在荷马笔下是维纳斯的母亲，
         爱神，而在奥维德笔下则就是维纳斯本人，是她指导诗人完成本
         诗，见2.593、2.607、3.43，《岁时记》4.1–16。

3.771   让人联想到德尔菲神庙的铭文"认识你自己"（γνωθι σαυτόν），
         在奥维德笔下，这一智慧的表述还可以运用到身体层面。比较本
         诗2.497–502。

3.773   iaceto是未来祈使（future imperative），往往暗示动作将会完成。

3.774   前半句的tergo即a tergo，"从背后"；后半句的terga是以复数表
         单数（poetic plural），而quis＝quibus，因与placent（使愉悦）搭
         配而使用名词的与格。

3.775   弥拉尼翁是阿塔兰塔的丈夫，阿塔兰塔是传说中的公主，跑得
         很快，本来谁也不想嫁，直到被弥拉尼翁征服，详见2.185–192
         注解，亦见普罗佩提乌斯《哀歌集》1.1.9："弥拉尼昂不畏任何
         艰辛，/终于制服了冷酷的亚西斯［即阿塔兰塔］。"（Milanion
         nullos fugiendo ... labores / saevitiam durae contudit Iasidos.）（王焕生
         译）《变形记》10.560–680记载，阿塔兰塔举办跑步比赛，胜她

者可迎娶自己，但输给她的男人将被她杀害，弥拉尼翁最终依靠维纳斯的帮助赢得比赛。奥维德在《恋歌》3.2.29—30中曾经描述他们的爱情："那迅捷的阿塔兰塔的双腿正是弥拉尼翁渴望要用双手亲自举起的。"（Talia Milanion Atalantes crura fugacis / optavit manibus sustinuisse suis.）

3.778 忒拜新娘指安德罗玛刻，赫克托尔的妻子，奥维德在诗中多次以这对夫妇为例传授爱经。本诗2.645也提到了她高大的身材。西塞罗《致阿提库斯书》4.15.6曾以安德罗玛刻的身材比喻描绘一位技压群雄的演员："正如安德罗玛刻远比阿斯梯阿那克斯［他和赫克托尔生的婴孩］大个儿，在其他角色方面他无人能及。"（In Andromacha tamen maior fuit quam Astyanax, in ceteris parem habuit neminem.）"忒拜新娘"（Thebais ... nupta）用了迂言法（periphrasis）手法，其正式、高贵的效果进一步凸显了诗人对安德罗玛克的戏谑。这两个词将Hectoreo包围，恰如安德罗玛克（没有）跨骑在赫克托尔身上。

3.780 per在这里指"因为"。

3.783 "菲利斯母亲"可能指色萨利的女巫或者悲伤的拉俄达弥亚的同伴，来自菲鲁斯（Phyllus）这座位于色萨利的城市，同时该词在这里也有"与菲利斯（Phyllis）相像"之意。菲利斯与巴科斯的追随者（Bacchants，见3.710）一样生活在色雷斯，常常被刻画成披着头发的模样（在《情伤疗方》593—594，奥维德将菲利斯描绘成巴科斯的女追随者的样子）；而她们也常被唤作"母亲"，见《埃涅阿斯记》7.392。

3.785 卢客娜（Lucina）是掌管生育的神，因为她为新生儿带来光亮（lux）。在《恋歌》2.14.7—8中，奥维德曾批评那些因为害怕留下妊娠纹而堕胎的女人。

3.786 帕提亚人是罗马人在东边的敌人（位于今伊朗境内），本诗1.210

和3.248亦提及，他们行动迅速的骑兵喜欢伴装逃走，再骑马背身对着追赶自己的对手射箭。奥古斯都的外孙盖尤斯曾计划于公元2年左右发动针对帕提亚人的东征，见本诗1.177–228，《情伤疗方》223–224。

3.789　Ammon指古埃及的主神，与罗马的尤庇特对应，常被描绘成山羊的样子（所以是"有角的"），他的神庙位于古代利比亚（如今的埃及），那里宙斯–阿蒙的神谕一度相当有名，据说亚历山大大帝曾经造访这里，但这一崇拜在奥维德生活的时代已经逐渐式微。

　　　　声称自己的歌唱比神谕更值得信赖是一种常见的写法。赫西俄德的缪斯让他能对自己毫无经验的事情发表评论，但对奥维德而言，他诗歌中真理的权威恰恰源于自己自诩丰富的恋爱经验，相关论述亦见本诗1.25–30。

　　　　tripod一词源自古希腊语"τρίπους"（三脚的），主管预言和诗歌的阿波罗在德尔菲神庙中，女祭司须坐在置于地缝之上的三脚祭坛，接受升腾而起的神启而给出预言，故而"三脚的"常与阿波罗和德尔菲神庙相关。

3.790　canet既指歌唱，又指先知的预言，在此处，诗歌与神谕合二为一，就如同vatum本意为预言家，常用来指诗人自己，如2.165等。

3.791　si qua fides [est]往往暗示着会有一个肯定的回答。

3.793　ex imis medullis即从骨髓深处，骨髓被认为是激情的来源，例如《恋歌》3.10.27–28："她看到他，柔软的骨髓燃起火焰，羞耻往这边、情欲往另一边拉扯着她。"（vidit, et ut tenerae flammam rapuere medullae, / hinc pudor, ex illa parte trahebat amor.）

3.796　老塞内加曾提到有人评价奥维德为"Ovidius nescit quod bene cessit relinquere"（奥维德不懂见好就收），见《论辩》9.5.17。

3.799　动词torpeo（感到麻木、无法动弹）在此处的用法可与诗人自己的经历对比，见《恋歌》3.7，其中第35行："什么能阻止魔法技艺麻木我的神经？"（quid vetat et nervos magicas torpere per artes?）

3.800　奥维德多次强调自己注重爱情里的男女要平等地享受，如2.682和2.728。

3.801　比较诗人给男子的相似忠告，2.311-315。

3.802　lumina指光亮或眼睛。诗人之前也指点过，男子应在女子的眼神中寻找欢愉的痕迹，如本诗2.691和2.721；比较普罗佩提乌斯《哀歌集》2.15.12"双目是爱情的向导"（oculi sunt in amore duces）（王焕生译）。

3.805-806　在情欲的快乐之后立即要物质回报是妓女的行为，诗人在此处迅速结束了前面关于爱情的欢愉的论述；比较《情伤疗方》413-416："但当欲望到达终点、归于完结，当整个身体与精神疲倦地平躺，你感到厌倦，宁愿自己未碰过任何女子，很长时间也不愿再触碰女人。"（At simul ad metas venit finita voluptas, / Lassaque cum tota corpora mente iacent, / Dum piget, et malis nullam tetigisse puellam, / Tacturusque tibi non videare diu.）此处诗人的警告再次把男女分隔和对立起来，也呼应了前文诗人对男子不要为了女友花钱的警告（1.447-454和2.261-278）。

3.807-808　正如作者之前提到的，大多数女子都有瑕疵（3.255-290），而昏暗的光线可以掩盖不完美。

3.809-812　尾声：相比于第二卷的结尾（2.733-744），第三卷的收尾更为简短。诗人运用了印章诗（sphragis）手法（作者的自我指称，常见于一首诗或诗歌集的开头或结尾），与本诗内部和外部诸多文本形成互文。例如，这一部分直接提到本诗2.743，也与《情伤疗方》的结尾，即811-812行呼应："我完成了作品，将花环挂上疲惫的小舟；我们已抵达港口，我旅程的终点。"（Hoc opus exegi: fessae date serta carinae; / Contigimus portus, quo mihi cursus erat.）而与《情伤疗方》结尾提到的疲惫的诗歌小舟不同，此处诗歌的战车需要休憩这一意象与维吉尔的《农事诗》2.541-542相似："但我们已经遍览广阔平原，是时候放松马儿汗涔涔的脖颈了。"（Sed nos immensum spatiis confecimus aequor, / et iam tempus equum fumantia solvere colla.）

3.809　　维纳斯的战车常由天鹅（cycnus）来拉，天鹅拉的战车也是拉丁哀歌中常见的意象，见普罗佩提乌斯《哀歌集》3.3.39"从今后你要满足于驾着白色的天鹅飞翔"（Contentus niveis semper vectabere cycnis）；比较贺拉斯《颂诗集》3.28.13-14描写维纳斯"乘坐天鹅车巡游"（iunctis visit oloribus）；4.1.9-10号召维纳斯"乘着耀眼的天鹅"（purpureis ... olorius）及时前往某人家中。

　　　　lusus即"游戏"。在奥维德这里，恋爱需要人学会参与棋牌等游戏（3.372），爱情本身更是情欲的游戏；lusus此处也可以指较为轻浮的文学形式，如爱情哀歌，比如《恋歌》3.1.26-27让"悲剧"作为拟人的角色指责诗人早期作品以恋爱为主题，他的缪斯在轻浮地玩乐（lusit）。

3.810　　iuga nostra是诗歌里常用的以复数表示单数（poetic plural）。

3.811-812　　"之前"，即本诗2.743-744，诗人让受教于他的男子"在战利品上镌刻'纳索曾是我的老师'"。mea turba（我的女学生们）在这里的出现，似乎显得作者在直接对女性读者说话，但第三人称的inscribant（镌刻）表明诗人已经与她们告别了（Brunelle, p. 127）。在战利品上镌刻姓名是古罗马常见的军事举措，比较维吉尔《埃涅阿斯记》3.288"[埃涅阿斯祭拜神灵，挂起盾牌并提辞]希腊胜利者之武器，埃涅阿斯敬献"（AENEAS HAEC DE DANAIS VICTORIBUS ARMA）（杨周翰译）。

　　　　纳索（Naso）是奥维德（Ovidius Publius Naso）的家族名（cognomen），即姓名中第三个词，前两个分别是个人名（praenomen）和氏族名（nomen gentilicium）。只有散文作者会以Ovidius称呼奥维德，诗歌中都称其为纳索。

Magister指老师、大师、导师。奥维德经常以恋爱导师自居（如本诗2.173和2.744，《情伤疗方》55），与提布卢斯《哀歌》1.4.75-76类似："请尊崇我为老师吧/遭充满诡计的狡猾男子刻薄对待的人。"（vos me celebrate magistrum, / quos male habet multa callidus arte puer.）教谕诗常以诗人的自我称赞与立名结尾，例如维吉尔《农事诗》4.559-566；而在《恋歌》中，奥维德经常引用刻成铭文的献词来结尾，如《恋歌》1.11.27-28"我会写下：'纳索向维纳斯献上忠诚的随从，但你们［指蜡板］不久前还只是鄙劣的枫木'"（Subscribam: "Veneri fidas sibi Naso ministras / Dedicat, at nuper vile fuistis acer"）；2.6.61-62"［墓碑上刻着铭文］这墓能表明我曾得女主喜欢，我的嘴曾比鸟儿更能言语"（Colligor ex ipso dominae placuisse sepulcro./ Ora fuere mihi plus ave docta loqui）；2.13.25"让我给铭牌加上：'纳索为获救的科琳娜而立！'"（Adiciam titulum: "servata Naso Corinna!"）而此处奥维德选择将这两种传统结尾的方法融合。

图10　维纳斯诞生于海面，庞贝古城墙画

参考文献

西文书目

除专门说明外，本书所引古希腊与罗马作品原文均来自洛布古典丛书电子数据库，具体作品条目不再一一列举：Loeb Classical Library, https://www.loebclassics.com.

Aldrete, Gregory S. *Gestures and Acclamations in Ancient Rome*. Baltimore and London: Johns Hopkins University Press, 2003.

Barchiesi, Alessandro. *The Poet and the Prince: Ovid and Augustan Discourse*. Berkeley: University of California Press, 1997.

Block, Elizabeth. *Ars Amatoria I*. UK: Bryn Mawr, 1989.

Brunelle, Christopher M., ed. *Ovid Ars Amatoria Book 3*. New York: Oxford University Press, 2015.

Curchin, Leonard A. *Roman Spain: Conquest and Assimilation*. London and New York: Routledge, 1991.

Douglas, Norman. *Venus in the Kitchen, or Love's Cookery Book*. London: Bloomsbury Publishing, 1952.

Dutsch, Dorota M. *Feminine Discourse in Roman Comedy: On Echoes and Voices*. Oxford and New York: Oxford University Press, 2008.

Evans, John. K. *War, Women and Children in Ancient Rome*. London and New York: Routledge, 1991.

Favro, Diane G. *The Urban Image of Augustan Rome*. Cambridge: Cambridge University Press, 1996.

Galinsky, Karl. *Augustan Culture: An Interpretive Introduction*. New Jersey: Princeton University Press, 1996.

Gerber, Douglas E. "The Female Breast in Greek Erotic Literature." *Arethusa*, Vol.11, 1978, pp. 203–212.

Gibson, Roy K. "*Vade-Mecum* in Wantonness: the *Ars Amatoria* and Its Translators." *Joint Association of Classical Teachers Review*, Vol. 19, 1996, pp. 3–5.

——. ed. *Ovid Ars Amatoria Book 3: Edited with Introduction and Commentary*. New York: Cambridge University Press, 2009.

——. "Didactic Poetry as 'Popular' Form: A Study of Imperatival Expressions in Latin Didactic Verse and Prose." *Form and Content in Didactic Poetry*, edited by Catherine Atherton. Bari: Levante, 1997, pp. 67–98.

——, Steven Green and Alison Sharrock, eds. *The Art of Love: Bimillennial Essays on Ovid's "'Ars Amatoria' and 'Remedia Amoris.'"* Oxford: Oxford University Press, 2006.

Goold, G. P. "*Amatoria Critica*." *Harvard Studies in Classical Philology*, Vol. 69, 1965, pp. 1–107.

——. "The Cause of Ovid's Exile." *Illinois CLassical Studies*, Vol. 8, 1983, pp. 94–107.

Green, C. M. C. "Terms of Venery: *Ars Amatoria* 1." *Transactions of American Philological Association*, Vol. 126, pp. 221–263.

Green, Peter. "Carmen et Error: πρόφασις and αἰτία in the Matter of Ovid's Exile." *Classical Antiquity*, Vol. 1, 1982, pp. 202–220.

——. *The Poems of Exile: Tristia and the Black Sea Letters with a New Foreword*. Berkeley: University of California Press, 2005.

Hejduk, Julis Dyson, trans. *Ars Amatoria, Remedia Amoris, and Tristia 2: A Verse Translation with Introduction and Notes*. Madison: The University of Wisconsin Press, 2014.

Hexter, Ralph. *Ovid and Medieval Schooling: Studies in Medieval School Commentaries on Ovid's "Ars Amatoria," "Epistulae Ex Ponto," and "Epistulae Heroidum."* Munich: Arbeo-Gesellschaft, 1986.

Hinds, Stephen. *The Metamorphosis of Persephone: Ovid and the Self-Conscious Muse*. Cambridge: Cambridge University Press, 1987.

Holleran, Claire. *Shopping in Ancient Rome: The Retail Trade in the Late Republic and the Principate*. Oxford and New York: Oxford University Press, 2012.

Hollis, A. S. *Ars Amatoria: Book I*. Oxford: Clarendon Press, 1977.

——. *Metamorphoses Book VIII: Edited with an Introduction and Commentary*. Oxford: Oxford University Press, 1970.

Kenney, Edward J. "Nequitiae Poeta." *Ovidiana: Recherches sur Ovide*, edited by N. I. Herescu. Paris: Les Belles Lettres, 1958, pp. 201–209.

——. "Notes on Ovid II." *The Classical Quarterly*, Vol. 9, 1959, pp. 240–60.

——. "Ovid and the Law." *Yale Classical Studies*, Vol. 21, 1969, pp. 241–263.

Knox, Peter E. *Ovid, Heroides. Select Epistles*. Cambridge: Cambridge University Press, 1995.

Kraus, W. "Ovidius Naso." *Ovid*, edited by M. von Albrecht and E. Zinn. Darmstadt: Wissenschaftliche Buchgesellschaft, 1968, pp. 67–166.

Küppers, Egon. "Ovids *Ars Amatoria* und *Remedia Amoris* als Lehrdichtungen." *Aufstieg und Niedergang der Römischen Welt*, Vol. 31, 1981, pp. 2507–2551.

Jacobson, Howard. *Ovid's Heroides*. New Jersey: Princeton University Press, 1974.

Janka, Markus. *Ovid Ars Amatoria Buch 2: Kommentar.* Heidelberg: Universitätsverlag C., 1997.

Labate, Mario. *L'arte di farsi amare: modelli culturali e progetto didascalico nell'elegia ovidiana.* Pisa: Giardini, 1984.

Leach, Eleanor. "Georgic Imagery in the *Ars Amatoria.*" *Transactions and Proceedings of the American Philological Association*, Vol. 95, 1964, pp. 142–154.

Leary, T. J. *Martial Book XIV: the Apophoreta.* London: Bloomsbury, 1996.

———. "Ovid *Ars Amatoria* 3.653–656." *The Classical Quarterly*, Vol. 41, 1991, pp. 265–267.

Lenz, F. W. *Opuscula Selecta.* Amsterdam: Hakkert, 1972.

Levick, Barbara. "A Note on the *Latus Clavus.*" *Athenaeum*, Vol. 79, 1991, pp. 239–244.

Lowe, Dunstan. "The Symbolic Value of Grafting in Ancient Rome." *Transactions of the American Philological Association*, Vol. 140, 2010, pp. 461–488.

Martini, Edgar. *Einleitung zu Ovid.* Brünn: Rohrer, 1933.

McGinn, T. A. J. *Prostitution, Sexuality and the Law in Ancient Rome.* Oxford and New York: Oxford University Press, 1998.

Melville, A. D. and Edward J. Kenney, eds. *Oxford World's Classics: Ovid: The Love Poems.* Oxford and New York: Oxford University Press, 2008.

Millar, Fergus. "Ovid and the *Domus Augusta*: Rome Seen from Tomoi." *The Journal of Roman Studies*, Vol. 83, 1993, pp. 1–17.

Miller, Paul Allen, ed. *Latin Erotic Elegy: An Anthology and Reader.* London: Routledge, 2002.

Miller, J. I. *The Spice Trade of the Roman Empire.* Oxford: Oxford University Press, 1969.

Mozley, J. H., G. P. Goold. *Art of Love. Cosmetics. Remedies for Love. Ibis. Walnut-tree. Sea Fishing. Consolation.* Harvard University Press, 1978.

Myerowitz, Mollhy. *Ovid's Games of Love.* Detroit: Wayne State University Press, 1985.

Nandini, Pandey. "*Caput Mundi*: Female Hair as Symbolic Vehicle of Domination in Ovidian Love Elegy." *The Classical Journal*, Vol. 113, 2018, pp. 454–488.

Nash, Ernest. *Pictorial Dictionary of Ancient Rome*, 2 vols. Germany: Ensslin-Druck Reutlingen, 1961 and 1962.

Philips, Oliver. "The Witches' Thessaly." *Magic and Ritual in the Ancient World*, edited by Paul Mirecki and Marvin Meyer, Leiden, Boston, Köln: Brill, 2001, pp. 378–386.

Platner, Samuel Ball and Thomas Ashby. *A Topographical Dictionary of Ancient Rome.* London: Oxford University Press, 1929.

Rawson, Elizabeth. "*Discrimina ordinum*: the *lex Iulia theatralis.*" *Papers of the British School at Rome*, Vol. 55, 1987, pp. 83–114.

Reynolds, R. W. "The Adultery Mime." *The Classical Quarterly*, Vol. 40, 1946, pp. 77–84.

Richlin, Amy. "Invective against Women in Roman Satire." *Arethusa*, Vol. 17, 1984, pp. 67–80.

——. *The Garden of Priapus: Sexuality and Aggression in Roman Humor*, revised edition. Oxford and New York: Oxford University Press, 1992.

Sharrock, Allison. *Seduction and Repetition in Ovid's* Ars Amatoria *II.* Oxford: Clarendon Press, 1994.

——. "Ovid and the Politics of Reading." *Materiali e discussioni per l'analisi dei testi classici*, Vol. 33, 1994, pp. 97–122.

——. "*Ars Amatoria* 2.123–42: Another Homeric Scene in Ovid." *Mnemosyne*,

Vol. 40.3/4, 1987, pp. 406–412.

Simpson, C. J. "'Unexpected references' to the Horologium Augusti at Ovid *Ars Amatoria* 1.68 and 3.388." *Athenaeum*, Vol. 70, 1992, pp. 478–484.

Steinby, Eva Margareta, ed. *Lexicon Topographicum Urbis Romae*. 5 vol. Rome: Edizioni Quasar, 1993–2000.

Syme, Ronald. *History in Ovid*. Oxford and New York: Oxford University Press, 1978.

Volk, Katharina. *The Poetics of Latin Didactic: Lucretius, Vergil, Ovid, Manilius*. Oxford and New York: Oxford University Press, 2002.

Watt, W. S. "Ovidiana." *Museum Helveticum*, Vol. 52, 1995, pp. 90–107.

Wallace-Hadrill, Andrew. "Propoganda and Dissent? Augustan Moral Legislation and the Love-Poets." *Klio*, Vol. 67, 1985, pp. 180–184.

Wheeler, Arthur L. "Topics from the Life of Ovid." *American Journal of Philology*, Vol. 46, pp. 1–28.

White, Peter. "Ovid and the Augustan Milieu." *Brill's Companion to Ovid*, edited by Barbara Weiden Boyd, Leiden, Boston, Köln: Brill, 2002, pp. 1–26.

Wildberger, J. *Ovids Schule der "elegischen" Liebe: Erotodidaxe und Psychagogie in der Ars Amatoria*. Frankfurt am Main: Peter Lang, 1998.

Williams, Craig Arthur. *Roman Homosexuality*, 2nd edition. Oxford: Oxford University Press, 2010.

Zanker, Paul. *The Power of Images in the Age of Augustus*. Ann Arbor: University of Michigan Press, 1990.

Zuckerberg, Donna. *Not All Dead White Men: Classics and Misogyny in the Digital Age*. Cambridge: Harvard University Press, 2018.

中文书目

奥维德:《爱的艺术》,寒川子译,内蒙古大学出版社2007年版。

奥维德:《爱经》,戴望舒译,光明日报出版社1996年版。

奥维德:《爱经》,林蔚真译,光明日报出版社2010年版。

奥维德:《变形记》,杨周翰译,人民文学出版社2008年版。

奥维德:《罗马爱经》,黄建华、黄迅余译,陕西人民出版社2006年版。

奥维德:《女杰书简》,南星译,生活·读书·新知三联书店1992年版。

奥维德:《奥维德诗全集:拉中双语版》,李永毅译,中国青年出版社2021
年版。

《古罗马诗选》,飞白译,花城出版社2001年版。

贺拉斯:《贺拉斯诗全集:拉中对照详注本》,李永毅译,中国青年出版社
2017年版。

荷马:《伊利亚特》,罗念生、王焕生译,人民文学出版社2003年版。

荷马:《奥德赛》,王焕生译,人民文学出版社2003年版。

保拉·加利亚尔迪:《奥维德笔下的凯旋式:文学传统与奥古斯都时代的宣
传之间》,康凯译,《全球视野下的古罗马诗人奥维德研究前沿》,刘津
瑜主编,北京大学出版社2021年版,第57—90页。

卡图卢斯:《卡图卢斯〈歌集〉拉中对照译注本》,李永毅译,中国青年出版
社2008年版。

刘津瑜:《罗马史研究入门》(第二版),北京大学出版社2021年版。

刘津瑜主编:《全球视野下的古罗马诗人奥维德研究前沿》,北京大学出版社
2021年版。

刘津瑜:《凯旋式、奥古斯都家族与罗马帝国:奥维德〈哀怨集〉4.2译注与
解读》,《城市世界与历史》第23辑,2020年。

刘津瑜、康凯、李尚君、熊莹:《奥维德在西方和中国的译注史和学术史概
述》,《世界历史评论》第5辑,2016年。

鲁刚、郑述谱编译:《希腊罗马神话词典》,中国社会科学出版社1984年版。

普劳图斯等:《古罗马戏剧全集》(上、中、下),王焕生译,吉林出版集团
有限责任公司2015年版。

普罗佩提乌斯：《哀歌集：拉丁语汉语对照全译本》，王焕生译，华东师范大
　　学出版社2006年版。

苏维托尼乌斯：《罗马十二帝王传》，张竹明等译，商务印书馆1995年版。

王焕生：《古罗马文学史》，中央编译出版社2008年版。

王忠孝：《奥维德与奥古斯都》，《全球视野下的古罗马诗人奥维德研究前
　　沿》，刘津瑜主编，北京大学出版社2021年版，第3—22页。

维吉尔：《埃涅阿斯纪》，杨周翰译，人民文学出版社1984年版；译林出版社
　　1999年版。

西塞罗：《图斯库路姆论辩集》，顾枝鹰译，华东师范大学出版社2022年版。

谢佩芸、常无名译：《奥维德〈女容良方〉译注》，《都市文化研究》第23辑，
　　2020年，第284—306页。更新版见"迪金森古典学在线"：https://dco.
　　dickinson.edu/ovid/medicamina.

亚里士多德：《动物志》，吴寿彭译，商务印书馆1979年版。

附录一 《爱的艺术》中译人名索引

拉丁名	中译	解释	出处（卷、行）
Achilles	阿喀琉斯	佩琉斯与女神忒提斯之子	1.5n, 1.11, 1.13n, 1.15n, 1.17n, 1.117-118n, 1.441, 1.681-682, 1.683-691n, 1.696n, 1.701, 1.743, 2.4n, 2.131n, 2.136n, 2.188n, 2.401-404n, 2.711, 2.736-2.737n, 2.741, 3.1-2n, 3.189-190n
Actorides	阿克托尔后人	指其孙帕特洛克罗斯	1.743
Acrisius	阿克里西俄斯	阿尔戈斯国王，达娜厄之父	3.415n, 3.631
Admetus	阿德墨托斯	位于帖撒利地区的菲莱城的国王	2.239, 3.19-20n
Adonis	阿多尼斯	美貌少年，维纳斯曾为之倾倒，并为他的暴亡恸哭不已	1.75, 1.285-286n, 1.512, 3.85, 3.405n,
Aeacides	埃阿科斯后裔	指希腊国王埃阿科斯的男性子嗣，常指其子佩琉斯或其孙阿喀琉斯	1.17, 1.691, 2.131n, 2.736
Aeneas	埃涅阿斯	特洛伊英雄，安奇塞斯与维纳斯所生，维吉尔史诗《埃涅阿斯纪》主角，相传是罗马人的先祖	1.60, 1.311-312n, 1.453n, 2.126n, 2.166n, 3.31n, 3.37-40n, 3.86, 3.113n, 3.116n, 3.337, 3.392n, 3.401n, 3.405n, 3.409n, 3.733-734n, 3.811-812n
Aeolus	埃俄洛斯	掌管风的神	1.634

续表一

拉丁名	中译	解释	出处（卷、行）
Aeson	埃宋	伊阿宋之父	2.103n, 3.34
Aiax/Ajax	（大）埃阿斯	希腊名将，忒拉蒙之子，忒克墨萨的丈夫	1.737n, 3.111, 3.112n, 3.517, 3.521-522n, 3.523
Alcathous	阿尔卡图斯	佩洛普斯之子，建造了墨伽拉的城墙	2.421
Alceus	阿尔凯乌斯	赫丘利名义上的祖父	3.156
Amazon	阿玛宗	阿玛宗人是相传由女战士组成的民族	2.743, 3.1
Amaryllis	阿玛瑞梨	即维吉尔笔下的牧羊人科吕东	2.268, 3.183
Ammon	阿蒙神	古埃及的主神，与罗马的尤庇特对应	3.789
Amoebeus	阿摩埃贝乌斯	雅典的七弦琴演奏家与歌手，擅长音乐	3.399
Amor	阿摩尔	小爱神，维纳斯之子，名字源于拉丁文的"爱"，又称丘比特	1.7-9, 1.17, 1.21, 1.23, 1.30, 1.83, 1.101n, 1.165, 1.231, 1.659-668n, 2.4n, 2.17, 2.645-646n, 2.708, 3.510
Andromache	安德罗玛刻	赫克托尔之妻	1.276n, 2.709, 2.645, 3.109, 3.519, 3.521-522n, 3.778n
Andromeda	安德罗墨达	厄提俄皮亚的国王刻甫斯和卡西俄佩亚之女	1.53, 1.225n, 2.643, 2.657n, 3.191-192n, 3.429
Apelles	阿佩莱斯	公元前4世纪著名艺术家	3.224n, 3.401
Apollo	阿波罗	古希腊神话中的光明之神、文艺之神，同时也是罗马神话中的太阳神	1.25-30n, 1.73-74n, 1.80n, 1.189-190n, 1.525n, 2.1n, 2.3-4n, 2.79-80n, 2.239, 2.401-406n, 2.493, 2.494, 508n, 2.737n, 3.19-20n, 3.25-27n, 3.119n, 3.142n, 3.144n, 3.307n, 3.319n, 3.347n, 3.389n, 3.399n, 3.708, 3.789n

拉丁名	中译	解释	出处（卷、行）
Argus	阿尔戈斯	有一百只眼睛的怪物	1.627n, 3.618
Ariadne	阿里阿德涅	克里特国王弥诺斯之女，爱上忒修斯后帮助他走进代达罗斯设计的迷宫，杀死弥诺陶罗斯，后被始乱终弃的忒修斯抛弃	1.509n, 1.525n, 1.527n, 1.531n, 1.551n, 1.557–558n, 1.565n, 2.301n, 2.610n, 3.31n, 3.35, 3.157–158n, 3.457n,
Arion	阿里翁	酒神颂歌的创始人	3.326
Atalanta	阿塔兰塔	相传有两位，来自阿尔卡迪亚的阿塔兰塔擅射，不近男色；而来自波伊奥提亚的阿塔兰塔则以跑步快著称	2.185, 2.188n, 2.192n, 3.775
Atreus/ Atrides	阿特柔斯	迈锡尼国王，阿伽门农、墨涅拉俄斯之父	1.327n, 1.333–334n, 2.7–8n, 2.371, 2.399, 2.405–407n, 3.11–12
Atrides	阿特柔斯之子	常指阿特柔斯大儿子阿伽门农，也可指小儿子墨涅拉俄斯	1.334, 2.371, 2.399, 2.405–406n, 3.11–12
Aura	阿奥拉	微风	3.698, 3.701, 3.715
Automedon	奥托墨冬	阿喀琉斯战车的驾驭者	1.5, 1.8, 2.738
Bacchus	巴科斯	即酒神狄奥尼索斯	1.189, 1.203n, 1.231n, 1.232, 1.237–244n, 1.263–268n, 1.312, 1.525n, 1.531n, 1.541n, 1.545–556, 1.557–558n, 1.563n, 1.565, 1.567, 2.380n, 2.610n, 3.101n, 3.157, 3.347n, 3.348, 3.645n, 3.710, 3.762, 3.765n, 3.783n

续表三

拉丁名	中译	解释	出处（卷、行）
Belides	贝丽戴丝	即 Danaides，埃及国王贝鲁斯的孙女们	1.74
Bona Dea/ Diva	善良女神	古罗马宗教的神祇，专司健康与疗愈、女性贞洁和生殖，保护罗马国家与人民等	3.244, 3.637
Busiris	布西里斯	传说中埃及的一国国王。很多埃及城镇也以此为名	1.649, 1.651
Byblis	比布利斯	弥勒托斯之女，爱上了自己的孪生兄弟考努斯	1.283
Briseis	布里塞伊斯	阿基琉斯在战争中抢得的公主，后被阿伽门农夺走，引发阿基琉斯的愤怒	1.743n, 2.401-404n, 2.711n, 2.713, 3.189
Calchas	卡尔卡斯	帮助希腊人赢得特洛伊战争的预言家	2.737
Callimachus	卡利马科斯	公元前 3 世纪的希腊诗人	1.25n, 1.39n, 1.77n, 1.80n, 2.239n, 2.494n, 3.329, 3.345-346n
Calypso	卡吕普索	居住在奥古吉埃岛上的女神，尤利西斯在其岛上滞留七年	2.4n, 2.124n, 2.125, 2.126n, 2.127-128n, 2.129, 3.455-456n
Capaneus	卡帕纽斯	阿尔戈斯的王，在忒拜战争中被尤庇特劈死	3.21
Castor	卡斯托尔	与波吕克斯为孪生子	1.679-680n, 1.746
Cecrops	刻克罗普斯	古阿提卡的地神，阿提卡十二城的创建者，传说中雅典所在的阿提卡的第一代王，因此阿提卡又叫刻克罗皮亚，雅典人则自称刻克罗皮代，即刻克罗皮亚的后裔	1.172, 3.457
Cephalus	刻法洛斯	英俊的雅典男子，普罗克里斯之夫。一说得到曙光女神奥罗拉忠爱	3.84, 3.695, 3.701n, 3.725, 3.731-732n, 3.736n, 3.738,

续表四

拉丁名	中译	解释	出处（卷、行）
Cepheus	刻甫斯	厄提俄皮亚国王，安德罗墨达之父	1.53n, 3.191
Ceres	刻瑞斯	掌管农事、庄稼的女神	1.401n, 2.601
Chaonia	卡奥尼亚	多多那的一座城市，相传附近有一片敬献给尤庇特的橡树林，是著名的神谕地点	2.150
Chiron	客戎	仙女菲吕拉与天神克洛诺斯之子	1.11, 1.17, 2.188n
Chryses	克律塞斯	特洛伊城的阿波罗祭司	2.402
Circe	喀耳刻	居住在艾艾埃岛上的巫术神女	2.103, 2.124n
Clio	克利俄	缪斯之一，掌管历史、善奏竖琴	1.27
Corinna	科琳娜	奥维德《恋歌》中的女主	1.351n, 2.301n, 3.111n, 3.233n, 3.538
Crassus	克拉苏	罗马将军，与尤利乌斯·恺撒、庞培并称"三头"	1.179
Creusa	克瑞乌萨	伊阿宋背叛美狄亚所娶妻子	1.335, 3.455-456n
Cupid	丘比特	维纳斯之子，小爱神	1.7n, 1.60n, 1.165n, 1.169n, 1.231n, 1.233, 1.261n, 1.264n, 2.21-96n, 2.233n, 3.1-2n, 3.516n, 3.560
Cybele	库柏勒	小亚细亚地区弗里吉亚人奉为地母的主神	1.507, 1.538n, 2.610n
Cydippe	库狄佩	阿孔提俄斯之妻，被其用苹果诱骗	1.457
Cynthia	卿提娅	普罗佩提乌斯笔下的爱人	1.42n, 1.67n, 1.83-84n, 1.109-110n, 1.164n, 1.256n, 1.259n, 2.169-172n, 2.246n, 2.261-286n, 3.199-208, 3.227n, 3.239-240n, 3.333n, 3.551n, 3.536, 3.768n

续表五

拉丁名	中译	解释	出处（卷、行）
Cythera	库忒拉	指爱神维纳斯，她出生于库忒拉的海边	2.15, 2.607, 3.43, 3.53n
Daedalus	代达罗斯	希腊罗马神话中著名的匠人、艺术家、科学家	1.325-326n, 1.509n, 2.23, 2.35, 2.39-40n, 2.55-56n, 2.74, 2.81-82
Danae	达娜厄	阿尔戈斯王阿克里西俄斯之女	1.225, 3.415, 3.416n, 3.631-632n
Danaus	达那奥斯	希腊城邦阿尔戈斯的国王之先祖	1.73-74n, 3.1-2n
Danaos	达那奥斯人	参加特洛伊战争的希腊人	2.735, 3.1
Daphnis	达佛尼斯	传说中西西里的牧童、美少年，也是牧歌的创始者	1.732
Deidamia	得伊达墨亚	斯基罗斯岛上的公主	1.681-689n, 1.697n, 1.704
Demophoon	得摩丰	忒修斯和费德拉之子	1.661-662n, 2.353, 3.35-38n, 3.459
Diana	狄安娜	阿波罗的姐姐，掌管狩猎的贞洁女神	1.259, 1.456-457n, 2.55-56n, 2.398-399n, 3.83n, 3.143, 3.536-538n, 3.712n, 3.723
Dione	狄俄涅	爱神维纳斯本人	2.593, 3.4, 3.769
Dolon	多隆	特洛伊战争中特洛伊一方的战士	2.130n, 2.135, 2.136n
Elissa	埃利萨	迦太基女王狄多的原名	3.40
Endymion	恩底弥翁	俊美青年，被月亮女神卢娜所爱	3.83
Ennius	恩尼乌斯	自称"罗马的荷马"，所著的史诗《编年记》讲述了从埃涅阿斯开始到公元前2世纪的罗马史	1.364n, 3.409, 3.519-520
Erato	厄剌托	古希腊九位缪斯女神之一，手持竖琴，掌管音乐和舞蹈，例如爱情诗和拟剧	2.16, 2.425

续表六

拉丁名	中译	解释	出处（卷、行）
Eriphyle	厄里费勒	安菲阿剌俄斯之妻，受贿害死自己的丈夫	3.13
Europa	欧罗巴	腓尼基王阿革诺耳之女	1.323, 3.252n
Eurytion	欧律提翁	半人马。在皮里托俄斯的婚宴上喝酒过多引发斗争而身亡	1.593
Gallus	伽卢斯	真正意义上的第一位古罗马哀歌诗人	2.213n, 3.334, 3.453n, 3.536–538n
Geta	盖塔	常见的奴隶名	3.332
Gorgon	戈尔贡	女妖，头发为无数条毒蛇，凡是被她看到的人都会变成石头，主要用来指美杜莎	2.700, 3.504
Harmonia	哈耳摩尼亚	维纳斯与战神马尔斯所生之女	3.86, 3.251n,
Hector	赫克托尔	特洛伊王子，为特洛伊战争统帅	1.15, 1.117–118n, 1.363n, 1.441, 1.694, 2.1n, 2.131n, 2.136n, 2.405–406n, 2.646, 2.709, 2.741n, 3.1–2n, 3.17–18n, 3.109n, 3.521–522n, 3.778
Helen/ Tyndari	海伦	斯巴达国王墨涅拉俄斯的王后，斯巴达国王廷达瑞俄斯之女	1.54, 1.247n, 1.683–689n, 1.746, 2.4–6n, 2.359, 2.361n, 2.365, 2.371, 2.372n, 2.398–399n, 2.699, 2.714n, 3.1–2, 3.11–12, 3.49n, 3.97n, 3.251n, 3.253, 3.268n, 3.439–440n, 3.759
Helle	赫勒	云神涅斐勒之女	3.175, 3.335–336n
Herculei	赫丘利	即赫拉克勒斯，因完成十二伟业封神	1.68, 1.187–190n, 1.204n, 2.109–110n, 2.217, 2.218–221n, 3.156n, 3.168

续表七

拉丁名	中译	解释	出处（卷、行）
Hermione	赫耳弥俄涅	海伦和墨涅拉俄斯唯一的女儿	1.745, 2.699
Hippodamia	希波达弥亚	皮萨国王俄诺马俄斯之女	2.8
Hippolytus	希波吕托斯	忒修斯之子，被继母费德拉爱上，最终惨死	1.338, 1.511, 1.744n
Homerus	荷马	古希腊盲诗人，相传为史诗《伊利亚特》与《奥德赛》的作者	1.13n, 1.15n, 1.53n, 1.436n, 1.761-762n, 2.1n, 2.4n, 2.109, 2.279, 2.330n, 2.359-360n, 2.375n, 2.491n, 2.561—592n, 2.736n, 3.3n, 3.84n, 3.272n, 3.413
Hylaeus	叙莱乌斯	半人马，曾试图强暴阿塔兰塔，后被阿塔兰塔杀死	2.191
Hylas	海拉斯	相传是一位美少年，是赫丘利的同伴	2.110
Hymenaeus	许墨奈俄斯	婚礼之神	1.563
Iason/Jason	伊阿宋	寻找金羊毛的英雄，对美狄亚始乱终弃	1.6n, 1.335-336n, 2.103, 2.109-110n, 2.381-382n, 3.31n, 3.33, 3.335-336n, 3.392n, 3.455-456n, 3.672n
Inachis	伊娜客斯	阿尔戈斯国王伊那科斯的女性后裔，指伊俄	3.464
Ino	伊诺	佛里克索斯和赫勒兄妹俩的继母	3.175n, 3.176
Iphis	伊菲斯	埃瓦德奈的父亲	3.22
Io	伊俄	古希腊国王伊那科斯之女，在罗马常与埃及女神伊西斯混用	1.77n, 1.323
Iole	伊俄勒	俄卡利亚国王欧律托斯的女儿，为赫丘利所爱	3.156

续表八

拉丁名	中译	解释	出处（卷、行）
Iuno	尤诺	尤庇特之妻，天后，即赫拉	1.77n, 1.187–188n, 1.247n, 1.323–324n, 1.625, 1.626n, 1.627, 1.635, 1.731n, 2.55–56n, 2.217n, 2.221n, 2.257–258, 3.235–250n, 3.393n, 3.618n
Jupiter	尤庇特	古罗马神话中的众神之王，即宙斯	1.53n, 1.77n, 1.78, 1.188, 1.225n, 1.323–324n, 1.339–340n, 1.633, 1.635n, 1.633, 1.636, 1.650–1.651, 1.713, 1.746n, 2.38, 2.55–56n, 2.150n, 2.217n, 2.523n, 2.540, 2.541n, 2.606n, 3.21–22n, 3.115n, 3.116, 3.156n, 3.235–252n, 3.323–324n, 3.379, 3.393n, 3.415–416n, 3.420, 3.461n, 3.490n, 3.631–632n, 3.654, 3.655–656n, 3.789n
Laodamia	拉俄达弥亚	普罗特西拉奥斯之妻	2.356, 3.17–18n, 3.138, 3.738n
Leander	莱安德	希罗的爱人	2.249
Leda	勒达	斯巴达王后，廷达瑞俄斯之妻，海伦之母	1.746n, 3.251
Livia	利维娅	奥古斯都之妻	1.71–72n, 1.72, 2.463n, 3.137n, 3.391n
Lucina	卢客娜	掌管生育的神，为新生儿带来光亮（lux）	3.785
Luna	卢娜	月亮女神，与希腊神话中的塞勒涅（阿耳忒弥斯）相同	3.83

续表九

拉丁名	中译	解释	出处（卷、行）
Lycoris	吕克丽丝	哀歌诗人伽卢斯笔下的爱人	3.334n, 3.537
Machaon	马卡翁	掌管医疗的希腊神阿斯克勒庇俄斯之子、特洛伊之战中希腊的军医	2.491, 2.494n
Mars	马尔斯	建立罗马城的罗慕路斯之父	1.147–148n, 1.171–176n, 1.181n, 1.203, 1.212, 1.217n, 1.333, 1.406, 2.131n, 2.562–563, 2.566, 2.569, 2.585, 2.588, 3.85–86n
Medea	美狄亚	古代世界最有名的女巫之一，擅长以各种香草熬制具有法力的汤药	1.281n, 1.335–336n, 2.101, 2.103, 2.381–382n, 2.383–384n, 3.31n, 3.33n, 3.560n
Medusa	美杜莎	蛇发女妖，被她注视的人会变成石头	1.53n, 2.309, 2.644n, 2.700n, 3.504n
Menelaus	墨涅拉俄斯	斯巴达国王，海伦的丈夫，阿特柔斯的小儿子	1.54n, 1.247n, 2.4n, 2.359, 2.361, 2.371–372n, 2.398–399n, 2.407n, 2.491n, 2.699n, 3.11–12n, 3.253
Mercury	墨丘利	罗马神话中众神的使者，即赫尔墨斯	2.585n, 2.644n, 3.147n, 3.323–324n, 3.618n, 3.725
Milanion	弥拉尼翁	指希波墨涅斯，阿塔兰塔之夫	2.188, 3.775
Minerva	弥涅耳瓦	即雅典娜	1.692n, 2.659
Minos	弥诺斯	克里特国王，帕西法厄之夫	1.302, 1.309, 1.325–326n, 1.331n, 1.507–509n, 1.510, 2.21, 2.25, 2.35, 2.52–2.53, 2.97, 3.695
Mulciber	穆尔奇贝尔	即伏尔甘，即希腊的赫菲斯托斯	2.562, 2.577

续表十

拉丁名	中译	解释	出处（卷、行）
Musa	缪斯	司掌文艺的诸女神	1.27, 1.54n, 1.264, 2.3-4n, 2.16n, 2.279, 2.704, 3.168, 3.329, 3.330-3.331n, 3.347n, 3.399n, 3.412, 3.468, 3.548n, 3.548, 3.551n, 3.789n, 3.790
Myron	米隆	公元前5世纪著名的希腊雕塑家	3.219
Myrrha	米拉	塞浦路斯国王客倪剌斯之女，与父亲乱伦生下阿多尼斯	1.281n, 1.285, 3.85-86n, 3.560n
Naiad	（主管淡水的）宁芙	主管淡水的宁芙，曾引诱美少年海拉斯	2.110, 2.457n
Naso	纳索	奥维德的姓氏	2.744, 3.812
Nemesis	奈麦西斯	提布卢斯笔下的爱人	2.245n, 3.334n, 3.536
Neptunus	涅普图努斯	海神，即波塞冬	1.53n, 1.147-148n, 1.333, 2.587, 3.429-430n
Nestor	涅斯托尔	《伊利亚特》中充满智慧的老人	2.736
Nireus	尼柔斯	锡米岛的国王，特洛伊战争希腊军队的领导人之一，据说是首屈一指的美男子	2.109
Nisus	尼索斯	墨伽拉的国王	1.331
Nympha	水仙宁芙	自然幻化的女性精灵	1.11n, 2.457n, 3.178
Oecles	俄伊克勒斯	安菲阿剌俄斯之父	3.13
Orion	俄里翁	玻伊奥提亚的巨人，美丽的猎手	1.731, 2.56
Orpheus	俄耳普斯	传说中能用歌声打动动物、植物、石头的歌手	1.283-342n, 2.330n, 3.168n, 3.321
Pallas	帕拉斯	即雅典娜	1.625, 1.626n, 1.692, 1.727, 1.746, 2.518, 3.506

续表十一

拉丁名	中译	解释	出处（卷、行）
Parthia	帕提亚	罗马东边的敌人，位于今伊朗境内	1.179, 1.195–196n, 1.201, 1.205n, 1.209, 1.210n, 1.211–212, 1.216n, 1.226n, 2.175, 2.248, 3.248–248n, 3.786
Paris	帕里斯	特洛伊王子，因参与三女神金苹果之争引发特洛伊战争	1.54n, 1.246n, 1.247, 1.626n, 1.683–689n, 2.5–6n, 2.359–360n, 3.1–2n, 361n, 2.363n, 2.365n, 2.372n, 2.714n, 3.97n, 3.109n, 3.268n, 3.439–440n
Pasiphae	帕西法厄	克里特国王弥诺斯之妻	1.281n, 1.283–342n, 1.289n, 1.295, 1.302n, 1.303, 1.313n, 1.321n, 1.325–327n, 2.21–96n
Pelasgus	佩拉斯加人	指希腊地区聚居的先民，可转译作"希腊的"	2.421, 2.541
Pelias	佩利阿斯	伊俄尔科斯国王	3.33n
Penelope	珀涅洛珀	尤利西斯之妻，为在外征战和漂泊的丈夫守身二十年	1.477, 2.355, 3.15
Penthesilea	彭忒西勒亚	阿玛宗女战士的首领	3.2
Perillus	佩利罗斯	第一个受铜牛炙烤刑罚之人	1.653
Perseus	珀尔修斯	达娜厄与尤庇特之子，曾杀死美杜莎	1.53, 1.225n, 2.644, 3.191–192n, 3.415n, 3.429–430n, 3.631–632n
Phaedra	费德拉	忒修斯之妻，爱上了继子希波吕托斯	1.338n, 1.511, 1.744, 2.354n
Phalaris	法拉利斯	西西里阿格里根图姆的僭主，以凶残闻名	1.653
Pheres	斐瑞斯	阿德墨托斯之父	3.19

拉丁名	中译	解释	出处（卷、行）
Phineus	菲纽斯	色雷斯国王，海神涅普图努斯之子	1.339
Phoenix	福尼克斯	阿明托尔之子	1.337
Phrixus	佛里克索斯	云神涅斐勒之子	3.175, 3.336
Propertius	普罗佩提乌斯	古罗马诗人，写作《哀歌集》	1.25–30, 1.39n, 1.42n, 1.56–1.57n, 1.67n, 1.73–74n, 1.80n, 1.83n, 1.101n, 1.103–1.104n, 1.109–110n, 1.164n, 1.177–228n, 1.256n, 1.259n, 1.281n, 1.285–286n, 1.305n, 1.311–1.313n, 1.405–406n, 1.557–558n, 1.659–668n, 1.679–680n, 2.4n, 2.99–100n, 2.161–166n, 2.169–172n, 2.185–186n, 2.206n, 2.233n, 2.246n, 2.248n, 2.261–286n, 3.1–2n, 3.70–3.71n, 3.73–74n, 3.101–134n, 3.159–160n, 3.199–208n, 3.221n, 3.227n, 3.239–240n, 3.269n, 3.274n, 3.329n, 3.333, 3.334n, 3.338n, 3.340n, 3.345–346n, 3.381n, 3.389n, 3.399n, 3.401n, 3.453n, 3.455–456n, 3.458n, 3.465n, 3.467–498n, 3.486n, 3.519–520n, 3.523–524n, 3.536–538n, 3.551n, 3.569n, 3.581n, 3.604n, 3.635n, 3.709n, 3.768n, 3.775n, 3.802n, 3.809n
Phylacus	菲拉库斯	普罗忒西拉俄斯的祖父	2.356n, 3.17

续表十三

拉丁名	中译	解释	出处（卷、行）
Phyllis	费利斯	色雷斯公主，被忒修斯之子得摩丰所抛弃	1.661-662n, 2.353, 2.354n, 3.31n, 3.38, 3.458n, 3.460, 3.695n
Phoebus	福波斯	太阳神阿波罗的别称	1.25, 1.329, 1.745, 2.241, 2.509, 2.697, 3.119, 3.142, 3.347, 3.789
Pirithous	皮里托俄斯	忒修斯的好友	1.593n, 1.744
Pliades	普勒阿得斯	代表天上的昴星团（七姊妹）	1.409
Podalirius	波达利里俄斯	掌管医疗的希腊神阿斯克勒庇俄斯之子、特洛伊之战中希腊的军医	2.491n, 2.735
Pompeia	庞培	罗马共和国末期执政的三巨头之一	1.67, 1.71-72n, 1.73-74n, 1.76n, 1.103n, 1.179-180n, 3.317-318n, 3.387, 3.392n, 3.394n
Priam	普里阿摩	特洛伊战争时的特洛伊国王	1.15n, 1.441, 1.685, 2.5, 2.131n, 2.405, 3.440, 3.519-520n, 3.759
Procris	普罗克里斯	雅典国王厄瑞克透斯之女，刻法洛斯之妻	3.685n, 3.686, 3.695n, 3.701, 3.706n, 3.714, 3.727, 3.736n, 3.738n
Proteus	普罗透斯	海上老人，以擅长变换形貌著称	1.761
Pylades	皮拉德斯	赫耳弥俄涅之夫奥瑞斯特斯的好友	1.745
Rhesus	瑞索斯	色雷斯国王	2.130n, 2.137, 2.140
Romulus	罗慕路斯	传说中罗马第一任国王	1.101, 1.103n, 1.128n, 1.131, 1.203n, 1.214n, 2.563n, 3.118n
Sappho	萨福	生活在公元前600年左右的希腊女诗人，来自莱斯波斯岛	3.1-2n, 3.330n, 3.331

拉丁名	中译	解释	出处（卷、行）
Satyr	萨梯里	半人半羊的神，也是酒神的随从，以狂欢饮酒放浪著称，常在森林里游荡	1.542, 1.543n, 1.548, 3.157
Scipio	西庇阿	打败汉尼拔、征服非洲的罗马将领	1.653-654n 3.409n, 3.410
Scylla	斯库拉	一个是墨伽拉国王尼索斯之女，一个是《奥德赛》中描述的海中女怪	1.331n, 1.332n, 3.709n
Semele	塞墨勒	忒拜王卡德摩斯和哈耳摩尼亚之女，受尤庇特宠幸后生下酒神狄俄尼索斯	1.311-312n, 3.251
Side	西戴	相传是俄里翁的第一任妻子	1.731
Silenus	西勒努斯	酒神的伴侣和导师，常以老人形象出现	1.543, 1.544n
Siren	塞壬	引诱尤利西斯的海妖，歌声美妙	3.311
Sisyphus	西叙福斯	一说是尤利西斯之父	3.313
Talaus	塔拉俄斯	厄里费勒之父	3.13
Tantalus	坦塔罗斯	坦塔罗斯曾是尤庇特的宠儿，作为一个凡人参加众神会议和宴会，终因得罪众神被打入地狱	2.7-8n, 2.606
Tatius	塔提乌斯	与罗马第一任国王罗慕路斯共治罗马的萨宾国王	3.118
Tecmessa	忒克墨萨	大埃阿斯之妻	3.111n, 3.517, 3.519, 3.521-524n
Telamon	忒拉蒙	大埃阿斯之父	2.737, 3.111n
Thalea	塔利亚	缪斯之一	1.264
Thamyris	塔米里斯	传说中来自色雷斯的诗人，阿波罗之孙	3.399

续表十五

拉丁名	中译	解释	出处（卷、行）
Theseus	忒修斯	雅典国王，解开弥诺斯迷宫	1.338n, 1.509, 1.527n, 1.531, 1.551, 1.743-746n, 2.354n, 3.31n, 3.35, 3.157-158n, 3.457, 3.458n, 3.459
Tibullus	提布卢斯	伽卢斯之后最重要的拉丁哀歌诗人	1.32n, 1.214n, 1.405-406n, 2.100n, 2.131n, 2.161-166n, 2.197n, 2.209-222n, 2.233n, 2.239n, 2.245n, 2.248n, 2.523n, 2.607n, 2.609n, 3.71, 3.73-74, 3.101-134n, 3.113n, 3.120-3.121n, 3.123-124n, 3.199-208n, 3.221n, 3.224n, 3.239-240n, 3.269n, 3.334, 3.340n, 3.467-498n, 3.523-524n, 3.536-538n, 3.551n, 3.569n, 3.581n, 3.637n, 3.643n, 3.740n
Thrasius	特剌叙尔斯	从塞浦路斯来的预言家	1.649
Thyestes	梯厄斯忒斯	佩洛普斯和希波达弥亚之子，迈锡尼国王阿特柔斯的兄弟	1.327, 2.7-8n, 2.407
Tiphys	提菲斯	伊阿宋一行人盗取羊毛时所乘阿尔戈号的舵手	1.6, 1.8
Tyndareus	廷达瑞俄斯	斯巴达国王，勒达之夫	1.746n, 2.408, 2.398-399n, 2.408n, 3.251n
Ulysses	尤利西斯	即奥德修斯，特洛伊战争中的英雄之一	1.333-334n, 1.477n, 1.761-762n, 2.4n, 2.103, 2.123, 2.124n, 2.126-128n, 2.130-131n, 2.136n, 2.143n, 2.355, 3.15-16n, 3.311n, 3.313-314n, 3.455-456n

拉丁名	中译	解释	出处（卷、行）
Varro	瓦罗	古罗马作家，创作了《阿尔戈航海家》《论农业》等	1.56n
Venus	维纳斯	爱神，埃涅阿斯之母，被罗马人尊为母神	1.7, 1.60, 1.54, 1.75, 1.81, 1.87, 1.148, 1.165, 1.244, 1.247n, 1.248, 1.362, 1.386, 1.406, 1.412n, 1.512n, 1.608, 1.626n, 1.669–674n, 1.683, 2.15n, 2.188n, 2.206n, 2.397, 2.420n, 2.422n, 2.459, 2.465–466n, 2.480, 2.561n, 2.562-563, 2.565, 2.582, 2.585n, 2.588, 2.593n, 2.607n, 2.609, 2.610n, 2.613, 2.614n, 2.659, 2.717, 2.734n, 3.3n, 3.43n, 3.47, 3.49n, 3.53n, 3.57n, 3.83n, 3.85, 3.106n, 3.123-124n, 3.181n, 3.224, 3.401, 3.402n, 3.416n, 3.451, 3.452n, 3.466, 3.643n, 3.672n, 3.762, 3.769n, 3.775n, 3.787, 3.805, 3.809n
Vesta	维斯塔	罗马灶神	1.31n, 1.217n, 2.579n, 3.385n, 3.463
Vulcan	伏尔甘	即穆尔奇贝尔，希腊的赫菲斯托斯	2.562n, 2.569, 2.574, 2.589, 2.601-602n, 2.741

附录二 《爱的艺术》中译地名索引

拉丁名	中译	解释	出处（卷、行）
Aetna	埃特纳山	西西里岛上的火山，是铸就尤庇特雷霆的库克洛佩斯的居所	3.150n, 3.490
Allia	阿利亚河	台伯河的支流，位于罗马城外	1.413, 1.414n
Amyclae	阿米克莱	伯罗奔尼撒半岛上的城市，位于斯巴达南边，常用来指代斯巴达	2.5
Aonia	奥尼亚	指波伊奥提亚，希腊缪斯的家乡，也是忒拜所在的地区	1.312n, 2.380, 3.547
Astypalaea	阿斯提帕莱阿	爱琴海东南部的岛屿，在莱维萨岛和卡利姆诺斯岛南边	2.82
Ascra	阿斯克拉	希腊波伊奥提亚的村庄，赫西俄德出生、生活和放牧的地方	1.28, 2.4
Athens	雅典	希腊最大的城市，西方文明的摇篮	1.171–176n, 1.172, 1.456–457n, 2.21–96n, 2.423n, 2.518n, 2.601–602n, 3.84n, 3.213, 3.399n, 3.457n, 3.685n, 3.687–688n
Athos	阿托斯山	位于卡尔喀狄刻半岛地区	2.517
Baiae	拜伊埃	罗马时期那不勒斯海湾北岸的著名温泉度假胜地	1.255, 1.256n

拉丁名	中译	解释	出处（卷、行）
Calabria	卡拉布利阿山	位于南意大利的乡间地区，故属落后地区	3.409
Calymnos	卡利姆诺斯	爱琴海东南部的岛屿，在莱维萨岛东边	2.81
Capitol	卡皮托	古罗马的地标	1.147-148n, 1.215n, 2.266n, 2.540n, 3.113n, 3.115
Caucasea	高加索	连接黑海和里海，被认为是未开化的野蛮地区	3.195
Clarus	克拉鲁斯	位于小亚细亚的爱奥尼亚地区，上有阿波罗神谕	2.8
Cnossos	克诺索斯	克里特岛上的城市	1.293, 1.527, 1.556, 3.158
Cos	科斯	位于爱琴海东部的岛屿，出产的丝绸以贴身性好、几乎透明著称	2.298, 3.123-124n, 3.329, 3.401
Creta	克里特	爱琴海中最大的岛屿	1.54n, 1.289n, 1.293n, 1.297, 1.302n, 1.305n, 1.311-312n, 1.323-324n, 1.327, 1.509n, 1.558, 2.21n, 2.81-82n, 2.361n, 3.695n, 3.705n
Cydnus	库德努斯河	位于小亚细亚东南，出产最好的藏红花，库德努斯河以清澈著称	3.204
Cydonia	库多尼阿	克里特岛上的城市	1.293, 3.705n
Cyllenaeus/ Mt. Cyllene	库勒涅山	墨丘利的出生地，位于希腊伯罗奔尼撒半岛	3.147, 3.725n
Cynthius	库图斯	提洛岛的库图斯山，是阿波罗的出生地	2.239n, 2.494n
Cythera	库忒拉	维纳斯的出生地，借指维纳斯	2.15, 2.607, 3.43, 3.53n
Delos	提洛	帕罗斯与纳克索斯以北的岛屿，阿波罗的出生地	1.456-457n, 2.80, 2.239n

续表二

拉丁名	中译	解释	出处（卷、行）
Eryx	厄律克斯山	位于西西里西北部，那里有一处有名的供奉维纳斯的神殿	2.40
Euphrates	幼发拉底河	美索不达米亚平原上的河流，与底格里斯河齐名	1.223, 2.39-40n
Gallia	高卢	罗马人把居住在现今西欧的法国、比利时、意大利北部、荷兰南部、瑞士西部和德国南部莱茵河西岸一带的凯尔特人统称为高卢人	1.414n, 2.257, 3.269n
Gargarus	伽尔伽鲁斯	既是伊达山的山顶，也是其山脚下一座城镇的名字，因生产粮食著称	1.57
Haemonia	海莫尼亚	指帖撒利亚	1.6, 1.681-682, 2.99, 2.136
Hybla	叙布拉	西西里的一座小城，位于埃特纳山的坡上，盛产蜂蜜	2.517, 3.150
Hymettus	叙麦图斯	位于雅典旁边的山，在古代以出产蜂蜜和大理石而闻名	2.423, 3.687
Ida	伊达山	位于克里特岛	1.289, 1.684, 3.135n
Ida	伊达山	位于安纳托利亚地区	1.54n, 157n
Idalium	伊达利翁	塞浦路斯岛上的一座城，维纳斯的圣地	3.106
Ilios	伊利昂	即特洛伊城	1.311-312n, 1.363, 1.686, 2.127-128n
Illyria	伊利里亚	罗马行省，位于巴尔干半岛西部，以出产地下焦油而著称	2.658

续表三

拉丁名	中译	解释	出处（卷、行）
Ionia	爱奥尼亚	古希腊时代对今土耳其安纳托利亚西南海岸地区的称呼	2.79–80n, 2.219
Latium	拉丁姆	位于台伯河流域东南部，一般用于代指罗马	1.202n, 3.338
Latmus	拉特摩斯山	位于小亚细亚，恩底弥翁在此沉睡	3.83
Lebinthos	莱维萨	爱琴海中部的岛屿，距离小亚细亚不远	2.81
Lemnos	莱姆诺斯	火神伏尔甘最喜欢居留的地方	2.579, 3.672
Lethe	冥河勒忒	又称遗忘之河，据说亡灵排队等待来世时都必须饮其水，以忘却此生的一切	3.340
Lyrnessus	吕尔奈苏斯	位于小亚细亚的城市	2.401–404n, 2.403, 2.711
Maenalus	麦那鲁斯	位于阿尔卡狄亚地区，据说当地猎犬是最好的猎犬品种之一	1.272, 2.193
Maeonia	迈奥尼亚	属于小亚细亚，一般认为是荷马的出生地	2.4
Marsi	玛尔希	意大利中部的山区，跟帖撒利亚一样，以魔法、咒语著称，也是有名的驯蛇者	2.102
Memphitis	孟菲斯	埃及的一个城市	1.77, 3.393
Methymna	麦提姆纳	莱斯波斯岛上的城镇，盛产葡萄	1.57
Mysus	密细亚	位于小亚细亚西北部（今天的土耳其），其居民被认为是野蛮人的代表	3.195

续表四

拉丁名	中译	解释	出处（卷、行）
Naxos	纳克索斯	爱琴海中部的岛屿，在萨摩斯岛西南	1.527n, 2.79
Nile	尼罗河	埃及的母亲河，注入地中海	3.318, 3.635n
Nonacrina	诺那克利那	指阿尔卡狄亚的一座山与山下的一座城市，位于伯罗奔尼撒半岛中部	2.185
Numidia	努米底亚	指今北非突尼斯和阿尔及利亚一部分地区，当时是古罗马的位于北非的行省	2.183
Pagasaea	帕伽塞	希腊北部地区帖撒利亚的小城	3.19
Palatia	帕拉丁山	罗马七座山丘中最早住人的山，罗马贵族家族生活的核心地带	1.73-74n, 1.105, 1.107n, 3.113n, 3.119, 3.120n, 3.389
Paphos	帕佛斯	塞浦路斯岛上的城市，维纳斯在此有座著名神庙	2.588, 3.181
Paraetonium	帕莱托尼翁	埃及亚历山大里亚以西的一个海港，其形容词也可用来代指埃及	3.334n, 3.390
Paros	帕罗斯	爱琴海中部的岛屿，位于纳克索斯岛西边	2.79
Phasis	法西丝	美狄亚家乡科尔奇斯的部落，位于黑海东部	2.103n, 2.382, 3.33
Pharus	法鲁斯	位于尼罗河三角洲的岛屿，有个伊西斯女神神庙	3.270, 3.635
Pherae	菲莱	位于帖撒利亚地区的城市	2.239
Phoenicia	腓尼基	希腊人对迦南的称呼，大约相当于今黎巴嫩地域	3.327
Phrygia	弗里吉亚	伊达山所在地区，也是特洛伊王子帕里斯长大的地方	1.54, 1.508, 1.626, 2.714
Odrysia	奥德吕西阿	色雷斯地区的王国	2.130

拉丁名	中译	解释	出处（卷、行）
Rhodope	罗多普	色雷斯地区的一座山	3.321
Samos	萨摩斯	爱琴海东部的岛屿，东临安纳托利亚海岸	1.627n, 2.79
Samothrace	萨莫色雷斯	以崇拜卡比里著称的岛屿	2.602
Scyros	斯基罗斯	得伊达墨亚公主的家乡	1.682
Seriphos	塞里福斯岛	珀尔修斯的家乡	3.192
Sidon	西顿	腓尼基的一个城镇（今黎巴嫩）	2.248n, 3.252
Simois	西摩伊斯河	特洛伊平原上的河流，也是这条河的河神的名字	2.131n, 2.134
Sithonia	锡索尼亚	即色雷斯	2.137
Styx, Stygius	斯提克斯（的）、冥河（的）	冥河之一，直译"仇恨的"，以斯提克斯河之名起誓是最重的誓言	1.635, 2.41, 3.14
Tartarus	塔尔塔罗斯	地下冥府	3.322
Teos	忒欧斯	位于小亚细亚海岸，公元前5世纪诗人阿那克里翁的家乡	3.330
Tegea	泰盖阿	位于阿尔卡狄亚的城市	2.55
Thebes	忒拜	希腊波伊奥提亚的一座城市	1.311-312n, 2.380n, 3.13-14n, 3.21-22n, 3.251n, 3.323-324n, 3.778
Therapne	忒剌普涅	海伦的出生地，一说是其埋葬地	3.49
Thrace	色雷斯	是东南欧的历史学和地理学上的概念，历史中多有变化	2.130n, 2.137n, 2.431, 2.248n, 2.354n, 2.431, 2.588, 3.37-38n, 3.182, 3.321-322n, 3.339n, 3.458n, 3.672n, 3.783n
Tigris	底格里斯河	美索不达米亚平原上的河流，与幼发拉底河齐名	1.224

续表六

拉丁名	中译	解释	出处（卷、行）
Tiryns	提林斯	位于伯罗奔半岛上阿尔戈斯附近，一般认为是赫丘利出生地或最终将统治之地；提林斯人常用来指赫丘利	1.187, 2.221
Tuscus	图斯奇亚	亚平宁半岛上的地区，图斯奇亚河指台伯河	1.111, 1.173n, 3.383-384n, 3.386
Troia	特洛伊	古希腊时代小亚细亚西北部的城邦	1.54n, 1.247n, 1.289n, 1.333-334n, 1.363-364n, 1.441n, 1.478, 1.683-689n, 2.103n, 2.109-110n, 2.127, 2.130n, 2.133, 2.134n, 2.136n, 2.139, 2.354n, 2.356n, 2.398-399n, 2.401-404n, 2.405-406n, 2.491n, 2.735n, 2.737n, 3.1-2n, 3.11-12n, 3.15-18n, 3.39n, 3.49n, 3.85-86n, 3.138n, 3.254, 3.337n, 3.439
Tyre	提尔	位于今黎巴嫩境内，以出产昂贵的紫色染料著称	2.297, 3.169-192n, 3.170
Umbria	翁布里亚	意大利的一个地区，农业发达	3.303

附录三 《爱的艺术》中译古代作者作品名对照

作者名	作品名	译注中提及的作品
Aeschylus	埃斯库罗斯	《阿伽门农》（*Agamemnon*），《求援女》（*Supplices*）
Apollonius of Rhodius	罗得岛的阿波罗尼乌斯	《阿尔戈英雄远征记》（*Argonautica*）
Apuleius	阿普列尤斯	《变形记》（*Metamorphoses*）
Aristotle	亚里士多德	《修辞学》（*Rhetoric*），《政治学》（*Politics*），《动物志》（*History of Animals*）
Aristophanes	阿里斯托芬	《鸟》（*The Birds*）
Callimachus	卡利马科斯	《起源》（*Aetia*），《阿波罗颂》（*Hymn. To Apollo*）
Catullus	卡图卢斯	《歌集》（*Carmina*）
Cicero	西塞罗	《布鲁图斯》（*Brutus*），《论他的家宅》（*de Domo Sua*），《论法律》（*de Legibus*），《论脏卜官的回应》（*de Haruspicum Responsis*），《论义务》（*de Officiis*），《论演说家》（*de Oratore*），《论共和国》（*de Repulica*），《致阿提库斯书》（*Epistularum ad Atticum*），《反皮索》（*In Pisonem*），《反维鲁斯》（*In Verrem*），《为阿尔奇阿斯辩护》（*Pro Archia*），《为凯利乌斯辩护》（*Pro Caelio*），《为穆热纳辩护》（*Pro Murena*），《为色斯提乌斯辩护》（*Pro Sestio*）
Gaius Sallutius Crispus	撒路斯提乌斯	《喀提林阴谋》（*Bellum Catilinae*）
Dionysius of Halicarnassus	哈利卡那索斯的狄奥尼修斯	《罗马古史》（*Roman Antiquities*）
Ennius	恩尼乌斯	《亚历山大》（*Alexander*），《安德罗玛刻》（*Andromache*），《编年纪》（*Annales*），《西庇阿》（*Scipio*）

续表一

作者名	作品名	译注中提及的作品
Euripides	欧里庇得斯	《安德罗玛刻》（*Andromache*），《克里特斯》（*Cretans*），《福尼克斯》（*Phoenix*）
Herodotus	希罗多德	《历史》（*Histories*）
Hesiod	赫西俄德	《神谱》（*Theogony*），《工作与时日》（*Works and Days*）
Homer	荷马	《伊利亚特》（*Iliad*），《奥德赛》（*Odyssey*）
Horace	贺拉斯	《颂歌集》（*Odes*），《讽刺诗集》（*Sermones*），《书信集》（*Epistles*），《长短句集》（*Epodes*）
Flavius Josephus	约瑟夫斯	《犹太战争》（*Bellum Judaicum*）
Frontinus	弗隆提努斯	《论罗马城的水道》（*Frontinus de Aquaductu urbis Romae*）
Juvenalis	尤维纳利斯	《讽刺诗集》（*Satires*）
Livius	李维	《罗马史》（*Ab Urbe Condita*）
Lucianus	卢奇安，又译琉善	《商女对话》（*Dialogi Meretrii*）
Lucretius	卢克莱修	《物性论》（*de Rerum Natura*）
Marcus Manilius	曼尼利乌斯	《星经》（*Astronomica*）
Marcus Valerius Martialis	马尔提阿利斯	《铭辞》（*Epigrams*）
Valerius Maximus	马克西姆	《名事名言录》（*de Factis Dictisque Memorabilibus*）
Rutilius Namatianus	那马提阿努斯	《归途记事》（*de Reditu Suo*）
Ovid (Publius Ovidius Naso)	奥维德	《恋歌》（*Amores*），《爱的艺术》（*Ars Amatoria*），《黑海书简》（*Epistulae ex Ponto*），《岁时记》（*Fasti*），《拟情书》（*Heroides*），《咒怨诗》（*Ibis*），《女容良方》（*Medicamina Faciei Femineae*），《变形记》（*Metamorphoses*），《情伤疗方》（*Remedia Amoris*），《哀怨集》（*Tristia*）。

续表二

作者名	作品名	译注中提及的作品
Pindar	品达	《皮提亚颂歌》（*Pythian*）
Plautus	普劳图斯	《赶驴》（*Asinaria*），《卡西娜》（*Casina*），《库尔库利奥》（*Curculio*），《孪生兄弟》（*Menaechmi*），《商人》（*Mercator*），《凶宅》（*Mostellaria*）《斯提库斯》（*Stichus*）
Plato	柏拉图	《普罗泰戈拉篇》（*Protagoras*）
Pliny (the elder)	（老）普林尼	《博物志》（*Naturalis Historia*）
Propertius	普罗佩提乌斯	《哀歌集》（*Elegies*）
Plutarch	普鲁塔克	《希腊罗马名人传》（*Parallel Lives*）
Quintilianus	昆体良	《论演说家的教育》（*Institutio Oratoria*）
Rufus	鲁弗斯	《梯厄斯忒斯》（*Thyestes*）
Seneca the Elder	（老）塞内加	《论辩》（*Controversiae*）
Seneca the Younger	（小）塞内加	《书信集》（*Epistulae*）
Statius	斯塔提乌斯	《阿喀琉斯传奇》（*Achilleid*）
Suetonius	苏维托尼乌斯	《罗马十二帝王传》（*Lives of the Caesars*）
Tacitus	塔西佗	《编年史》（*Annals*）
Terentius	泰伦提乌斯	《阉奴》（*Eunuchus*），《福尔弥昂》（*Phormio*）
Tibullus	提布卢斯	《哀歌》（*Elegies*）
Varro of Atax	瓦罗	《阿尔戈航海家》（*Argonautae*）
Vergil / Virgil	维吉尔	《埃涅阿斯纪》（*Aeneid*），《牧歌》（*Eclogues*），《农事诗》（*Georgics*）
Vitruvius	维特鲁威	《建筑十书》（*de Architectura*）
Xenophon	色诺芬	《经济论》（*Oeconomicus*）

译后记

　　与奥维德译注结缘是在2017年的上海。在那个夏天，上海师范大学举办的"全球语境下的奥维德"国际会议上，我做了关于《爱的艺术》作为中世纪拉丁语读本的报告，也有幸结识了国内外学界许多重要的奥维德研究者。正是那次会议带来的缘分让我得以加入国家社科基金重大项目"古罗马诗人奥维德全集译注"项目。转眼五六年过去了，这本小书终于得以出版。一路走来，最应该感谢的人自然是丛书的主编、"奥维德项目"的首席专家刘津瑜老师，她在过去几年里不断为译注工作提供指导，而最让我受益和感恩的是她渊博的学识和亲切真诚的为人。我也因为上海师范大学举办的多次工作坊、学术研讨而受益，与"奥维德项目"中的刘淳、王忠孝、王晨、金逸洁、常无名、石晨叶等师友的讨论给了我很多帮助，陈恒老师则在出版方面提供了不遗余力的支持。

　　我的研究兴趣主要集中在欧洲文艺复兴文学，特别是其中对古典传统（主要是古罗马拉丁文学）的接受部分。在从事译注的过程中，我得以身体力行地学习和实践古典语文学的工作方法，体会其中的甘苦。想来很惭愧，今年距离我的拉丁语启蒙已经过去了将近十年。十年前，清华大学的意大利籍外教贝洛莫（Ausilia Bellomo）老师领我入了拉丁语的大门。纽约城市大学的暑期拉丁语项目让我得以在三个月时间里夯实了所有语法，并进阶到可以自行阅读维吉尔、奥维德甚至李维和塔西佗的阶段，也让我在二十三岁"高龄"成功近视（而正是与暑期拉丁语项目里的当斯［Caleb Dance］老师在上海会议上的重逢才让我有勇气申请加入"奥维德项目"）。在美国得克萨斯大学奥斯汀分校攻读比较文学博士学位时，我选择了古罗马拉丁文学作为我的"第二领域"，也因此得以从古典学系多位老师处取经：已故的内瑟克特（William Nethercut）教授领我第一次读到了奥维德的《爱的艺术》，当时已八十岁的他每天红光满面，谈论起拉丁语的铿锵音韵或是自己从音乐到古埃及研究的治学兴趣，总是神情激昂；现在已经成为耶鲁大学古典学系语言中心主任的帕特松（James F. Patterson）老师教我读过塞内加的悲剧；艾布勒（Jennifer Ebbeler）教授带我领略过罗马史，也是她推荐的著作为我的博士论文打开了新的维度；而瑞格斯比（Andrew Riggsby）教授则为我毕业论文里关于西塞罗的章节把关，形容它是本校非古典专业的博士写出的关于古典的章节中最好的一篇。

可以说，我从未梦想过成为一名古典学家，却因为学习和运用拉丁语而不断与古典学相遇，甚至时常有"误入藕花深处，沉醉不知归路"之感。过去几年来，是因为翻译和注疏《爱的艺术》让我有了持续学习和运用古典语言的契机和动力，也有幸因此结识了许多优秀的师友，激励和引领我在古典传统的脉络中持续推进自己感兴趣的研究。由于译者古典语言造诣尚浅，错讹在所难免，还望读者不吝指出，帮助我改进。

这本译注的大部分内容是在我入职重庆大学博雅学院中文系之后完成的，博雅各位优秀的同事带给了我来自不同学科的灵感；特别感谢商务印书馆的编辑张鹏老师为译稿提供了专业、细致的校订意见，是他极强的责任心与专业能力确保本书内容得以高质量呈现；来自重大博雅学院的陈韵如、陈则旭、孙洁、王梓亦几位同学在校订译名和制作索引方面提供了不少帮助，在此一并致谢。

最后，我想感谢曾在清华大学外文系从教十年的罗杰（Roger Olesen）老师，若没有他当年孜孜不倦的指导和鼓舞，我绝不会有勇气走上以学术为志业的人生道路。我想把这本小书献给他。

肖馨瑶

2023年1月

于重庆嘉陵江畔

图书在版编目（CIP）数据

奥维德《爱的艺术》译注：汉文，拉丁文 / （古罗马）
奥维德著；肖馨瑶译注. —北京：商务印书馆，2023
ISBN 978–7–100–22501–4

Ⅰ.①奥⋯　Ⅱ.①奥⋯②肖⋯　Ⅲ.①社会心理学—
研究②《爱的艺术》—译文③《爱的艺术》—注释
Ⅳ.①C912.6

中国国家版本馆 CIP 数据核字（2023）第091798号

奥维德《爱的艺术》译注
〔古罗马〕奥维德　著

肖馨瑶　译注

商 务 印 书 馆 出 版
（北京王府井大街36号　邮政编码 100710）
商 务 印 书 馆 发 行
苏州市越洋印刷有限公司印刷
ISBN　978－7－100－22501－4

2024年6月第1版　　开本 889×1194　1/32
2024年6月第1次印刷　印张 15½　插页 2
定价：98.00元